A BETTER CITY:

THE CONTRIBUTION OF THE CITY MUSEUM
TO THE IMPROVEMENT OF THE URBAN CONDITION

PROCEEDINGS OF CAMOC CONFERENCE '2010 SHANGHAI

迈向更美好的城市

第22届国际博物馆协会大会城市博物馆专业委员会论文集

学林出版社

序 一

加琳娜

国际博物馆协会城市博物馆专业委员会主席

我们已经在波士顿、维也纳、首尔和伊斯坦布尔召开过几次国际性的会议了。今天,我们在上海,在这座令人兴奋的、有着辉煌历史又充满活力的现代城市再次召开会议。我们这次会议的主题是:"更美好的城市:城市博物馆在促进社会和谐和城市发展中的贡献。"的确,一座博物馆如何能让城市有着更好的发展和生活空间、改善现在、预见未来?

什么是更美好的城市? 这是一个很难说清楚的问题。是有着可持续发展的城市,是保留了大量优秀建筑的城市,还是社会关系融洽、社会安定的城市,或是拥有良好交通系统的城市,抑或是吸引大量移民的城市,或者以上条件兼而有之的城市才叫"更美好的城市"? 我们的这次会议将是一个契机,来自世界各国的同行们共同合作,交换思想,一起探索、研究和界定"更加美好的城市"和"博物馆的贡献"等这些概念和问题。

为此,我们将听取世界各地城市博物馆的经验和意见,交流看法,讨论各种观点,并提出建议。当然,和以往一样,我们的会议是一个开放性的会议,不仅仅是博物馆的同行之间的讨论,还向城市发展的规划者、建筑师,历史学家,社会地理学者,以及所有关心他所居住和工作的城市的民众开放。

这次会议的组织方是上海市历史博物馆,请向为了我们这次会议圆满举办所付出辛勤劳动的张馆长和他的同事们表示我们的敬意。

Preface

Galina Vedernikova
CAMOC *Chair*

We have held conferences in Boston, Vienna, Seoul and Istanbul. Now we are in Shanghai, an exciting, dynamic modern city with a great history. Our theme on this occasion is "A better city: the contribution of the city museum to social interaction and the improvement of the urban condition". Quite simply, how a museum about a city can help make it a better place in which to live and work, now and in the future.

But what exactly is a better city? It is not so easy to define. Is it an environmentally sustainable city? One which has preserved its finest buildings? One which is less socially divisive? One with no poverty? One with a low crime rate, or one with good public transport? One with opportunities-the city immigrants flock to? Or ideally, one with all of these attributes? Our conference will be an opportunity to explore, examine and define this better city and the museum's contribution, and as in all our conferences, to exchange ideas and develop collaboration across national boundaries.

To this end, we will discuss the experience of museums of different cities from all over the world, and listen to different points of view, perspectives and suggestions. As ever, the conference is open to everyone with an interest in the city: not only museum specialists, but urban planners, architects, social historians, social geographers, and the people who really matter-those who live and work in cities.

Our hosts will be the Shanghai Museum of History and we are deeply indebted to the Director and all his staff for their generosity in hosting our conference.

序 二

张 岚

国际博物馆协会城市博物馆专业委员会执行委员

中国博物馆协会城市博物馆专业委员会主任委员

2010 年,上海这座国际大都会接连着两届国际盛会,世博会和国际博协大会。这两个盛会的主题"城市,让生活更美好","迈向更美好的城市"。它们既有关联,又有不同;围绕它们演绎出的故事,缤纷多彩,底蕴丰厚,都将载入上海的史册。

城市博物馆,是"迈向更美好的城市"的不可或缺的组成部分。她宛如一部斑驳泛黄的影集,记录了一座城市从出生到成长的经历,供外来者准确地了解、认识这座城市并向往之;让定居者体会、感受先辈创造的物质遗存和人文精神。她将是一座城市的地理地标和文化象征,通过文化遗存的收集和展现,从城市发展历史的维度中,反映其特有的物质和精神特征,昭示着这座城市今后的发展轨迹。

国家博物馆协会城市博物馆专业委员会自成立以来,一直致力于加强世界城市博物馆之间的联系,学术交流是其一个重要的组成部分。此次上海年会,是继美国波士顿、韩国首尔、奥地利维也纳和土耳其伊斯坦布尔之后,世界与中国同行的一次相聚。此次年会呈献的四五十篇论文,围绕在城市博物馆创造美好城市生活的主题下,从城市博物馆与城市的物质文明发展、精神文化建设、博物馆的工作性质以及在未来博物馆自身的发展等四个方面加以阐发,有不少真知灼见。城市博物馆除了可以为广大的市民提供历史信息和教育资源,还能培养广大民众的精神文化品质,为城市的未来发展提供人文动力;城市博物馆专业工作者将通过研究来考量未来城市博物馆与其所在城市的关系,更好地在发展自身的同时为这座城市提供服务。

本届国际博物馆协会在上海举办年会,既是对作为发展中国家的中国博物馆事业的肯定,也是对上海这座城市精神的很好诠释。上海,是一座兼容并包、海纳百川的城市,更是一座日新月异、充满激情的城市。我们更期望通过这次会议,有更多的博物馆参与,使博物馆协会充满活力与激情,让各国不同的城市博物馆在交流与合作之中发展,真正成为代表本地区、本城市特色的文化地标。

本论文集出版,主要是让大家能够在会上有更多时间进行深入地讨论,有更多的机会增进友谊。感谢国际博物馆协会城市博物馆专业委员会执委会和中国城市博物馆委员会的支持,感谢为会议提供精彩论文的作者,更感谢为此书编辑出版付出辛劳的各位。希冀读者能从中获得思想的火花,经验的借鉴。城市博物馆,让生活更美好。

Preface

ZHANG Lan

Executive Member of ICOM CAMOC-CHINA

Shanghai, this cosmopolitan city, successively hosts two international events in 2010-the World Expo and ICOM General Assembly. The themes of these two events "Better City Better Life" and "Towards a Better City" are related to each other while differences also exist. All the colorful stories centered on them will be recorded in the history of Shanghai.

City museum is indispensible to "Towards a Better City". Compared to an old photo album, city museum records the growth of a city since its birth, facilitating outsiders to understand and comprehend this city accurately and finally be attracted. Meanwhile, it also helps local citizens to learn both the material heritages and humanistic spirit created by the ancestors. In the dimension of urban development, city museum as a landmark and a symbol of culture will reflect the material and spiritual features of its own through the collection and presentation of the cultural relics, making clear to all how the city will develop in the future.

Since the establishment of CAMOC, it has devoted itself in strengthening the relationship among the city museums all over the world, with academic exchange playing an important role. The coming triennial conference in Shanghai is another opportunity for museum professionals from home and abroad to get together after the symposiums held in Boston, Seoul, Vienna and Istanbul. Under the theme "city museum contributes to a better life", the fifty-six essays presented this year elaborate mainly four aspects: the relationship between city museum and development of the city's material progress, the relationship between city museum and development of the city's spiritual civilization, job nature of museum as well as the development of museum itself in the future. Quite a few wise ideas and deep insights can be found from these essays. Apart from providing historical information and educational resources to the general public, city museum is also able to cultivate their spiritual quality, which will serve as humanistic motive power in the future development of the city. The professionals of city museum will examine the future relationship between a museum and the city where it stands through research to offer better services to this city and promote themselves at the same time.

The triennial conference of ICOM which will be held in Shanghai soon can be regarded not only the recognition to the museum career of a developing country but also an excellent interpretation to the spirit of Shanghai, which is a city tolerant of different cultures and full of changes and passions. More importantly, we expect that our association will be vibrant and passionate with more museums participating in the conference and that city museums throughout the world will develop steadily by means of communication and cooperation, becoming the cultural landmarks which represent their own districts and characteristics of their own cities.

The proceedings is published prior to the conference so that there will be more time for participants to carry out further discussion at the meeting as well as more opportunities to deepen friendship. Hereby, we would like to express our utmost gratitude to the substantial support of the Executive Committee of CAMOC, to the authors of these brilliant essays and to those who have dedicated to editing this collection. We sincerely hope that readers can obtain sparks of thought and useful experience from it. City museum contributes to a better life!

目　　录

三、城市博物馆的工作探讨 / 199

四、城市博物馆的自身发展 / 265

Content

Ⅰ. The relationship of City Museum and Urban Development / 1

Ⅲ. The work of the museum / 199

一、城市博物馆与城市发展

From Vilegiatura to Modern Tourism:
The relationship between the Imperial Museum
and the city of Petrópolis, Brazil

*Maurício Vicente Ferreira Júnior**

Abstract: The Imperial Museum is housed in the former Imperial Palace of Petrópolis, a city about 67km to the north of Rio de Janeiro. The city is also referred to as the Imperial City and the Museum and the d. Pedro II s Palace are two of its main attractions. The Museum reports to the Ministry of Culture through the Brazilian Institute of Museums and preserves a part of Brazil's history as well as that of the city. With 350,000 documents, 55,000 books and 10,000 objects the Museum preserves, studies and communicates. The revitalisation of the Musuem including, a series of projects, is intended to meet two specific dimensions: the representation of Brazil under the Braganza monarchy and its link with the birth of the city. It is a matter of the national and local integrating for the benefit of Brazilian society.

从乡村生活到现代旅游业:
巴西帝国博物馆和彼得罗波利斯市的关系

毛里西奥·维森特·费雷拉·儒尼奥尔*

　　[摘　要]　帝国博物馆坐落在离里约热内卢北部六十七公里的彼得罗波利斯市以前的皇宫。这个城市也被称为皇城,而博物馆和佩德罗二世的宫殿也是这座城市的两个重要景点。博物馆向巴西文化部汇报,通过巴西博物馆协会和作为巴西的一块历史风貌保

*　*Maurício Vicente Ferreira Júnior*, Director, Imperial Museum, Brazilian Institute of Museums-Ministry of Culture, Professor of History, Catholic University of Petrópolis, Brazil.
　　毛里西奥·维森特·费雷拉·儒尼奥尔:巴西帝国博物馆馆长,巴西博物馆协会会员,巴西文化部官员,彼得罗波利斯市天主教大学历史学教授。

护区(将这里保护起来),也可以将这座城市保护起来。博物馆保存、研究和交流着 35 万份文件,5.5 万本书籍和 1 万件物品。在振兴博物馆的一系列计划中,要将两大目标达成一致:重现布雷刚扎王朝时代的巴西风貌以及在当时这座城市是如何诞生的。这是一个涉及到为了巴西的社会利益整合国家和地方的问题。

The Imperial Museum, a museum unit reporting to the Ministry of Culture through the Brazilian Institute of Museums, is housed in the former Imperial Palace of Petrópolis. Originally built as the summer residence of Emperor D. Pedro Ⅱ [1], the building used to be occupied on a yearly basis by the Brazilian Imperial Family between 1849 and 1889. In subsequent years, the building hosted two educational institutions before the establishment of the Museum, which was created by President Get lio Vargas in 1940. The city of Petrópolis[2], in turn, is located 67km away from the city of Rio de Janeiro, at an average altitude of 800m above sea level.

The Palace and the city have provided the theme for many writings. All of such records invariably pay apologetic homage to the patron of the city, the first settlers, and the city's main building. However the action of Brazilian and Portuguese explorers in the region has been theme for writers since the eighteenth century. Jesuit Father Andr Jo o Antonil was probably the first writer to ever provide a written record of the transit of goods on the land adjacent to Petr polis in the work Cultura e Opul ncia do Brasil (Culture and Opulence of Brazil), dated 1711. In the first half of the nineteenth century, many foreign travelers had described the "incipient premises" arranged along the alternate route to the New Road of Minas Gerais, opened in 1724. At that time, Petr polis was a mere inn providing a rest place to troopers seeking shorter routes to send out the riches extracted from Minas Gerais (General Mines). Insofar as the movement of cargo and people intensified, the occupation of the region would become less and less migratory, with the establishment of farms to grow crops intended to supply the court, in Rio de Janeiro. One of the most successful farms was the one belonging to Father Correia. In that place, Prince Regent d. Pedro (future Emperor d. Pedro Ⅰ [3]) stayed during a journey to Minas Gerais in search of support to the emancipation movement which eventually resulted in the independence of Brazil in 1822. The exuberance of the environment, the quality of the mountain climate, and the proximity to the court spellbound the Emperor. As a result, reports record a number of imperial visits before the year 1829, when d. Pedro I and his second wife, Empress d. Am lia, intended to acquire the land from Dona Arc ngela Joaquina da Silva, heir to Father Correia. The sister of late Father Correia proved to be shrewd when she turned down the offer, suggesting instead that the emperors should purchase another property, located further south, namely C rrego Seco Farm. Negotiations were completed in a relatively short timeframe. In 1830, Sergeant-Major Jos Afonso Vieira sold his property to the first emperor of Brazil by the amount of twenty thousand r is. Elated with the acquisition, d. Pedro I renamed the property, which became then Imperial Fazenda da Conc rdia (the Imperial Farm of Concord). He was determined to build his summer residence. However, the last year in the reign of our first emperor did not live up to the name of the newly-acquired farm. Moreover, in face of the abdication of D. Pedro I, in 1831, the dream of building the imperial summer residence in Petr polis had to be postponed.

The young d. Pedro de Alc ntara inherited from his father, in 1843, not only the crown, but also the C rrego Seco Farm. As a man of strictly accurate education and refined culture, d. Pedro Ⅱ was knowledgeable about and admired the behavioral practice of European monarchs and aristocrats best known as villegiatura (sojourn in the country). Today's dictionaries describe this term of Italian origin as a "season when city dwellers stay in the countryside, in the beach, or touring for pleasure; the sluggish season." Interestingly enough, the Aurelio Portuguese Dictionary employs a phrase that is equivalent to the English "sluggish season," which in our daily language is replaced by the noun summer. Therefore, villegiatura is best translated today as summer vacation. However, in Europe, where the term first appeared, the practice designated by the phrase spending the summer was a privilege that just a few people could afford. A classic example is provided by the court of French King Louis XIV, the Sun King, who, in 1672, gathered thousands of nobles from his court and moved to the Palaces of Versailles, in the outskirts of Paris. Thenceforth, the King and his court started an environment of intensely glamorous palace life with feasts, theater performances, music, etc. The leisure and entertainment activities established a sort of permanent villegiatura that projected the economic, political and cultural power of France onto the world. Such a model of behavioral magnificence was adopted in other equally powerful countries. Peter the Great, the Russian tsar (1696—1725), with its St. Petersburg, is a Russian acclimation of the French model. Likewise, Catherine the Great, head of state of that country, followed in the footsteps of Peter and buit her summer palace in Tsarskoe Selo, near St. Petersburg, in the 1770's.

In the nineteenth century, European monarchs and their courts continued the practice of villegiatura with a more palatial nature. However, as the century went on, the idea of progress would trigger significant changes in the liberal societies. The diversification in production sectors would create new functions and roles in the productive sphere and in the administration of goods and services. As a consequence, social classes gained a more updated profile, experiencing, for the first time in Western history, real possibilities of social mobility. So, new players started enjoying the achievements of the material progress. The systematic organization of routes for public transportation, either by sea, ground, or even through the increased use of railways, allowed segments of the population to work out their budgets and their time so as to ensure time for leisure. Regardless of the length: it could be the whole summer, or just a weekend. The diversification of the villegiatura phenomenon as regards the destination of the displacements was an additional innovation. The aforementioned availability of regular public transportation led the public to different places, such as the outskirts of big cities, Christendom's shrines, resorts or spas, which became a craze even in the first half of that century. To these permanent attractions, other attractions of a seasonal nature were added, such as universal and international exhibitions, organized as of 1851, always very popular. In other words, going to such places became possible.

The avalanche of liberal bourgeoisie eventually reached Brazil. As a result, the long dreamed d. Pedro I's project, namely building his imperial summer palace in Petropolis, had to change. Convincing an emperor, who was not yet eighteen years old, of the importance and feasibility of an inherited dream was not enough. The conditions required to implement the project had to be created.

The first step would be linking the name of the town to the owner. The Imperial Household Administrator, Paulo Barbosa da Silva, claimed he was the first to use the name Petr polis-City of Peter-just like St. Petersburg, in Russia. Was Paulo Barbosa dreaming of a past reality? Of creating a city along the lines of the Ancien R gime? Of building a tropical highland Versailles? Part of the historiography of Petr polis speculated about this, certainly influenced by the magnificence of the French model. But, as one of the most important tenets of history teaches, there is an inexorable link between past, present and future. Therefore, it is more than relevant to recall the point supported by Jos Bonifacio de Andrada e Silva who, in 1823, suggested moving the capital of the Empire to the countryside, giving to the new capital city the name Brasil a or Petr pole. After all, d. Pedro Ⅱ was the son of another Peter, the first emperor. Delighted with Paulo Barbosa suggestion and/or touched by Jos Bonifacio's idea, d. Pedro Ⅱ eventually signed, on March 16, 1843, the decree stipulating the settlement of a township, drawing up a plan to lease the land and bring settlers to the old farm, and build a church and the imperial summer palace.

The decree ruling on the foundation of the city would already indicate the second step to be taken towards the implementation of the project: Encouraging people to take up the task. The German military engineer Major Julius Friedrich Koeler was in charge of expanding the Serra da Estrela road when the ship Justine docked in Rio de Janeiro with more than 200 German migrants on their way to Australia. As soon as he got the news that his countrymen had refused to remain on aboard the French ship, Major Koeler proposed to employ those people in the building of the road under his management. Against a background of fierce debates regarding the differences between the free labor of European immigrants and the servile work of African slaves, the experience with the Justine insurgent crew was crucial in favor of employing free labor instead of slave labor. Therefore, when Koeler was inducted into the office of superintendent of the Imperial Farm, by the same decree of March 16, 1843, he did not think twice. He hired Delrue & Co., from Dunkirk, to procure the labor of two hundred married couples. So the first group of immigrants from the Rhineland region arrived at Petropolis in 1845 to start the imperial palace building work. The so-called "heroic phase" of Petr polis colonization initiated with the arrival of this first group. In spite of the help and protection provided by the monarch, who gave each family a fair amount of money to start subsistence farming and five thousand fathom square of land under a lease agreement with five-year grace period, among other arrangements, life was not easy in Petr polis for those early settlers. Because of such hardships, many historiographical accounts elevated the settlers to the category of real heroes.

The resources required to implement the project would be provided by the work structure of the Province of Rio de Janeiro and from the emperor's own pocket, through the administration of the Imperial Farm. Creativity from the outset was in charge of Major Koeler. Whether in drafting the plan of the city, in (re) arranging the accesses to the region, or managing the affairs of the Imperial Farm and the activities of workers employed in the construction of the city. Koeler, in turn, was aware that successfully erecting the emperor's palace was critical for the success of the project. However, the military died in an accident before seeing his work finished. The premature death of the administrator did not weaken the impetus of the work. Petr polis administration evolved swiftly. From curacy to parish, namely St. Peter of Alcantara, in 1846; and from parish to municipality, in 1857. The emancipation caused the city to lose its main source of funding, namely the Imperial Farm, in terms of resources required by the soil preparation works, rectification of rivers, landfills, street opening and paving, and bridge building. On the other hand, the newly created City Council did not have the resources needed to carry on the works. The emperor made the difference once more, and the provincial government took over, almost definitively, the expenditure on public works in the city.

However, the presence of the emperor moving around the region was more than necessary. He had to be seen in Petr polis. After all, that was the Peter's city, and Peter was the main attraction. Thus, the Imperial Family spent their first summer in Petr polis in 1847. . Because the palace was still under construction, d. Pedro Ⅱ and d. Teresa Cristina stayed at the former C rrego Seco farmstead. Later on, the farmstead was occupied by several hotel enterprises, such as MacDowal, 1861—1873, British Hotel or Mills', owned by British Richard Mills; Geoffroy Hostel, until demolition in 1942. The displacements of the emperor up the mountain encouraged the court to follow d. Pedro Ⅱ and his imperial family. And so, they built their houses during the second half of the century, which caused Petr polis to become a unique example of neoclassical and eclectic architecture in the country.

Thus the tropical mountain villegiatura was made possible. This phenomenon developed in Petr polis at a time when the Old World practice had already incorporated different players represented by class segments from the liberal society. That was no longer exclusive to nobility. Thus, the Petr polis phenomenon deserves special attention because it represented a synthesis of the villegiatura for kings and noblemen, in the Ancien R gime style, with the emerging vacation practice acquired by individuals from the middle groups of the Brazilian society at that time.

The conditions were already fully established in the city of Petropolis. Transport was a crucial factor. After the railway was construction in 1854, the picturesque trip was then described by the chroniclers of the time as a true spectacle. After all, the commute trip was then made in three different modes. By boat, crossing the Guanabara Bay, starting from Prainha, today Pra a Maua, up to the Maua Port; by train, starting from the station and up to Raiz da Serra; and on a horse-drawn vehicle, up the mountain to Petr polis. The abundance of natural resources and the beautiful landscape were key to creating the notion of an idyllic paradise operated by poets, novelists and other writers of the time. "From there, you come to paradise," that was how many tour guides would end their narrative of the journey to the city. This route could be traveled in three and a half hours and be paid by buying tickets either for the first, the second, or the third class. In less than thirty years the railway was extended to Petr polis, thereby reducing travel time to two hours and reducing ticket prices. The description provided by writers, the iconic pieces, and the last locomotive used on the railway can be seen in the Imperial Museum permanent exhibition circuit.

As expected, the phenomenon aroused the interest of "businessmen and capitalists" of the court who started investing in the city, especially in the hospitality sector. Entrepreneurs undertook to respond to the two very specific demands. On the one hand, the wealthy class, with such cosmopolitan habits as theater performances and music imported from the court. And, as usual, performances would not start before the emperor, assiduous frequenter, had arrived. On the other hand, families whose budgets would allow only affordable hotels. Moreover, some of the villegiatura practices had become more comprehensive. Hydrotherapy, or the application of cold water in the treatment of diseases, had a significant development in nineteenth-century Europe. Inspired by the quality of the water in the region of Petr polis, physician Antoine Court settled in the city and installed his clinical hydrotherapy facility. The facility would receive a large number of patients, including the emperor himself. As a matter of fact, d. Pedro Ⅱ would not be the only member of the imperial family to start a fashion in the city. In 1864, his daughter, princess d. Isabel, married Gaston d'Orleans, Count d'Eu. The new fashion spread as soon as the court newspapers reported that the couple had spent their honeymoon in Petr polis. As a result, the hotels in the city started receiving young couples to spend their wedding night. This new trend put a strong demand on the local commerce, including the production of tourist souvenirs. The Imperial Museum preserves hundreds of items, such as glassware engraved by brothers Guilhaumme and Heinrich Sieber, featuring floral motifs, images of the palace, and the inscription: "Souvenir de Petr polis."

Today's Petr polis is trying to redefine its development pathway by building on the various demands of the contemporary world. But the key to the future may be in the past; for part of the country's history is preserved in the Imperial Museum, and the history of the city of Petr polis intermingles with the building of d. Pedro Ⅱ Palace, and with the 350,000 documents, 55,000 books, and 10,000 objects the institution preserves, studies and communicates.

Imperial Museum. Diplomats Room. IMAGE 13 Imperial Museum. D. Pedro Ⅱ Study Room.

As if that were not enough, we could say that the tropical mountain vilegiatura is a phenomenon that has been guiding the urban settlement in Petr polis since the pioneering action undertaken by emperor d. Pedro Ⅱ, and endured even a change in the political regime. The icon of this persistence is the Imperial Palace of Petropolis, the Imperial Museum forever. The revitalization of the Museum, as well as the projects we are trying to carry on during this young administration, are intended to meet two dimensions: the representation of the Brazilian national State under the Braganza s monarchy, and its link with the birth of the city. It means the national and the local integrating for the benefit of the Brazilian society.

参 考 文 献

［1］Rio de Janeiro, Brasil，1825－Paris，France，1891. Reigned in Brazil from 1841 to 1889.

［2］City of Peter.

［3］Queluz，Portugal，1798－Queluz，Portugal，1834. Reigned in Brazil from 1822 to 1831.

城市博物馆在城市发展中的作用

张　岚*

（上海市历史博物馆，上海 200002）

[摘　要]　本文以上海世博会"城市，让生活更美好"的主题入手，结合城市博物馆的特性，研究了城市博物馆在城市发展中的作用。文章通过对城市博物馆的性质的界定，对于城市博物馆在新历史时期的地位和作用作了深刻阐述。城市博物馆是城市文化的一个重要组成部分。他必须扩大视野，通过城市文化遗存的积累，将城市作为一个有机体加以研究。这对于城市博物馆提出了更高的要求，凸显了城市博物馆的未来发展趋向，通过博物馆人的已有的基础和不懈的努力，使城市博物馆在追求城市美好生活中发挥其应有的作用。

[关键词]　城市博物馆　城市发展　城市文化　上海市历史博物馆

The Duty of City Museum for the Better City

ZHANG Lan

Abstract：By linking the theme of 2010 Expo，the "Better City，Better Life"，the article tries to take the point view of the action of the city museum for the developing of city after analyses its characteristics．The present position and function of the city museum was expatiated after designated the quality of the city museum．It's need to extend our vision and to research on the cultural remains as an organism since city museum is an important part of urban civilization．The city museum will be put into a high level．In the paper it show the new development trend of city museum．The city museum will exert its function to pursue a better life in city after the unremitting work of museum colleagues．

Key　words：city museum，urban development，urban culture，Shanghai history museum

---

*　张岚，上海市历史博物馆副馆长，研究馆员。

ZHANG Lan，Executive Director，Shanghai History Museum，Professor.

　　2010 年,上海世界博览会(EXPO 2010)是第四十一届世界博览会,这第一次在中国举办的世博会,是世博会历史上的一次盛会。场馆面积之大创造了历史纪录,参展方数量也为有史以来最大,共有 246 个国家和国际组织参会(189 个国家,57 个国际组织),令举世瞩目。上海世博会以"城市,让生活更美好"(Better City, Better Life)为主题,并在上海这一国际化大都会的城区举行,其意义和影响非同一般。而紧接世博会召开,国际博协选择了上海召开国际博协大会,这更是锦上添花。对于国际博物馆协会的 30 个专业委员会来说,世博会的主题和举办的地点与我们国际博协城市博物馆专业委员会更为密切。而国际博物馆协会城市博物馆专业委员会是一个年轻的协会,虽然所有的博物馆与历史息息相关,也有专门的历史博物馆的分类,但以一个城市的发展为研究对象来展示的博物馆还是不多,城市博物馆的提法在中国也是近年来的新鲜名词,所以对于城市博物馆的研究还刚刚开始,有待于在实践中加以理论的研究和提高,具有巨大的发展空间。

　　这次世博会的主题:"城市,让生活更美好",给许多学者、规划师、建筑师和艺术家们对于城市这一形态有了更深的思考。在城市大规模追求工业化和资本化的进程之后,希望有一个生态的、低碳的宜居城市,而其中文化的多样性对推动城市发展、提升城市居民心灵境界和幸福指数都极为重要,多元文化的社会群体融合成城市文化创造的源头活水。在文化部、国家文物局、上海世博会执委会、联合国教科文组织和苏州市人民政府共同主办的,中国 2010 年上海世博会"城市更新与文化传承"主题论坛中,来自世界各地的专家,聚焦新形势下城市发展更新中文化的传承创新,对共同维护好人类文化的丰富遗产,推动城市可持续发展形成更加广泛的共识。一致认为:在城市更新中,无论是保护文化遗产;还是繁荣多样文化,都需要文化的继承、演进与创新。国家历史文化名城研究中心主任阮仪三认为,中国城市建设"求新、求快"给文化保护带来危机,中国有二千多个历史文化古城,它们各自有着独特魅力,所以在迅速发展的过程中,应该避免同质化现象的出现,"城市遗产保护,就是重视城市生态,也是城市和谐的问题"。

　　近几个世纪以来,世界城市化的进程越来越快,更多的人聚向城市,城市的数量越来越多,城市的规模越来越大。同样对于中国,最近几年城市化的进程也不断加快,中国改革开放三十年,也是中国大力城市化的三十年。1978 年,中国城市化率为19.92%,今年已达到 47%。据统计,在全球范围,2009 年平均已有 50% 人口进驻城市,而美国是 87%,日本为 93%,欧洲 90%。据专家估测,在 2025 年,全世界将有75% 的人口来到城市和城市周边,中国的目标是未来十年达到城市化率 60% 以上。[1]城市化是影响人类社会经济形态最重要的力量。对于怎样才是一个理想化的城市,历史能向我们展示什么,我们可以从历史上得到什么启迪,是人们现在需要思考的一个问题,城市的发展对于人类的文明进程的加快带来了宝贵的财富,也带来了许多问题。博物馆,是城市发展进程中的一个标志性的产物,成为城市生活的一个重要组成,同时博物馆在积累文化遗产中,同样积累着城市的变迁和发展,博物馆应该在回顾历史中,担负起还原城市历史的责任,用历史的遗存揭示城市发展中的辉煌和困惑,让人们在享受城市文明成果的同时,启迪对未来城市的美好憧憬。

城市,按照《辞海》的定义是:人口密集、工商业发达的地方,通常是周围地区政治、经济、文化的中心;按网上百科的定义为:具有一定人口规模、以非农业人口为主的居民点。这两个定义侧重点不同,使城市有了一个简单而完整的概念。笔者认为,具有一定人口规模、以非农业人口为主的居民点,通常是周围地区政治、经济、文化的中心的表述更为确切。因为单以非农业作为标志,不能说明城市作为各种不同中心的集约化特征的体现,而恰恰是城市的集聚,才能有其高效能、多元化,能富有效率地积累经济财富,创造社会文明。当然由于城市的内涵很大还有更多的表述,但不管这样,城市是人聚集生活、活动的场所,她是区别于农村的人类居住群落,是近代文明高度发展的产物,体现了人类文明的进阶和多样性。

而按照国际博协对博物馆的定义是:博物馆是一个为社会及其发展服务的、向公众开放的非营利性常设机构,为教育、研究、欣赏的目的征集、保护、研究、传播并展出人类及人类环境的物质及非物质遗产。

每个国家虽然文化不尽相同,对于博物馆的外延也诠释不一,如瑞典关于博物馆的定义包含四项内容:1. 博物馆是社会集体记忆的一个组成部分。2. 博物馆征集、记录保存和传播人类文化与环境的物品及其他物证。博物馆发展和增进知识,提供唤醒我们理智的经验。3. 博物馆向公众开放并促进社会发展。4. 博物馆旨在提高公民素质。[2] 但是我们可以看到其内涵还是一致的。

由此,我们可以把城市博物馆定义为:一个为社会及其发展服务的、向公众开放的非营利性常设机构,为教育、研究、欣赏的目的征集、保护、研究、传播并展出人类在城市发展中创造的物质及非物质遗产。换言之城市博物馆的研究和展示的对象将是与城市发展过程中产生的各类文化遗存息息相关。

城市,是人类发展史上一个重要阶段。人类集群而居,人、物质、空间与活动的高度密集,不断碰撞、摩擦、合作,成为创造丰富绚烂的城市形态和文化的场所。城市作为人类群居生活的高级形式,有着辉煌的历史。相对于人类的漫长历史中,其出现的时间还是很短,但就是这短短的历史中,人类产生了多元的领域,创造了无数的奇迹,拥有丰富的文化遗存,是人类走向成熟和文明的标志。

城市的密集性不仅仅是人口的密集,他更体现在物质的密集和精神的密集。当今城市物质和资本高度密集,建筑物鳞次栉比、道路桥梁密如蛛网、各种物流昼夜奔腾不息。城市成为国家物质财富主要的创造者和聚集地。而人的活动创造了文化的密集,城市里集中了教育、医疗和科研机构,并有大量的文化和娱乐设施,如图书馆、博物馆、展览馆、体育场等。这就使城市承担了创造和传播人类精神文明的神圣使命，城市文化亦成为社会文化的主体。

城市的精彩，还在于其特色的不同，其地域的不同、资源的不同、主业的不同，留下不同的发展轨迹，而产生了缤纷多彩的城市特色。有的以工业兴市、有的以商贸为特色、有的就是一个大学城，有的则是旅游城市。当然我们还可以找到更多不同特色的城市。因此，城市博物馆首先要将自己的城市定位明确，突出特色，传承文化。而这种独特的特色，将成为一种城市精神，鼓励市民的认同和融入。这种文化归属感，将为城市的可持续发展提供精神动力。

鉴于城市发展在人类文明史上具有重要地位，集聚着人类的艺术创造和科学技术的成果，其文化遗存的多元性和丰富性，使城市博物馆已经与一些传统的博物馆不尽相同。他文物征集的对象和研究的范围将更为宽大，所涉及的学科将更为繁杂，反言之，所承担责任更大。

城市博物馆，作为一个城市的一个重要的组成部分，将是一个城市的标记。他包容着这个城市的发展历史，他的建筑也是城市的一个文化的象征，其建筑特征要反映这个城市的基本特征和文化形象。对于在建或者筹建中的城市博物馆是必须要考虑的。以筹建中的上海市历史博物馆的新馆建筑为例，就是要凭借上海这个国际经济文化大都市的基础，以21世纪科技的建筑手段和饱经沧桑的上海历史文化元素完美结合，才能体现上海这个国际城市历史类博物馆的风范。

城市博物馆在城市加速发展中，保护好城市的文化遗存是城市博物馆的义不容辞的责任。一方面，要将馆藏传世的文物加以保护和研究；另一方面，城市博物馆与一般传统的博物馆有更多的不同。他更是一个大博物馆的观念。必须关注地面地下的文物遗址和遗迹，这些文物是城市发展进程中重要而不可或缺的文化象征，要将其纳入研究的范围，形成博物馆展示的延伸空间。一般意义上的博物馆仅仅以历史、艺术等不同类别的 为基础，以展览展示为主要经营方式，来体现其社会功能和价值。而城市博物馆则除了以其藏品为展示手段外，他是与城市所有的文化遗存是融为一体的，一幢故居闪耀着人文的光芒，一条弄堂讲述着祖辈的故事，整个城市发展的痕迹都将是城市博物馆告诉人们的历史。城市博物馆是与城市本体直接相关的博物馆，从某种意义上他是没有围墙的。上海市历史博物馆作为城市博物馆必须负担起这一责任，上海市历史博物馆新馆中必须有上海所有的历史遗址、遗迹和优秀建筑的图示和导游，这也就是上海市历史博物馆制作《海上文化遗踪》光盘导览的初衷，也为将来的这一工作打下基础。

城市博物馆，通过展示让人民享受城市发展过程中的一切文明成果。不断创造人际关系、人与自然关系的和谐的人文环境。城市博物馆像一根纽带，把城市的历史和今天联结在一起。他的展示，体现了一个城市的精神，它的建成，将成为社会教育的终身课堂，它同时也是一个休闲中心，是市民在快速节奏下调节生活节奏，吸收文化养料，培育美好心灵的场所。这个场所的打造，就是依托了城市发展中市民对社会贡献的各类文化遗物和遗存。博物馆有责任将这些文化遗存保护好，研究好并将其系统、客观和艺术地向市民反馈。而市民在这文明的哺育下，形成的文化归属感，将成为推动城市发展的催化剂，激发城市复兴的巨大潜力。

城市博物馆，通过对城市发展宏观的研究，凸显所在城市的特征。城市是一个生命体，绝不是密集的人和物在地域和空间上的简单叠加，它依托于自然环境，以人类活动为主体，通过产业、经济、文化以及生活的交往而产生的广泛密切的社会联系，它有着自身的成长机制和运行规律，除了具有区别于乡村的鲜明特征外，由于各个城市的发展轨迹不同，会有着不同的城市形态和文化内涵。而发掘其文化内涵是博物馆研究工作者必须的基础，也是提炼城市精神，产生城市文化认同的核心。通过发掘城市的特质，让市民有归属感，在本城市的发展中有一个高度的认识和发展的基点。让来访者对城市有深度的了解，通过文物，不仅会了解城市发展的管理制度和市政设施，而且体会城市人的思维方法和处世态度。

"以史为鉴"是博物馆的重要功能。东汉思想家王充说过"夫知古不知今，谓之陆沉。""夫知今不知古，谓之盲瞽"。[3] 城市在发展过程中，完善的市政解决了人们的卫生和交往问题。但在向大城市发展中也产生了不少的问题，在城市发展进程中如何面对产生的问题，解决这些问题的方法和措施。如果城市的人口膨胀，其增长超过了城市自然环境的自然承载能力，就会使城市的自然环境受到人类活动的强烈干扰和破坏，造成城市生态平衡失调，引起资源短缺，同时也产生了环境问题。外来人员大量涌入，人口质量下降，老龄化的提前到来，失业现象的加重，人口问题就日益严重。由于城市规划失当，工作地和栖息地人为分开，人流和物流带来的交通问题。由于社会分工多层面，享有不同的城市待遇，产生阶级分化带来的社会问题。这些问题的解决都使城市功能不断健全的重要财富。而博物馆可以提供一个标本，一个范例，为未来的城市发展提供思考。例如，美国爱达荷州立大学人类学系中美洲研究所高级研究员理查德·汉森曾通过危地马拉米拉多盆地玛雅城市兴起和消亡历史的研究，表明城市文化在纵横交错中不断演进，以多样性迸发出新的活力，"而对自然和文化资源的过度消费与环境的压力一起导致了毁灭性的人口消亡"，进而"通过考古得出的模型，在我们迈向未来之际，有着重要的指导意义"。

鉴于以上城市博物馆的一些新的特征和要求，上海市历史博物馆作为一个城市博物馆，在新馆筹建中迫切要做的工作是：

加强对城市的综合研究。城市博物馆由于其研究的范围不断的延伸，研究的领域也不断扩大，逐渐在上海市历史博物馆馆藏文物研究的基础上，建立一支多学科的人才队伍。在这支队伍的组织下，联合社会各界，联合大学和研究所等各类学者专家,加深对不同文物的研究和理解,研究出上海这个城市的特色。

　　加强对城市文明的遗存的征集和文物遗迹遗址的考察认定。通过文物的征集,体现人类在城市化进程中创造力。展现城市对文明发展的贡献。文物的研究以一个整体来研究。将城市发展中的人类创造,如制度、科技、文化等文明遗产作为博物馆征集的基础。

　　加强对城市发展的哲学思考。回顾历史为了昭示未来,在展示体系中体现城市在发展进程中的宝贵文化遗产,突出城市人的智慧,同时反映城市发展中的问题和弊病,引起人们的对过去的回味和对未来的展望。

　　时代的发展,对于城市博物馆有着更新的要求。这不得不使城市博物馆的从业人员加深对自身博物馆发展的思考,只有将自己的博物馆放在城市的综合发展中加以研究,才能使城市博物馆的建设更卓有成效,使城市博物馆的展览更符合人类发展的需求。可以相信,通过博物馆专业人员的不懈努力,城市博物馆一定会与城市共同成长,并成为城市文化生活中的一个亮点。

参 考 文 献

[1] 谢震霖:《从建筑到以人为中心的"境筑"》,《文汇报》,2010 年 9 月 9 日。

[2] Helena Friman:《没有围墙的博物馆》,Museum International,第 231 期,中文版第 2 辑,译林出版社 2006 年 12 月版。

[3] 王充:《论衡·谢短篇》。

博物馆与和谐、美好城市

张　雯*

（济南市博物馆，山东 250014）

[摘　要]　博物馆不仅肩负着为公众传播历史与文明的使命，同时着眼于现实与未来，它还肩负着促进人类社会和谐与城市发展的使命。

一座博物馆就一座城市而言，是这座城市文化水准的标志，也是这座城市的发达的一个标志，它对历史和珍品的保护力、研究力和传承力，是城市发展的最大价值之一。

博物馆是一座城市悠久历史文化的浓缩，是历史的遗迹与物证的汇集之地，是社会集体记忆的一个重要组成部分。

博物馆将以自己拥有的一切资源，完成在构建和谐、美好城市过程中的任务。

[关键词]　博物馆　和谐城市　城市发展

Museums and harmony: a beautiful city

ZHANG Wen

Abstract：Museums are not only responsible for the public dissemination of the history and civilization of the mission, and focus on the reality and the future, it also shoulders the promotion of human social harmony and Urban Development's mission.

For the city A museum is a symbol, the ideal characteristics of life. History and treasures of its protection force, of power and transmission power, is one of the greatest value of urban development.

Museum is a city of history and cultural enrichment, a relic of the land and the collection of evidence, the collective memory of society is an important part.

Museum will own all the resources to complete in building a harmonious, beautiful city during the task.

Key　words：Museum, Harmony city, Urban development

---

* 张雯，女，济南市博物馆业务副馆长，研究馆员。

ZHANG Wen，Deputy Director，Jinan City Museum，Professor.

博物馆不仅肩负着为公众传播历史与文明的使命,着眼于现实与未来,它还肩负着促进人类社会和谐与城市发展的使命。

一、博物馆:城市不可或缺角色

一座博物馆,就一座城市而言,也是这座城市发达的一个标志,是理想生活的特征,它对历史和珍品的保护力、研究力和传承力,是城市发展的最大价值之一。正如德国历史博物馆副馆长汉斯·马丁·辛次所说:"一个城市的博物馆,在塑造文明社会方面扮演着极其重要的角色。一个城市如果没有博物馆,它将会是一个贫穷的城市。"

一座城市从远古走来,无论是发展成金融城市、旅游度假城市、文化教育城市,还是发展成工商贸易城市、港口运输城市,只有找到城市发展的文化血脉,发展的道路才会越走越宽。文化是一座城市的灵魂,历史文化是城市文化的根基。而见证这些历史文化的载体主要是博物馆。博物馆对社会及公众有着强烈的影响,它通过征集、记录、保存和传播人类文化与环境的物品及其他物证,延续文脉,传承历史,融入时代,发展和增进知识,唤醒人们理智的经验,提高公民素质,使城市发展从历史走向未来,从历史走向和谐与美好,因此博物馆在这个发展过程中扮演着不可缺少的重要角色,承担着重要责任。

博物馆是最短的时间内让公众了解这座城市的过去和现在最直观的场所,对于一座城市来说,博物馆已成为一种象征,同时更丰富、深刻、优雅和有趣。

歌德曾经说过:"假如不是通过一种光辉的民族文化均衡地流灌到全国各地,德国如何能伟大呢? 遍布各地的图书馆、博物馆和剧院,作为支持和促进民族文化教养提高的力量,是绝不应被忽视的。"

二、博物馆:城市历史文化缩影

博物馆,是一座城市悠久历史文化的浓缩,是历史的遗迹与物证的汇集之地,是社会集体记忆的一个重要组成部分。翻开世界各大都市的蓝图,我们无不发现,在其经济现象的背后,其文化的力量始终制约着这座城市的发展,博物馆正是这一文化现象的载体,当地历史文化的积淀与延续,当地的民族风情,始终决定着生活在这里的人们灵魂跳动的旋律。从根本上来说,博物馆应该为人类生活、人类社会合理和谐的秩序提供文化意义上的论证,也即提供表征人类文明进程和生存理想的历史遗迹。

例如美国国立历史博物馆,是美国最大的历史博物馆。该博物馆的宗旨是"收藏、保管和研究影响美国人民经历的物品",展览的主题是表现美国人的生活,时间从美国独立战争结束至当代,真实反映美国的社会、文化、科学技术传统以及美国国体的演变。浏览国立美国历史博物馆,仿佛走入历史的画卷,了解了欧洲各国移民的艰苦创业、体验了人文与科技的演变,使您快速通读了一部不断发展的国家的历史。

再如,英国伦敦的大英博物馆,虽然成立于 1753 年,已历经二百余年历史时空,可是历史的风雨并没有影响它的知名度,这里陈列的内容几乎涉及了整个世界的历史文化,是全人类文明的精华,在这里它能帮你把世界历史温习一遍。大英博物馆既是世界和伦敦历史文化的见证,又创造了伦敦的辉煌。

济南,是 1986 年国务院公布的第二批"中国历史文化名城"。它历史悠久,文化底蕴深厚,从新石器时代至今,一脉相承,连绵不断。几千年来一直是人类活动的热土,我们的祖先在这块神奇的土地上留下了深厚的文化沉淀。济南市博物馆就集中体现了 4600 年济南古城传袭下来的灿烂文化,让人们通过参观,走进济南的历史天空,走进中华文明的殿堂,感悟齐鲁历史时期的群星,感悟齐鲁文化的长河,济南城市的远古历史文化在这里与人们会面,济南城市的历史龙脉在这里飞向明天。济南历史文明的辉煌,正体现在济南市博物馆记载并镌刻了它从远古走来的足迹,并以独特的艺术神韵展现了它的历史及现代的文化风貌。

很难想象英国伦敦没有大英博物馆,美国没有美国国立历史博物馆,他们城市会是什么样的。那么,今天我们济南,这座悠久历史文化名城如果没有博物馆,是很难与其相匹配的。任何一座现代化的城市,都有着和自己不可分割的博物馆,这些博物馆正如同城市的脸谱一样,每当你在无意间忆起这座城市时,总是不由自主地怀想起那些博物馆曾给你的震撼。每一个城市走过自己形式各异的历程,都会留下内涵丰富、底蕴深厚的种种遗迹和物证,博物馆保存着有关这座城市发展过程中包罗万象的佐证,无声地承载着城市的传统文化和独特记忆。人们由此能够寻找到自己的根,明白自己是如何融入到世代延续下来的人类活动的各环节之中。它就像一面镜子,可

博物馆与和谐、美好城市

以让民众照出自身的形象、寻找到当地历史,看到当地文化的丰富多彩和城市文脉,从而受到启迪与感染,激发出一种向上的热情,增强建设和谐、美好城市的信心。

三、博物馆:城市和谐、美好因素

博物馆,是一座城市千百年来历史文化的深厚积淀,是大量珍贵文物的收藏地与展览中心,是对外文化交流的窗口,是代表一座城市文化水平的历史及科学知识的宝库,是传播爱国主义精神的课堂。在当前改革的大潮中,促进和谐社会的发展,提高城市文化的魅力,展示城市文化的风采,博物馆理所当然地成为主要的舞台。博物馆将以自己拥有的一切资源,完成在构建和谐、美好城市过程中的任务。

长期以来,济南市博物馆着眼于现实与未来,努力整合其资源优势,切实加强保护、展示和利用,不断扩大社会主义精神文明的辐射力和感染力,充分发挥其在构建我国社会主义和谐社会中的重要作用。

济南市博物馆是一座地方综合性博物馆,创建于 1958 年 12 月,馆址坐落于风景秀丽的千佛山西侧,1998 年被济南市正式公布并授牌为济南市首批爱国主义教育基地,现为国家二级博物馆,主要承担着全市可移动文物的收藏保管、陈列宣传和科学研究工作。几十年来,经过几代人坚忍不拔的团结努力,济南市博物馆在考古发掘、

博物馆与和谐、美好城市

藏品征集、陈列展览、文物普查、古建维修、科学研究、队伍建设等方面做了大量的工作,为保护祖国历史文化遗产,弘扬优秀民族文化,展示济南历史文化名城及其深厚的历史文化底蕴,创建和谐、美好社会作出了突出的贡献。

早在20世纪三十年代初,由我国考古学者对章丘龙山镇城子崖的考古工作,就揭开了济南考古工作辉煌的一页。新中国成立后,市区和周边所属区县的考古发现源源不断,古老济南的神秘面纱不断被慢慢揭开。改革开放以来,随着社会经济和城市建设的飞速发展,文物考古事业也发生了根本变化,重大发现不断涌现。通过考古发掘、专题征集和接受捐赠等主要途径,馆藏文物日益丰富,它带动了济南整体文物保护和博物馆事业的蓬勃发展。馆藏文物精品多次随国家级、省级组织的文物大展到国外展出,以发挥其最大的社会价值,为促进中外文化交流和提高济南市的知名度,担负了独特的文化使命。

济南历代名人辈出,杜甫的“济南名士多”就是对济南名人辈出的真实写照,它已成为济南这座历史文化名城最大的骄傲。济南市博物馆先后在趵突泉和大明湖公园内,创建了李清照纪念堂和辛弃疾纪念祠,为历史文化名城注入新的生机。济南市博物馆专业人员运用自己丰富的业务经验,通过对历史名人、文物考古、地方史志、党史资料、博物馆学等方面的研究,为广大公众了解中华民族悠久灿烂的民族文化,进一步拓展济南深厚的历史文化积淀、传播人类历史文化信息,提供了重要的依据。

作为济南市首批公布的爱国主义教育基地,济南市博物馆认真研究社会需求、观

博物馆与和谐、美好城市

众需要,努力把博物馆工作放到社会、公众需要的基础上,积极弘扬以爱国主义为核心的民族精神和以开拓创新为核心的时代精神,按照"三贴近"要求,不断提供人们渴求的文化精品和历史记忆,适时推出观众喜闻乐见、内容丰富、形式多样的优秀展览,受到广大公众的热烈欢迎,最大限度地适应和满足了不同社会层面对文化生活的需要,对阐释济南历史内涵、呈现济南发展轨迹,展示济南的自然与文化,启迪人们的思考,激发爱国热情,起到了积极作用。在充分发挥阵地教育作用的同时,还积极深入基层单位,把博物馆的文化产品和服务主动送到社会的各个层面,为此,博物馆专门设计制作了多个流动展览,繁荣了社区文化,稳定了社区秩序,增加了社会和谐因素。

济南市博物馆积极贯彻中共中央办公厅、国务院办公厅《关于进一步加强和改进未成年人校外活动场所建设和管理工作的意见》,在不断推出广受青少年欢迎的专题展览的基础上,积极组织开展丰富多彩的寓教于乐活动,努力将博物馆建设发展,成促进未成年人全面发展的"第二课堂"。自 2008 年 5 月以来,对公众全部实行免费参观,有效地树立了博物馆的社会形象,赢得了社会的普遍赞誉,增强了民众的自豪感和使命感,促进了和谐、美好社会的健康发展。

实践证明:一座城市的传统文化积淀及其所处的文化地位,是决定这座城市发展的主要因素。博物馆作为文化基础设施,既是营造良好的文化环境、提高社会文明程度的重要条件,又是构建和谐、美好城市的重要因素。

辩 证 的 发 展

——关于历史文化名城南京城市现代化改造中的几点反思

吴国瑛 *

（南京市博物馆，江苏 210004）

［摘　要］　我国的历史文化名城是中华民族宝贵的文化遗产，南京为十朝古都，是历史文化名城的典范。当今城市的现代化改造与古都地面、地下的历史遗存产生了巨大的冲突，如何辩证的发展是我们遇到的新课题。

在城市的现代化改造中，保护历史文化遗存是我们文博战线工作人员的义务与责任，我们将通过南京城市建设中所遇到的历史文化难题进行反思，其中涉及省级文保单位明代将军山沐英家族墓地保护问题，明代下马坊遗址保护问题，明城墙遗迹的保护问题。

在对上述实例的研讨中，我们将探索在当代城市发展中，如何保护历史文化遗存，如何利用博物馆这个传统文化阵地为历史文化名城的发展与保护献计献策，使城市发展与历史文化保护不相矛盾，为和谐城市、和谐社会做出应有的贡献。

［关键词］　南京　城市改造　问题和反思

The Dialectical Development
—Some thoughts on the urban modernization transformation of the historical city Nanjing

WU Guoying

Abstract：Nanjing, the former capital of ten dynasties in Chinese history, is one of the famous historical cities which are considered as the cultural legacy of Chinese people. The urban modernization transformation which has been carried out these years, however, poses a severe threat to the cultural relics in the city both above the ground and under the

---

* 吴国瑛，南京市博物馆馆员，从事古代器物研究，文物保护及古建筑修缮工作。

WU Guoying，Nanjing Museum.

ground. How to achieve dialectic development has become a new assignment for all of us. It remains our obligation and responsibility to preserve historical and cultural relics during the process of urban modernization transformation. We should reflect on the problems we have encountered during the reconstruction of urban areas in Nanjing and discuss how to protect the cultural relics throughout the process. Furthermore, we will constitute policies and strategies on the development and preservation of this renowned historical city with using museums as its traditional cultural base. Therefore, we will mitigate the conflicts between the urban development and historical and cultural protection, and finally contribute to the achievement of a harmonious society.

Key words：Nanjing, Urban renewal, Questions and reflection

我国的历史文化名城是中华民族宝贵的文化遗产,南京与北京、西安、洛阳并称为四大古都。1982 年被国务院公布为第一批历史文化名城。古城南京是历史文化名城的典范。南京有 2500 年的建城史,近 440 年的建都史,是六朝古都、十朝都会,是江南地区唯一一座做过全国首都的城市。

2010 年是 1995 年国务院批复同意的《南京市城市总体规划》(1991—2010)中编制过的历史文化名城保护专项规划实施的最后一年。从规划实施的总体情况看,南京的城市建设和古都风貌的保护工作基本上是按规划实施的,对南京城市建设和古都风貌的保护起到了积极的指导作用,但保护、控制、开发的力度还远远不够,名城保护在城市经济发展和建设过程中,保护力度、总体风貌(特色)塑造、文化内涵显现和潜在效益的发挥上等方面,与同类城市比较,距规划要求和市民期望仍有一定差距。

尤其,是近两三年来,在南京城市快速发展中所暴露的历史遗存的保护问题日趋严重,现代化改造与古都地面、地下的历史遗存保护产生了巨大的冲突,如何辩证的发展是我们遇到的新课题,在城市的现代化改造中,保护历史文化遗存是我们文博战线工作人员的义务与责任,我们将南京城市建设中所遇到的历史文化难题进行反思,下面我们将就以下实例加以研讨。

作为江苏省第五批省级文物保护单位,将军山明代功臣墓地在 2002 年 10 月被省人民政府核定通过。在此之前,它的名称叫沐英墓,如此重要的古墓葬区域,现在被一大片豪华别墅包围了,这样一个省级文保单位,怎么就卖给房地产开发商搞别墅区建设了呢?这要追溯到 2001 年,当时某投资公司从区规划局拿到了占地面积为500 亩(33 万多平方米)的房地产开发用地,市文物局接到开发商申报后,随即进行了实地勘察,然后划定了保护紫线。而这道紫线所包括的,只是以沐英墓为基点,向东、向北、向西各延伸 50 米的地域,向南延伸的距离要长一些,两三百米远。

　　2002 年 10 月,为了最大限度地保护地下文物,省市文物部门合力将沐英墓地破格升为省文保单位,并更名为"明代功臣墓葬区",希望对沐英家族墓地进行整体保护。按规定,文保单位的紫线应该在一年内划定,然而如何为那些未知的古墓划定紫线却成为了一个难题。

　　按南京市地方法规,建设面积在 5 万平方米以上的项目,开工前都要进行考古勘探,文物部门曾对将军山进行过勘探,然而因为地下都是岩石,难下探铲而无功而返,拯救地下文物的机会错失了,三年以后,当房产开发商的挖掘机抓破了一个又一个重要的沐氏家族大墓,很多人才恍然大悟:在将军山上搞开发是一个多么大的错误。

　　但这种恍然大悟为时已晚。自 2005 年沐英家族第四世孙沐瓒墓发掘出大量珍贵文物之后,这片位于南京江宁将军山南麓的省级文物保护单位的沐英家族墓地就不再宁静,由于别墅的开发力度不断加强,被业内专家称为规模仅次于明十三陵的沐英家族墓地每年都有数座大墓被盗被毁,虽然媒体和专家都做了大量的呼吁,要全面的保护这片明代墓葬区,沐英的几十位后人也不断的进行上访,前后达数十次之多,此事也一度引起了省市领导的高度重视。可是几年来开发商开发的脚步却没有停止,由此直接导致了 2009 年国庆节前这里又发现两座大墓被盗,其中一座的墓主是沐英家族中辈分较高的成员,另一座是宋代的古墓,墓主可能与王安石有密切关系。在此之前市规划局和市文物局共同划定的文物保护紫线图才刚刚出台,其文物保护范围为 27610 平方米,其中沐英墓为 11548 平方米,沐晟墓为 687 平方米,沐琮墓和沐斌墓为 2174 平方米,沐昂墓和沐瓒墓为 1186 平方米,沐朝弼墓为 1335 平方米。从紫线图上看,在面积为 33 万平方米的开发商的别墅楼盘中,监控地带即文物紫线的范围竟然有 21.55 万平方米。

　　这件事情所暴露的问题是地方政府在发展地方经济过程中,缺乏基本的历史文化常识,能卖的地卖了,不能卖的地也在卖,文保单位也敢卖,一届领导作了决策,下届领导无力去改变。一个错误的决策就会引起一系列的错误发生,经济是发展了,GDP 也高了,而古人留给我们的历史文化遗产却毁灭了。相关的专业职能部门监管缺失也是问题之一,审批不严谨,现场勘查不仔细,经不住开发商的催促,草草勘探了事,这些都给我们留下了深刻的教训。

　　同样是 2009 年的事件,大大的猩红"拆"字,借着"危旧房改造计划",正陆续出现在南京部分历史文化街区的墙头。2009 年 4 月底,南京市 29 位学术界和文化界知名人士联名呼吁:南京历史文化名城保护告急!众多"老字号"告急,东南大学建筑学院教授周琦在媒体上说,民国时期,建康路、中华路、三山街是三条商业大动脉,加上太平南路,南京的商业都交汇在这一带;解放后,商业中心才变成了新街口,并且向鼓楼一带延伸。南京应该留下民国商业建筑的典范。其中遗存的民国建筑分为行政军政、公共建筑、公馆使馆等很多类,不少类目前都有保存得很好的"标本",而商业建筑除了个别单体外,却没有成功的"标本"。29 位知名人士上书誓保"老城南"是缘于 2008 年年初,南京白下区、秦淮区的南捕厅历史文化街区、城南历史文化街区(含门东、门西等地)等几片全被列入"危旧房改造计划",在进行大规模的拆迁。下一步等待这些历史文化街区的则多是商业开发。此次"危改",历史文化名城南京再度"告急",梁白泉、蒋赞初、叶兆言、刘叙杰、季士家等 29 位学术界和文化界知名人士挺身而出,联合署名题为《南京历史文化名城保护告急》的信函,寄往住房和城乡建设部、国家文物局、江苏省委以及南京市委,誓保南京最后的老城南。他们在信中说:"再这样拆下去,南京历史文化名城就要名存实亡了!"

"如此大举拆迁,将使古都历史文化价值受到严重影响。"信中列举道,"在安品街,以清代杨桂年故居为代表的多处文物保护单位惨遭拆除;在南捕厅,以民国建筑王炳钧公馆为代表的老街区被拆毁殆尽,用于建设'总部会所'及'独栋公寓';在三条营,省级文物保护单位蒋寿山故居被擅自拆迁改造,用于打造高档'会所';在中华门东,多处明清文保建筑连遭人为纵火,地块用于房地产开发……"事实上,早在 2006 年,侯仁之、吴良镛等 16 位国字号大师和著名人士曾就上书高层,吁请停止对南京老城南的最后拆除。

对于 29 为知名人士的上书,市政府部门终于还是"坐不住"了。分管城建规划的副市长,召集市规划局、区政府等部门,约请 29 位上书的专家进行对话,在对话中,一些部门的负责人感觉很委屈,称这么多年他们也保护了众多的文物古迹。然而当谈及此次"危改"涉及的一些高档住宅开发计划时,这些政府官员却含糊其词,或避而不谈。一个不争的事实是,据不完全统计,南京在 20 年里,由于城市建设和文物本身损坏等原因,拆除了数十处本应受到国家法律保护的各级文物保护单位。

这类事件发生的根本原因还是在历史文化名城的发展与保护之间的矛盾,城市要发展,新形象和新规划必不可少,要发展新的,必然要处理旧的,如何处理旧的又是个难题,任期内的领导怕是没太多的耐性来仔细琢磨,再加上领导们从各行业里脱颖而出,未必对南京的古老历史和文化底蕴有太多的了解,因此急功冒进是他们的必然选择。而住在老旧危房中的百姓们也想改变自己的生活现状,对此间的文化内涵怕也是不懂,但是改善自己生活居住环境确是他们的刚性需求。学者们的慷慨陈书很及时,但是又给相关部门和老百姓们出了个现实的难题,保还是不保和拆还是不拆都是难题,拯救南京的老城区,恐怕不仅是一个文化命题,也是一个社会命题。

从历史的角度我们将会发现,保护先辈留下的文化及物质财富是我们当代人的使命,现在不是讨论保还是不保的问题,而是如何保护好的问题。在城市发展与建设中也有很好的事例体现了我们的智慧,告诉我们如何在矛盾中寻求发展与保护。

世界文化遗产明孝陵位于钟山风景区南麓.是明朝开国皇帝朱元璋和马皇后的陵墓,下马坊则是世界文化遗产明孝陵景区的起点。当年南京市宁杭公路二期公路的实施,将有可能使下马坊三组石刻离开它现在的"安身之所"。下马坊石刻组可能迁移的消息,让文物专家担心:一边在大力提倡保护,一边又因现实利益有可能破坏文物遗迹。城市的领导们想当然的认为,无非是几块石头做的牌坊,三组石刻换个地方就成了,文物必须给进城的道路让路,但问题显然不只是一条公路和三组石刻之间的矛盾,而是在拥有 2400 年历史的南京古城中,文物保护与城市建设之间的矛盾。最后坚守职责的文物局局长向国家文物局汇报此事,国家局派人来制止这种行为,才得以保护了下马坊遗址,理顺了城市交通、人和文物三者之间的正确关系:车给人让路,人给文物让路。

此后在文物专家的建议下,以现有的中山陵园风景区的历史资源为基础,将遗址保护与合理利用相结合,建立了下马坊文化遗址公园。对其间的文物遗址采用保护第一、合理开发、永续利用的方针,结合明孝陵景区神道的植物配置进行科学的规划设计,使得沿途 2.6 公里神道的植物与周围的自然生态有机地结合在一起。下马坊遗址公园的建成,完善了明孝陵景区,使得六百年前下马坊至大金门之间的孝陵神道得以贯通,重新显现在世人面前。同时也完善了风景区的整体格局、景观环境和配套设施。在遗址公园内,很多看似无序、残缺、破损、风化的雕塑及石刻,都得到了妥善的保护,保留了遗址公园的真实性,并成为一个比较完善的历史文化遗址公园,是融生态、历史、文化于一体的综合性特色公园,是生动、实在、并具良好生态的历史遗迹的教育基地。建成后的下马坊遗址公园已经跨越了单纯的文物保护层面,基本实现了多重效应。下马坊遗址公园本身,作为保护南京古都风貌的精彩力作,也显现出了独具一格的魅力。

以上的事例从一个角度折射出我们城市建设和文物保护的现状,其中有问题的存在,也有解决问题的方法,当我们用辩证的眼光去发现问题的时候,也应该用辩证的方法去解决问题,在以人为主体的社会结构中 ,人的主观能动性决定了我们解决问题的态度。

当事人的态度和行为才是关键所在,当前的城市现代化中"基本建设"、"大兴土木"是其主要内容。以古代都城为主要内涵的历史文化名城的现代城市,古代都城遗址与现代城市大多在"空间"上是重叠的,如果不能解决好二者保存与发展的空间关系,那么往往是现代城市的发展,将导致古代都城的彻底毁灭。因此要做到发展好,保护好,首先各级领导们应该有保护的意识,规划部门要制定好科学的规划,监管部门则尽职尽守把好原则关,专家们能拿出合理可行的建议,这样才能促进城市健康和谐的发展。

城 市 博 物 馆

——城市文化的担当者

李　玫[*]

（天津博物馆，天津 300201）

　　［摘　要］　城市博物馆是城市发展进程中的产物。是展示城市历史、现在、未来的窗口。它的存在应是反映城市性格、影响市民的社会生活、体现城市气质，是城市历史文化最鲜明、最深刻也是最长久的体现。每个城市都有体现自己城市特点的城市博物馆，但仅以一个博物馆的馆藏和展览来体现一座城市的多元文化远远不够。作为城市文化的担当者，城市博物馆有义务承担起整座城市保护、收藏、传承、介绍、宣传的责任。随着城市化进程的不断加快，城市博物馆不能在囿于传统的活动框架，它的活动不能仅限于城市中心的一幢楼或一组建筑中，它的活动外延应以更大的空间、更宽的区域为基础，甚至要涵盖整个城市的生活区域。本文从"城市记忆的收藏者、城市发展的记录者、城市未来的规划者"三个部分进行论述城市博物馆在担当城市文化中要起到的重要作用。

　　［关键词］　城市博物馆　城市文化　收藏　记录　参与

The City museum and its responsibility to urban culture

LI Mei

　　Abstract：The City museum is an element in the process of urban development. It is a window on the past，present and future of the city. The city museum should reflect the city's character，its social life and urban temperament. It is the most distinctive，most profound and most permanent manifestation of urban history and culture. Every city has its own city museum which can reflect its own unique urban characteristics，but it is not enough to use only the museum's collections and exhibitions to reflect urban culture. The city museum，as the institution which undertakes the responsibility for urban culture，

　＊　李玫，天津市博物馆宣教部副主任。

　　LI Mei，vice director public relations and education department，Tianjin Museum.

should assume responsibility for the protection of the city's heritage, for the collection of artefacts, and for the interpretation and promotion of the city. In the accelerating process of urbanization, the city museum cannot be limited by the traditional museum framework. Its activities cannot be limited to the centre of the city or to a building or a set of buildings. Its activities should extend beyond these limitations and cover the whole city. This paper will discuss the important role played by the city museum in urban culture through three specific activities: as collector of urban memory, as recorder of urban development, as visionary of an urban future.

Key　words：City museum, Urban culture, Collector, Recorder, Participants

每一座城市都有体现自己城市性格的博物馆,展示城市历史、现在、未来。它收藏城市的记忆、记录城市的发展、规划城市的未来。城市博物馆担当着城市的文化,但仅以一座博物馆的馆藏和展览呈现一座城市的多元文化是远远不够的。作为城市文化的担当者,城市博物馆有义务承担起整座城市保护、收藏、传承、介绍、宣传的责任。正如肯尼思·赫德森在一篇《大欧洲博物馆》的文章里写道:"从博物馆的角度看,我认为每个城镇、村庄、景观、每个国家、甚至每个洲都可以被看作是一个'大博物馆'。在这里,每人都能找到他们自己的根,都能明白他们如何融入到数百年来延续下来的人类活动的各环节之中。'大博物馆'的传播推广要通过我们所说的博物馆这一机构来进行。博物馆存在的真正原因是它能使我们的生活更有趣、更有意义。"

真正能反映城市发展历史脉搏、体现城市民俗民风、规划城市未来的完整立体城市博物馆,目前还是个空白。而另一个事实是:很多城市市民对自己城市的发展史知之甚少,对城市规划前景更是茫然,就算有所了解,多半也是支离破碎的,不连贯的。通过整合资源改造或新建城市博物馆应是城市发展的需求。

目前,对城市博物馆的规范定义尚在讨论中,笔者粗浅地认为城市博物馆在具备传统博物馆应有的属性的基础上还应该具有"收藏城市历史、记录城市发展、规划城市未来"的职能。由此看来,每个城市都应该有属于自己的城市博物馆。但据笔者了解,国内几乎没有真正意义上的城市博物馆。城市中的综合性博物馆只承担了部分城市博物馆的职能。

一、城市博物馆——城市记忆的收藏者宣传者

人类文明的发展需要城市博物馆作为载体去体现城市的历史。天津有着 600 年的城市历史,虽不算悠久,但极具地方特色,特别是在近百余年间,天津在中国近代史

上有着重要的地位,有"中华百年看天津"之说。天津博物馆以《中华百年看天津》作为天津地方史的基本陈列来反映天津这座城市的近代发展史。但一座城市的历史记忆是散落于城市的各个角落的,将散落于各个角落的承载着城市历史的遗存采撷起来,对其进行保护、传承、宣传,这是城市博物馆义不容辞的责任。

目前,文物系统的第三次文物普查工作已接近尾声,这是一项对各地文物、遗址、遗迹进行抢救性保护的工作。在这项工作中,博物馆承担了大部分的职责,就天津来讲,在这项工作中起主导作用的就是天津博物馆,人员也是从各博物馆、纪念馆抽调出来的精兵强将。由"三普领导小组办公室"与天津博物馆联合举办的"工业遗产与天津"学术研讨会,就说明了城市博物馆以自己强大的学术研究能力在参与保护城市历史遗址、遗迹中至关重要的作用。第三次文物普查的重点之一就是工业遗产的普查,从第二次鸦片战争以后发展起来的天津,是中国为数不多的沐浴了近代工业文明的城市之一,工业历史悠久,生产门类齐全。早在洋务运动时期,清政府就在天津创办了天津机器局,还修建了大沽船坞。清末"新政"时期,清政府在天津兴建了北洋银元局和造币总厂。民国年间又陆续出现了六大纱厂、久大精盐公司以及一批面粉厂。到 1949 年,天津共有 4708 家企业,这些都表明天津工业遗产是一笔巨大财富,等待着我们去发掘和保护。在工业遗产的普查中,我馆陈列研究部主任岳宏先生在此项普查中投入了大量的精力,不仅征集许多相关的文物、文献,还出版专著《工业遗产保护初探》来论述工业遗产保护的价值,并对工业遗产的评估标准做了深入的研究。天津博物馆目前掌握大量与此相关的历史文献,拥有此方面的多位专家,理所当然地成为这此普查工作的参与者和支持者。而这项工作的意义不仅限于文物普查工作本身,同时也是城市博物馆拓展其参与研究空间的范例。

天津博物馆《中华百年看天津》陈列展

天津造币总厂

作为城市博物馆,我们不仅有保护城市历史遗存的义务,更有向世人宣传这些历史遗存的责任。正如瑞典"斯德哥尔摩教育"项目的管理者海伦娜·弗里曼在他的《没有围墙的博物馆》一文中所说,"博物馆的存在主要是激发市民对博物馆围墙之外的城市及世界的好奇和探索之心。为城市博物馆提供动力和支撑的是一个地方或一个区域连同其所有的物品是一种文化财产。"[1]这也应该是城市博物馆教育职能的延伸。我们可以把博物馆作为宣传、研究城市及它的遗存的教育基地。把参观博物馆和对历史遗存的导览结合起来。对展览的细致研究后加上实地的考察体验,这种参与和现实感会对参观者产生强烈的影响。

二、城市博物馆——城市发展的记录者保护者

城市博物馆应记录着城市发展的点滴,有"为明天收藏今天"的责任和义务。在城市化进程加快,经济发展日益成为主线的当代社会,城市的发展变迁对城市博物馆又意味着什么呢?博物馆如何最大限度地展示一座城市的历史与现实,加强自身与城市发展的互动关系,成为人们日益关注的话题。

随着城市建设的迅速发展,城市建设与城市历史文化遗迹的保护之间存在着诸多的矛盾。历史遗址、遗迹是城市历史的载体,是历史和现实的联系纽带,"是激发市民的认同感和自豪感的直接感性的环境,市民在日新月异的旧貌换新颜中应当感到自己历史的延续性"[2]作为城市博物馆应及时征集和收藏近现代文物,改变只重视收藏古代文物轻视近现代文物的狭隘观念,这些新藏品将成为城市发展史的最有力的佐证。正是基于这种理念,城市博物馆的藏品收藏更为广泛,凡是能够体现原居民在

自然与社会变迁中具有代表性并起到重要作用的"物"都可以列入其收集的范围。

在收藏可移动文物的基础之上,城市博物馆对于不可移动的文化遗迹的保护也承担着责无旁贷的义务,对历史遗迹、遗址的保护已得到了政府的足够重视,政府出资对其建筑整体进行修缮,而对于建筑内部的陈列和原住民的教育工作则要依靠博物馆工作者来完成。因为我们所要保存的不仅仅是建筑本身,还应当包括与之相关的那段历史。在天津,就拥有像"五大道"这样的记录着城市历史的遗迹,它记录着这座城市的兴衰荣辱、见证了这座城市的风雨历程。它的存在本身就是对城市博物馆馆藏文物、文献的补充。这些历史遗址、遗迹可以说就是这座城市中一座座没有围墙的博物馆。

天津"五大道"历史风貌街

城市博物馆还应利用自身的专业资源,来指导建立若干个保存城市记忆的小型博物馆。每一个小型博物馆都能帮助市民回忆起城市的某些记忆,这也是城市博物馆应有的责任。天津博物馆为天津首家乡镇博物馆"华明博物馆"的建设提供了极大的支持和帮助。这家博物馆坐落于天津东丽区华明示范镇,它的建馆宗旨就是:让以往的岁月在华明人的心中一代一代的延续。它以记录滨海华明湿地生态和民俗风情为主要内容,再现了 12 个村庄、13000 个家庭告别原址乔迁新居前的历史。

因此可以得出这样的结论:对于每一座城市博物馆藏和保护的空间不应当局限于内部的库房和展厅,而要将其扩展到整个社区,甚至整座城市,它应该包含所有曾对该城市建设和变化以及文化传承起过重要作用的事物。

到这里,我想起一篇介绍日本横滨一家"拉面博物馆"的文章。文章是这样写的:别以为这个博物馆只是商家的噱头,步入其中,立即觉得时光倒流五十年;头顶是满天的红霞,"街道"两侧尽是两三层的木质老房,歪歪斜斜的木头电线杆上挂着昏暗的街灯,卖玻璃瓶装牛奶、张贴旧广告的小杂货铺,老板娘包着头巾,巡警留着小胡须,小旅馆的门里还不时传出猫叫……这就是1958年的横滨。这个博物馆的创建者出生在20世纪50年代,曾长期居住在此,看着城市一点一点被改造,心里难免有些失落。他希望通过为横滨街头最多的面馆建造一座博物馆,来再现已消失的1958年横滨街景,也就是他记忆中的童年场景。1993年他实现了这个想法,这一博物馆曾在日本轰动一时。这家特别的博物馆,将城市的记忆融入其中,着实把美食上升到了文化层次。

"古老的艺术能让今天的生活变得不同寻常,我们喜欢艺术的目的是希望有更多的人喜欢我们的城市和历史。"这是写在荷兰鹿特丹一座家庭式博物馆的一句话,和这句话放在一起的是一对雕刻有神秘图案且保存完好的古老油灯,它们清晰地告诉我,每一件文物的损坏都会造成历史的残缺。[3]

城市的记忆可以用多种形式保存下来,正是这些小得不能再小的博物馆串起了城市的记忆。那么作为城市博物馆要做的就是要用专业的眼光去挖掘,然后将它们介绍给市民。去丰富市民的城市记忆。

三、城市博物馆——城市未来规划的参与者

对于城市的规划,传统意义上的博物馆似乎还不能参与其中,这也正是目前国内只有综合性博物馆而没有真正意义上的城市博物馆的原因所在。当今世界,文化与经济和政治相互交融,文化越来越成为城市发展的重要因素,文化规划与文化引导在当今城市规划中应该发挥重要的作用。在这样的背景下,城市博物馆就应该参与到城市环境的改变中并有责任帮助城市居民理解他们所在城市的改变。"城市博物馆应在城市规划和定位上发挥更为明显和创造性的作用,可以为可持续的、包罗万象而且富有想象力的城市规划和定位作出明显的贡献。对于博物馆来说,这种积极的参与过程同样可以使其更好地融合到民众中去,为博物馆带来新的观众"。[4]

博物馆学者与城市规划者处在迥异的背景之下,使用不同的观察视角,常常在同一个问题上产生相左的看法,这是很正常的。重要的是应该相互交流,并重视对方的存在。"在一个城市中,城市规划建筑师的作用是和保护计划的决策相联系的,规划就是保护和传播。当现存的房屋得到保护时,我们在保护有价值的东西,赋予了它们与原来不同的意义"[5]当前,世界各国在城市改造和建设中对历史文物、历史遗迹的保护和发挥其应有作用是极为重视的。保护和利用历史文物和遗迹已成为现代城市学研究的一个重要课题,城市博物馆应积极参与城市规划中的保护计划。

2006年,天津市政府有关部门打算拆除位于今天和平路金街的浙江兴业银行大

楼,遭到了多名院士专家联名呼吁保护重点文物的请求。其中就包括天津博物馆的专家。他们认为天津这座历史文化名城已有六百年的历史。如果说老城厢是其前五百年历史的见证,那么,后一百年历史的主要见证者之一就是以劝业场为中心的和平路、滨江路商业中心区。处于和平路、滨江路交叉路口的原浙江兴业银行已有 85 年的历史,是中国近代首

天津博物馆外景

位留学意大利的著名建筑师沈理源的代表作,具有极高的文物价值。原浙江兴业银行与劝业场,连同惠中饭店、交通饭店,四位一体,形成和平路、滨江路商业中心区的龙头和心脏。这 4 栋建筑组成的群体,是举世公认的天津著名标志性城市景观,更是天津城市现代发展规划中弥足珍贵的历史文化资源。在这些专家的奔走呼吁下,目前这批建筑得以完好保存。

城市博物馆的主要任务和经营范围就是城市本身。博物馆必须参与到城市的建筑环境和社会生活的诸多变化的讨论中。博物馆不仅要通过物品的收集和行为的实践、更要通过观点的交流和辩论来获取这种参与的权力。相信随着时间的推移城市博物馆这种参与城市发展的重要作用会得到越来越充分的体现。

作为城市文化的担当者,城市博物馆不能再囿于传统的活动框架,它的活动不能仅限于城市中心的一幢楼或一组建筑中,活动外延应以更大的空间、更宽的区域为基础,甚至要涵盖整个城市的生活区域。

怎样展现你,我的城市? 这是一个城市博物馆要思考的问题。

参 考 文 献

[1] (瑞典)海伦娜·弗里曼:《没有围墙的博物馆》,《国际博物馆》第 231 期,译林出版社。

[2] 陈克:《新天津建设中的文化遗迹保护问题》,《心向往集》,天津古籍出版社,2009 年版。

[3] 于海东:《北京日报》,2009 年 5 月 15 日。

[4] 邓肯·格鲁考克:《城市博物馆和城市未来:城市规划的新思路与城市博物馆的机遇》,《国际博物馆》,第 231 页。

[5] 阿娜 A·V. 罗德里格斯:《无形空间:从博物馆到城市——以圣保罗为例》,《国际博物馆》231 期。

Brazilian Emperors CeptreMuseu
Amaz nico Madeira-Mamor
（Madeira-Mamor Amazonian Museum）：
an observatory of change in the Amazon region

Maria Ignez Mantovani Franco *

Abstract：The paper presents the masterplan to create a regional museum-Museu Amaz nico Madeira-Mamor in the city of Porto Velho, the capital of Rondonia State in Amazonia. The city is rather precariously situated between the greatest tropical forest, and one of the largest rivers, in the world and in a region unique for its biodiversity and its remarkable culture.

Today, the government is granting concessions for the construction and operation of hydroelectric power plants which will generate the additional energy required by the growing economies of Brazil and other Latin American countries. One company, Santo Antonio Energy which won the public bid for the construction and operation of the Santo Antonio Power Plant on Rio Madeira, one of the main tributaries of the Amazon River, is showing a sensitive approach towards the region's patrimony, its inhabitants and the environment.

This fertile land is an appropriate ground for the birth of a dynamic operation of salvaging a forgotten and abandoned patrimony：the vestiges of one of the most emblematic historical feats in Amazonia the successive attempts from the end of the 19th century to the early 20th century to build the Madeira-Mamor Railway, intended to go around the Rio Madeira rapids and thus connect the Andean countries to the Atlantic Ocean.

The Madeira-Mamor Amazonian Museum intends to be an observer, recorder and interpreter of the changes to the region that will inevitably take place. It will aim to help bring the local population to a new level of understanding, making them protagonists of change in their region. To this end, the museum will focus on the heritage and history of Porto Velho, Rondonia and Brazil, mobilize and involve different social groups in current issues and help them ensure a better future for succeeding generations.

This project illustrates the extent to which museums can help enable cities to be more

---

* *Maria Ignez Mantovani Franco*，Director, Expomus, Sao Paulo, Brazil.

socially harmonious and sustainable. The Museum is an experiment which aims to surpass the fragile and conservative models traditionally applied to the relationship between great projects and their impact on local populations. It represents a new paradigm that fosters social balance and interaction among mixed populations. Above all, the project should stimulate a cultural crucible where everyone can collaborate towards the creation of a sustainable model in which natural resources and people live together in harmony.

马德拉·马莫尔亚马逊博物馆：
对亚马逊地区的变化观测站

玛丽亚·英格尼兹·曼托瓦尼·佛朗哥*

[**摘　要**]　本文介绍了创建一个区域博物馆——在亚马逊地区的朗多尼亚州首府波多韦柳市的马德拉·马莫尔亚马逊博物馆的总体规划。这座城市非常艰难地处在世界上最大的热带森林和最大的河流之间,在世界上没有一个地方可以和他的生物多样性以及辉煌的文化相媲美。

今天,巴西政府已经批准能为巴西和其他拉美国家的经济增长所需的能源而建设一座水电站。圣安东尼奥能源公司,赢得了公众的支持在亚马逊河主要支流之一的里约马德拉建造圣安东尼奥发电站,这对本地区的居民、环境和文化遗产都有严重的影响。

这一个适合挽救曾被被遗忘和被抛弃的文化遗产的肥沃的土地:在亚马孙河流域的最具象征性的历史壮举之一——从19世纪末到20世纪初建造的马德拉·马莫尔铁路,试图绕过里约马德拉的急流,从而连接到大西洋边的各个安第斯国家。

马德拉·马莫尔亚马逊博物馆有意成为这一地区的观察员,记录员并对该地区将不可避免变化做出解释。它的目标将是帮助当地居民提升他们的认识水平,使他们成为区域内变化的决定人。为此,博物馆将关注在波多韦柳,朗多尼亚和巴西的文化遗产和历史,通过宣传组织不同的社会团体,帮助他们确保为后代创造更美好的未来。

该项目在一定程度上说明了博物馆可以帮助城市更加和谐和可持续发展。这个博物馆是一次尝试,通过这个规划和影响试图改变当地人保守和落后的状态。它代表着一个新的模式,促进社会和不同人种之间的平衡。最重要的是,该项目将刺激文化的融合,人们可以建立一种自然资源和人类和睦相处的可持续的模式。

---

*　玛丽亚·英格尼兹·曼托瓦尼·佛朗哥:巴西圣保罗亚马逊博物馆馆长。

A large museum in a small town

Svetlana Melnikova *

Abstract：The Golden Ring is a series of small towns and cities to the north east of Moscow，noted for the part they have played in the history of Russia.

The Vladimir and Suzdal Museum-Reserve is one of the biggest and most well-known in Russia made up of 55 monuments and 47 museum exhibitions located in the towns of Vladimir，Suzdal and Gus-Khrustalny. Vladimir was one of the medieval capitals of Russia，Suzdal dates back to the 11th century and Gus-Khrustalny，founded in the middle of the 18th century，is the one of the oldest glass making centres in Russia.

The museum reflects and preserves the unique atmosphere of these three Golden Ring towns，but it does far more than this. It plays an active role in the urban strategy of local government by serving not only as a shop window for the towns and helping them to be more attractive to tourists，but by acting as a form of tuning fork for townspeople. There is a symbiosis between town and museum and a wide range of people and organisations turn to the museum for advice and consultation. The head of the Russian Union of Museums has described museums as the DNA of the nation. The Vladimir and Suzdal Museum-Reserve could be described as the DNA of the three towns of the Golden Ring.

小城镇中的大博物馆

斯韦特兰娜·梅利尼科娃 *

　　[摘　要]　弗拉基米尔和苏兹达尔博物馆筹备是俄罗斯最大的和最有名的博物馆之一，它分布在弗拉基米尔、苏兹达尔和古西赫鲁斯塔利内三个小镇，由 55 处古迹和 47 个展览组成。弗拉基米尔是俄罗斯的中世纪的首都之一，苏兹达尔可以追溯到 11 世纪，而古西赫鲁斯塔利内，在 18 世纪中叶创立，是俄罗斯最古老的玻璃制造中心之一。

* *Svetlana Melnikova*，Director General of the Vladimir and Suzdal Museum-Reserve，Russia.
　斯韦特兰娜·梅利尼科娃：俄罗斯弗拉基米尔和苏兹达尔博物馆馆长。

博物馆反映并保留了这三个"金戒指"城镇独特的气氛,并远不止这些。它在当地政府的城市战略中发挥积极作用,不仅是这些城镇的橱窗,并帮助他们更吸引游客,并和当地民众的呼声相一致。在博物馆和城镇之间有着广泛的合作关系,很多民众和组织都想博物馆寻求建议和咨询。俄罗斯博物馆协会主席将博物馆形容为民族的 DNA。弗拉基米尔和苏兹达尔博物馆可以说是这三个"金戒指"小镇的 DNA。

The museum, which I represent, the Vladimir and Suzdal Museum-Reserve, is one of the biggest and well-known in Russia and it comprises 55 monuments of architecture and 47 museum exhibitions located in Vladimir, Suzdal and Gus-Khrustalny. For these towns today the Vladimir and Suzdal Museum is more than a simple museum, because during half a century of its existence it has turned into a peculiar social and cultural institution.

The small town of Suzdal, with its population of 11 thousand people and the area of about 10 sq. km is a wonderful example of cooperation of the museum and the town. There are about 200 architectural monuments, including 5 monasteries, 33 parish churches, 14 belfries in Suzdal. Several of them are in the World Heritage List of UNESCO.

The town is famous not only for a great number of monuments, but also for the fact that they are presented by the efforts of the museum and that is very important they are preserved and they are restored by the museum. During the last 10 years according to the state special-purpose program the museum has received about 600 mln rubles for the repair and restoration work, and more than a half of these funds has been drawn in the last 2 years.

If we analyse the subject, we'll see that tourism in Suzdal began to be developed owing to the museum. Indeed, one needs an object to start traveling. But tourist infrastructure must be built in that case in accordance with the demands of tourists. Separately taken hotels, restaurants, clubs, cafes cannot be the purpose the trip. According to one of the fundamental laws of economy, demand determines supply. Consequently, the museum can be considered the town-forming enterprise of this small town. Monuments and exhibitions of the museum-reserve in Suzdal is the main objective of the arrival of guests from different corners of Russia and from abroad (in 2009 the number of tourists, who visited Suzdal approximated 800,000). In this sense, the hotel-restaurant infrastructure of the town "is secondary" and it depends directly on the quality of the exhibition and excursion activities of the museum. Thus, the museum provides tour-business with work and, finally, taxes from tourism go to the town. The town lives on tourism. A considerable part of the population is engaged in this sphere. About 200 people work in the Suzdalian branch of the museum alone.

Our museum-reserve became a sort of a "brand" for Suzdal. Answering the question: "What is Suzdal?" tourists usually say:

"Old times" (the museum reconstructed, restored and turned into the museum exhibitions the monuments of the 13th 20th centuries, did a lot for inscribing them into the World Heritage List of UNESCO);

"The museum-city" or "The city of museums" (there are 25 museum exhibitions in the town);

"The city of the Cucumber Festival" and it is not by chance, that this festival was born in the museum. Cultivation of cucumbers is the traditional occupation of the townspeople from the 18th century and the day of the festival may be called the professional and corporate day of the townspeople hereditary cucumber-growers. Bright and long-awaited the Cucumber Festival is conducted in the second half of July at the Museum of Wooden Architecture. This museum is a real Russian village with houses, vegetable-gardens, orchards, barns and windmills. Guests are offered traditional Russian food and are taught how to bake pirogi and pancakes, to pickle cucumbers and prepare other dishes of them. They may play Russian traditional games, learn old Russian dances. This year Suzdal celebrated the 10th jubilee festival. It assembled about 18 000 people. We consider our festival international: we receive guests not only from other cucumber centers of Russia, but also from Finland, Bulgaria, Germany, Sweden. In Suzdal the festival contributed to the development of "healthy food" movement, in contrast to the fashionable fast food.

The interest in the festival is so great, that some tourist agencies reserve tours for this day half a year in advance. This festival is not only an entertainment, but also an educational recreation. But for the inhabitants of the town this is the possibility to demonstrate fruits of their labor, to show their culinary talents and to earn some money.

This festival is not the only one, all in all during the year the museum organizes six similar events: Goose Fights, Pancake Week Festival, Folk Crafts Festival always celebrated on the Holy Trinity Day, the Savior Day of the Apples, Bogatyrs' Fun and Games.

Following the example of the museum many hotels began to organize festivals of their own turning to us for systematic help. We gave impetus to such bright events as festivals of Russian Fairy Tale, Night of St John and so forth.

Suzdal is of special interest in winter. Only in the period of the New Year holidays our museums are visited by tourists outnumbering the entire town's population. It must be admitted that such a year-round flow of tourists is not an easy thing for the town and this urges the inhabitants of the town to open private guest houses, cafes, handicraft workshops, and all this makes new jobs and brings more money to the town's treasury.

More and more often Suzdal becomes the venue of regional, All-Russian and international conferences, seminars, symposia. This so called "congress tourism" is far from new in the contemporary business. According to the media, every year more than 150 events of that type are held in Suzdal. And the fact of organizing the cultural program for the participants on the basis of the museum is an incentive for that. As the organizers say: "Suzdal is a built-up brand and practically every event organized here is doomed to success".

It's not by chance that among the regular customers of Suzdal we see cellular communication operators, financiers, pharmaceutical companies, specialists in the field of medicine, physics, IT and nanotechnologies.

Very often the outcome of such meetings and negotiations depends on the very atmosphere of this famous town. For example, one corporation, a Russian producer of nuclear fuel, held a number of events for its staffers and partners on the territory of the museum complexes in Suzdal and Vladimir. As later on it became known, after that a mutually beneficial contract was made with a Bulgarian company, whose employees were impressed by a stay in our ancient town. Surely, the atmosphere of the museum town played its important part in the business negotiations.

The show jumping competitions for the "Golden Ring" Cup fell harmoniously in with Suzdalian local coloring. One of the new forms of corporate recreation team-building in the form of historical orientation in the town, became popular in Suzdal. After the tour of the town, the players leave to solve intricate tasks. In order to find correct answers, it is necessary to explore the entire town.

Today Suzdal is a popular playground for the so-called "geo-caching". This is also a team game, tasks for which are published in the Internet. Travelers from different cities of the region armed with knowledge, GPS-navigators and maps attempt to answer complex questions and to find the hiding-place, left by the previous team. Our ancient town is a perfect place for similar games. But it is impossible to find answers to these questions without a visit to the museum.

Even members of the famous Harley-Davidson club lay their routes through Suzdal. And this forced museum to invent a new festival, which became very popular with the people of Suzdal.

It's necessary to mention such a large-scale project as the "New names" international children's summer creative school which has been held in Suzdal for already 15 years. Gifted children from different corners of our country and from abroad arrive to Suzdal. Children have an opportunity to learn from famous masters of art.

Owing to the museum small Suzdal became significant even on a state level. Since 2004 Suzdal with its museum complex of the Monastery of the Savior and St. Euthemius became one of the basic areas for the celebration of the state holiday the Day of People's Unity. On this day, government delegations arrive to Suzdal to lay flowers to the grave of Dmitry Pozharsky, a national hero of the Russian people. The memorial on the burial place of prince Pozharsky was destroyed after 1917 and the museum-reserve not only initiated its reconstruction but also became the chief executor of the project. The idea was supported by the government of the country. The project got the nation-wide approval, and as it was in the 19th century the money for the memorial was raised by the people. Names of the benefactors were inscribed into the special book. The President of Russia arrived to take part in the opening ceremony of the memorial which appeared live on television on November 4, 2009. Now many people specially arrive to Suzdal in order to see the famous mausoleum, which was revived on the people's money. Consolidation of the people at the grave of the national hero, who saved the country from foreign invaders in the 17th century is a powerful educational moment.

At present, it is very important that the people want to know their history, want to be proud of it and admire creations of their ancestors. Actually, the museum builds the history of Suzdal, and thus, contributes to strengthening national self-consciousness. This is not simply a large, but a great task, the mission of the museum-reserve, to be more precise. Fate had driven Suzdal to become the unique mirror of the history of the Russian state, where both heroic and tragic pages are closely interwoven. On the territory of the same monastery, where the monument to the national hero stands, the "Suzdal's prison. Chronicle of its two-century history" museum is located representing dark pages of Russian history, hundreds of tragedies and broken fates. The museum preserves, actively propagandizes historical memory in order to stimulate democratic development of the society and formation of civil consciousness.

Our museum always has an active position with respect to everything occurring in the town, often determines the public opinion. This city requires a special attitude, but the city authorities do not always understand this. The museum does its best to preserve the town as a single historical and topographical complex, it formed the public opinion and contributed to the early change of the mayor of the town in 2009 "for the inaction during more than three months". This was the unique case within the framework of the entire country. The matter is that the patriarchal world of Suzdal is being destroyed very quickly. Many people want to build houses for themselves in the very center of the town next to the architectural monuments trying to overshadow them in size.

The museum together with the Agency on Culture could inscribe 11 town meadows into the list of the monuments of landscape architecture. The museum allocated funds for strengthening of the banks of the Kamenka river, which once gave life to the town, but now becomes a threat to it: the river undercuts the bank, destroying foundations of the unique buildings.

Speaking about Suzdal we have the right to say, the museum can be and is a tool of the development of the territory, not only making it attractive for the tourist business, but also forming the public opinion, which may influence the economy of the region and ensure the quality of life.

The town of Gus-Khrustalny is as much a symbol of domestic glassmaking as Murano in Italy, Baccarat in France, Bohemia in the Czech Republic. An excellent museum a hymn to glass has entered the interior of the cathedral of St. George, a majestic monument of the 19th early 20th century built according to the project by Leonti Benois, professor of the Academy of fine arts. For this town the museum also became an influential social and cultural institute, more than ten programs for children and teenagers are prepared by the staffers of the museum. The exhibition of crystal is the main venue for the town's cultural and social projects. We realize that our main task is to educate a person by culture and attract him to the museum.

Vladimir, the center of the region, a developing industrial and commercial center is the main city in this triumvirate of the museum-reserve.

Vladimir is a white-stone capital of ancient Russia. The great names of Vladimir Monomakh, Yuri Dolgoruky, Andrei Bogolyubsky, Alexander Nevsky are connected with it. Masterpieces of white-stone architecture of the 12th 13th centuries, which are in the UNESCO's World Heritage List, appear before the guests of Vladimir like witnesses of the city's bygone grandeur. However, the fame of Vladimir as a historical city in many respects is the merit of the museum. The city's history gave birth to the museum, the museum builds the history of the city. What will our city be without the museum-reserve? It would be something, but something different. Within a short period thanks to the museum the city of Vladimir was "built" as something historically whole. To many cities of the world this sense of history and time was returned for big money and by great efforts with the help of special PR measures. This all exists in Vladimir. The museum preserves the atmosphere and the mood of the city.

In the conclusion, it is possible to say, that our museum in Vladimir, Suzdal and Gus-Khrustalny to a certain extent predetermines the strategy of urban development, forcing local authorities to think about the tourist infrastructure and city's appearance. Serving as a shop window of the city, the museum stores urban "identification features", forcing "the non-museum" to correspond to the museum. The museum became a sort of a tuning fork in the city's life. Different power-holding structures, public movements, scientific communities turn to the museum for the advice, consultation and commentaries. Opinion polls confirmed confidence of the townspeople in the opinion of the museum. Today we have already established the system of interaction of the museum and the city. Any attempt to destroy this symbiosis by adopting rash projects and legislative acts about a change in status of museums will lead to the appearance of informational, educational and, finally, of moral gaps in the city's society. Indeed, museums, according to the expression of B. Piotrovsky, the leader of the Russian Union of Museums, are "the DNA of the nation".

City and museum renovation

Chi-Jung Chu *

Abstract: Since the Guggenheim in Bilbao transformed the whole city, there has not been another museum project on so great a scale. However, either because of the museums' role in a city's economic system, or because of the need to fulfill a government's multiple objectives, museum renovation projects of various scales have been highly popular over the last 10 to 15 years.

However, for museums with long histories and located in old cities, museum renovation projects can often be highly challenging as the buildings themselves are historical sites or of particular significance, and the urban landscape cannot be changed easily.

Starting from this point, my research explores three museum renovation projects that have greatly transformed the museum space from inside: the recently renovated Ashmolean Museum in Oxford, the British Museum's Great Court project, and the Museum of Modern Art's renovation project in New York.

These three highly successful projects did not change their museums' external appearance, nor did they intervene in the urban landscape. I would like to discuss how the projects transformed the museum space and enhanced the visitor experience, while preserving the museum building's connection with the city landscape, and the city's history. These would be good examples for fast — developing countries which sometimes have the tendency to demolish everything old and build anew from scratch.

* *Chi-Jung Chu*, PhD., London School of Economics and Political Science, United Kingdom.

城市与博物馆更新

朱纪蓉*

[摘　要]　自从古根汉毕尔包分馆的兴建改变了整个城市之後，尚未有第二个规模如此庞大的博物馆兴建计划出现。然而，过去的十至十五年以来，或是为了要让博物馆成为刺激城市经济活动的一部份、或是为了要符合政府对於博物馆多功能目标的期望，各式各样的博物馆的更新计划显然已蔚然成风。

．　　同时，对於历史悠久、且位於旧城市中的博物馆，进行博物馆更新计划经常是充满挑战性的：一方面是因为博物馆建筑本身就是古迹、或是有特殊的意义；另一方面是因为既有的城市景观，而无法轻易变更。今天（我们）研究以此为出发点，探讨三个使博物馆内部空间大为改观的更新案例，它包括新近完成、更新的牛津的艾许莫林博物馆、大英博物馆的大中庭计划、以及纽约现代美术馆的更新计划。

　　这三个非常成功的博物馆更新案例并没有大幅度改变博物馆的外观，也没有改变城市景观。本次研究讨论这三个案例如何转变博物馆的空间、增进观众参观经验，同时如何保留博物馆建筑和城市景观的关系。期望本研究的讨论，对於快速发展的国家倾向将现存建筑物拆除、建造全新博物馆的方式，提供另外一种处理方式。

---

*　朱纪蓉：英国伦敦政经学院博士。

The Oskar Schindler Enamel Factory in Kraków：
museums as factors in social change

Jacek Salwiński *

Abstract：In June 2010，the Oskar Schindler Enamel Factory branch of the Historical Museum of Kraków was opened in Zabtocie，a post-industrial area of the city which has undergone considerable development over the past few years，partly due to Steven Spielberg's film Schindler's List and the increased number of visitors coming to the area.

Over the last decade the city authorities decided to invest in Zabtocie and create two museums in the former Schindler Factory – branches of the Historical Museum and the Museum of Modern Art. The aim is to transform the area's public space and create a local identity.

In comparison with other museum branches，the Historical Museum of the City of Kraków is actively engaged in this transformation as the Oskar Schindler Enamel Factory demonstrates.

在克拉科夫的奥斯卡·辛德勒搪瓷厂：
博物馆是社会转型的因素之一

亚瑟·索尔温斯基 *

　　[摘　要]　在 2010 年 6 月，奥斯卡·辛德勒搪瓷厂成为了克拉科夫市历史博物馆的一部分，是主要是由于史蒂芬·斯皮尔伯格的电影《辛德勒的名单》而蜚声国际并吸引了大批旅游者的后工业地区。

　　在过去的 10 年，市政府决定在 Zabtocie 投资，并在奥斯卡·辛德勒搪瓷厂原址上新

---

* *Jacek Salwiński*，the Historical Museum of the City of Kraków，Poland.
　　亚瑟·索尔温斯基：波兰克拉科夫市历史博物馆。

建两个博物馆——历史博物馆和现当代艺术博物馆。其目的是改造该地的公共空间,并创建一个当地的代表。

　　与其他博物馆的分支相比较,克拉科夫市历史博物馆是对奥斯卡·辛德勒搪瓷厂旧址的成功改造。

In the paper there is a presentation of both municipal and museum undertakings?

In June 2010, the works to launch the new Museum in Kraków were over. Opening the permanent exhibition "Kraków under Nazi Occupation 1939—1945" at Oskar Schindler's Enamel Factory crowned the years of efforts to set up in Kraków's district called Zabtocie a new branch of the Historical Museum of the City of Kraków, the institution in existence for over 110 years now which has been of key importance for preserving the historical and cultural identity of the former capital of Poland. ?

The genesis of the new branch of the Historical Museum of the City of Kraków is rather unusual. The worldwide career of its location in Kraków-the Zabtocie district and Schindler's Factory-began in 1993, when Steven Spielberg's Schindler's List premiered in the cinemas across the globe. The story about a German businessman who was also member of the NSDAP and agent of the Abwehr, and who saved the lives of more than one thousand Jewish employees of the German Enamelware Factory during the German occupation of the city by taking them away to the town of Brunnlitz in Moravia to save them from death in gas chambers in the Auschwitz Birkenau concentration camp, became known to people all over the world.

The history of the Schindler's Ark has been very popular to this day, attracting tens of thousands of tourists or actually pilgrims coming from all over the world to visit Krak w and the sites connected with the story of Oskar Schindler and the Jews he saved.

Until the early 1990s, Schindler's story was completely unknown in Krak w, and the museum narration concerning the mass murder of Jews in the city was practically inexistent. During the period of the communist rule in Poland following World War Two, the history was manipulated to the extent that numerous basic facts were erased from the public consciousness, while the state authorities tried to popularize the image of the events during the war that would correspond with the demands of the officially accepted ideology. It was only the mass inflow of tourists arriving in Krak w in the 1990s to follow the traces of Schindler's List that inspired the decision to arrange at the historical site a museum devoted to the history of the city and its residents during the war. In the years 2005 to 2007, the planned investment was discussed in a heated debate between different circles in

Krak w, including the municipal councilors.

Eventually the concept proposed by the Historical Museum of the City of Krak w prevailed: it assumed establishing a new branch of the Museum that would be devoted to the city's history during World War Two. Despite many skeptical opinions from those who questioned the sense and need of creating such a museum, in the middle of 2010, after the three years of hard work, the Historical Museum of the City of Krak w launched the permanent exhibition titled "Krak w under Nazi Occupation 1939 1945" a story about Krak w's residents, about the fate of Poles and Jews in the city during the Holocaust.

The Museum on Lipowa Street became part of the circle of institutions dealing with the issues of remembrance, and it responds to the demand for commemorating tragic experiences of the people in different countries in the 20th century. The demand for remembering the age of totalitarianism has also been embedded in the Polish experience. This notion is reflected in the development of both existing and newly created museums in the country.

In their work, the authors of the exhibition at Oskar Schindler's Enamel Factory made use of the experiences of a number of other museums and institutions dealing with the history of the Holocaust, including the Holocaust Museums in the United States, but they also referred to the achievements of the recently created Polish museums intended to commemorate modern history. The most acclaimed project in this respect is the Museum of the Warsaw Uprising opened in Warsaw in 2004.

Oskar Schindler's Enamel Factory uses its individual narrative, built around a kind of the film-set-like space that maintains the accuracy of the historical sources and the fidelity to the picture of the city life. The historical accuracy is evident in the careful preparation of the numerous detailed exhibits.

The authors of the exhibition enriched its ideological message with significant artistic installations that add new symbolic contexts to the already powerful historical sources.

Another specificity of the Museum at Oskar Schindler's Enamel Factory is the place where the institution has been set. The factory was built in Kraków before the war, that is in 1937, by Jewish entrepreneurs from Kraków and from the region. Named "Rekord", the First Factory of Enamelware and Tin Products in the Region of Ma? opolska was purposefully set in Zabtocie, the city's industrial district.

As the former capital of Poland, Kraków owed its position to the status of the country's capital city and to the importance it had as the seat of Polish kings, but also to its role as the academic and cultural center of Poland.

However, the industry began to grow in the city at the end of the 19th century, with industrial plants being set up at the outskirts of Kraków. Located on the right bank of the River Vistula, Zabtocie was one of the districts where small production enterprises, typical for the city's local color at the time, were located also during the interwar period (in the years 1918 to 1939). One of such enterprises with rather modest capital was the Rekord factory, set up two years before the outbreak of World War Two. During the German occupation, Rekord shared the fate of other Jewish firms: the trust office established by the occupying authorities handed the factory over to the Germans. Schindler was its leaseholder at first, and proprietor since 1942.

Schindler invested in his company, which worked for the German Reich during the occupation. After the war, the factory was nationalized and it became part of the Telpod factory of electronic components since 1948. ?

During the post-war period, under the conditions of centralized economy, Zabtocie continued as the location for small state-owned production enterprises, and the character of the district did not change drastically. Following the collapse of communism in 1989 and the emergence of free-market mechanisms in Poland, many production establishments in Kraków, including those in Zabtocie, were unable to survive in the environment of free competition. The same applied to the Telpod company, located in the former enamelware factory in Zabtocie. When the company was closed down in the early 1990s, new opportunities emerged for that industrial part of the city. ?

The most popular industrial area in Kraków is Nowa Huta, the socialist city designed around the flagship investment in the postwar Poland the metallurgical plant built at the outskirts of Krak w in the 1950s. Until the present day, the vast area of the city, utilized in small part by the still operational steelworks, has remained a challenge for the planners and local politicians responsible for the development of Krak w. At the same time, the problem of the development of the post-industrial districts of the city grew in intensity in the 1990s. There were evident contrasts between these districts and the central part of the city which was developing rapidly owing to the growth in tourism following the fall of the Iron Curtain. On the other hand, other parts of Krak w continued to sink into a state of complete apathy: due to halting production in unprofitable factories, the lack of investments, a decline in living standards, and unfavorable social changes, the prospects for social and economic development of a major part of the city were at risk.

In the case of Zabtocie, the unexpected boom caused by Spielberg's film became a chance for the development of that part of Kraków. After a failed attempt at making private investment on the area of the closed down Telpod factory (the former Schindler's factory) at the beginning of the current decade, the municipal authorities in Krak w decided to purchase the plot of land where the factory was located. The architectural designs of the two museums planned at that site began to appear shortly afterwards, and the works on preparing the museums for opening started as well. The other museum, situated next to the branch of the Historical Museum of the City of Krak w at the administrative building of Oskar Schindler's Enamel Factory that was renovated for that purpose in the years 2007 2008, will be the Museum of Modern Art. The architectural design was selected in a competition, and the winner was the design studio from Italy run by architect Claudio Nardi. Within a year from now, a new modern museum will be opened at the former factory floors on Lipowa Street. The museum's mission will be to put on display the achievements of modern art in Krak w and to cooperate with other museums of modern art in Europe.

The development of new museums in Zabtocie is accompanied by positive changes to their direct surroundings, such as investments in educational facilities and housing estates, including modern luxury apartments. Another opportunity for positive development of the post-industrial part of the city is the Zabtocie revitalization program adopted by the Municipal Council in 2006. The new museums created in that area are an important element of the revitalization program. The implementation of these investments makes it possible to complete the following tasks included in the post-industrial district revitalization plan:

preservation and adaptation for public purposes of the historical factory equipment, or at least the remains of the preserved parts of the former enamelware factory;

organization of the public space. Opening the museums to the general public requires acting for the benefit of substantial reconstruction of Lipowa Street, which is the main traffic route for accessing the investments. The project of the new avenue leading to the two museums is one of the most important elements of the Zabtocie revitalization program. Its completion is an opportunity for positive changes in this part of Kraków and a condition for proper functioning of the two museums in the public space in the district;?

enhancing the social identity of this part of the city.

Zabtocie is an example of a district where few residents live on a relatively large territory and are not very active. Effective functioning of the particular parts of an urbanized area requires social groups that are active and aware of their identity. A lot has to be done in this respect in the postindustrial district like Zabtocie. It is rather easy to relish the success of the mass inflow of tourists who are attracted to the Museum by the magic of its location, resulting in measurable profit for the institution and in additional income for the city and its businesses. On the other hand, we also have to take into account the negative consequences of such processes.

A good example here is a different district of Krak w, called Kazimierz, equated by many foreign visitors with the Jewish district. Another branch of the Historical Museum operates in Kazimierz the Old Synagogue. It has been very popular among visitors for many years. This success is the result of the mass arrivals of people interested in the Jewish subjects. Unfortunately, the arrivals translate into the specific superficial character of the investments in the area, limited mostly to the expansion of hotels and restaurants. As a result, many local residents move out from the district, and a peculiar reserve is maintained between other residents and the group of businessmen interested in the continuance of the boom in tourism. In the long run, this phenomenon may lead to the serious problem of the disintegration of large parts of the city.

In this context, museums in the city have an important role to play. The situation of such museums as Oskar Schindler's Enamel Factory is comfortable to the extent that the institution as a practically new one can plan its activity in the sphere of building its identity in the local community.

As a large network-based organization, the Historical Museum of the City of Krak w has one more branch in its structures that is located within the postindustrial structure of the city. That branch is a small museum set up in Nowa Huta in 2005 and devoted to the history of the district. The fundamental experience in this case is an attempt at pursuing the museum activities based on discovering and presenting the historical and cultural heritage of the district destroyed and devastated during the industrial revolution after 1945. An equally important mission of the branch is to activate and integrate the local communities (associations, foundations and other entities) which constitute the structures of the Dispersed Museum of Nowa Huta, inspired by the Museum's branch to act for the benefit of the identity and change of this part of Krak w.

The program of the Dispersed Museum is based on the experience of European eco-museums, and it attempts at maintaining sustainable development of the city, or its particular areas. On the one hand, the program is aimed at stimulating tourism and achieving marketing benefits, and on the other hand it is targeted at developing the community that is interested in its past and operates actively for the good of its district. The projects implemented as part of the program of the Museum's branch in Nowa Huta are prepared on the basis of initiative and cooperation between social organizations in the district, rather than plain consultation with these organizations. This will hopefully allow for creating Museum's program that would be embedded strongly in the local identity.

However, Oskar Schindler's Enamel Factory operates in different reality. The post-industrial space is not the fundamental issue here, since its negative load has been drastically smoothed away by the motion picture which rendered the sad and neglected urban space very attractive, mostly owing to the amazing popularity of the place itself. Yet it would be very unwise of us to rest on the laurels at this point. The basic duty of the Museum located in such a place as Zabtocie in Kraków, with its history and with the history of Schindler's List, is to build up the space of remembrance and to make efforts to preserve that space. The equally important mission of the Museum is to work on reconstructing the social identity of the district where this branch has been set. ?

Building such identity is possible through planned activities in such fields as temporary exhibitions, educational projects, or events all of them being organized at the Museum. A good example here is the case of educational workshops in the form of street games that integrate the participants with the public space surrounding the Museum. Valuable activities in this sphere can have the form of organizing and taking part in such events as District Days, Remembrance Days, or Remembrance Marches. These events develop interest in the past and the identity of the people from the direct vicinity of the Museum, that is from the social space of the city's postindustrial district.

Oskar Schindler's Enamel Factory is a good example of the challenges the museums have to face. The character of these challenges is not only based on scientific research and education, or on the rapid technological revolution around them. These challenges result from the programs of developing attractive forms of spending free time and from the sense of mission in the sphere of acting for the benefit of developing identity of the local communities in which the museums operate. The museums will hopefully manage these challenges, mostly through their openness to the demand for changes in understanding their mission and the role played by the museum specialists who create these institutions.

From modern city to multicity:
from city museums to city guides

Dimitris Papalexopoulos Dimitris Psychogios *

Abstract：The presentation examines the contribution of the City Museum to social interaction and the improvement of urban conditions through the role of information technologies. It discusses the changes to museum identity and connects these changes to the identity of the city. The presentation also describes a hybrid museum which was created in the city of Nafplio in Greece.

从现代城市到多面城市：
从城市博物馆到城市导游

迪米瑞斯·帕帕莱克索普洛斯　　迪米瑞斯·帕塞切格依斯 *

　[摘　要]　这份报告通过信息技术，检验城市博物馆对社会互动和城市环境的改善作出的贡献。它讨论了博物馆的特征变化和与城市特征变化的关系。论文还介绍了一个混合型博物馆，是在希腊的纳夫普利翁市创建的。

---

* *Dimitris Papalexopoulos*，*Architect* N. T. U. A. ，D. P. L. G. ，Dr Paris I. Assistant Professor，School of Architecture，National Technical University of Athens，Greece.

迪米瑞斯·帕帕莱克索普洛斯：N. T. U. A. 建筑师，法国国家 D. P. L. G. 注册建筑师，巴黎第一大学博士，希腊雅典国立技术大学建筑学院助理教授。

Dimitris Psychogios，Dimitris Psychogios，Architect N. T. U. A. ，MArch NTUA Athens. PhD student，School of Architecture，National Technical University of Athens，Greece. N. T. U. A.

迪米瑞斯·帕塞切格依斯：建筑师，MArch NTUA Athens，希腊雅典国立技术大学建筑学院博士研究生。

A better city calls for a much better museum

*Jette Sandahl**

Abstract：The scale and tempo，the richness，the contradictions and conflicts，the diversity and dilemmas of contemporary urban cultures are forcing many city museums to examine their mission and purpose，their strategies and core values. Can museums find their way into a process of permanent change to keep up with the rapid and dynamic changes of cities? Can we find ways of anticipating，responding to and interpreting the sometimes intangible or hard-to-define qualities of life?

The Museum of Copenhagen is one such museum trying to catch up with its city and with the 21st century，searching for new relevance，new partnerships and new ways to encourage，assist and support，but also to dare，question and challenge the city and fellow citizens in our visions for future qualities of metropolitan life.

Through concrete examples from research to outreach，to urban planning，to collecting，to exhibitions and digital communication（like the WALL presented at the CAMOC conference in Istanbul in September 2009）I will discuss the efforts as well as the challenges of moving into the prospective rather than just the retrospective realms and of breaking through barriers to our communities.

一座美好的城市需要一个更好的博物馆

杰特·桑达尔*

　　[摘　要]　都市的规模和节奏,富裕,矛盾和冲突,多样性与当代城市文化的困境,迫使许多城市的博物馆,研究他们的使命和宗旨、战略和核心价值观。博物馆可以找到一个不断变化的方式跟上城市的快速发展的脚步吗？我们能否找到预测的方法,对难以界定

---

* *Jette Sandahl*，Director of the Museum of Copenhagen，Denmark.
　杰特·桑达尔:丹麦哥本哈根博物馆馆长。

或无形的生活质量作出回应和解释？

　　哥本哈根博物馆正在寻找新的方向，新的合作关系和新的方法来鼓励、帮助和支撑自己以赶上21世纪和这座城市的变化，但也难以预料，未来大都市的生活质量是对城市及其居民的疑问和挑战。

　　通过从研究宣传，城市规划，收藏，展览和数字通信这些具体的例子（如2009年9月在国际博物馆协会伊斯坦布尔会议上提出的），我将探讨关于未来和突破大众之间关系的挑战，而不仅仅是限于传统的领域。

The city museum as a change factor for cities: a historical perspective

Jean-Louis Postula *

Abstract: Nearly forty years ago ICOM incorporated into its definition of a museum the essential dimension of service to society and its development which can be taken today as the determination of many museums to intervene as actors in debates relevant to contemporary society and to take an active part in the decision making process. City museums play an important role in this phenomenon, as shown by the theme of the conference.

For several years the museum community has indeed been questioning itself about the concrete contribution of museums to the improvement of the lives of people across world. This emphasis on the city museum's active role in society can be seen as the last stage of a long thought process related to the evolution of the missions assigned to city museums by their founders and administrators at some points of their history.

The main purpose of the paper is to provide a brief historical viewpoint on the development over the course of time of this specific category of museum which is dedicated to the different aspects of cities (their history, city planning, culture, demography). Some representative city museums patterns will be pointed out-from the appearance of city museums in Western Europe during the nineteenth century (London, Paris) until today. The focus will mainly be on the cultural and political dimensions relating to the founding of these museums.

---

* *Jean-Louis Postula*, PhD student, Liège University, Belgium. F. R. S.-FNRS (Belgian Foundation for Scientific Research) Research Fellow.

城市博物馆是城市改变的因素之一：
从历史的观点来看

约翰·路易斯·波斯图拉*

[摘　要]　40年前国际博物馆学会将服务社会列入博物馆定义的重要内容,并把博物馆作为当代社会的参与者积极参与决策过程,作为博物馆的发展内容,这也是当今很多博物馆正在努力尝试的。这次会议的主题就表明了博物馆在当今正在扮演的重要角色。

几年来,博物馆界一直都在自问对改善世界各地人民生活所能做的贡献。这种对城市博物馆在社会中发挥积极作用的强调可以被看作是一个长期的观念和涉及到赋予城市博物馆的创始人和管理者在其发展中的几个任务。

这篇文章的主要目的是提供一种历史观来看待这一特定类别的博物馆的发展,从城市的不同方面(他们的历史,城市规划,文化,人口……)一些有代表性的城市博物馆案例将被指出——从19世纪西欧的城市博物馆(伦敦,巴黎……),直到今天的。重点将主要在建立这些博物馆的文化和政治方面。

---

*　约翰·路易斯·波斯图拉:比利时列日大学博士研究生。比利时科学研究基金会研究院。

连接个人与社会转型的桥梁

——城市博物馆在发展低碳经济中的作用

钱　锦*

（深圳博物馆，广东 518028）

［**摘　要**］　发展低碳经济并向低碳社会转型，不仅仅意味着社会结构发生变化，也意味着社会规范、价值观念以及象征性文化等的变化。城市博物馆的历史地位意味着他应当也必须肩负起历史重任，帮助人们适应快速转型的社会，并与之紧密连接在一起，推动整个社会向低碳型发展，共同努力为人类创造一个美好的生活环境。

［**关键词**］　城市博物馆　社会转型　低碳经济

The Bridge of Individuals and Social Change
—the Function of City Museum in
Developing Low-Carbon Economy

QIAN Jin

Abstract：Developing Low-Carbon Economy not only means the changes of social structure but also the social rules, values and culture changes. The status of city museums make them have to carry on the history responsibilities to help individuals connect and adapt to the rapid social change, which could promote the society developing to Low Carbon style and make a more wonderful world for all the human beings.

Key　words：City Museum；Social Change；Low-Carbon Economy

＊　钱锦，深圳博物馆馆员。

QIAN Jin, Shenzhen Museum.

一、迈向低碳经济的中国社会

全球人口和经济规模持续增长，刺激了能源消耗达到前所未有的程度。煤炭、石油等原料的燃烧释放出大量温室气体。特别是近几年，大气层中温室气体含量激增到令人难以置信的程度。由此导致的全球气候变暖已经成为人类面临的最严酷威胁：海平面上升、气候异常、大量物种灭绝等，无一不直接影响到人类的基本生存。摒弃传统增长模式，积极创新科技水平，通过节能减排实现可持续发展已经成为全球共识。因此，在可持续发展理念指导下，通过技术创新、制度创新、产业转型、新能源开发等多种手段，尽可能地减少煤炭石油等高碳能源消耗，减少温室气体排放，达到经济社会发展与生态环境保护双赢的一种经济发展形态——低碳经济成为人类社会继农业文明转向工业文明之后的又一次重大社会进步，它不仅是现代生态文明的发展方向，也是推动社会转型的根本动因之一。

面临全球性的社会转型，中国共产党第十七次全国代表大会明确地将"建设生态文明"作为实现全面建设小康社会奋斗目标的五大新的更高要求之一。在 2009 年 9 月份举行的联合国气候峰会上，中国承诺"将进一步把应对气候变化纳入经济社会发展规划，并继续采取强有力的措施。一是加强节能、提高能效工作……二是大力发展可再生能源和核能……三是大力增加森林碳汇……四是大力发展绿色经济，积极发展低碳经济和循环经济，研发和推广气候友好技术。"[1] 被喻为"拯救人类最后一次机会"的联合国气候会议于 2009 年 12 月在哥本哈根召开，193 个国家的官员共同商讨《京都议定书》[2] 一期承诺到期后的后续方案，就未来应对气候变化的全球行动签署新的协议。在哥本哈根气候变化会议上，"中国政府确定减缓温室气体排放的目标是中国根据国情采取的自主行动，是对中国人民和全人类负责，不附加任何条件，不与任何国家的减排目标挂钩。"[3] 根据国务院常务会议的重要部署，中国还将积极开展低碳经济示范点，培育以低碳排放为特征的新经济增长点。这几项重要举措标志着中国正全面迈向低碳经济的发展道路。

发展低碳经济并向低碳社会转型，不仅仅意味着经济结构发生变化，也意味着社会结构方面的重大变动，并包含了与以往不同的规范、价值观念，以及物质和象征性文化。社会是由个体组成的。因此，推广低碳经济就更需要充分调动社会各方面节能减排的积极性，将每个个体纳入到此行列中来。城市博物馆属于社会历史类博物馆，主要以城市历史和发展为主题，反映城市地域文化的过去并记录正在发生着的历史，是社会再教育的重要场所。城市博物馆应当也必须肩负起推动社会迈向低碳经济道路的历史重任，让城市不再以高能耗、高污染作为存在的基础，而成为人类与环境相协调发展的美好家园。

二、城市博物馆的桥梁作用

发展低碳经济是全人类一同拯救地球的必然选择,也意味着全球范围内包括经济、政治、社会等各个层面的急剧变化,更意味着人们社会心态和行为模式的急剧变化。然而,并非所有人都有很强的再社会化能力,适应社会快速转型对个人带来的影响。城市博物馆能够将历史浓缩在展厅中,以实物、照片、模型、影像以及各种手段生动且集中地向观众再现时代的物质特征,展现时代的精神特质。例如,深圳历史博物馆的基本陈列——深圳改革开放史展览非常符合这类展览的特点,它以时间为顺序展示了深圳改革开放不断向前发展的历史,涵盖了社会、经济、政治、人文等在深圳改革开放历史中具有重要意义的各个方面。观众在参观该展览的同时,了解到的不仅是改革开放后深圳的发展历程,更能从展览中感受到深圳建设者拓荒牛一般开拓、创新、团结、奉献的精神。因此,在向低碳经济发展过程中,城市博物馆能够也应当通过展览成为时代的桥梁,潜移默化地推动社会态度和价值观向节能减排的方向发展,甚至推动经济结构的发展。

首先,博物馆的物质基础有利于引导观众关注低碳经济。博物馆的展陈理念随着社会思潮的转型而发生改变,其侧重点从原来以收藏为主的精英主义转向以人为本的社会服务,城市博物馆的藏品内涵发生了极大的变化,不再局限于文物的范畴,而是扩展到了自然和社会的各个角落。例如,深圳博物馆不仅拥有深圳地区古代、近代的大量文物,也积极收藏能够代表深圳历史发展的藏品,并一直在征集代表深圳社会最新发展的实物。这些藏品能够以直观的方式有效地纪录社会经历,向人们传递相关社会事件的信息。低碳经济仍然是一个比较新的概念,许多人未必了解什么是低碳经济,如果推进低碳经济,从个人到社会该如何行动等。陈列展览则可以用生动鲜明的方式向观众解释这些问题。配以文字说明的实物、图片展览等能够让观众快速地了解低碳经济的内涵,产生直观概念,能够对属于低碳经济的事物进行鉴别分类。

特别是在信息爆炸的如今,人们疲于接受各类媒体高速膨胀的信息流,却日益减少了对信息的渴求程度并减短了关注信息的持续程度。类似低碳经济这类宽泛的概念很容易淹没在纷繁的信息海洋中,常常不为人注意。而最容易让人接受的信息也是实物信息。结合陈列涉及,博物馆展览中的展品可以引申出多个知识点。因此陈列展览是对媒体的有力补充与强调。不仅环境保护的专题展览,甚至科技展、各类发展史的展览,都可以直观地向观众宣传低碳经济的理念,或从一个展览知识点,或从一个层面上,凸显低碳经济在当今社会转型过程中的历史地位。例如,深圳博物馆深圳改革开放史展览中的科技创新产品比亚迪汽车电池,就能够让观众从该展品这个点入手,了解到当今汽车工业发展最新动向,即从高能耗的发动方式转向节能环保型等的背景信息。

深圳博物馆《深圳改革开放史》陈列荣获中国博物馆界陈列展览最高荣誉

其次，作为社会教育场所的博物馆，它是社会态度和价值观的指向标，可以利用陈列展览让低碳环保的价值观念深入人心。价值观在社会文化体系中处于最高层次，它在无形中支配着人的行为。社会态度和价值观的转型又会导致社会中许多具体事物的转型，并且还可能引起更多的转型。但是，社会态度和价值观都不同于社会行为，它们是内在心理的一种表现形式，无法从外部直接观察到，而只能从间接的意向和行为中推测得到。博物馆相关陈列展览本身，就是对某种态度和价值观的肯定。转向低碳经济的社会转型，必然引起社会态度和价值观的改变。城市博物馆能够利用陈列展览向观众揭示出社会的新价值取向。例如，深圳博物馆深圳改革开放史展览的《建设资源节约型和环境友好型城市》部分，展出了深圳大力发展循环经济、建设环保型城市方面的许多文件、图片和实物，能够让观众了解到深圳市的城市建设摒弃了工业时代只注重城市的基本功能、盲目扩张的思想，而更注重城市与自然环境的和谐发展。观众能够接收到展览传达的信息，进而对展览所反应出来的社会现实进行分析判断，认识到保护环境对个人生活的重要意义，继而将他所认同的社会态度和价值观内化，并指导自身行为，参加到保护环境的行动中来。

然而，当个体在后天的生活中一旦形成稳定的社会态度和价值观，则不会轻易改变。根据社会学研究结果显示："如果新的社会模式能够满足人们先前没有体验过的某种需要的话，它们很快就会被接受；而如果某种新模式与正在满足人们某种需要的旧模式发生矛盾的话，它就会收到非常强烈的抵抗。"[4]近百年来，社会转型的速度相当惊人，人们的态度也发生了急剧的转变。生活在社会中的人是无法避免社会转型所带来的影响，必须对此有所反应。城市博物馆的展览往往展现出城市的发展历

深圳博物馆《深圳改革开放史展览》场景图

程,展览不只是让观众了解历史,更要让观众从历史中汲取经验教训,即对社会转型中产生的新生事物不应当一味采取否定抵制态度。这类能够表现社会态度和价值转型的展品能够让观众从站在历史的高度理性地回顾过去的争议,作出是非对错的判断。同时,推动低碳经济的发展,必然意味着资源的重新配置,这其中就包括着能源供给、政策导向与经济增长等多方面结构性矛盾,必将影响到每一个人的利益。面对长远利益和眼前利益,集体利益和个人利益的矛盾,博物馆的展览有利于引导人们从历史的角度思考问题做出做根本的选择。

三、结　语

近些年来,人们愈加认识到工业社会急速发展所伴随的掠夺式能源消耗正日益破环赖以生存的地球,向低碳经济型社会转型迫在眉睫。虽然在环境保护标准和责任方面各国之间仍在博弈,但其本身已经成为共识。作为一个负责任的大国,中国以科学发展观为指导,积极推进低碳经济的发展,努力建设人与自然相和谐的环境。然而,仅仅靠自上而下制定相关政策法规的努力是不够的,联合国环境规划署执行主任阿西姆·施泰纳说,在二氧化碳减排的过程中,"普通民众拥有改变未来的力量。"个人和社会转型相互牵引相互影响,不仅是个人需要适应社会变迁过程,转变经济发展模式、推进低碳经济、创造美好的城市生活也离不开个人的努力。然而并非所有人都能紧跟时代的脚步,特别是社会转型本身是一个宏大概念,并非人人都能具体感知和完全理解。城市博物馆能够利用展览陈列等手段将参观的个人置入社会转型的背景中,向观众传递时代的声音,引导他们思考并审视自身的行为。因此,在向低碳经济转型的过程中,城市博物馆能够也理所应当担当起历史的重任。

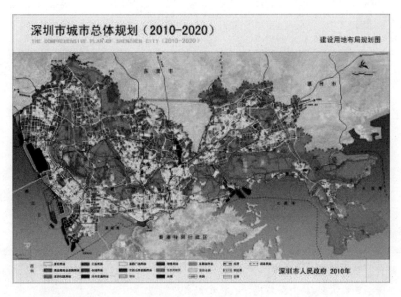

《深圳市城市总体规划(2010—2020)》

参 考 文 献

[1] 《携手应对气候变化挑战》,中华人民共和国主席胡锦涛于 2009 年 9 月 22 日在美国纽约召开的联合国气候变化峰会上的讲话。

[2] 1979 年,科学家组织召开了全球首次世界气候大会,气候变化首次作为一个引起国际关注的问题提上议事日程。1992 年,世界各国政府首脑在巴西里约热内卢参加联合国环境与发展会议,通过《联合国气候变化框架公约》(United Nations Framework Convention on Climate Change,UNFCCC 或 FCCC),以求控制温室气体的排放,尽量延缓全球变暖效应。1997 年 12 月,《京都议定书》(Kyoto Protocol)在日本京都获得通过,其目标是"将大气中的温室气体含量稳定在一个适当的水平,进而防止剧烈的气候改变对人类造成伤害"。

[3] 《凝聚共识、加强合作——推进应对气候变化历史进程》,2009 年 12 月 18 日,中华人民共和国国务院总理温家宝在哥本哈根气候变化会议演讲全文。

[4] 刘易斯·科塞等著:《社会学导论》,天津:南开大学出版社,1990,第 607 页。

[5] 蔡林海:《低碳经济:绿色革命与全球创新竞争大格局》,北京:经济科学出版社,2009。

[6] 顾朝林:《气候变化与低碳城市规划》,南京:东南大学出版社,2009。

[7] 国家发展和改革委员会能源研究所课题组:《中国 2050 年低碳发展之路:能源需求暨碳排放情景分析》,北京:科学出版社,2009。

[8] 熊　焰:《低碳之路:重新定义世界和我们的生活》,北京:中国经济出版社,2010。

[9] 中国科学院编:《2009 中国可持续发展战略报告:探索中国特色的低碳道路》,北京:科学出版社,2009。

深圳博物馆与深圳的未来

周加胜 *

（深圳博物馆，广东 518026）

［摘　要］　深圳是当今中国经济高速发展的一个缩影。总结建国六十年来的经验教训，回顾中国改革开放三十年来的得失，深圳是不可或缺的一环。经济的高速发展必然带来社会的转型，作为中国改革开放排头兵的深圳必然处于社会转型的最前沿，这种急速的转型使社会个体在现实中出现了浮躁情绪，由此产生了对自我的认同以及对社会的未来缺乏一种积极的认知，社会整体陷入一种迷惘之中。像"深圳人"这样一种称呼并没有得到广泛的社会个体的认可，诸如《深圳，你被谁抛弃》之类的文章也在网络上获得了极高的关注，反映出社会整体的一个困顿。深圳博物馆作为深圳收藏与记忆的载体，不仅彰显了中国改革开放的巨大成就，而且其展览内容也极大促进了社会个体对深圳的认同，这种社会认同所产生的凝聚力是未来深圳发展的强大动力。

［关键词］　深圳博物馆　中国改革开放　社会认同

Shen Zhen Museum and the future of Shen Zhen

ZHOU Jiasheng

Abstract：Shen Zhen is an epitome of high speed economic developing China. Summarizing the experience about the foundation of PRC or reviewing success and failure of Chinese reform and open policy in recent 30 years，this city is an important point. The fast development can change our society，. At the leading edge of our social changement，all most people deny themselves and confuse the future of the city. for example，it is not accepted the statement of Shen Zhen people. Most people pay close attention to a kinds of articles such as "Shen Zhen，who discard you?" on internet. The series phenomenon are reflect the puzzle of our society. As a carrier of collecting and remembering of the city，

---

*　周加胜，深圳博物馆馆员。

ZHOU Jiasheng，Shenzhen Museum.

Shen Zhen Museum is not only show the achievement of the reform and opening China, but also improve the feeling of the city by individual. This coagulative power from social identity will be dynamic the future development of Shen Zhen.

Key words: Shen Zhen Museum, Chinese reform and open policy, Social identity theory

一、引　言

深圳经济特区是中国改革开放的产物,她从一个边陲小镇成为中国改革开放的窗口,是在中国大变革时代背景下,由于其特殊的地理位置及其他相关因素而担负了历史的使命。深圳经济特区的建立也是中国转入以经济建设为中心、践行改革开放政策的标志。

二、深圳博物馆的位置

2003 年初,深圳成为中国文化体制改革的试点城市,深圳市委三届六次会议决定实施文化立市的战略。2008 年,深圳市委将“全面提升文化软实力”提上城市科学发展战略的新高度。作为城市名片的博物馆,担负着记载城市历史文化和展示文明形象的光荣使命。建国六十年,改革开放三十年,回顾历史,启迪未来,理应有一座铭记这段历史的博物馆,深圳这个因改革开放而生,因改革开放而发展的经济特区,对改革开放的感恩之心都凝聚在博物馆这座文化殿堂里来回报全国人民。

深圳博物馆展厅

　　深圳博物馆的建设是不仅是深圳文化建设的重要组成部份,更是深圳大力实施"文化立市"战略以来兴建的重要大型文化设施之一,她不仅见证了中国博物馆近 30 年的发展历程,还见证了深圳改革开放的发展历程。她是占地面积最大的单体建筑市民中心的一个组成部分,建筑设计采用全世界公开招标,由美国设计大师李铭仪领衔的廷丘勒建筑师事务所设计,位于深圳市中心区中轴线上,是深圳的标志性建筑,也是中心区的地标。建筑面积 4.58 万平方米,室内面积 3.6 万平方米,展览面积9200 平方米。建筑形象喻意为大鹏展翅,象征深圳在建设现代化国际化城市中的腾飞和发展。深圳博物馆在其东翼,在博物馆与莲花山公园之间、中心书城、图书馆、音乐厅、少年宫、关山月美术馆等众多文化设施形成了一条多彩的文化长廊。

三、深圳博物馆的影响

　　深圳有独特的人文历史,古代展厅展示的是距今七千年的咸头岭文化,2000 年来的海洋文化,600 多年的海防文化,800 年的广府文化和 300 年的客家移民文化。近代展厅则有推翻封建帝制的第一枪在这里响起,农村近代化的进程在这里演绎。在改革开放史展厅,改变中国人民命运的号角在这里吹响,许多"第一"在这里产生。民俗展厅则将人们耳熟能详的 19 个民俗事象活化,将民俗场景与民俗文物有机的结合,使人流连忘返。

　　深圳博物馆是全国唯一一家以改革开放史为主题的永久性展览场所,对于改革开放史的研究在国内是一个全新的领域,或许时间不够久远,并未进入历史学家的研究视野,更不可能进入到博物馆的收藏展览范畴之中。[1] 在挑战与机遇中,深圳博物馆迎难而上,推出了改革开放史展览,并获得了 2009 年十大展览精品奖,为纪念中国改革开放的成果增添了浓墨重彩的一笔。

　　时任深圳市委书记刘玉浦认为展览"系统、规范、精彩",并感谢博物馆把深圳 28 年来的改革开放的历史展现给全国和全世界人民。开馆以后,高峰时期日接待人数达 1.2 万人次,远超出最初设计的日接待 6000～8000 人次的接待量。深圳博物馆是深圳改革开放历史的丰碑,也是深圳博物馆建设史上的一个里程碑。

四、深圳的困顿

　　当今世界,城市化无疑已成为时代的主旋律,中国城市化进程在不断加快。[2] 城市以其自身的优势吸引着越来越多的人口涌入,而深圳得益于政策倾斜和优惠,改革开放以来一直是以"孔雀东南飞"局面出现全国人民面前,成为珠三角地区城市群的领头羊。1982 年,随着两万基建工程兵在深圳竹子林、白沙岭、滨河等地驻扎,深圳

"战士之家"外景

掀起了建设的热潮，这是深圳最早的一批移民。随着时间的推移，深圳这座城市的外来人口也越来越多，2009 年 3 月 24 日发布的《深圳市 2008 年国民经济和社会发展统计公报》称："截至 2008 年末，深圳常住人口为 876.83 万人，其中户籍人口为 228.07 万人，外来人口已占深圳人口总数的 74%"。[3]外来人口数量几乎是七年前的一倍。[4]

随着城市化进程的加快，在人口红利的作用下，人们的生产效率得到极大提高，而人被劳动或被物的异化的速度也大幅提升，使自我主体变成了受体。城市化的弊端开始出现，伴随物理空间的迁移，外来人口将面临社会身份的重新确认问题，可能伴随着认同危机和焦虑。

正是基于城市化所带来的问题，博物馆意识到自身的职能要向外拓展，包括旅游、休闲、娱乐等。日本博物馆学家鹤田总一郎将博物馆的职能概括为内部职能、外部职能和综合职能。而叶杨馆长认为博物馆职能不是拓展问题而是侧重问题。以前强调文物的重要性，所以更侧重博物馆的收藏保管职能。现在强调以人为本，所以更侧重博物馆的教育推广服务功能，深圳博物馆的教育推广部由此设立，[5]旨在加强博物馆的教育功能，使人们能走进博物馆净化心灵，使博物馆亦能走进学校、社区、部队各个层面，缓解人们的焦虑与浮躁，使移民在原住地与迁入地社会之间不断建构和调整自己的社会身份，以确立积极的社会归属感和确定社会自我。

五、深圳博物馆的作用

塔菲尔和特纳提出社会认同是"一个社会的成员共同拥有的信仰、价值和行动取向的集中体现，本质上是一种集体观念，它是团体增强内聚力的价值基础"。劳伦斯和贝利指出社会认同是"这样一些关系,诸如家庭纽带、个人社交圈、同业团体成员资格、阶层忠诚、社会地位等"[6],由此可见,社会认同是个体对自我社会身份或特性的主观确认。社会学家亨廷顿将人们的社会身份分成了六类:(1)归属性的(2)文化性的(3)疆域性的(4)政治性的(5)经济性的(6)社会性的[7]。对这六种社会身份的认同可以概括为群体认同、文化认同、地域认同、政治认同、职业认同和地位认同。

对群体身份的认同即是对于我们归属于哪个群体的回答,这一认同和地域认同有密不可分的联系,地域认同是指群体与固定地区之间关系的自我认同。地域认同应反映移民对特定城市或地域的认同状况。许多人身体和文化都可以背井离乡,归属感却是他们随身携带的方舟,是远祖所奉持的神殿……对于无法回答的问题,有自成一套的解答。与基本群体认同功能最密切相关的,是每个人的人格与生活经验中两个关键性的成分,亦即他的归属感与自尊心。[8]从本地人—外地人群体身份认同的情况来看,群体身份与地缘性有关,地域认同越高,表明城市新移民越可能将自己的地缘性身份与本地相联系,即倾向于本地人群体认同。然而深圳的状况却不同,虽然有着近 7000 年的人类文明发展史,作为一个滨海城市,从远古先民靠海洋提供的食物得到繁衍生息,到秦汉以来的盐业、养殖、海上贸易促进了深圳的发展,或明清以来的外侮和海盗使其成为沿海的边防重镇,海洋文明是深圳历史的重要特色,改革开放前还被称为边陲小渔村。改革开放之后,大量北方农耕文明地区的人口南下,加上户籍制度这一社会屏蔽器的作用,使外来人口远超过本地人口,使得深圳本地人这个群体身份并没有得到广泛认可,更多的人是以地域或职业来认可自己的群体身份。很多人的心理是"我不想做打工仔或打工妹",这只能说明他们默认了自己属于打工一族。深圳博物馆并没有忘记这一对深圳发展作出贡献的群体,《下班的女工们》这张照片被放大到 20 平方米喷绘在一整面墙上,画面上一群 20 多岁的女工刚刚下班;打工者的汇款单、第一张署名打工仔的献血证及打工女皇安子的日记等在展厅内一一展示,这些东西充分反映了打工族的经济状况、生存现状和思想感情。很多打工者在汇款单面前驻足不前,或许他们在计算今年为家庭汇出了多少钱?很多衣着整齐的中年人在喷绘面前指指点点,他们或曾属于这一群体?这一群体不仅为深圳的发展作出了贡献,也为中国乃至世界经济的发展作出了贡献,在 2009 年,他们以打工群体的身份登上了《时代周刊》的封面,得到了社会的认可与世界的赞誉。

当前,在文化认同上存在着"同化论"和"多元文化论"两种模型,前者强调外来移民对迁入地文化的吸收,后者则强调外来移民对原住地文化的保留。其实,这二者并不冲突,不论是原住民还是外来移民都可以采取儒家所提出的"和而不同"的策略来相处,在相互的学习和了解中达到和谐的境界。随着时间的推移,现实中的文化认同更倾向于城市新移民认同本地人身份,会试图将自己做得像本地人,他们会倾向于学习本地语言,过本地节日,接受本地风俗习惯,按照本地价值观待人接物。许多人参观完之后在留言本上写道:"想不到深圳还有七千年的历史!"深圳博物馆给人们提供了一个了解深圳文化的窗口。民俗展厅中下沙盆菜的硅胶展示中,很多人面对肥美的鸡腿忍不住要上去拔下来,开馆一月内就更换了几个鸡腿,这更多的体现了外来移民对本地饮食文化的认同。在大

深圳博物馆展厅

鹏军语多媒体前,很多游客边学习边喊到:"深圳的本地话是这样的!"大量的来深建设者在博物馆找到了一个了解和学习本地文化的平台,这对于促进他们对本地文化的认同必将发挥积极的作用。

　　地位认同主要指社会或经济地位的身份认同,它与职业认同相辅相成,职业身份认同承载的是城市新移民提高自身心理优势的需要。客观职业现状是人们获得主观职业身份认同的重要影响因素,这已成为一种关于社会地位的社会共识。这种经济地位认同是一种居于一定社会阶层地位的个人对社会不平等状况及其自身所处社会经济地位的主观意识、评价和感受,阶层意识的基础不仅是物质经济利益的差别,还可以建立在经济、权力、文化等各种资源的不平等分配基础之上。[9]深圳的义工和社工阶层可以说是走在时代的前列,改革开放展厅中对口扶持贵州贫困地区的支教活动场景是用仿真人再现教师辅导山区孩子的情景,很多义工对此感同身受,更有曾支教过贫困地区的义工为观众讲述当地的艰苦,深深触动听众,学生们为之肃穆,成人为之动容,激发了人们的同情心与爱国情操。这种奉献精神无关乎人们的经济地位,更多的是在博物馆内找到一种灵魂的触动,一种对社工或义工身份的认同。这种认同感召着人们以更加积极的心态投入到现实社会中去,为我们的社会发展贡献自己的力量。

　　如果生活在某地区的人却不能认同客观上与之相应的文化身份和群体身份,这会给他们带来不可避免的心理冲突,从而导致他们被边缘化。这种边缘化反映的是社会成员在同一时代背景下两种或两种以上的区域、民族、社会体系、知识体系之间从隔阂到同化过程中人格的裂变和转型特征,这是一种空间性、地域性文化冲突的产物。这种冲突使人们不断的在寻找信仰,宗教便随着现代文化的快速传播而广泛的深入到社会的各个角落。宗教逐渐脱离了全能性的意识形态领域,逐渐成为社会的

第三部门,开始更多的从事抗灾救助、社会福利等社会慈善行为。它依靠自身内在的力量吸引人,给忙碌的现代人提供终极关怀和感情抚慰,使人们重新找回自我。1855年,国内第一座新建筑教堂在深圳布吉李朗开堂。1864 年,李朗堂开设存真书院,1868 年增设女书院,其毕业学生分派国内外从事不同工作,是基督教当时在国内最重要的设施。传教士们把世界的知识和观念带到了深圳,把深圳的文化推介到国外,大大推动了中西文化交流。[10] 近代展厅中李朗堂的一些照片、《圣经》及《赞美诗》等陈列展出,使人们在博物馆也可以找到心灵的片刻安宁,对基督教的作用也有了深刻的认识。

六、小　结

现代化进程中的深圳不仅在经济上是全国的领头羊,在对人们的心理关怀上更应该走在时代的前沿。伴随着转型期的阵痛,人们的心理普遍焦虑,社会整体陷入一种浮躁之中。个体对自我认同产生了迷惘,也就是哲学上"我是谁"、"我从哪里来"、"我将往哪里去"的问题。深圳博物馆正是利用了自身的文化优势,让个体从中寻找自我认同及社会认同,从而达到一种人与人和谐共处的境界。深圳博物馆所发挥的这种认同作用,必将有助于消弥社会的裂痕,对深圳未来的发展将会发挥重要的作用。

参 考 文 献

[1] 章百家:《关于改革开放史研究的思考》,《北京党史》,2008 年第 6 期。

[2] http://news. xinhuanet. com/newscenter/2007−09/27/content_6798582. htm,2007 年 9 月 27 日,《人民日报海外版》。

[3] http://www. sztj. gov. cn/main/xxgk/tjsj/tjgb/gmjjhshfzgb/200903243520. shtml。

[4] 2002 年 4 月 23 发布的《深圳市 2001 年国民经济和社会发展统计公报》称:全市年末户籍人口132.04 万人,占常住人口的 28.2%,比上年末增加 7.12 万人。暂住人口 336.72 万人,占常住人口的 71.8%,比上年末增加 28.70 万人。

[5] 叶　扬:《论深圳博物馆的建设》,《深圳文博论丛》,文物出版社,2009 年 8 月,第 11 页。

[6] 张乃和:《认同理论与世界区域研究》,《吉林大学社会科学学报》,2004 年第 3 期。

[7] 塞缪尔·亨廷顿:《我们是谁?美国国家特征面临的挑战》,北京:新华出版社,2005 年,第25 页。

[8] 哈罗德·伊罗生著、邓伯宸译:《群氓之族——群体认同与政治变迁》,桂林:广西师范大学出版社,2008 年 5 月,第 65 页。

[9] 刘　欣:《相对剥夺地位与阶层认知》,《社会学研究》,2001 年第 1 期。

[10] 蔡惠尧:《历史类陈列水平提升的途径——以〈近代深圳〉陈列为中心的探讨》,《深圳文博论丛》,文物出版社,2009 年 8 月,第 25 页。

城市博物馆与社会创新

周理坤[*]

（重庆中国三峡博物馆，重庆 400015）

[**摘　要**]　在全球化进程加快的今天，创新成为城市实现快速高效发展的重要途径和关键举措。为谋求在新一轮世界竞争格局中的优势地位，许多国家的城市建设都从产业、管理、科技、服务等方面入手，以区域一体化联动和差异化发展为战略，努力打造新型城市，显然创建新型城市成为今后城市发展的方向。博物馆作为记录城市的发展过程的精神载体和物质载体，同样迫切需要创新。因此从解读城市创新中，可以得到关于博物馆发展的启示。本文列举博物馆发展至今取得的众多创新成就，同时也结合城市创新的理念为今后博物馆在创新之路上的努力提出一些建议。

[**关键词**]　城市博物馆　城市创新　博物馆的自身进步

City Museums and innovation in society

ZHOU Likun

Abstract：As globalization becomes more and more rapid，Cities always use innovation as the key method to boom. From the aspect of industry，management，service，science and technology， many countries carry out the Regional Integration and Diversity Development Policy to improve their competitive strength. Museum，recording the development of city both in material and idea，needs innovation as well. So we can find some important inspiration from the theory about city innovation. Based on this idea，this paper sums the achievements and puts forward the advice for future plane.

Key　words：City museum，City of innovation，Museum's own progress

---

* 周理坤：重庆中国三峡博物馆馆员。

ZHOU Likun，major in conservation and archaeometry，graduate of the Graduate University of Chinese A-cademy of Sciences in 2009，now a Junior Curator of Three Gorges Museum.

　　说起博物馆,人们总会想到"古老"、"陈旧"、"过去"、"历史"等词。的确,博物馆自身的功能就是保藏、研究、陈列文物,并通过各类展览形式向公众展现家乡和祖国的历史。但在世界的现代化进程中,博物馆作为传承地方人文精神、保护文化遗存、展示地方特色文化、普及科学文化知识及促进对外文化交流的重要平台,通常是衡量国家的文化发展情况的指标,因此博物馆和社会的现代化建设关系密不可分。

　　城市博物馆可谓是城市里的一座带有特殊功能的城市建筑物,即展现着城市的文化,又受到城市发展的影响。随着经济全球化的发展,创新成为城市实现快速高效发展的重要途径和关键举措。为谋求在新一轮世界竞争格局中的优势地位,许多国家的城市建设都从产业、管理、科技、服务等方面入手,以区域一体化联动和差异化发展为战略,努力打造新型城市,显然创建新型城市将成为今后城市发展的方向。在创新城市的四大构成要素中,博物馆对于城市产业创新能力和服务创新能力的构建,起着非常重要的基石作用,而对于城市科技创新能力和服务创新能力也有着相互促进的作用,因此城市博物馆的发展道路即为创新之路。

中国城市博物馆创新历程硕果累累

　　自1905年张謇在南通创建了中国第一所博物馆至今,我国的博物馆事业发展已有百年历史。在20世纪50年代提出建立马克思主义的博物馆理论体系,其后经过30年的实践和探索,于20世纪80年代提出建设具有中国特色的博物馆学的设想,并对博物馆的性质、宗旨、功能和任务等问题进行了广泛而深入的讨论,标志着中国博物馆学基础理论的日臻成熟。迄今为止,在致力于多学科研究相结合,与时俱进、与国际接轨创精品展览、广泛开展与公众交流互动等方面都在不断推陈出新、向前发展。在博物馆馆藏方面:藏品搜集理念逐渐从着重于精美物品的征集相应转向对能反映居民日常生活、城市发展文化物品的收集,并将单一展品陈列的模式改换为系列展览,即用多件藏品复原原生态的生活面貌。从2001年起,首都博物馆通过网络、媒体等途径面向北京市民征集了三千多件与日常生活密切相关的老物件,精心设计"城市记忆——百姓之家"为主题的展览以树立公民博物的概念。天津博物馆以天津城市发展的特点为主,注重对工业遗址的调查、保护,对工业产品文物的征集、保护、展览和宣讲,在群众心中积极树立保护工业遗产的意识。在科技手段方面:数字化理念的引入,不但提高了博物馆的日常工作效率,更打破了博物馆所受的时间和空间限制,用虚实相结合的手法在一定程度上还原社会的某个发展阶段,使真实展现城市记忆成为可能。重庆三峡博物馆的环幕数字电影"大三峡",通过360度的连续巨幅影像画面和相应的全方位多路立体声还音与音响效果,让观众如亲身游弋于三峡、亲眼目睹三峡工程的整个过程。在展览向公众开放的层面:自2008年起,中央级文化文物部门归口管理的博物馆全部向社会免费开放；各省级综合博物馆全部向社会免费开放；各级宣传和文化文物部门归口管理的列入全国爱国主义教育基地的博物馆、纪念馆全部向社会免费开放，系列免费举措极大地缩短了公众与博物馆的距离，博物馆所承载的记忆更为深入地渗透到公民心中。杭州市新近启动的南宋皇城大遗址综保工程规划中，明确表示要打破传统的高墙式博物馆结构，不但囊括民居生活，而且建造生态公园，在大面积系统的展现历史文化的同时也推进文化产业的良性发展。苏州博物馆在 2008 年 5 月实行免费开放博物馆之后的一年中，通过一系列高质量、高品位的本地区精品文化展览和公益性专题讲座在广大观众心中将苏州文化不断推广，同时又深入研究观众问卷调查，将大众心理和意识形态及时反映在展览中，以实际行动积极履行博物馆应有的社会责任。综观全国各大博物馆的发展动向，不难看出都在收藏内容、研究方向、陈列展览、服务对象、教育方式等方面不断融入城市个性和地方特色，深入挖掘城市的文化资源积极服务于市民大众，推动社区文化建设，为提升城市品位、丰富城市内涵、打造城市特色作出了积极贡献。

未来的创新之路将再接再厉

在城市发展中，产业创新是经济支柱。而博物馆在淘汰夕阳产业、调整传统产业、培育新兴产业、形成产业集群的各项环节中都起着一定的作用。2009 年 6 月重庆市委三届五次全会通过决议将在南川区建设重庆三线建设遗址博物馆和遗址公园，该博物馆依托当年天兴仪表厂遗留下来的 6 栋宿舍楼和 1 个露天电影院，围绕三线建设这一主题展开，从历史文脉的分析入手，体现三线文化特色，包括陈列展区、体验展区、休闲展区、学术教育区等几个部分。建筑整体风格充分吸收当地民居的风格特点，又努力创造清新、明快简洁的现代气息，使建筑空间融入金佛山大的空间环境和三线文化历史脉搏中，集政治、教育、文化、旅游为一体。当一些夕阳产业、传统产业即将退出历史舞台时，它们曾经的辉煌被博物馆完整记录下来，给后世留下无数记忆和启示。而在整个过程中，未来的新兴产业也给博物馆提出了一些问题：如何利用博物馆本身的主题、地理、建筑等特点开展多形式的博物馆活动；在陈列手段、服务项目、各项收费、讲解特点等方面如何发挥自身优势并合理定位；如何根据地理区域、人口结构、观众的兴趣爱好等进行准确市场定位以开发具有丰富内涵和积极社会效益的文化产业，解决这一系列的问题都将成为今后博物馆衔接产业创新的出发点。

近年来，博物馆的内部管理政策虽有较大幅度改善，但相比于国内科研机构所采用的先进管理办法，还有一定差距，人才聘用、项目管理等方面都或多或少存在一定不合理的因素，这在一定程度上影响了博物馆发展的进程。在城市管理创新中，强调摒弃不适应甚至阻碍城市发展的相关体制及政策，勇于尝试和制定能促进城市经济社会协调发展的系列政策及措施。因此在管理创新办法的提出、实施、考核等环节方面多下功夫也是博物馆今后提升内在竞争实力的重要途径。

随着现代化步伐加快,博物馆的科技创新和服务创新能力在不断提高,全国各大博物馆把先进的科学技术充分运用在展览陈列方面,为观众营造良好的视听效果和想象空间,具备世界级高端测试分析能力的仪器设备也随着博物馆实验室的建设,逐步为馆藏保护方面作出积极贡献,但是对于综合实力较低,科研资金极为匮乏的地方城市的中小型博物馆,在科技投入和社会服务方面存在较大的困难,迫切需要与省级以上大型博物馆开展积极的合作,这种以大型博物馆为中心,充分辐射地方,区域一体化联动的模式将在资源利用上达到最大优化,同时为更好地保护人类遗产作出巨大贡献。近日由"十一五"国家科技支撑计划项目研制的文物出土现场移动实验室的成功实例,对于博物馆的改革创新具有项重要启示。装配有多项先进仪器的移动实验室在功能上,能够解决在文物出土现场记录、信息提取以及脆弱文物的保护等长期困扰考古工作的各种问题。而博物馆也可以按照相同的思路,针对馆藏文物的特点,设计出一种集科研和服务为一体的移动实验室、移动陈列室,能帮助实现区域一体化博物馆建设的模式。

博物馆从诞生之际就被历史赋予了神圣的保护使命,在城市的发展过程中,博物馆作为精神载体和物质载体,记录着城市的发展,而这些由科学发展观指导,多学科合作,无数的智慧不断提炼所凝结的精华,将从很大的程度上为未来城市的发展提供正确引导。在坚持以科学发展观为理论指导依据,城市创新理念为方法之源的同时,重视新理念和新方法的引入,不断实践和积累经验,博物馆将逐渐融入城市的发展中,为未来构建一份记忆,并为城市的发展提供一片宏伟蓝图。

二、城市博物馆和地区文化的构建

城市文化构建中的
当代博物馆功能意旨探讨

刘庆平　　彭　建[*]

（武汉博物馆，湖北 430079）

[摘　要]　文化力是综合国力的重要组成部分，城市文化建设关系到城市发展的前景，博物馆因城市而产生兴起，具有传承城市文化的特殊使命。在当代城市社会发展中，博物馆在构建城市文化力的过程中，其功能、旨向具有独特的内涵。

[关键词]　城市文化建设　当代博物馆　功能意义　新旨向

The role of contemporary museums
in the construction of urban culture

LIU Qingpin　　PENG Jian

Abstract：Cultural power is an important part of overall national strength. Urban cultural construction has played a key role in the prospects of urban development. Museums generated due to the rise of cities, having the central status of promoting urban cultures. In the development of contemporary urban society, museums possess special functions and connotation in the construction of new urban culture.

Key words：Urban cultural construction; Contemporary museums; Funtional meaning; New connotation

---

* 刘庆平：武汉博物馆馆长，研究馆员，享受国务院专家特殊津贴，研究方向：历史学、博物馆学。
彭建：《武汉文博》编辑部编辑。
LIU Qingpin，Director of Wuhan City Museum, Professor. PENG Jian，Wuhan Museum.

　　当今世界,文化在综合国力竞争和经济社会发展中的地位与作用越来越突出。对于一个城市来说,文化是灵魂,文化力也是竞争力。博物馆因城市而产生,是城市文化发展与成熟的标志,同时也担当了传承城市文化的特殊使命。

　　基于此,本文以当代城市发展中兴起的博物馆运动分析为契机,探讨博物馆在当代城市文化建设中特殊的功用内涵,以及在构建城市文化中博物馆需实现的作用与目标旨向。

一、城市发展中的当代博物馆运动

　　城市是人类文明的重要组成部分,伴随着人类社会的进步而发展。在不同的历史时段,城市作为信息、人口、资源的集约点,承担着政治、经济、文化中心的重要职能。博物馆是城市发展到一定阶段的产物,尤其是近代,现代意义上的博物馆的产生与发展,标志着人类文化走向成熟。经过百年的发展衍进,欧美发达国家博物馆、中国博物馆都获得了突飞猛进的发展。博物馆及博物馆文化成为影响社会和城市文化建设不可或缺的重要组成部分,获得世界性的共识。

　　时序变迁,人类创造性历史的演进导致城市化进程前所未有的加快,延至当代,城市规模的扩大,人口的急剧膨胀,可持续发展与生存环保空间的落差,以及不可预见性因素,地震、洪水、冰雪、干旱等自然灾害的存在,都促使人们给予了城市未来发展前景前所未有的高度关注。

　　了解及评鉴城市的过去、现在和未来,势在必行。对这个必要性的认识也引发了当今世界范围内城市博物馆的兴起和扩展,国外有人将其称为"城市博物馆运动"。这场运动几乎席卷了世界的各大洲。在欧洲,伦敦博物馆已着手斥资 1800 万英镑的"首都计划",使展陈面积增加了 25％;在拉丁美洲,世界上最大的城市之一、拥有 1790 万人口的圣保罗正在历史文化遗址迪桑托斯(de Santos)扩建城市博物馆;在北美洲,芝加哥历史学会为庆祝建会 150 周年而更名为"芝加哥历史博物馆",斥资 2.75 亿美元整修和扩建美术品陈列室,旧金山和亚特兰大最近也相继宣布修建和扩建城市博物馆计划,尤其引人注目的是"波士顿博物馆计划"预计将耗资 1.2 亿美元,在波士顿修建博物馆。

　　而中国博物馆相对于西方发达国家博物馆,起步虽晚,但在城市经济复兴中,与国力提升相辅,在馆舍建设、免费开放、服务职能转化、博物馆评估定级与世界博物馆间的合作交流等领域,走出了符合当代中国国情、城市发展趋向的新路子。

二、博物馆：当代城市文化的内涵聚焦

由对城市未来发展走向的审视，引发的对当代博物馆的功能意义、旨向的探讨，中外学者多有阐述。概言之，仍过多集中于文物保存、宣传教育、学术科研及休闲旅游等传统功能层面的研讨，主要是从博物馆个体观照立论，而对整体城市发展中的宏观重视却尚有不足。

古希腊哲学家亚里士多德在 2000 多年前曾说过："人们之所以愿意来到城市，是为了生活得更好。城市的环境和所营造出的生活方式越有吸引力，有头脑和有资本的人才就越愿意聚集过来。"笔者以为这句话，有助于理解博物馆文化营造当代城市"吸引力"的特殊作用。事实上，城市的环境和生活方式，城市的文化内涵，并非一朝一夕所能形成，其间经历史长河积淀的人文底蕴起着决定的作用。

众所周之，城市的人文内涵，集中反映了城市发展过程中的生存理念和文化特性，能对生活于其中的人们产生同化和支持的作用，是人们在社会生活中所共同拥有的价值观念。从这个角度上来说，城市的发展已经进入以文化价值和城市个性发展的新时代。而集聚城市历史人文精神积淀的博物馆，以文物庋藏、陈列传承、记录城市文明与发展轨迹等方式型塑城市精神，感染公众的功用内涵更为特殊。

1. 聚焦城市记忆

城市文化记忆功能是博物馆最原始、最核心的功能之一。城市记忆作为一种文化积淀和文化表现形式，承载着这个城市曾经的生存状态和精神境界。每个时代都在城市建设中留下了自己的痕迹，保存城市的记忆，保护历史的延续性，保留人类文明发展的脉络，是人类现代文明发展的需要。当代城市发展经验告诉我们，城市发展不仅仅是单体建筑的简单集合，需要有城市赓续绵延的记忆载体、良好的生态环境、深厚的文化内涵、优秀的传统风貌、地方特色和人文景观，这些都是一个充满生机活力的城市不可或缺的组成部分。而当代博物馆以保存文化延续历史，以文物展陈特有方式记忆历史，聚焦城市今昔过往，凝结人文精气神韵，以传承不息，启迪世人。

2. 型塑城市品质

城市品质是城市个性、风貌的展现。城市品质首先表现于文化品貌的彰显，特色鲜明、个性突出的城市文化品格与活力创新、健康高尚的城市文化形象是当代城市应具有的特征。进入 21 世纪，高速发展的城市化进程带给人类现代文明成果的同时，也给生活城市的市民造成某些文化、观念上的缺失、错位，甚至枯燥和迷茫。博物馆作为展示城市文化的窗口，以深沉博大的文化底蕴与历史使命感，在潜移默化中，增强文化认同感，培育城市文化精神，增进城市人民自豪感、自信心、凝聚力、创造力。可以说，在塑造区域、城市文化个性风貌方面，博物馆文化具有无可比拟的作用。

3. 践行城市复兴

当今世界,文化已经成为城市复兴中不可或缺的成分,成为复兴的核心。作为复兴策略的一部分,欧洲许多城市创建设立了以博物馆为主体的综合文化区,即:一个城市或城镇中,拥有展现本地城市人文历史的博物馆建筑,以及最高密度的文化与娱乐设施的地理区域。在很多情况下,这些文化地区都是综合利用开发区域,其目标是为城市居民和旅游者提供参观景点或名胜(如博物馆、画廊或剧院),同时提供办公、住宅、宾馆、餐饮、零售和休闲等设施,这些项目被视为具有可以最大限度地提升土地价值、繁荣消费、推动就业增长、提升地区形象、吸引投资等多重作用。

而在国内,围绕邻近城市联谊中的大城市文化圈亦初具型态,对提升区域文化及城市的复兴,影响日益加剧。当代城市改造进程中,文化诉求可以妥善地解决保护旧城风貌、传承城市文脉,并同时增强旧城经济与文化活力、应对交通与土地压力等一系列问题。虽然中国还处在城市化的高速发展阶段,但是一些城市或个别地区仍然面临着城市复兴问题,也同样需要借助文化的发展拉动城市的复兴。

三、博物馆在当代城市文化构建中的新旨向

城市文化构建是一项繁杂、长期的系统工程。博物馆的实践表明,在当今的城市文化建设中,博物馆需要在一种新的、最广泛联系的框架内重新思考它的目标取向,但博物馆帮助人们架起现实与历史之间的桥梁,从而认识过去,把握今天,探索未来的重要作用和其公益性职能是不会变的。同时,在当代城市新文化构建中,博物馆也应有所作为,成为促进各种文化融合、增进文化理解、鼓励文化对话的重要渠道。

在全球化发展的今天,城市的发展与城市之间的竞争中,文化扮演着极为核心的角色。文化,尤其是博物馆文化,之所以在城市发展中占有如此重要的地位,源于文化具有单纯的经济战略所不具有的优势:文化更富有弹性,可以经受时代的变化,它很少会消亡,它总是在进化,尽管面临全球化的潮流,但是文化仍然可以不断探索创新,而且它更利于创造新的空间和场所,在现在与未来的城市之间寻求平衡。这些,都是单纯的经济所无法达到的。

在以文化为主题的新一轮城市竞争和发展中,"文化立市"已成为当代城市发展的普遍理念,以文化为轴心的城市发展战略已逐步或必将成为共同的选择。以笔者生活的武汉为例,进入 21 世纪以来,城市经济发展日新月异,与之相适应的文化产业建设,经历"发展"、"转型"、"入世"三个时期,得以全面提速,并融入城市经济社会发展总体战略之中。城市文化的逐步开放,为武汉市博物馆的发展带来了新的契机,挑战与机遇并存,"文化强市"成为武汉文化发展最为突出的趋势之一。以管窥豹,笔者以为,当代博物馆,尤其是中国博物馆要在城市文化构建中有所作为,必须从城市可

持续发展的宏观角度着眼,来审视并实现诸下目标。

1. 城市文化定位的航标

不同的城市拥有不同的文化内涵。发展城市文化,首先要进行准确的城市定位,没有明确城市定位就谈不上城市文化力的拓展和延伸。城市定位的实质,就是要把握城市文化特色,突出城市竞争优势,在城市居民的心目中树立独具特色的城市印象。传统定义上的历史文化名城,即是由一个城市历史文化特色风格和个性化升华、凝聚而成,这是一座城市永久魅力所在。博物馆担负文明传承的功能,赋予了一个城市特殊的"文化符号",了解一座城市,莫过于去当地的博物馆。博物馆以其特有的文化韵味,为城市人文品位带来了新的阐释与架构。构筑富有特色的城市文化,凸显城市的主题和个性,博物馆实际上已经具有城市文化定位航标的深远意义,毕竟一个城市的文化特色,影响着一个城市整体风貌和居民生活的精神状态以及人们的理想追求。

2. 城市文化发展的载体

城市文化凝聚在物质、精神层面,更多表现于意识形态领域的成果。而物化的精神成果——文物或文化遗产(包括物质或非物质文化遗产),蒐藏于博物馆并以特定的展陈方式显示城市历史文化发展传承。城市文化作为人类文明的创造积淀,同时具有丰富性、动态性,需要通过不同的物化型态附着。博物馆首先是人类文化遗产的保存机构,立足于城市文化薪火相传,也决定了城市、博物馆的发展与壮大,必须建立长久、持续的文物收藏计划,既为当代收集,亦为未来收集,既展示过去、今天,也昭示未来,这既是博物馆承载文明,也是未来城市及其文化可持续发展的根本所在。

3. 城市文化建设的动力

21世纪是人类文明获得发展的世纪,随着经济全球化的不断加快,综合国力竞争的日趋激烈,不同国家、不同城市间的经济、文化互动亦在不断加强。事实证明,城市文化建设可以为经济发展开辟新的投资项目和市场空间并创造和谐的发展条件。肩负城市文明传承、弘扬历史文化重任的博物馆,其"为社会及其发展服务"的宗旨、"非营利性"机构性质,决定了博物馆始终坚持社会效益第一的"效益观",为城市文化建设作出特有贡献:提升城市气质、凝聚民心人气、更新人文观念、提供认知平台、增进人际和谐、营造投资环境……由此产生的历史文化热、民俗风情热、寻根旅游热等,对城市经济发展产生积极的促进作用;并在传承地域文化的同时,更好地改造或提升本地文化,从而使城市经济对外扩张力进一步增强,有利于实施城市对外开放发展战略。可以说,博物馆这种持续不息的文化效应,将成为促进当代城市文化建设不竭的动力。

4. 城市文化力的源泉

城市发展进入21世纪,已出现高度经济化、物质化的趋向。在经济快速发展的时代,文化被世人所忽视,这恐怕是一种世界流行病,然而综观古今,我们应该看到,文化不仅仅是力量,也是灵魂。诚如中华文化促进会主席高占祥所云:"文化力"是给予科学进步、经济发展、社会繁荣等无限力量的原动力,可说是人类的第二个太阳。文化力本身就是在人类漫长的历史进程中形成的物质和非物质文化遗产,以衣食住为首,包括科学、技术、学问、道德、宗教、军事、政治等生活形成的样式和内容,而这些囊括全人类古往今来智慧结晶的样式和内容,唯有在博物馆才可得到全面的展示和理性溯源,给予未来以启迪和引领。

文化力是软实力的核心,今天,时代正在"从军事力、权力、经济力等硬实力转变为知识、文化、组织等软实力"(日本:池田大作),博物馆将在这一转变中显示其无与伦比的文化魅力,成为城市文化力的精神源泉,这也是当代博物馆的终极价值旨归。

参 考 文 献

[1] 张文彬:《博物馆与城市文化建设》,2007 年 6 月 10 日在北京国际会议中心的讲话。
[2] 曹兵武:《记忆现场与文化殿堂——我们时代的博物馆》,学苑出版社,2005 年 9 月北京第 1 版。
[3] 杨　玲,潘守永主编:《当代西方博物馆发展态势研究》,学苑出版社,2005 年 12 月北京第 1 版。
[4] 《二十一世纪中国博物馆展望》,中国国家文物局、美国梅隆基金会联合举办 2006 年中美博物馆论坛文集,梅隆基金会出版,2006。

城市博物馆与城市文化认同的建构

李明斌　魏　敏*

（成都博物院，四川 610072）

[摘　要]　更美好的城市不仅意味着衣食无忧的物质生活条件，还意味着城市居民有更强的文化认同感和凝聚力。城市化进程中，传统文化体系的坍塌导致城市居民的文化认同感不断缺失，影响着城市居民的生活品质。现代城市文化建设中，城市博物馆应该以建立城市文化认同为己任，在传承优秀文化遗产的基础上培养起成熟的现代城市文化。

本文以成都市民的文化诉求为出发点，结合成都博物院在成都市文化建设中的实践工作，分析了城市博物馆在构筑城市共同文化记忆，延续城市传统生活方式等方面的经验和问题。并以成都博物馆新馆建设为例，探讨了现代博物馆在构建城市文化认同和情感纽带上的作用和意义。

[关键词]　城市博物馆　文化认同　建构

The City museum's role in the construction of city culture identity

LI Mingbin　WEI Min

Abstract：The concept of the better city helps provide for better living conditions and also for stronger connections between contemporary life and traditional culture. The rapid urbanisation of China has lead to a loss of cultural identity which becomes a constraining factor in the improvement of the quality of city life. In terms of urban cultural development，museums should take responsibility for reconstructing the cultural identity of city people and for rebuilding the unique cultural flavours based on traditional culture.

On the basis of public service projects by Chengdu museum，this paper examines the cultural aspirations of the people of Chengdu and the experience of building a shared

*　李明斌，男，成都博物院副院长。魏敏，成都博物院馆员。

LI Mingbin，deputy director，Chengdu City Museum. WEI Min，Chengdu Museum.

cultural memory and continuing with the traditional way of life of the city. With a further study of the Chengdu Museum construction project, it concludes by demonstrating how a modern museum contributes to the cultural identity of a city and how it connects emotionally to its people.

Key words：City museum，Culture identity，Construction

引言：城市化与城市文化认同危机

根据 2009 年 6 月中国社会科学院城市发展与环境研究中心发布的《城市蓝皮书》有关内容，截至 2008 年末，中国城镇化率已达到 45.7％，拥有 6.07 亿城镇人口，形成建制城市 655 座，其中百万人口以上特大城市 118 座，超大城市 39 座。城市生产总值和人均收入连续多年保持了 10％以上的增长率。城市化正以前所未有的速度席卷中国。

作为全球化、现代化的伴生物，城市化不仅意味着物质地理空间和社会经济空间的重构，还意味着文化环境与心理结构的根本性变迁。关键的问题在于，作为城市内核和灵魂的城市文化的建设步伐，是否跟得上人类历史上罕见的大规模、高速度的中国城市化建设？ 传统与现代、东方与西方以及多元文化的碰撞，使中国城市文化面临前所未有的矛盾与冲突，由此引发并出现了所谓"文化认同"缺失或危机。

文化认同（cultural identity），"是人类对于文化的倾向性的共识与认可"[3]，是个体对其所属文化及文化群体产生归属感从而获得、保持与创新自身文化的社会心理过程。城市"文化认同"危机，是指城市居民对城市历史的集体失忆，是城市情感纽带的断裂和城市归属感的缺失。随之而来的，是城市凝聚力和城市精神的缺失。

由此，城市文化认同的重构，就成为当代城市建设中不可回避的话题。本文所要探讨的，是城市博物馆在构建城市文化认同中的作用和意义。

一、城市博物馆与城市文化认同的建构

在现代文化发展的趋向中，文化认同的视角是广角性的，农业社会与工业社会，传统生活方式与西方现代文明，区域文化与移民文化，社会转型伴随着人们挑战传统、追求现代生活的思想浪潮。因此，文化认同的建构首先是对多样文化的尊重、理解、诠释和整合。我们必须建立起一种机制，以城市优秀文化遗产的保护和传承为基础，以使人们在这种文化传承中彼此认同，建立起共同的文化信仰，并在此基础上更好的理解和吸纳外来文化。这一需求正好暗合了现代博物馆的发展趋向。

2007 年 8 月 24 日,国际博物馆协会维也纳大会对博物馆定义进行了修订。修订后的定义,将服务社会提到了博物馆功能的首要位置并明确了当代博物馆的社会角色定位:现代意义上的博物馆是为人类社会和人类未来保护人类遗产的机构,博物馆的价值直接体现在为人类生活提供的情感精神上的服务和文化上的补给。这是基于对博物馆职能的反思,而对博物馆社会化路线更加明确和清晰的表述,由此,对城市文化认同的构建就成为博物馆的天然职责所在。具体而言,主要体现在以下几个方面:

首先,城市文化资源是文化认同的物质载体。博物馆收藏职能的拓展,能够更好的保护城市文化资源。传统意义上的博物馆搜集、保存与城市发展相关的历史文物,据此来记录和传承城市文明。现在,博物馆以社会发展和公众需求为导向,与城市发展和居民生活有关的一切资料,如自然地理信息、城市规划变迁、城市重大事件等,都可以成为博物馆收藏的对象和内容。

第二,现代博物馆教育职能的发展,对于城市文化认同的构建有着至关重要的作用。现代博物馆教育职能,以博物馆展览为核心手段。城市博物馆的基本陈列,能够将城市传统文化与城市现代风貌相结合,集中有效的反映城市历史特色和城市个性——这是城市文化认同和城市精神的直接来源。再配合反映城市时事热点的临时展览以及其他多样化的文化活动,博物馆将成为一座城市最具吸引力的公共文化空间,促进市民的情感交流。

第三,以公众服务为核心的博物馆研究,已经突破传统历史学、考古学和文物学的研究范畴,应该进一步深入社会、关注社会发展和城市居民的现实需求。一方面,博物馆观众研究,成为博物馆学中最核心的内容:观众需要什么样的文化? 什么样的展览和公众活动最能够为观众所接受? 怎样引导观众和吸引观众? 科学有效的观众研究数据,为博物馆服务职能的发挥提供了依据;另一方面,对非物质文化遗产的关注,延伸到对城市居民传统生活方式以及如何保护、延续这种传统生活方式的研究。城市中的人和人们的需求,越来越成为博物馆研究的重心。

总之,以现代博物馆的收藏、教育和研究手段为基础,城市博物馆有责任也有能力为城市文化发展做出贡献。值得注意的是,文化认同并不是凭空而来的,它总是片段式的隐藏在城市历史脉络和现实生活的各种类型空间。地域文化的独特性以及城市居民的文化需求,是城市博物馆工作的出发点。

下面结合成都城市发展的具体情况,介绍成都博物院在构筑城市共同文化记忆,延续城市传统生活方式等方面的具体实践。

二、成都博物院的实践

　　成都是一座具有 5000 年文明史和 3000 多年城市史的古老城市,是中国首批历史文化名城之一。成都孕育了辉煌灿烂的古蜀文明和独具一格的地域文化,留下了丰富多彩的物质和精神文化遗产,形成了当代成都市民特有的文化气质。最近一次的市民调查研究表明,成都市民的文化需求表现为:对历史文化的高度认同所带来的对发掘和保护文化遗产的需求,对社区文化和节庆文化的喜好,对公共文化设施的需要,娱乐化的文化需求等。[4]这是成都博物院发掘、保护、展示文化遗产,发展文化产业的出发点。

　　成都博物院组建于 2004 年 6 月,下辖成都博物馆、金沙遗址博物馆、船棺遗址博物馆、十二桥遗址博物馆、隋唐窑址博物馆等五个公益性博物馆(与成都市文物考古工作队、成都文物考古研究所、成都中国皮影博物馆实行同机构管理),是中国西南地区规模较大、体系完备的文博机构。根据成都市城市建设和文化发展的实际情况,结合程度市民的文化需求,近年来,成都博物院在文化遗产发掘、保护、文化产业的开发等方面作出了有益的尝试。

　　1. 考古发现:构筑共同的历史记忆

　　成都市民对历史文化有着高度的认同感,蚕丛、柏灌、鱼凫、杜宇、开明等古蜀王的故事根植于成都人的脑海中,却没有具体的考古材料和研究成果作为形象支撑。近来年,成都博物院通过科学的考古调查和发掘,逐步理清了古蜀文化的发展脉络。其间有六大重要发现:一是 1995 年以来,在成都平原的新津、温江、郫县、崇州、都江堰、大邑等地相继发现了 9 座距今 4000~5000 年的史前城址,是迄今所知中国西部地区分布最为密集的史前城址群,被评为 1996 年度全国十大考古新发现;二是 1999 年发现的历经元明清 600 年的成都水井街酒坊遗址,其发现填补了中国古代酒坊遗址、酿酒工艺等方面的考古空白,被评为 1999 年度全国十大考古新发现;三是 2000 年在成都商业街发现的战国船棺遗址,其宏大的规模、独特的墓葬形制、丰富的随葬器物,为进一步研究古代巴蜀的历史文化、丧葬制度等提供了极其重要的实物材料,被评为 2000 年度全国十大考古新发现;四是 2001 年 2 月在成都青羊大道西侧金沙村一带发现约商、西周时期的金沙遗址,被评为 2001 年度全国十大考古新发现;五是 2007 年发现的成都江南馆街唐宋街坊遗址,该遗址反映了当时极高的城市规划和建设水平,并印证了唐宋时期成都经济的繁荣与发达,被评为 2008 年全国十大考古新发现;六是发现了面积达 20 平方千米的从先秦一直延续到明清时期的成都旧城区(锦江府河、南河段范围内)特大型遗址,清楚勾勒出秦汉、唐宋、明清各不同时期成都城市格局的发展演变历程。

以上重要遗址的科学发现,极大的丰富了成都的历史文化内涵,使成都人对自身的文化发展史有了更清晰、更具体的认识。

2. 金沙遗址:城市记忆的现场阐释

悠久的历史文化传统,使得成都市民对于文化遗产有着天然的亲近感和认同感,但是成都众多的重要遗址,如金沙遗址、十二桥遗址、商业街船棺葬、江南馆街唐宋街坊遗址、水井街酒坊遗址等,往往处于城市中心的商业区或居民生活区。如何进行合理保护规划,使其与城市建设和谐发展,并使遗址信息真正转化为能为普通公众所用的文化资源,是目前成都文化建设中最重要的问题。在这方面,金沙遗址博物馆进行了尝试,并取得了一定成效。

2001 年 2 月发现的金沙遗址,是商末至西周时期(公元前 1200-前 900 年)古蜀国的都邑所在,遗址内发现了大批金器、玉器、青铜器和象牙,被认为是四川继三星堆之后又一新的重大考古发现,在国内外引起轰动。但是,当话题转移到如何进行遗址保护规划的时候,却面临巨大的压力——金沙遗址地处成都市区二三环路之间,发现之时,周边房地产开发已如火如荼,这片土地已是寸土寸金的城市发展集中区,城市片区规划早已完成,数以万计的居民刚刚拆迁,等待新居建设……文化遗产的保护与高速的城市发展在这里激烈碰撞,成了整个社会必须面对并加以解决的巨大难题。面对这一矛盾,我们意识到:遗址保护必须切合成都市民的根本利益,让成都市民获益。

为了让成都市民了解遗址的重要价值和保护的重要意义,在进行保护规划之前,我们就通过媒体进行了大量的宣传,并组织市民到遗址现场参观,由考古队的工作人员进行现场讲解,让成都市民切身感受到金沙遗址的巨大魅力,为古老成都的辉煌感到骄傲。在取得了广泛的市民认同之后,成都博物院进一步提出了原址保护、建设现代化博物馆的规划方案。这一方案主要考虑了三个方面的问题:一是考虑要有利于遗址的长远保护和持续利用;二考虑要有利于遗址展示和信息传播,实现其社会效益的最大化;三是考虑遗址保护与城市建设的和谐关系。由于该方案兼顾了遗址区周围的社区环境,将遗址保护和提升居民居住环境结合起来并满足了成都市民对文化设施的需求,因此得到了成都市民、领导和建设的支持。

2007 年 4 月 16 日,造型新颖、设施先进、理念超前的现代化博物馆——金沙遗址博物馆正式开馆。博物馆采取了现场阐释与展厅陈列相结合的方式:遗址区向公共展示金沙遗址发现、发掘、及遗址保护的相关情况,解释考古工作和遗址保护是如何进行的,而展示厅则对出土物进行系统、深入的分析和解读,讲述文物背后的故事。古蜀人曾经的辉煌由此成为人们真实可见的内容。

3 文化产业与公共娱乐

成都是一个休闲娱乐之都,成都人对文化的理解带有一种戏剧色彩和浪漫主义的情怀。因此，文化遗产的信息传播必须生动活泼，以故事性的情节吸引人、打动人，让人们在一种趣味性的观赏中建立起历史认同。2005 年以来，在有关领导和部门支持及指导下，成都博物院以金沙遗址的发现为主线，联合国内知名音乐人、演艺机构，创作了集学术性、思想性、娱乐性为一体的《金沙》原创音乐剧，迄今已在国内进行了上千场的巡演和驻场演出；2009 年 11 月，《金沙》音乐剧永久落户于金沙遗址博物馆内的剧场驻场演出，为宣传灿烂辉煌的古蜀文明，宣传拥有悠久历史文化的四川和成都发挥了重要作用。

此外，自 2009 年起，金沙遗址博物馆还在春节期间举办"太阳节"灯会。2010 第二届金沙太阳节以"光明、温暖、和谐、幸福"为主题，将金沙文化与现代社会所倡导的社会理念相结合，既符合时代潮流，也迎合了成都市民对于节庆文化的喜好，促进了遗址文化信息传播。2010 年春节七天，进入太阳节会场金沙遗址博物馆的游客达 26 万人次，金沙遗址成为了成都人春节游乐的热门场所。

三、问题与期望：成都博物馆新馆建设的探索

成都博物院以考古资源的发掘、保护、利用为基础，在传承优秀文化遗产的同时，通过现代化的信息传播手段，赋予文化遗产时代性，为构筑城市公共文化空间和历史认同作出了贡献。然而，就文化遗产的利用和文化认同的建构而言，还有值得探讨的问题。

首先，大型考古遗址，如金沙遗址等，由于其出土物质量较高，可观赏性强，在展示利用上取得了较好的效果。但大量的"小"遗址虽然文化内涵丰富，科研价值较高，但在展示利用上却并无优势。如何整合众多的"小遗址"资源，勾勒城市发展的脉络，是需要进一步思考的问题。

第二，城市传统生活方式和城市居民的共同文化信仰，是城市历史记忆的重要组成部分，是活着的历史。博物馆如何保护、保存这种传统文化，并使之成为城市精神，发挥其凝聚力，是值得深入思考的问题。

第三，目前的文博工作对当代城市发展的关注不够，没有及时把握现代城市建设的热点问题和市民文化的最新动向，"老百姓身边的故事"是博物馆展示的盲点。

这些问题，我们希望能够在成都博物馆新馆的建设中进行探索。

成都博物馆由 1974 年初建立的成都市文物管理处为基础发展而来，是成都市唯一的国有大型综合类博物馆，2004 年并入新组建成立的成都博物院，2010 年初，成都博物馆新馆在天府广场西侧破土动工。新建的成都博物馆将延续其地方性综合博物馆的功能定位，凭借天府广场的地理环境优势，成为展现成都城市文化的窗口。为了实现这一目标，我们将在以下几个方面进行努力：

成都博物院新馆效果图

1. 立足成都特色 打造成都故事

成都悠久而独立的文化资源,灿烂而多彩的城市历史,是现代成都文化认同和城市精神的直接来源。新馆建设的头等大事是打造个性化的地方性历史文化陈列,展现成都独特的历史文化风貌。

在进行基本陈列的内容构思中,我们考虑到成都人喜欢听故事,喜欢从故事和情节中去获得知识和信息的特性,希望将"文物和史迹"、"知识和信息"融入到情节性、故事性之中,用说故事的方式组织展览的内容:古蜀先民治水的功绩,三星堆的神奇和金沙的璀璨,战国蜀文化的辉煌,汉代蜀地的繁荣、三国文化的雄奇,唐宋"扬一益二"的辉煌,明清湖广填四川的艰辛……故事性的片段组成了成都城市发展的脉络——"成都故事"是我们对新馆展览的基本定位。这一定位能够更好的促进展览与观众之间知识、观点、信息、情感和价值的交流,也将帮助我们更好的整合城市文化遗产和考古资源,使众多"小遗址"的社会价值得到发挥。

2. 保护非物质文化遗产,延续传统生活方式

非物质文化遗产,是城市历史文化的重要组成部分,是城市传统生活方式的现实

载体，是"活"的记忆。成都博物馆一方面定位为成都城市历史的收藏者与讲述者，另一方面以皮影等民俗类文物为切入点，立足于保护并专题性展示民俗文物及非物质文化遗产，延续传统生活方式。

皮影历史源远流长，从汉代到现在已有2000多年的历史。成都厚重的历史文化氛围和成都人浪漫的艺术情怀，使成都皮影和中国其他地方代表性皮影一样，具有极高的戏剧化程度，并成为中国的重要皮影戏流派代表。成都皮影是老成都传统生活的代表，它曾经活跃于近代成都的茶铺或堂会上，如今在现代艺术的巨大冲击下，已经濒临失传。成都博物馆基于抢救保护民间文化遗产的认识，立足西南、放眼全国，已征集了全国二十余个省市明清至近代各类珍贵皮影20余万件，皮影藏品量世界第一，被称为"中国最有价值的民间艺术宝库"。2006年8月，经文化部、国家文物局推荐，中编办和国务院办公厅批准，中国皮影博物馆正式挂牌成立。这是四川迄今为止第一家"国字号"专题博物馆。成都博物馆新馆建成后，皮影将在馆舍内进行专题展出，使这一古老的民间艺术得以传承。

此外，成都博物馆还将木偶戏、道场画（庙画）等非物质文化内容纳入到展览之中。新馆中还将修建面积近3000平方米的展演大厅，以生动鲜活的形式全方位展现传统民俗文化。

3. 收藏正在发生的历史，讲述老百姓身边的故事

城市博物馆不仅是城市历史记忆的保存者，还是现代城市信息的记录者。一方面，现代化的城市发展，使城市文化的新陈代谢加快，那些与我们生活息息相关的"老物件"被迅速的淘汰，如果不加以保存，未来城市的记忆将愈显苍白。现代城市变迁的信息资料，将成为成都博物馆资料搜集和展示的内容。现代成都人正在经历的、正在感受的、正在议论的事件和话题，如2008年的汶川地震、2009年的金融危机等；现代成都人所喜爱的休闲娱乐方式，如农家乐、成都茶馆、成都庙会等包含了成都人传统文化和现代生活气息的内容，也将成为成都博物馆新馆的关注焦点。

对这些内容的展示将帮助人们找到文化、情感共鸣，搭建起现代成都人的情感纽带，而其中所揭示出的老成都人对现代生活的"态度"就是现代成都的"城市文化认同"。

四、结语：城市博物馆的人文关怀

国际博物馆协会城市博物馆专业委员会将2010年城市博物馆年会的主题定为"迈向更美好的城市：城市博物馆让城市生活更美好"，这是在新的社会环境中对博物馆服务社会使命的强调与重申。城市化、现代化冲击下的中国，博物馆服务社会的主要方式是在传承优秀文化遗产的基础上为公众提供文化补给，从而为社会的长远发

展提供持续的人文关怀。这既对培育成熟的市民文化,增强城市认同感、促进社会和谐发展具有重要意义,同时也是对博物馆服务工作的挑战——如何将博物馆与城市的变革与发展相联系,满足公众的文化需求,将是城市博物馆长期关注的话题。

　　这一主题,也是成都博物馆新馆建设所秉承的理念。成都博物馆新馆的建设过程伴随着成都城市的发展和成都市民精神文化需求的变迁,一方面是对传统文化的继承,另一方面是对现代文明的吸收利用。立足于这一实际,以更加开放的姿态面向社会和公众,最大限度的实现资源共享,将是成都博物馆成功的关键。我们希望,未来的成都博物馆可以成为这座城市最具魅力的文化殿堂,在这里,每一件藏品都能找到它的观众,而每一个观众也都在这里找到他想要的展品。

参 考 文 献

[1] 郑晓云:《文化认同与文化变迁》,北京:中国社会科学出版社,1992.4、10。
[2] 蔡少远,向荣,梁红:《成都市民文化需求调查报告》,《中华文化论坛》,2006年2期。
[3] 郑晓云:《文化认同与文化变迁》,北京:中国社会科学出版社,1992.4、10。
[4] 蔡少远、向荣、梁红:《成都市民文化需求调查报告》,中华文化论坛,2006年2期。

城市博物馆与现代城市
文化生态和谐的探讨
——以泉州古城文化生态保护的思路研究为例

陈建中 *

（泉州市博物馆，福建 362000）

　　[摘　要]　城市博物馆是展示和研究城市文明历史发展的重要场所，是城市文化生态和谐的保护者，是更加美好城市的推动者。一座城市的文化生态在历史的进程中不断的产生、发展和变化，在不断的发展和变化中传衍，逐渐形成自己的地域特色，是城市和谐的重要载体。泉州位于福建东南沿海，泉州古城是一座中外文明交汇的古港城市，是闽南文化的富集区和核心区，具有丰厚的文化生态内涵，保护泉州古城文化生态对于现代城市的和谐具有重要的意义。泉州博物馆在陈列展示泉州历史文化的同时，还积极地参与历史文化古城的保护与利用。本文拟透过泉州古城文化生态保护的思路研究，来探讨城市博物馆在现代城市文化生态和谐中的作用。

　　[关键词]　城市博物馆　城市文化生态　和谐城市

* 陈建中，泉州市博物馆馆长，研究馆员。

　CHEN Jianzhong，Professor at Quanzhou Museum.

Inquiry into the Relationship between Urban Museums and the Cultural Ecological Harmony of Modern Cities —Taking for Instance the Study of the Cultural Ecological Protection

CHEN Jianzhong

Abstract：Urban museums are an important arena for demonstration and study of the growing history of urban civilization, a defender of urban cultural ecological harmony and a impeller for bettering cities. The culture ecology of a city came into being, grew, changed and passed on in the course of history which gradually formed its own regional feature, therefore has become one of the main carriers of urban harmony. Quanzhou as an ancient sea port city lies on the south-east coast of Fujian province at the point of intersection for the interflow of Chinese and foreign cultures. It is a core district in the South of Fujian rich in Mennan Culture (Southern Fujian Culture) with cultural ecological inclusion, To protect the culture ecology of this ancient city is of great significance for the harmony of this modern city. Quanzhou Museum not only displays the history and culture of Quanzhou but has been actively participated in the protection and utilization of the history and culture of this ancient city. This article approaches the function of urban museums in the cultural ecological harmony of modern cities from the study of the cultural ecological protection of the ancient city of Quanzhou.

Key words：Urban museum, Urban cultural ecology, Harmonious city

一

中国的城市博物馆是中国社会发展到一定阶段的产物,是城市历史文化展示和研究的场所。在城市发展的历史进程中,代表着城市特色的符号有的在不断地消失、变异,新的个性化符号又在不断地产生,但这些消失和变异的城市符号在城市博物馆的展示和研究中却能或多或少地找到他们的记忆。

泉州是享誉世界的古港城市,形成于汉晋时期;隋唐五代,随着城池的东迁,沿海港口城市开始兴起;宋元时期,在"海上丝绸之路"繁荣的涨海声中,跃居为"东方第一大港";明清时期,随着民生走洋浪潮的兴起,泉州充分显示出了古港城市的历史地位。近二十年来,随着城市化进程的加快,泉州城市的面貌发生了巨大的变化,人民的生活水平有了明显的提高,同时城市赖以生存的文化生态也受到不同程度的影响,城市的记忆在不断地消失。保护城市文化生态已引起人们的重视,成为了社会共同关注的问题。为了记忆城市的发展历程,城市博物馆肩负着重要的历史使命,同时也遇到了发挥自身优势的大好时机。

二

泉州博物馆始建于 1985 年,是泉州古港城市文明的展示和研究场所,建馆初期开辟了"府文庙文物陈列展"、"泉州历史名人纪念馆"、"泉州古代教育馆"等城市历史文化的专题展览。随着泉州经济的飞速发展,为了保留城市的记忆,让子孙后代了解我们所居住的城市、热爱我们的城市、珍惜我们的城市、爱护我们的城市、保护我们的城市,在市政府的高度重视下,于 2002 年决定建设新馆舍,并开辟了"泉州历史文化"、"泉州南音——地方戏曲艺术"等基本陈列。其中"泉州历史文化"主要反映泉州古港城市历史的发展、变化。在展览设计、陈列过程中,我们充分运用各个历史时期的城市符号,从不同角度再现各个历史时期的城市记忆。

"泉州历史文化"分早期开发、刺桐崛起、东方第一大港、泉南雄风等四个部,讲述"泉州先民从远古走来,在漫长的历史长河中,开创了独具特色的闽越文化。东汉末

泉州博物馆序厅

至南北朝时，中原汉人不断通过陆、海两路进入泉州，带来铁具、牛耕等先进的生产工具和技术，泉州政治、经济、文化全面发展，特别是晋室南迁，带来了中原先进的经济和文化，他们沿"江"而居，开发泉州。隋唐时期，中国南北统一，政治稳定，泉州也进入兴盛时期，城池，社会经济和文化交流迅速发展，对外通商贸易繁盛。盛唐，泉州城池始筑，凿沟通舟楫于城下。五代复加修拓，楼雉数

宋代泉州窑业展厅

里，环植刺桐。'市井十洲人，还珠入贡频'，刺桐城声名远播。对外通商贸易日益繁盛，成为海上丝绸之路的起点，与广州、扬州、交州并称为四大海上贸易港口。唐中期以后，'陆上丝绸之路'逐渐受阻，'海上丝绸之路'开始兴旺发达，这一时期，泉州港与海外发生贸易关系的范围越来越广泛。伴随泉州海上丝绸之路的兴起和泉州社会经济文教事业的迅速发展，各种宗教纷纷进入泉州城，一大批道教宫观、佛教寺庙相继建造，伊斯兰教、摩尼教相继传入。各种宗教和睦相处，兼容并蓄，泉州逐渐成为中外文化交流的中心。宋元是泉州城市发展历史上最为重要也是最为辉煌的时期，朝廷采取一系列对外开放的优惠政策，在此设置市舶司，鼓励海外贸易，泉州造船业和航海业发达迅速壮大，造船、制瓷、纺织、冶铸、建筑、科技等各种行业都取得辉煌的成就，一时成为'东方第一大港'。明清时期，泉州处于海上风云的前沿，贸易航海与强权风浪奋力抗争。从俞大猷抗击倭寇到郑成功、施琅渡海收复、统一台湾再到后期的民生走洋，开发南洋。"

　　整个展览以泉州古港城市的记忆为主线，在展示中主要采用以下几种方式：一是复原城市考古的成果；二是用模型复原历史文献记载的古城构架；三是城市记忆符号的运用；四是城市标志性建筑物的运用；五是城市重大历史事件场景的展示等。

三

　　泉州博物馆在参与城市文化遗产保护的过程中，重视对物质和非物质文化遗产的研究，特别是"闽南文化生态保护试验区"的保护和研究工作。近两年来，主要参与的项目有"泉州历史文化古城的保护利用与'海西、文化旅游产业开发思路研究'"、古城遗址的考古发掘和丰州东晋至南朝时期古墓群的考古发掘等。

　　"泉州历史文化古城的保护利用与'海西'文化旅游产业开发思路研究"的主要思

路是：实施保护利用泉州历史文化古城，开发文化旅游产业，应根据古城保留的现状，找出突破口，集中开发一个点，以点带面，辐射古城的历史文化遗产，逐步做大做强文化旅游产业。

在参与古城遗址考古方面，一是丰州皇冠山的东晋至南朝古墓群的考古发掘，该古墓群共发现并清理了43座砖室墓，出土了200多件随葬品。新发现了"太元三年"（公元378年）、"天监十一年"（公元512年）等5座纪年墓；并首次发现古乐器"阮"的图案，"阮"的发现在福建省尚属首次，对研究音乐、乐器史有着重要意义。二是参与南俊路北侧古墙砖遗址的考古探掘，揭露五个地层关系，此次发掘地域在原泉州府衙地域内，出土的"官"字纹砖为今后的城市考古工作提供了重要的实物依据。

通过参与城市文化遗产保护研究和城市考古发掘工作，我馆专业技术人员的素质有了明显的提升，提高了对城市文化遗产保护的认识，拉近博物馆与城市的距离。城市考古为城市记忆提供了重要的实物资料。

四

随着城市化进程的加快，现代城市的构架和功能发生了明显的变化，城市博物馆在中国的大地上像雨后春笋一个接着一个地涌现，城市博物馆如何在现代城市中更好地发挥自己的作用是我们同行们谈论的重要话题，现就我们博物馆与泉州现代城

清代寿屏

市的关系探讨如下：

1. 城市博物馆与城市教育

城市博物馆收藏着城市先民留下的历史文物、展示着城市的历史文化，这些历史文物和历史文化陈列讲述了自己城市的发展历程，能激发人们热爱自己的城市、保护自己的城市和建设自己的城市的热情，是城市教育的重要组成部分，是公民的爱国主义教育基地和终身教育场所。我们博物馆自对公众开放以来，特别是 2008 年 1 月向公众免费开放以来，参观人数迅速增多，每年都以百分之二十五六的速度在增长。在发挥城市教育功能方面，我们的主要做法：一是配合新闻媒体做好城市历史文化展览项目的宣传；二是在做好服务接待工作的同时，还不断投入资金改善服务设施；三是采用多种形式的办展方式增加城市历史文化内容的临时展览，吸引市民、观众不断地走进博物馆，寻找自己城市的记忆。

2. 城市博物馆与城市文化遗产保护

城市博物馆是城市文化遗产保护的重要参与者、研究者和促进者。我们博物馆在参与文化遗产保护方面主要做了以下几个方面的工作：一是组建城市考古队；二是组织专业技术人员积极申报城市文化遗产保护科研课题；三是举办城市文化遗产专题展览，宣传城市文化遗产保护知识，提高市民文化遗产保护的意识；四是组织专业技术人员参与城市文化遗产保护具体项目的实施；五是与新闻媒体合作宣传城市文化遗产保护知识。

3. 城市博物馆与城市文化生态

城市博物馆是城市文化生态的保护者、收藏者和见证者。城市文化生态是一种活态的人文生态，是一种内涵丰富的文化生态现象。我们博物馆在配合城市文化生态建设的过程中，主要做了以下几个方面的工作：一是参与城市文化生态保护的思路研究；二是组织专业技术人员收藏城市文化生态各种典型元素、符号；三是在展示城市文化生态的同时，认真注视和研究城市文化生态的传承、发展和创新。

总之，城市博物馆与城市的过去、现在和未来有关密切的关系，城市博物馆为城市文明发展和经济可持续发展提供了重要的文化支撑。最后让我们携起手来为我们自己城市更加美好的明天而共同努力。

发挥城市博物馆各种文化交流平台的作用　引领城市和谐发展

徐忠文*

（扬州博物馆，江苏 225002）

[摘　要]　社会和谐的先决条件是沟通，而其本质是文化的交流。今天的博物馆不再仅是历史的展示和文明的展厅，更是各种文化交流碰撞的场所。历史给予我们启迪、情感和智慧。在城市博物馆中工作的我们，应该竭尽所能地让我们的城市冲破时间和空间的局限，引领城市和谐发展的脚步。

[关键词]　城市博物馆　文化　交流　和谐

The harmonious development of cities and the role of museums in cultural communication

XU Zhongwen

Abstract：The prerequisite of a harmonious relationship is to understand each other of which the way is communicating, and the nature carrier of communicating is the culture. Museum is not only the hall of history and a platform for culture exhibiting today, but also the place for all kinds of civilization communicating. The history has taught us more about lessons , sentiments and the wisdom to exist. People working in city museum should make great efforts to lead the city to be harmonious in a way beyond time and space.

Key　words：City museum; Culture communicate harmonous

---

* 徐忠文，扬州博物馆副馆长。

XU Zhongwen，Deputy Director of Yangzhou City Museum.

　　和谐的前提是理解,理解的途径是交流,交流的本质载体是文化。所谓和谐,从字面来看,"和"是指和平、祥和;"谐"是指协调。"和谐"即为祥和协调。和谐社会是一个"和而不同"的社会,所谓"不同"即差距和不平衡,这种不平衡主要指经济领域,应该说人类目前的共同价值观都能接受,人类的人格是平等的。而文化领域的不同是指不同地区、不同民族之间的文化差异、风俗差异等。从中国传统文化的角度看,汉文化中"中庸"思想占据很重要的份额,其中非常重要的内容就是"和",即和谐。孔子云:"礼之用,和为贵。"所谓"和"就是不同事物及同一事物的不同方面相互补充,相辅相成。"和"不是简单的折中、调和,而是事物各个部分、各个方面都趋于适度,达到一种互补、相融、不排斥的状态,但肯定不会完全雷同。进一步讲和谐是指社会的各类组成人员,都能快乐幸福的生活、工作在自己的社会角色,尽管有差异,但可以理解彼此的不同,接纳客观存在的差别。

　　"文化"一词在我国的出现,可追溯至西汉。刘向《说苑·指武》有言:"圣人之治天一,先文德而后武务。凡武之兴,为不服也,文化不改,然后加诛。"在《易·贲卦》中有句:"观乎天文,以察时变;观乎人文,以化感天下。"则为更早的文化叙述。据此,"文化"在中国古代当指文治教化、礼乐典章,此一认识延续至近代。而现今的"文化",据考为19世纪末期从西方引进,并通过日文转译而来。"人类学之父"英国人泰勒,在1871年发表的《原始文化》一书中对文化一词提出了具有代表性的定义:文化是一个复杂的总体,包括知识、信仰、艺术、道德、法律、风俗,以及人类在社会里所得的一切能力与习惯。在当今中国,"文化"则涵盖了读书、写字、修养、文学、艺术、文博、图书、考古学、民俗、礼仪、民族、宗教等,可谓包罗万象。根据专家们的共识,大致可以把文化的内涵归纳为:观念形态、精神产品、生活方式等三个方面,它们包括了人们的世界观、思维方式、宗教信仰、心理特征、价值观念、道德标准、认知能力以及一切精神的物化产品。寻求和理解自己的文化根源是个体真正成长成熟的保证,而人类成熟的标志是有一种包容的胸怀和从心所欲不逾矩的旷达,所以只有实现人类文化的和谐,才能实现社会、世界的真正和谐。

　　博物馆是历史殿堂,是当今文化展示的平台,是各类文明交流的场所。对博物馆的定义,世界各国专家都热衷于此并不断更新其内涵、扩大其外延。目前较新的定义是:"博物馆是不以营利为目的、为社会及其发展服务、对公众开放的永久性公共机构,它为研究、教育和欣赏的目的而获取、保护、研究、传播和展出人类及其环境的物证。"笔者以为,"为社会及其发展服务"在当今的主要任务之一是:充分发挥博物馆的交流平台作用,举办丰富多彩、题材多样的跨地区、跨国界的各类展览,促进各地区、各国之间的文化交流,增进人类各群体之间的了解,加强人与人之间的友谊,为城市、为国家乃至世界的和谐发展作出贡献。所以作为人类社会为数不多的博物馆工作者,应树立这样一个理想和目标:无论所处的城市是大是小,我们都有责任把博物馆办成本地区的历史文化展示中心和了解外地丰富文化的平台,让所在地的民众通过我们的"文博产品",了解人类的过去、感知我们的现在、预知我们的未来,理解不同民族、文化的差异,拉近人类个体、群体之间的心理距离。

构建和谐城市、和谐世界,博物馆可以做很多工作,其中之一就是发挥不同文化之间的展示平台作用,举办各种不同地区、民族、国家的文化文博展览,促进地球村成员之间的对话、交流,同建一个美好家园。追溯人类的文明史,可以毫不夸张的说是以"对话"形式开始并发展的。公元前五世纪,地球上黄河、长江流域出现了儒学和道学;恒河流域出现了佛学;约旦河流域出现了圣经;地中海流域出现了苏格拉底、柏拉图、亚里士多德的种种著述。

《论语》是儒学的经典著作,是孔子与其弟子的谈话记录。佛经是佛学的基本教义,是释迦牟尼与其弟子的谈话记录。《理想国》是柏拉图的一本辩论形式的对话录。《对话录》是苏格拉底的著作。据传,苏格拉底经常在雅典大街上与人"对话",问人们各种各样的问题,诸如什么是真理? 什么是民主等。苏格拉底说提问题(对话)的目的是:"我的母亲是个助产婆,我要追随她的脚步,我是个精神上的助产士,帮助别人产生他们自己的思想。"所以,在《对话录》中,我们是很难分清哪些思想是苏格拉底的,哪些是柏拉图的,更可能是大家思想碰撞后的"火花"。

这就告诉我们,人们的"对话"是"思想"产生的动力和源泉,通过人们的对话,思想认识才有可能达成"共识"。历史的车轮"行驶"到今天,为人类文明的进一步发展,理应回归到"对话"这种形式上,唯此方可消除隔阂,消解矛盾,产生共识,和谐发展。

城市博物馆是古代文化与现代文明交相辉映的平台。人类古代文化与现代文明从时间上来看,是一种延续传承与创新的过程,从空间上来看是人类的正面与背面,古代与现代是不可分的整体,这也是博物馆存在的理由。笔者基于这个认识,建议在城市博物馆的多功能展厅,举办内容丰富、形式多样、雅俗共赏的临时展览,让古代文明在我们的场馆里发光,更让现代文明在此辉映。博物馆不仅是保存和展示从古到今艺术品的场所,更应是反映当代社会现实的一面镜子。

城市博物馆是不同地域、不同民族、不同文化交相辉映的平台。人类不和谐的根源是什么? 笔者以为其中主要原因之一是文化的差异。我们可以试想一下,一个得道高僧可以饿死,但决不会做危害社会的事。再从大的方面讲,数千年的人类文明史告诉我们,以儒、道、释为主体的中国农耕文化注重人与人、人与社会、人与自然和谐相处,是少有侵略性的。再如,中国审美文化重感性,重表现,音乐、抒情诗早熟,人伦色彩浓郁,崇尚物我一体的自然美;西方审美文化则重摹仿,重再现,雕刻和叙事诗发达,对自然之美发现较晚,对其评价也较低。相对应中西方的历史遗存就有很大差异性,不仅是物、审美的差异,人的价值观、人生观也必然存在异同,这也需要博物馆提供一个平台,让持有不同价值观、人生观、世界观的人们在此对话,促进了解,以利协调发展。

城市博物馆不仅是历史与现实记忆的场所,更是不同文化对话与互动的空间,同时为不同民族和地区之间提供了文化对话的机会和平台,理所当然地扮演着文化协调者的角色。然而遗憾的是,博物馆的这种功能并未得到广泛的重视,这需要广大博物馆人广泛的宣传、推销并开拓办展的市场销售思路,在博物馆建设繁荣的今天,要踏准自身发展的规律,履行时代赋予的神圣职责,愿世界上不和谐的声音都在博物馆搭建的平台上找到人类和谐交响乐中自己的合理声部。

历史提示我们更多的是教训,是感悟,是生存的智慧。2500多年前,中国的两位先贤孔子和老子在周王都洛阳城有一次会面,两位思想巨人,两种哲学世界的大碰撞,所产生的绚丽火花,影响了此后的中国文化的走向。我们大略听几段二位智者关于治世和人生的谈论吧。

孔子说,先生(老子)您倡导无为而治是行不通的,今(春秋)天下汹汹,礼崩乐坏,民不聊生,有智慧有责任感的人当以天下为己任。"无为"对社会民生有何益。

老子说,我所讲的"无为",是指做事情在最初就把可能发生的各种问题都考虑周到,做完以后,看起来似乎轻而易举。这是一种很高的境界"无为"就是"无不为",这叫做不治而治,无为而为。

孔子说,无为而治,恐怕只有上古时代的圣贤明君才能做到吧?

老子说,您大讲仁义礼智却是一种世俗的造做,狭隘的外在功利。所谓大道废,有仁义,智慧出,有大伪。本来宇宙万物都有其运行规则,违背规则有所作为,就违反了道与德,必致天下大乱。

孔子说,仁义礼智的核心是救世济民,为了这一崇高理想,我可以制天命而用之。君子应当自强不息,理想是一面旗帜,站在这面旗帜下,有时要知其不可为而为之,这是一种人生的大艺术。

老子说,人生的大艺术在于顺其自然、珍爱生命和自由……

巨人的辩论当然不会有胜负,但肯定会从对方那里得到启示和感悟,使自己提升到一个新的境界。待孔子回到鲁国,对弟子们感叹道:老子是人中之龙啊! 而我只好像是瓮中的一只小小飞虫啊!

孔子谦虚的把自己说成是瓮中的小飞虫,不过他确实从老子那里大开眼界,促使他不断进步,不再热心官场,专心学问,讲学授徒,编纂典籍,成为人中之凤。而老子在此对话后,骑一头青牛西出函谷关,写下五千言的《道德经》,开创了道家学说。一场会晤锻造了儒道两家,影响了中国两千多年,也铸造了中华文明的灵魂。智者的对话交流碰撞产生了划过人类长空的闪电,常人的对话交流碰撞必然有利于人们的和谐相处,城市博物馆通过展览的平台为这种对话交流碰撞提供可能,是实现为社会及其发展服务的重要途径。

博物馆界都知道的海伦·凯勒,这位伟大的女性,在她梦想能有三天光明的日子里,她毫不吝啬地用一天的时间徜徉在博物馆,去了解人类发展的艰辛进程,通过人类的艺术去探究人生的灵魂。这时对她来说,世界,人类就是一个大家庭,和谐的生活是多么的珍贵。从 2004 到 2007 年,连续四年当选"全球 100 位最具影响力人物"的比尔·盖茨,在对哈佛的师弟、师妹们的演讲中说,"你们即将开始自己的职业生涯,但工作并不是最重要的事情,不要以工作成就来评价你自己,要更多地考虑你有没有努力消除世界的不平等,你怎样对待那些和你毫无关系的人。"无论是哪个民族,处在何种文化,或从事什么职业,可谓殊途同归,博爱是人类共同的追求,那就是人类的理想——和谐。

城市博物馆人可以通过我们的努力,以超越时空的方式,超越时空的文化升华,引领城市走向和谐。城市博物馆界应形成一个良性、廉价、高效、可行的馆际(包括国内、国外)之间的展览交流机制,在社会上形成一个独特的博物馆文化产品现象。这需要我们博物馆人、行业协会、相关行政主管部门形成共识以后,制定周详的行动规划和计划,以沉寂的博物馆仓库文物为源头,形成一条永远流淌不止的博物馆文化产品的"人工运河",来滋润当下人类躁动的心灵,帮助人们厘清历史车轮的前进方向和路径。

实际上,发达的一些西方社会在此领域已经行动起来,正如段勇《当代美国博物馆》书中介绍的:"当代美国博物馆最大的特点之一是其开放性和国际化,无论是互借藏品,还是业务交流与合作,甚或是共享资产所有权,其开放性和国际化的广度和深度大大超出一般人的想象。"然而,站在全球角度,城市博物馆之间的交流合作还是处于无序的"不发达的阶段"。敬业、开放、包容、合作、服务应成为城市博物馆界的信条,通过我们的努力,把博物馆不仅办成人类遗产保护研究展示场所,更应使它成为新文化的策源地。我们不能奢望通过城市博物馆的作用来实现什么,而是通过这个平台来起到一定的促进、推动、引领作用,从而达到一种可能的终极目标。

对博物馆致力于社会和谐的理性审视

刘　洪*

（连云港市博物馆，江苏 222006）

［摘　要］　依据和谐社会对博物馆承担社会服务的要求，分析和谐社会的内涵，转而着力陈述博物馆在构建和谐社会中的独特地位和作用，并就充分发挥博物馆在构建和谐社会中的独特作用方面进行了探讨。

［关键词］　博物馆　社会和谐　人本管理

A study on museums for social harmony

LIU Hong

Abstract：According to the public services that museums offered, the paper mainly analyzes the content of the harmonious society, then state the unique status and role that the museum played in building the harmonious society, and discuss how the museum plays its role.

According to the requirements that the harmonious society makes the museum undertaking in the social services, this paper analyzes the connotation of the harmonious society and states on the special status and role the museums playing in building a harmonious society. What's more, it also makes a further discussion on how to fully playing its unique role in building a harmonious society.

Key words：Museum；Social harmony；Human management

---

*　刘洪，连云港市博物馆副馆长，研究馆员。

LIU Hong，Deputy Director，Professor at Lianyungang City Museum.

国际博协(ICOM)确定的 2010 年"5·18 国际博物馆日"的主题为"博物馆致力于社会和谐"(Museums For Social Harmony),此主题也将是 11 月 7 日至 12 日在上海举行的国际博协第二十二届大会的主题。"和谐"既是一个对全人类都具有重要意义的概念,也是一个特别能体现东方文化色彩的概念。和谐社会的构建已经成为我国乃至国际社会的一种主流思想,和谐社会的构建需要社会各个阶层的和谐健康发展。博物馆在构建和谐社会的各个方面都起着十分重要的作用,本文从博物馆致力于社会和谐角度入手,着重对其构建和谐社会的社会职能进行探讨。

一、和谐社会的内涵

和谐是指配合得适当和匀称。和谐社会就是说社会系统中的各个部分、各个要素处于一种相互协调、相互融洽的状态。它涉及到人与人、人与自然、人与社会、公民与政府等多重关系,涵盖了人们的政治生活、经济社会、文化生活和日常生活。和谐社会有四条重要的标准:一是社会的管理控制体系能够充分发挥作用,也就是说政府是有权威的,其权利的合法性是建立在广大人民认同的基础上的;二是文化中的核心价值观念有凝聚力;三是不同利益群体的需要大都能得到满足;四是社会成员具有流动的途径。在不同社会历史条件下,和谐社会的基本要素和评判标准也是不同的。

社会主义和谐社会是关于社会主义的本质属性,是社会主义价值体系的体现,是社会主义本质的具体化。它应当是坚持以经济建设为中心,坚持科学发展观,人民的权益得到切实保护和尊重,民主法制更加完善,城乡、区域发展差距缩小,形成合理有序的分配机制,社会就业比较充分,社会保障体系基本建立和公共服务体系完备,中华民族的思想道德素质、科学文化素质和健康状况明显提高,人际关系进一步和睦友好,政通人和,人民安居乐业,社会秩序井然,创造活力增强,资源利用率提高,生态环境保护得到加强,实现以人为本的全面发展。

二、博物馆在构建和谐社会中的独特地位和作用

改革开放三十年的实践充分证明,博物馆在提高国民素质、弘扬社会主义先进文化和推动经济社会快速发展等方面作出了重大贡献。这主要表现在以下几个方面。

1. 提高国民素质

文化素质在经济发展中的作用日趋显著,要实施以经济建设为中心的方针,就必须坚持经济建设和文化建设一体化。和谐社会,其所涵盖的内容非常广泛,包括人与人、人与社会、人与自然等。这些和谐,无论其中哪一项和谐的建立都与人的知识、素质与文明程度相关。而人的素质与文化都有赖于社会成员整体的科学态度的端正和

科学文化素质的提高。而这些所依靠的就是教育特别是社会大众的终身文化教育。博物馆开展大众文化教育对提高人的素质，促进经济社会的全面协调发展具有重要的现实意义。

2. 传承和弘扬先进文化

面对世界范围内各种文化的相互激荡，面对市场经济的双重效应，面对构建社会主义和谐社会的战略任务，只要我们引导得力、措施得当、运用得法，优秀传统文化对人们修身立德、积极进取，扬善抑恶、提高素质，增强民族认同感和自豪感，将会产生积极的作用。博物馆大力继承、发扬和创新祖国的优秀传统文化，让广大公众从中汲取力量，从而养成自强不息、崇善向上的思维和习惯。

3. 推动精神文明建设

在不影响开展工作的条件下，博物馆经常组织职员参与义务植树、环保宣传、禁毒宣传等社会公益活动，鼓励他们积极弘扬中华民族的传统美德，如深入当地的养老院、孤儿院和盲哑残疾人学校开展送展览、送温暖、献爱心等活动。同时，充分发挥大学生志愿者的优势，由博物馆牵头，组织成立大学生志愿者小分队不定期为周边群众送去丰富的精神食粮，有条件的还可以积极开展农民素质培训和乡风乡俗文明建设等工作。

4. 敦促创建学习型社会

学以立德、学以增智、学以致用，建设全民学习、终身学习的学习型社会是构建和谐社会的基础，为构建和谐社会提供动力。换而言之，以人为本是构建和谐社会的出发点，建设和谐社会最本质的是全面提高人的素质。国际竞争、区域竞争的实质是以经济和科技为基础的综合国力的较量。人的素质是知识和能力的综合体现。因此，人人学习，掌握先进文化，达到提高全民族的文化素质和道德修养，是构建和谐社会的基础，也是实现和谐社会的必要准备。

毋庸讳言，现代社会教育越来越成为每个人在不同时期的共同需要，是一种贯穿于人的一生的连续不断的学习过程，特别是在信息多元化、全球化的 21 世纪，科学技术的迅猛发展，使知识的绝对数量不断呈几何级数增长，使知识的更新周期缩短，知识结构也变得越来越细密和复杂，人们为了适应社会的需要，必须通过再学习、再教育等各种形式，补充新知识。

由此可见，构建纵向贯通、横向衔接的终身教育体系是建设学习型社会的一个大前提，但我国在现有条件下还不能提供人人均等的教育机会，特别是进入大学学习的机会。这就需要通过创新相关的体制与机制，建立和完善全方位、开放式的终身教育体系，积极创造人人皆学、时时能学、处处可学的条件和氛围。博物馆由于其特有的教育优势，在推动建立学习型社会的过程中，通过各种方便快捷的有效形式，为广大公众提供学习帮助并且成效显著。

5. 推进和谐社区建设

建设和谐社区,是构建和谐城市与构建和谐社会的一个重要内容。博物馆利用重大的节庆或赛事活动之际组织职员或在校大学生开展志愿者服务活动,或者定期有序的组织职员团体深入周边社区,为社区居民提供更多更好的富有博物馆特色的精神食粮,或者为周边社区的文化建设提供帮助乃至指导。这样做不仅丰富了社区居民的精神文化生活,同时也改善了周边社区的邻里关系。

6. 为公众提供咨询保证

公众是社会存在的基础,他们在社会生活中都要遇到某种不解的问题,特别是在市场经济环境下的今天,一些新事物、新观念、新规则以及新的行为方式等使人们不能很快适应或无所适从。这就迫切需要有咨询协助,需要真诚的关怀、理性的指导和切实帮助,而博物馆是人们理想的咨询机构。首先,体现它的公益性。目前社会上各种咨询服务大多数是收费的,而博物馆对来馆的观众是免费的。其次,贴近群众生活。大多数咨询机构在贴近群众生活方面同博物馆都无法相比,因为博物馆的服务可以深入到社区、乡镇等社会各个角落,群众可以随时随地的咨询。为政府机关提供决策参考,避免决策失误;为群众提供个人咨询帮助,特别是一些社会热点问题,解决群众的实际问题。例如:① 为大中小学生提供自学辅导;② 为创业者提供准确的知识信息;③ 为设计创作者提供弥足珍贵的原始素材;④ 为厂家开发文化产品提供"镇馆之宝"、"馆藏文物瑰宝"的咨询服务;⑤ 为弱势阶层群体增长知识水平、个人素质、参与就业竞争能力提供咨询援助……总之,博物馆为社会公众提供了丰富的免费精神产品,充实了广大群众的精神空间。这样,广大群众的精神富裕了,彼此之间和谐了,社会才能和谐。

三、充分发挥博物馆在构建和谐社会中的独特作用

由于具有特殊的优势和地位,博物馆不仅要成为一个社区、一个城市在构建和谐社会方面的一面旗帜,而且要通过智力支助、物质支持、人力支援、科技输出、人才培训、文化交流、文明共建和大学生志愿者的爱心奉献等措施和活动,参与、推进和谐社区、和谐城市建设。

1. 积极参与所在地的地方特色文化研究和建设

大力弘扬先进文化是博物馆所肩负的重大历史责任之一。当前博物馆应当抓住大好机遇,为其所在地的文化建设做出应有贡献。我国是一个有着悠久历史文化的文明古国,这种文化氛围在祖国各地到处可见,博物馆的所在地区域更是如此,如古迹、名城、名人、名胜、名山或名水等天然或者人文景观数不胜数。博物馆应对其所在地的历史文化开展研究,同时还应注意开展将地方特色文化资源转化为地方文化产

业优势的研究。这样不仅可以继承和传播优秀传统文化,而且还可以扩大当地的知名度,促进地方的旅游文化产业的发展,从而带动当地经济社会的发展。

2. 积极参与所在地的区域创新体系建设

博物馆是城市振兴发展的强力支撑,是城市活力、城市魅力、城市实力和城市动力的重要体现。城市综合竞争力较大程度上取决于博物馆实力。博物馆因其具有的独特科研优势,完全可以为所在地区域的创新做出重要贡献。

一是增强服务意识和能力,积极为地方企事业的发展服务。博物馆应充分利用自身的学科、技术、人才、信息等优势,开展经济社会发展研究,积极施行科研联合攻关,推动与地方企事业的全面合作,从其实际工作与生产中寻求科研项目,特别是有助于提升传统产业技术水平的重大项目。对于已经取得的科技成果,要加强其向促进实际工作进步转化、向现实生产力转化与产业化方向发展,大力推进博物馆与地方企事业合作的广度和深度。在一些博物馆数目较多的地区,博物馆相互之间可以加强联合,集体攻关。

二是大力加强与地方政府的沟通、协调与合作,为当地的科学发展提供智力支持和理论指导。构建社会主义和谐社会,需要认真倾听基层声音和做大量的调查研究工作,博物馆要充分发挥其人文社科研究力量的优势,面向所在地经济社会发展的需求,努力开展应用性研究,为其所在地政府提供较高水平的决策、咨询服务。

3. 为公众提供生活娱乐场所

人们在工作之余,需要休息消遣,需要缓解紧张的神经,需要恢复心理平衡,转移急躁的情绪。博物馆便是调节人们的心态,振奋人们的精神,充实人们生活的理想去处。人们来到博物馆不只是为了参观、咨询,也可以会友、聊天。免费开放,整洁、文雅、冬暖夏凉的优越环境和博物馆职员良好的人性化的服务,让人们真正寻求到了知识的趣味,体味到了休闲中的欣慰与快乐。比如连云港市博物馆专门设立了茶吧、工艺品商店、休息藤椅、免费阅览书报架等服务设施。这些灵活多样的服务方式满足了人们的休闲娱乐需求,提高了人们的生活质量,增强了人们

连云港市博物馆

的凝聚力,促进了人与人之间的交往,提高了人们的文化素质,为构建和谐社会发挥了重要作用。

4. 为建设社会主义新农村出谋划策

建设社会主义新农村,是我们党立足中国新的发展阶段而做出的重大战略部署,对推进农村经济社会的可持续发展,促进广大农村构建社会主义和谐社会具有重大历史意义。博物馆应立足实际,为构建和谐社会做出应有的贡献。

一是鼓励职员面向农村创新创业。博物馆要弘扬主旋律,加强思想政治教育,加大政策扶持力度,引导和鼓励职员投身于新农村建设的伟大实践,积极面向农村创新创业,如鼓励和选派优秀职员下基层,到县级博物馆,帮助、指导他们的工作。

二是努力为农村培养优秀人才。博物馆要增强为新农村服务的使命感,把服务新农村建设摆在博物馆工作更加重要的位置上。坚持博物馆工作与建设社会主义新农村的紧密结合,同时深化博物馆改革、提高教育质量,致力于进行旨在提升农民素质的系列活动,为服务"三农"培育大批高素质专门人才和新农村建设的组织者、带头人。

三是大力开展送科技、文化下乡活动。博物馆要利用社会服务活动,指导职员们深入农村,深入基层,开展支农支教支文等"三下乡"活动,了解国情,认识国情,坚持理论联系实际,认真研究解决在"三农"实践中产生的新问题,用理论知识推动新农村建设的伟大实践。

总之,博物馆致力于社会和谐是一个远大的理想目标,是博物馆现代化建设的一个重要组成部分。博物馆致力于社会和谐也是一项复杂的系统工程,我们要在博物馆致力于社会和谐中发挥应有的作用,就需要广大博物馆职员投入更多的精力与智慧,系统深入地研究博物馆致力于社会和谐的理论与实践问题,进而形成既符合中国博物馆现实发展需要又能够充分体现未来发展趋势的完整体系。

参 考 文 献

[1] 胡锦涛:《高举中国特色社会主义伟大旗帜 为夺取全面建设小康社会新胜利而奋斗》,人民日报,2007 年 10 月 16 日。
[2] 《中共中央关于构建社会主义和谐社会若干重大问题的决定》,人民出版社,2006 年 10 月第 1 版。
[3] 薛德震:《以人为本,构建和谐社会 20 论》,人民出版社,2006 年 9 月第 1 版。
[4] 蔡东士:《重视传统文化在构建和谐社会中的作用》,人民日报,2006 年 5 月 26 日。
[5] 李磊明:《终身学习与和谐社会》,《宁波日报》,2005 年 10 月 28 日。
[6] 周林刚,周胡增:《社会和谐与心理和谐》,《深圳大学学报》(人文社会科学版)2006 年第 6 期。

博物馆与城市幸福感

郑海燕*

（青岛市博物馆，山东 266061）

[摘　要]　论文主要结合积极心理学及和谐社会理论，分析城市博物馆在思想文化建设方面的特点和优势，论证博物馆在积淀城市文化内涵，辅助个体心理健康，提升城市幸福感，推动和谐社会发展方面所能发挥的作用。

在构建和谐社会的今天，除却经济水平、气候环境、社会安全等客观因素外，城市人群个体心理健康程度及其主观幸福感，也是体现城市文明与进步水平的重要因素。论文将从博物馆受众群分类学的角度进行分析，以系统的理论和鲜活的事例，论证城市博物馆如何针对成年人、未成年人、志愿工作者等各类群体，采用不同方式展开工作，使博物馆在构建城市人群主观幸福感的过程中发挥作用，进而营造宜居城市的文化氛围，让城市心灵更加美好。

[关键词]　幸福感　博物馆　文化遗产　社会教育

Museums and the urban sense of well-being

ZHENG Haiyan

Abstract：The paper mainly connects active psychology and Harmonious Society Theory by analyzing the role of museums in the construction of ideology and culture. We will demonstrate that museums can play a role in determining a city's cultural connotation，supporting citizen's mental health，improving a city's well-being and promoting the development of a harmonious society.

In the construction of the harmonious society of today，it is not only economic level，climate and environment，social security and other objective factors that reflect the city's level of civilization and progress，but it is also the citizen's mental health and well-being.

---

* 郑海燕，青岛市博物馆开放教育部副主任。

ZHENG Haiyan，Director of Propaganda and Education Department ，Qingdao City Museum.

This paper will analyze museums from the point of view of the visitor and using a systematic theory and vivid examples, will demonstrate how city museums are aimed at adults, minors, volunteers and other types of groups. Using different kinds of style, the Museum can play a role in promoting the city's population's well-being in the process, thus create a more livable city and a cultural atmosphere that improves the city's soul.

　　Key words：Happiness，Museum，Cultural heritage，Social education

　　城市博物馆如同一座城市的根，它记录着城市诞生发展的轨迹，印证着先辈劳作生息的变迁，从这个意义上讲，它是城市思想力量的源泉所在。2007年国际博协将博物馆的定义修订为："一个为社会及其发展服务的、向公众开放的非营利性常设机构，为教育、研究、欣赏的目的征集、保护、研究、传播并展出人类及人类环境的物质及非物质遗产。"这说明当代博物馆服务社会发展的功能日益凸显出来。2010年国际博物馆日以"博物馆致力于社会和谐"为主题，进一步表明文博工作与构建和谐社会之间存在着密不可分的联系和默契。本文将从博物馆文化传播工作的实际出发，论述博物馆凭借其独特的文化资源优势，在营造城市文化氛围，提升城市幸福感，推动社会和谐发展方面所能发挥的作用。

一、丰厚的文化遗产是博物馆滋养城市幸福的源泉

　　在倡导社会和谐发展的今天，除却经济水平、气候环境、社会安全等客观因素外，城市人群个体心理健康程度及其主观幸福感，也是体现城市文明与进步水平的重要因素。幸福感"是人因生存需要得到适度的满足、发展需要得到一定程度的满足并不断追求进一步满足而产生的对生活总体上感到满意的愉悦状态。""主观幸福感包括三个层面：基于情感层面的快乐感、基于认知层面的满意度、基于体验层面的价值感。"[1]就一座经济迅猛发展的当代城市而言，城市幸福指数正是由公众个体的主观幸福感构建起来的。

　　心理学家克里斯托弗认为："幸福感的定义根植于文化内部。"从某种程度上讲，一座城市乃至国家民族所拥有的文化背景和所持有的文化态度，决定着该地区人群的价值观和幸福观。博物馆是文化传播的重要场所，它所蕴含的精神力量是以丰富的藏品、严谨的研究以及多种途径的社教手段等文博资源为基础，并与当地自然资源和人文思想相契合的。城市博物馆作为城市历史文化遗产的宝库，为城市精神家园的营造，注入了广博的智慧和不竭的动力。青岛市博物馆的"本土名家收藏工程"有计划、有目的、有步骤地系统收藏青岛著名艺术家的珍品佳作，百岁书法家张杰三、画

家冯凭、水彩画家陶田恩等青岛本土名家的作品先后入藏博物馆。这项系统工程记录了城市艺术发展的脉络，珍藏了城市文化的荣耀与自豪，让城市文明得以延续和传承。

城市博物馆如同一所"无墙的大学"，它利用收藏、研究与展示的方式解读历史，让公众在自觉的文化休闲中陶冶情操、调整心态、树立信心，获得知足充裕的幸福体验；在追寻祖辈伟大的历史足迹，感受中华民族厚重的文化积淀的过程中，获取精神享受和力量源泉。

二、完备的社教体系让博物馆成为培育城市幸福的园丁

博物馆理论家唐纳德·普莱茨奥斯（Donald Preziosi）宣称，"博物馆是我们的文化景观中一个主导性特征，它们形成了我们对历史与自身的最为基本的设想。"[2]随着我国博物馆事业全面进入"免费时代"，公众走进博物馆的目的从单纯的学习知识向素质、修养全面提升的角度转变。博物馆逐渐完善的社会教育体系，为博物馆培育城市幸福感提供了有力的支撑。

从观众分类学角度分析，博物馆受众群大致可分为：作为服务客体的成人观众、未成年人观众以及作为服务主体的文化志愿者。完备的博物馆社教体系以有针对性的教育手段，对不同受众群的心理产生影响，完善个体的主观幸福体验，使博物馆在提升城市幸福感的过程中发挥应有的作用。

1. 博物馆为成人观众提供文化寻根的途径

当代城市社会经济发展日新月异，城市居民的生存环境和生活质量也得到了极大改善。然而，在钢筋水泥的现代都市里，城市人群必须面对激烈竞争、繁重工作、环境污染等客观因素所造成的心理压力。世界卫生组织在 2001 年的调查报告中就曾指出，"全世界共约有 4.5 亿各类精神和脑部疾病患者，精神卫生已经成为一个突出的社会问题。"

在城市人群疏解精神压力的各种途径中，走进博物馆文化休闲的氛围里释放压力、美德养成，无疑具有极其深远的意义。城市发展史陈列往往是城市博物馆的重要基本陈列，它用一种实物、场景结合图文的特殊叙事手段，引领观众穿越时空，寻找城市文化发展的根基。青岛市博物馆的《青岛史话——青岛地方历史陈列》以先进

青岛市博物馆外观

的设计理念,将厚重的古老文明与现代科技手段相结合,将原本枯燥的历史脉络用生动形象的方式诠释出来,再现了青岛地区 7000 余年的沧桑巨变。作为城市基本细胞的市民,在身心放松的情境中穿行于历史长河,了解城市发展的前世今生,感悟祖辈生生不息的智慧力量,犹如获得头脑与身心的"第二次充电"。在城市历史文化魅力的感染下,所引发的主观上的自豪感和幸福感便在公众心中油然而生。

面对博物馆免费开放的新形势,开发以群众参与为核心的互动项目也成为文博事业服务社会的又一个重要方式。青岛市博物馆的木版年画 DIY 项目作为《馆藏山东民间木版年画》专题陈列的延伸,以精巧的设计还原了民间年画印制的流程。公众在观展之余,有机会亲自体验木版年画的制作工序,在艺术气氛的包围中寻找真善美;在手工制作的过程中平和心态、自我认可。当观众捧着亲手制作的年画作品离开时,那份成就感所带来的主观幸福体验同样充盈于心中。

2. 博物馆是未成年人性格养成的"社会课堂"

未成年人是城市未来的建设者,他们正处在人生观、价值观形成,思想道德水平养成的重要时期。如何引导未成年人树立正确的道德观念和价值取向,对实现其个体主观幸福感、提升社会整体素质起着至关重要的作用。博物馆作为爱国主义教育基地和未成年人素质教育基地,以形式多样的展览和多姿多彩的活动,引领未成年人走近古老中国,接受传统文化熏陶,积极营造出有利于未成年人健康成长的社会环境,始终发挥着未成年人社会教育主阵地的作用。

2010 年青岛市博物馆被青岛市文明委确定为未成年人"社会课堂",这一举措充分肯定了城市博物馆在对未成年人素质教育及个性培养等方面所能发挥的巨大作用。博物馆以生动鲜活的陈列展览讲述城市历史变迁,以丰富多彩的互动活动展示城市文化内涵,在潜移默化中培养未成年人的归属感和城市主人翁意识。青岛市博物馆积极与校方合作,突破未成年人浏览博物馆的单一形式,针对学生年龄层进行细分,策划了内涵丰富的"社会课堂"活动。在社会教育人员引导学生分批参观陈列展览的基础上,按高、中、低年级分别开展历史知识竞赛、奇趣手工体验和见证新学生入队活动,让学生在属于自己的博物馆里体现价值,找到自信。

此外,结合未成年人兴趣特点,合理利用文博资源,策划开展主题活动,也是未成年人教育工作的重要形式。青岛市博物馆利用暑期推出的"奇妙博物馆——系列公益培训班",以成功的尝试为未成年人开启了又一扇全面发展的大门。公益培训班中的"我是小小讲解员"、"我是小小翻译家"的培训活动,让孩子们在轻松愉快的学习环境中融入博物馆高雅的文化氛围,在提高中英文语言表达能力的同时,参与到博物馆的讲解和翻译工作中去,提升他们的社会责任感、主观能动性以及自我实现的幸福体验。"奇妙博物馆"公益培训活动让未成年人走出幸福的小家庭,融入和谐的大社会,在培养他们热爱生活、乐观自信、憧憬未来等健康心理的过程中起到了积极的推动作用。

3.博物馆是文化志愿者传播幸福感的舞台

博物馆是公益性社会文化机构,志愿者是文化服务受众群中的一个特殊群体。他们既是博物馆文化传播平台上的服务主体,同时也是文博事业发展的受益者。

"主观生活质量的提升,不仅仅在于人们因物质条件的满足而获得的快乐感,更为重要的在于人们因自身潜能充分发挥而获得的价值感。"[3]利用业余时间提供志愿服务,在自身接受知识补充和文化感染的基础上服务公众,是众多文化志愿者共同的快乐体验。正如一位志愿者所说:"在奉献中体现价值,这就是最大的快乐。"文化志愿者在文化服务的过程中,或增长见识,或锻炼能力,或充实生活,同时也形成一个有着共同价值取向、文化氛围和活动目标的小型文化圈,在志同道合的群体中沟通交流、体验幸福。青岛市博物馆依据文化志愿者的特长,提供相应的志愿岗位,服务内容除咨询引导、讲解服务、手工制作辅导以外,更延伸到博物馆活动策划、外语翻译、学术研讨、美术设计等多个领域,辅助了博物馆相关工作的顺利开展。青岛市博物馆志愿者团队无私奉献、发挥专长、形成合力,荣获了"首届中国博物馆十佳志愿者之星"提名奖,这也成为志愿者人生中一份特殊的荣耀。

在通过志愿服务实现自我价值的同时,志愿者更以优秀的品质感染他人。文博志愿群体具有多样性特点,或许他们的专业水平并不高,或许他们的年龄阅历不尽相同,然而他们的志愿服务工作依然得到了观众们的广泛认可。在博物馆的留言簿里常常出现赞扬志愿者的话语,更有越来越多的人以实际行动加入到文化志愿服务的行列中,这便是奉献精神的巨大感召力和魅力所在。正如"予人玫瑰 手有余香",志愿服务在博物馆社会教育工作中具有特殊的意义,他们用一种内心快乐、他人温暖的方式播撒着幸福的种子,为城市文化氛围的营造,社会关系的健康发展贡献着自己的力量。

博物馆犹如守护城市圣洁土壤的卫士,它承载着古老中国的文化遗产,传承着中华民族的文明力量。博物馆作为城市文化的重要符号,在提升城市幸福感的思想领域中发挥作用,在塑造城市精神的伟大事业中作出贡献,是时代赋予文博事业的庄严使命。在文化繁荣发展的新时代,博物馆依靠强大的人文思想内涵,运用先进的文化管理理念,采取多元化的文化传播手段,必将会为宜居城市的生活空间增添一道和谐美好的风景。

参 考 文 献

[1] 孙　凤:《和谐社会与主观幸福感》,科学出版社,2008年版。

[2] 珍妮特·马斯门:《新博物馆理论与实践导论》。

[3] 邢占军,刘　相等:《城市幸福感》,社会科学文献出版社,2008年版。

Sidewalk museology, open air museums and the better city: a cross-cultural perspective on Qu bec City and Tunis

Habib Saidi *

Abstract: My paper will present the preliminary results of a comparative study of the national capitals of Qu bec and Tunisia: Qu bec City and Tunis, both of them recognized World Heritage Cities and internationally renowned tourist destinations.

For the purposes of the paper, our analysis deals specifically with heritage and tourism policies in these two cities, especially with policies that through the promotion of practices and aesthetic values transform them into open air museums. These practices and values include outdoor exhibits, walking tours and historical circuits, guided and costumed tours, day and night-time festivals and celebrations, with an emphasis put on "the old town" in the creation of national and historical frames of reference for those activities.

We draw on this perspective to examine the identity, and national, based discourse that underlies such practices, together with their resulting representations, then consider in particular how the dual designations of capital city' and World Heritage City' used to describe them lead both cities to adopt increasingly broad identities for themselves. At once an image projected to others and a means of self-representation, these identities take their form in the imaginary world the two cities create for their tourist visitors, whether they come from locations close at hand (local tourists) or from far away (international tourists). This leads us to conclude that in a context of globalization and interactions alternating between local and global realities, national capitals make significant use of their tourist clienteles to assert their particular identity and so demonstrate to their own community, and to others outside, that they are the better cities of the world. In doing so, they develop what might be called a sidewalk museology (mus ologie de trottoir) which impels the museum to go out to the visitor and not the reverse. The presentation will include pictures and an audio/video recording that relate to specific projects carried out in Québec City and Tunis.

---

* *Habib Saidi*, CELAT, Laval University, Canada.

道路上的博物馆学理论

——露天博物馆和更好的城市：
关于魁北克市和突尼斯的跨文化视角比较

哈比卜·赛义迪[*]

[摘　要]　我将对魁北克省和首都突尼斯国家的比较研究的作出初步的结论：魁北克市和突尼斯，都是世界遗产城市和国际知名的旅游地。

对于研究的目的，我们专门分析了两座城市在历史遗产和旅游方面的政策，尤其是通过在实践操作和艺术价值方面将历史文化遗产作为露天博物馆开放的政策。这种实践，是在本国的历史背景下围绕着"旧城"展开的一系列活动，包括了户外的展出，徒步旅行和历史重游，游览和盛装演出，日间及夜间的节日和庆祝等活动。

通过这些实践连同其产生的陈述，再特别是考虑到如何用"首都"（魁北克市为魁北克省的省会）和"世界遗产城市"的概念来描述两座城市自身被日益广泛的认同，我们通过这些方面来检验城市的独特性和民族性。一旦自身形象确立并建立了一种他人的广泛认同，这将对这两座城市的游客，不论是本国的还是外国的，都将产生影响。这使我们得出结论，在全球化背景下的地区性和世界性的互动，让各国首都都重点利用游客来宣传他们的城市特征，特别是在对外形象上，来表明他们的城市是世界上最好的城市之一。如此以来，他们大力发展所谓的道路上的博物馆学理论，即将博物馆推向游客而不是深藏起来。这份报告包括有关对任务魁北克市和突尼斯的比较项目的图片和音频、视频记录。

---

*　哈比卜·赛义迪：中美洲工人组织成员，加拿大拉瓦尔大学。

浅谈博物馆流动展览
对于社区文化生活之重要性

孟　梅*

（济南市博物馆，山东 250014）

[摘　要]　博物馆是城市文化的象征,百姓文明程度的提高,作为文博工作者有着责无旁贷的义务和责任。社区作为聚居在一定地域中人群的生活共同体,是城市的基本构成单位。每个人的大部分时间都是在社区中度过的,社区的人文环境、民风环境、文明程度等,对城市的发展都产生着极其重要的作用。流动展览是博物馆最基本的展览形式之一,在人们精神文化生活中起着不可替代的作用。济南市博物馆把展览做成了一幅幅图文并茂、机动灵活的展板,利用精美的图片、详尽的图板说明,从博物馆的展厅主动走进社区,以流动展览的形式让更多的市民在自己家门口就能享受到文化美餐,丰富了社区群众的文化生活,成为城市文化建设中一道亮丽的风景线。

[关键词]　博物馆　城市文化　社区文化　流动展览

A Brief Study on the Importance of Mobile Exhibitions
of Museums on Communal Cultural Life

MENG Mei

Abstract：The museum, symbolizing urban cultures and representing developments of residents' civilization, is a responsibility cultural workers cannot relinquish.

And the community, as a geographical area where groups of people live, is the basic unit of a city. People spend their most time in communities, whose developments

---

*　孟梅,济南市博物馆陈列宣教部主任,副研究馆员。

MENG Mei，Jinan City Museum.

essentially need humanities, folkways, degrees of civilization, and the likes to join.

Mobile exhibition is one of the most basic forms of museums' work, playing an irreplaceable role in bettering people's mental and cultural life. Directed by that, Jinan Museum allows its citizens to enjoy a big meal of culture conveniently and enriches their cultural lives considerably, by putting into communities flexible exhibition boards with both excellent pictures and texts. It becomes a beautiful landscape in the construction of urban culture.

Key words：Museum, Rrban culture, Community culture, Mobile exhibition

随着社会经济的迅速发展,我国城市化进程大大加快,城市面貌日新月异。与此同时,我国的博物馆事业也呈现出勃勃生机,目前国内各类博物馆已发展到 2000 多座。作为收藏人类文化的殿堂,博物馆在社会发展的进程中,以其深厚的人文积淀,以其无可比拟的文化象征的优势,赋予城市以精神之灵性和文化之气韵,无形无声中塑造着城市的形象,潜移默化地培育着城市的文化内蕴。

城市文化中一个非常重要的内容便是社区文化的建设与发展。社区作为聚居在一定地域中人群的生活共同体,是城市的基本构成单位。社区文化涵盖于城市文化之中。城市文化,它包含物质文明、精神文明、政治文明三个领域,包括政治、经济、文化、生态以及市容市貌、市民素质、社会秩序、历史文化等诸多方面。社区文化是指在一定的区域范围内,在一定的社会历史条件下,社区成员在社区社会实践中共同创造

博物馆展览的动物标本

的具有本社区特色的精神财富及其物质形态。社区文化本质上是一种家园文化,具有社会性、开放性和群众性的特点。发展社区文化,可以强化社区群众的主人翁意识,倡导特有的健康的民风民俗,增强社区居民的归属感,维系社区良好的人际关系,促进邻里和谐,提高居民的生活质量。

博物馆观众

作为"为社会和社会发展服务"的机构,永久对公众开放,又使其与社区紧密地联系在一起,应当是博物馆今后发展议题中的主要内容之一。事实上,博物馆成为其所在地区的知识和文化中心,而这个中心的最直接的一个功效就在于,它有助于丰富或拓展社区的知识生活和文化生活,与此同时,社区也得到了参与博物馆活动及本身发展的机会。

我们知道,每个人的大部分时间都是在社区中度过的,社区的人文环境、自然环境、民风环境、文明程度等,对每一个人都产生着极其重要的作用。社区文化体现为社区内共同的价值观和行为准则,是社区凝聚力的核心。博物馆本身具有地域性的特点,分布于一定区域内的博物馆是社区的组成部分,参与社区文化塑造,是博物馆实现服务社会的主要方式和重要职能。

当人们对生活、环境等外在的需求逐步得到满足后,便开始需要进一步提升精神生活的层次和水平。人类具有追求真、善、美的天性,这种天性并不因为外部生活环境的改变而改变,在生活水平日益提高的同时,人们将更加强烈地关注高尚的精神追求。作为社会文化系统的一个重要组成部分,博物馆具有收藏、保管、研究、陈列、教育等功能,它通过对文物的收藏、研究,通过系统化、主题性的陈列展示,利用实物、标本等对广大群众进行知识、技能和人文精神的教育。应该说博物馆是社区文化活动的重要核心之一。因为博物馆本身具有无可比拟的实物优势,它有计划推出的陈列展览形象地反映了人类历史、科学技术、文化艺术等领域的风貌和变迁,不仅是人们获取知识、陶冶性情、提高修养的重要场所,同时也极大地丰富了群众的生活内容,繁荣了社区文化,有助于人们文化素质的提高。

博物馆应当关注社区,承担社区思想教育、文化宣传的展览任务。要有针对性地区别社区群体的构成,在社区人群中开展适当的社会工作。博物馆为实现其社会责任,一个重要的职责就是吸引社区及当地各层次的观众,积极参与到博物馆的展览活动中来,要对社区的观众群体主动接近,为他们提供学习和社交的机会。

　　日前,国家文物局博物馆流动展览工作研讨会在国际友谊博物馆举办。与会人员一致认为,基本陈列和流动展览是博物馆众多的传播知识形式中最基本的两种。它们共同承担着传播知识和信息的任务。基本陈列是主体,流动展览是基本陈列的补充。流动展览有着自身的特殊规律,必须从实际出发,在办好基本陈列的同时努力办好流动展览,尽量更大范围地扩大信息传播量,让博物馆的藏品发挥更大的社会效益。

　　社会的迅猛发展,对博物馆展览内容及对时代精神的理解都有很高要求,对社区公众文化建设与博物馆展览的关系而言,社区是最基层,也是与居民生活贴得最近,最能反映居民需求的一级组织。博物馆流动展览在社区的功能发挥上,发挥得好就能涵盖全局,成为城市人民群众文化生活的基本阵地、基本活动方式的载体。

　　流动展览是基层博物馆的一项重要的工作内容。一是充分利用馆藏资源,满足社区文化需求,扩大博物馆对公众的服务,发掘潜在的观众群体,促进博物馆工作的良性循环;二是利用资源,有效地发挥博物馆的各项职能,可增加博物馆的社会效益;更重要的是加强博物馆在社会公众心目中的地位,充实并丰富了社区文化的内涵。所以,基层博物馆举办流动展览是非常必要的。

　　社区这一文化阵地,一向是济南市博物馆文化宣传工作的重要方向之一。按照中央、省关于文化工作“三贴近”的指导思想和构建社会主义和谐社会的精神,丰富社区群众的文化生活,我馆本着回报社会、服务社会的工作思路、继续加大走出馆门、走向社会的力度、积极举办贴近群众的展览活动。在馆内阵地教育的基础上,充分发掘自身的历史文化资源和教育功能优势,设计制作了一些思想性趣味性强、贴近市民生活的专题展览。为方便更多市民参观,我馆把这些展览做成了图文并茂、机动灵活的展版形式,利用精美的图片、详尽的图板说明,组织专门的讲解和咨询服务,从博物馆的展厅主动走进社区,以流动展览的形式让更多的市民包括一些平时很少有机会走入博物馆的老人在自己家门口就能享受到文化美餐,体验生动“文化之旅”,使他们得以更真切地了解济南作为有 8000 年的历史文化底蕴和独特的城市内涵。以此为基础,我馆与社区密切合作,共同探索社区文化建设的有效途径,促进和谐社区文化的建设和发展。

　　从 2008 年至今,济南市博物馆的流动展览送进社区,很好地宣传了济南的人文和历史,为迎 2008 奥运、和谐全运会、做文明济南人营造了良好的氛围。我们先后举办了众多的流动展览,《济南名士图片展》、《古代体育图片展》、《泉城古韵——济南的老建筑图片展》、《同一个世界 同一个梦想——奥运知识专题展》、《世界遗产在中国图片展》、《博物馆里的宝》等等。

　　《古代体育图片展》汇集了中国古代体育文物照片,涉及的古代体育运动项目有球类、射箭、棋类、民俗游乐等。向人们展现了中国古代体育是集锻炼身体、娱乐教

图片展览进社区

育、保健养身、军事训练于一体的综合性活动。

《济南名士图片展》以"扬济南名士风采,塑和谐社区文化"为主题,精选二十名最为杰出的济南名士,进行图文并茂的介绍,既有政治家、文学家,又有军事家、医学家,涵盖了社会生活、文明进步的各个方面。

《泉城古韵——济南的老建筑图片展》展现了济南作为历史文化名城所保存的大量历史老街区、老建筑,以及近现代优秀建筑:如日式、欧式以及中西合璧新式建筑,建筑风格多样。一幅幅精美图片让社区百姓了解到我市古建筑艺术的高度和文化的深厚,使市民更直接的了解济南本土的老街老巷老建筑,一起分享古建筑保护方面的心得,唤醒人们保护文物的意识,弘扬民族文化。

《世界遗产在中国图片展》,保护世界文化与自然遗产,是联合国教科文组织多年来积极开展的一项意义重大、影响深远的国际合作活动。中华民族有着五千年古老灿烂的文化,拥有十分丰厚的文化遗产和壮丽多姿的自然风光。华夏文明不但让中国骄傲和自豪,更让世界为之惊叹和关注。

《博物馆里的宝》图片中介绍的虽然只是馆藏文物的一小部分,然而一叶知秋,见微知著,它们足以能够反映济南深厚的文化底蕴。

《同一个世界 同一个梦想——奥运知识专题展》,对社区市民普及奥运知识。展览具有知识性、趣味性,寓教于乐,既普及了奥运知识,提高了人们对 2008 年奥运会的关注力,更加深了在我国举办奥运会的自豪感和爱国主义思想,受到社区的普遍欢迎。

之所以不厌其烦的赘述这么多流动展览的主题内容,目的就是告诉人们制作什么样的展览更适合社区文化环境。经验告诉我们,弘扬祖国传统文化,特别是宣传家乡本土文化,更能激发百姓的共鸣。

截至今日,济南市博物馆送展的各街道办事处社区的有:泉城路街道办事处、泺源路街道办事处、科技街社区、永长街社区、千佛山路街道办事处、千西社区、棋盘街社区、环山路管委会、北园路街道办事处和柳云社区等。累计接待社区群众达13万余人次。特别是送展到社区的敬老院,更是给这些不方便走出家门的老人带去慰藉,受到热烈的欢迎。走出博物馆的济南历史比之"养在深闺"的城市历史,显然获得了更旺的人气。精美的图片,详尽的图版说明,让更多的市民在家门口和学校就能享受到文化大餐,体验生动的"文化之旅"。这一举措不仅为建设和谐社区提供了精神保障,而且拉近了博物馆与市民的距离,加强了与社会的互动,取得了良好的社会效益。

博物馆实行免费开放之后,观众数量的不断增加,固然表明公共文化服务欠账太多,但更提醒我们,必须正视公众日益增长的强劲文化需求。这也使我们深刻体会到流动展览的重要性。从大处说是提高全国民的综合素质,博物馆丰富精深的民族文化再现了本地的历史沿革和政治、经济、文化发展的脉络,把最辉煌、最闪亮的史实呈现在观众面前,增强人们对自己家乡、祖国的认知和热爱、眷念之情,激发观众更多的社会责任和使命感。从小处说丰富了社区群众的业余生活,让人们了解更多的历史知识、文物知识、人文精神和民俗风情。

总之,博物馆流动展览这一陈列形式,将在社区文化发展的进程中显示出更加强大的文化推动作用。

社区展览

城市博物馆与城市发展并肩前行

马金香[*]

（天津博物馆，天津 300201）

［**摘　要**］　城市的记忆，记录着城市的文明和城市发展的足迹。今天是明天的历史。它不仅揭示过去，更延续着未来。人们从中不仅可尽览历史风云、领略人文风情、感受城市发展魅力，同时更充盈着对理想城市的向往。城市博物馆是城市化发展带来的必然产物，在城市文化中扮演着重要角色，是城市文明的缩影、典藏艺术的殿堂、社区文化的中心、文化教育的场所，在和谐社会建设中发挥着不可替代的作用。

［**关键词**］　城市博物馆　城市发展　揭示历史　延续现代

City Museum and Urban Development advancing side by side

MA Jinxiang

Abstract：City Museum is a collection of a city's history and memory，a record of the city's civility and urban development footprint. Today will be tomorrow's history, City Museum is not only reveal the past，but also carried on modern civilization. People in them may be overlooking the historical events and enjoying the culture and customs，feeling the charm of the historical development，while holding a yearning for an ideal city. City Museum is the inevitable product of the urbanization development and an important role of the urban culture. City Museum is actively engaged in the urban cultural construction and development as a agent，participates in the city's aspects of built environment and social life，and plays a more significant and creative role in planning and positioning of city.

Key words：City museum, Urban development, History revealed, Continuation of the modern

---

*　马金香，天津博物馆馆员。
　　MA Jinxiang，Tianjin Museum.

　　城市从出现之日起就成为人类最重要的生活场所。从城市是城堡、聚落、集市的代名词到城市象征着科技、文明、和谐、美好，人们的生活与城市的形态和发展密切互动，城市已经和人们的生活息息相关。在城市给人们带来种种便利、使人们分享现代文明成果的同时，也给人们带来某些文化上的缺憾、渴望与追求，人们不时地想探寻自己来时的路，和这条路会延伸的方向。时常也会问着自己"我是谁？我从哪里来？我向何处去？"就像余秋雨在《黔东南考察笔记》中所说："出走那么多年，想得最多的还是那个老问题：'我从哪里来？又到哪里去？'"对于我们这个历史情感极为丰富的民族来说，保存历史记忆、传承现代文明成为一项神圣的事业。

　　城市历史就是城市传统生活精彩片段的连续记录，包含着那些悠远的往事、湮灭的传说、行进的脚步，就像我们正在经历的人生一样。城市博物馆收藏着城市的历史、城市的记忆和城市的文明。当博物馆以其立体、生动的展览形式，通过城市历史文化最真实、最客观的物化见证——文物，再现历史场景，穿越时间隧道，通过"文物"与"历史"的对话，使人们身临其境，在感悟与体验中找回我们失落的记忆时，这些历史文物便以另外的一种形式复活了，仿佛重新回到了人们的现实生活中。

　　一座城市博物馆就如同一本展现城市深厚文化底蕴和古老悠久历史内涵的"书"。有了这本厚重的历史"书"，城市才有了灵魂，才有了生命，才能向世人全面展现自己。而在这座城市中生活的人们也才能更多地了解自己先辈的故事，以及自己的文化根脉在哪里。所以，走进城市博物馆，在那里看到的不仅仅是城市的历史，还有我们自己。城市博物馆存在的意义即在于此。

一、城市建设对文化的需求促进了城市博物馆的发展

　　城市文化元素是一座城市的灵魂，也是城市综合竞争力的体现。具有不同地方历史文化特色的城市品格和具有健康高尚、活力创新的城市文化形象，是一座城市的美好象征。一个城市的文化特征，影响着一个城市的整体风貌以及人们的生活状态与理想追求。因此，以文化来改善城市环境、塑造文明形象、凝聚人心力量、提升城市品位、推动健康发展，正在成为我国城市文化建设和管理的一项重要内容。城市的发展，离不开历史文化的传承，只有了解了城市的历史文化，才能了解这座城市的内涵。人们了解一座城市，也总是先从现存遗迹、遗物、承载的文化，探索其历史渊源和文化传统。而城市博物馆在城市生活中占据着重要的地位，扮演着重要的角色，担当着保护城市文化特色，即守护城市的文化灵魂，守护城市的文化记忆，传承并传播城市文明的重任，并以其独有的方式铭记、怀念历史，为城市空间增添着斑斓的生命色彩。

　　城市文化建设推动了城市博物馆前所未有的大发展，而随着城市博物馆的公益性、公众性、教育性的核心文化价值被更多人所认识，又促进了所在城市的文化建设，

产生着巨大的社会效益和经济效益。

二、城市博物馆在城市文化建设中的独特作用

一座城市的博物馆在塑造都市文明的同时也在塑造着城市人民的性格与志向。城市博物馆正以推动者的身份积极投身于城市文化和城市建设发展中。从各个城市博物馆的建立和发展来看,充分展示了这些城市博物馆在宣传城市历史文化,启迪城市居民智慧,构建和谐文明城市,传承城市文明成果中发挥的积极作用。

1. 保存城市记忆 传承历史文脉

城市和人一样,也有记忆,因为他有完整的生命历史。对于一座城市来说,它的相当多的历史和文化记忆,都保存在城市博物馆里。要了解一座城市的过去与现在,去城市博物馆是一个最好的选择,在了解这座城市的同时,会使人们更加热爱这座城市。

城市博物馆里藏着记忆,但它并不是将记忆"尘封"起来,让观众见到一个个静物的罗列,而是以独有的情景再现,以更加开放的形式,使文物和观众之间近距离交流、互动,让人们在"行走的历史"中感悟纷繁而漫长的生命演化过程,以唤起公众对城市记忆残存的热情。

如果说一个城市的博物馆是这个城市文明昨天的记载的话,这个城市的现代建设则是这个文明的延续。即古老文化和当代文明同样是城市博物馆应该展现的内容,这就是博物馆的传承性特征。

北京就是一座有记忆的城市,在首都博物馆新馆建设之初,以"城市记忆"为题,向北京市民征集与这座城市相关的实物和故事。以"公民博物"的形式,力求最大限度地保留与城市发展历史息息相关的大量印记,并使公众意识到自己是城市的主体,以能参与到保护城市记忆的行动中去而感到自豪,以民众参与的力量,使一个历史古都的魅力更加丰满。

2. 彰显城市个性 提升文化品位

每个城市都有不同的发展历史。不同时期兴起的城市,就是那一时期历史文化的体现。不同的时代,都在城市中留下了不同的文化印记。这些印记从不同的侧面和角度,反映出这个城市丰厚的历史文化底蕴和城市独有的个性与身份。城市是一个区域社会政治、经济、文化与科技的中心,它在历史文化中形成,又在历史文化中不断发展和更新,城市博物馆就是全面记载城市历史文化发展过程,提升城市文化品位的最佳场所。

一个城市博物馆藏品的特点与这个城市历史的特点密切相关,如西安以周秦文物最为典型,开封的商周文物居多。而天津的历史相对较短,但其近代历史很有特

点。于是就有"五千年历史看西安，一千年历史看北京，中华百年看天津"的说法。天津博物馆的藏品近现代文物较丰富，而馆藏的古代文物也大多是近代城市发展过程中通过军阀、官僚、商人、清朝遗老之手汇集到天津的传世品。纵观近代中国的沧桑巨变，几乎每一件重大事件都与天津息息相关，而且天津往往是许多政治漩涡的中心。天津博物馆《中华百年看天津》展览就是表现近代天津的历史契合了中华百年的发展轨迹，即在中西文化碰撞、融合与升华的背景下，中国人民为了争取民族独立和国家现代化殊死抗争、努力奋斗，最终迎来解放的光辉里程。以百年中华的眼光审视近代天津，挖掘那些有全国意义和现代意义的历史萌芽，以启发人们对天津历史的深层思考，也彰显了天津城市的个性、文化的个性。

首都博物馆被誉为中国城市博物馆发展过程中的里程碑。其对于北京形形色色之历史的展示，正是首博区别于其他城市博物馆的关键所在，没有哪一个城市能呈现出北京这样厚重的文化与历史的完美结合，"因为独特，所以鲜明；因为鲜有，所以不可替代"。

3. 建筑成为标志　旅游增添亮点

城市要发展，就会有新的建筑产生。其极富特色的建筑代表着一个城市的格调。一个地方或一个区域连同其上的各种建筑、遗址等都是一种文化财产，它就像一面镜子，可以让当地民众寻到当地历史，照出自身的形象来源，同样游客通过这面镜子也能看到当地文化的丰富多彩。

有些城市博物馆的古建筑本身就具有历史、艺术和文化价值，是凝固的历史，是我们城市历史文化最好的体现，不仅是城市文化象征，也成为城市历史的见证。而现代城市博物馆建筑又具有经典性、纪念性和永久性的特征，往往是作为一个城市的文化标志和文明形象而存在，它们既是重要的人文景观，也是民族精神和优秀文化的体现。

每一个城市都希望作为其标志性建筑的博物馆能在设计上体现出它的高雅的文化品位、深刻的历史内涵和独特的艺术个性。以天津博物馆为例，其建筑设计把握了天津与水的深厚渊源这一地域文化特征，设计了一个从空中俯视似一只振翅欲飞的天鹅的造型。天津本意即为天子渡口，它既是九河下梢，又在渤海之滨，河流和海洋的流动性、开放性与包容性是城市文化的基本格调。"天鹅"的设计也寓意着在水的滋养下天津在新世纪的腾飞发展。因此，这座新颖独特、与众不同的建筑成为天津独特文化内涵的标志性建筑，并体现出了天津历史文化开创性与兼收并蓄的特点。在许多省、市新建博物馆建筑中，都把博物馆建筑造型放在突出位置，精心设计，努力打造独特的城市形象。这些建筑物已成为一个城市永久性的标志，也为城市旅游文化增添了靓丽的光彩。

4. 启迪市民智慧　构建和谐城市

人类具有追求真、善、美的天性，当城市的人们对生活、环境等外在的需求逐步得到满足后,便开始需要进一步提升精神生活的层次和水平。

城市历史文化是构成市民心理素质的基本源泉。改革开放以来,随着地方积极性的增长,各地都兴起了地方文化热,表现为爱祖国的热情正是建立在对城市的深刻了解和认知的基础之上,具体为爱家乡,爱城市,而这种情感反过来促进了市民的自我认识,增强了市民建设自己城市的自信心。一旦有关城市历史文化演变发展的知识和思考走进市民,便会在很大程度上激发他们对自己工作生活城市的关爱,使他们会更有信心、更加积极地面对生活,这样就会感到城市的发展与其工作和生活息息相关,达到增进人们认知、理解城市历史文化,促进人们融入当今城市发展的最终目的。而城市博物馆在这方面正好拥有十分丰富的资源。城市博物馆以其丰富精深的城市文化再现了本地的历史发展脉络,把最辉煌、最闪亮的史实呈现在观众面前,让人们了解更多的历史、文物知识,感悟人文精神和民俗风情。由此博物馆成为培养社会道德最理想的人文环境之一,在激发人们更多的社会责任感和使命感,促进人的全面发展,推动和谐社会的形成等方面具有重要作用。

三、城市博物馆伴随城市发展需不断充实和更新

人的生命需要相同的血脉得以传衍,城市的延续也需要其独有的"血脉"使其生生不息。一座城市经过千百年历史的演变,经历了不同程度的毁灭和更新。必须承认,我们的城市在进步的同时也丢失了一些东西。随着城市人口的增加,人们生活方式的更新,城市经济文化突飞猛进的发展,一些改变人们生存、生活方式的见证物以及集中代表当地文化现象的生活用品、艺术品等实物逐渐退出生活和生产舞台,而这些见证物也由于存在操作层面的障碍等原因未征集入藏城市博物馆。令人焦虑的是,广泛地保护当代文化见证物的观念在社会上还没有普遍建立起来,一些民俗文物和反映近代现代社会变迁的文物总的来说还没有成为城市博物馆抢救和征集的重点。当博物馆为突破老生常谈的陈列体系努力创新时,立刻发现馆藏中遗漏了很多当年应当征集的文物。由于文物的不可再生性,实际上已失去了弥补的机会。

传统意义上的博物馆,在陈列展览中,对表现历史上的昨天的内容较为侧重,对现在和未来则较少表现。在城市环境和城市生活中,时间是连绵不断的。就在此处与此时,过去的遗风、当代的生活和未来的迹象同时呈现在都市的生活之中。博物馆的藏品应远远多于展出的展品,不管具有什么价值的藏品,只要不展出就不会产生社会影响。我们不能留给后人一个被切断的历史。这需要我们投入更多的思考,在历史文脉中注入新的生命,赋予城市以新的内涵,使历史的记忆得以传承、延续。

以天津博物馆为例,天津市定位于"环渤海经济中心,现代化港口城市和我国北方重要的经济中心",就是衔接了天津发展的历史轨迹。漕运和盐商当时对天津文化

影响很大,但那毕竟是某一历史时段的现象,租界曾在天津文化上写下浓重的一笔,但毕竟在 1949 年后人去楼空了。天津文化不能永远停留在乾隆时代,也不能永远停留在 1949 年以前,对天津文化完整的概括必须包括 1949 年以后,特别是改革开放以来天津的发展成就。

即将在上海举办的以"城市,让生活更美好"为主题的世博会,将以前所未有的规模和精彩呈现给世人,各个参展国家将凝聚本国城市元素的建筑及展览汇集于此,尽展人类文明进程中的城市魅力,上海更是将"城市足迹馆"作为城市文化的亮点隆重推出,把浓缩的城市发展史,通过新科技等种种新颖手段展示,尽情彰显城市发展的步伐,展现城市成长的智慧。

如今博物馆已经成为现代化城市建设的一个标志。在城市新文化构建中,城市博物馆需要在一种新的、更具广泛意义的框架内重新思考它的定位和作用,不仅要切实关注历史与现代藏品的广泛收集,更要从展览与公众需求、展览与当今文化建设的高度去考量,并利用自身优势最大限度地拓展其职能,致力于更多领域展示所承载的文化,与更多的人分享人类文明的成果。

城市博物馆的发展前景是广阔的,它与城市的发展并肩前行。愿每座城市博物馆都成为人们心灵的家园和精神的居所,让每座城市都拥有实现文化传承和文化创新的城市博物馆。

城市博物馆与灾后文化重建

——以四川省部分地区的城市博物馆建设规划为案例

李 林*

（西南民族大学，四川 610072）

［摘 要］ 2008 年汶川大地震对四川省各地区文化遗产造成严重破坏，对当地的文化旅游产业造成巨大损失。在各地区的灾后重项目中，以博物馆为代表的城市文化重建是其核心内容。文章以北川地震纪念馆、青城山游客中心以及渠县賨人文化陈列馆的建设为案例，分析了城市博物馆在地震灾区文化重建中的作用和地位，并针对其在构建城市居民共同记忆、重塑城市历史文化以及促进城市文化旅游发展等方面发挥的功能进行深入探讨。

［关键词］ 城市博物馆 城市文化重建 博物馆建设规划

City Museum Planning in Cultural Reconstruction Projects of Sichuan

LI Lin

Abstract：Many of the cultural relics in Sichuan province were severely damaged as a result of the Wenchuan giant earthquake on May 12th, 2008. With the cultural reconstruction projects in the province of Sichuan as a background, this paper examines the museum planning process in the construction of the Beichuan earthquake memorial, the Qingcheng Mountain Visitor Centre and the Museum of Cong Culture in Quxian. With a further analysis of the museum function in the cities under reconstruction in the Sichuan area, it concludes with a discussion on the city museum's role in building the shared memory of urban residents, recreating a cultural image of the city and developing sustainable cultural tourism for local communities.

Key words：City museum；Cultural reconstruction；Museum planning

---

* 李林，西南民族大学旅游与历史文化学院博物馆专业教师。

LI Lin，lecturer Southwest University for Nationalities

一、灾后文化重建的背景

　　2008年汶川大地震对中国西部地区甘肃、陕西、重庆、云南、陕西等省多处文化遗产造成了严重破坏,而位于震中附近的四川省部分城市更是遭受了一场浩劫。据四川文化系统统计,全省共有65处全国重点文物保护单位和119处省级文物保护单位遭受严重损失,其中包括世界文化遗产都江堰二王庙古建筑群、理县桃坪羌寨、武侯祠、杜甫草堂、王建墓、三苏祠、丹巴古碉群、朱德故居、峨眉山古建筑群、郭沫若故居、南龛摩崖造像、红四方面军总指挥部旧址等。这场灾难不仅影响了城市居民的正常生活,还给城市的精神文化造成了毁灭性的打击,给劫后余生的人们留下了难以愈合的创伤。或许,在中国或世界上的其他地区,更美好的城市生活意味着更高品质的生活质量,或者是更高层次的文化品位,或者是更人性化的社区服务。然而,对于四川地区的城市居民而言,他们对美好生活的憧憬不仅是经济、物质基础,还需要通过城市文化的重建来抚慰自己遭受创伤的心灵,通过文化凝聚力恢复生活的信心和希望。同时这也才是美好生活的起点。

　　目前,四川省灾后文化重建项目正在紧锣密鼓的进行中,全省近4000个文化项目列入灾后重建规划,世界文化遗产都江堰古建筑群抢救保护工程、国家级羌族文化生态保护遗产建设项目、羌族碉楼、民居、村落等标志性建筑抢救保护工程等文物保护项目已加速启动。与此同时,北川地震纪念馆、安仁镇博物馆群、都江堰市博物馆、青城山游客中心、青川县博物馆、中江县博物馆、渠县賨人文化陈列馆等博物馆建设项目也在迅速推进中。四川省内的其他地区也在借此机会加强文化建设力度,全省文化事业的发展已经进入了一个前所未有的新时期。笔者对四川省部分地区以博物馆为主的灾后文化重建项目展开了一些调研工作,并有幸参与了其中部分博物馆的策划工作,在此谨以北川地震纪念馆以及笔者参与策划的都江堰游客中心、渠县賨人文化陈列馆为案例,对博物馆在城市文化重建中的功能和作用进行简单分析。

二、四川省部分地区城市博物馆的建设规划

1. 作为城市居民共同记忆保存地的博物馆

　　由四川省考古研究院策划、同济大学建筑系设计的北川地震纪念馆已经进入深化设计阶段。这座博物馆坐落在北川羌族自治县境内东南部遭受地震破坏最为严重和次生灾害最集中的地区,是一座全面记录"5·12汶川大地震"灾难以及纪念中国人民抗争救灾事迹的专题纪念馆。这座纪念馆的收藏和展览都是以汶川大地震为核心。而这场灾难是四川省人民乃至全国人民共同经历的事件,从某种意义上来说,每

个事件的亲身经历者都有权力去表达他们的情感和观点。这所博物馆承载的使命不仅是地震文物的收集,还是四川人民的情感寄托。因此,博物馆的建设规划过程不能采用传统的方式,即整个项目的规划、设计和实施都由专家学者和相关技术人员完成,而需要事件经历者以及关注博物馆建设的社会公众参与其中。从地震文物的征集到建筑方案的设计,北川地震纪念馆的建设规划过程都以开放式的态度向公众征询意见,并授权他们参与,而公众直接参与博物馆建设也成为这个项目最大的特色。

在博物馆建设初期,地震文物的征集是博物馆的首要任务,四川省文物考古研究院作为国家机构集中力量投入文物征集工作。除了组织专业人员去地震灾区收集文物之外,研究院还号召社会各界人士、各单位、各部门积极提供"5·12 汶川大地震"有关见证实物和资料。依赖各类媒体的宣传,地震文物收集工作引起了公众的高度关注,并吸引了广泛的社会资源,在短短一年时间内,北川地震纪念馆就收集了地震文物 7 万余件,为地震纪念馆的建设打下了坚实的基础。此外,博物馆的建设规划过程自始自终公开、透明,并通过网络媒体等方式吸引社会公众直接参与策划,有效的实现了博物馆与公众的沟通。据笔者的调研,仅仅在建筑方案概念设计阶段就有 150 余名群众通过网络直接与建筑设计师对话,提出自己的想法。这样的建设模式无疑能够使北川地震纪念馆得到更多公众的理解和支持,有效提高社会观众对项目的关注程度,并为博物馆建立良好的公共关系打下基础。尽管博物馆项目还在建设中,但是我们可以预见,北川地震纪念馆将成为四川地震灾区城市居民一份珍贵的共同记忆,而这份记忆将被永久的保存在每个城市居民的心里,它将成为重铸城市精神文化的源泉和动力。

2. 作为城市生态文化体验中心的博物馆

汶川大地震使世界文化遗产青城山—都江堰景区二王庙、伏龙观等主要古建筑遗址遭到了严重损坏。地震过后,都江堰景区二王庙古建筑群庙门残缺不全,地上四处是残砖断瓦,建筑群内的多个大殿坍塌。庙内红砖青瓦的幽然境界如今已不复存在,处处是墙倒塌后露出的悬崖陡坡。作为中国道教文化胜地以及世界自然遗产四川大熊猫栖息地重要组成部分的青城山景区也遭遇到地震的袭击,多处道观建筑出现墙体裂缝等损坏。在当地文化旅游遭到严重破坏的情况下,作为一个现代化的多功能博物馆,青城山游客中心担负的任务不仅仅是在旅游导览方面发挥作用,还需要面向都江堰地区的城市居民以及外地游客,重塑都江堰这座城市的文化形象。

基于上述原因,博物馆策划以"自然生灵·水文化·道教文化"为核心主题,向观众诠释以大熊猫栖息地为代表的自然遗产、以都江堰水利工程和青城山道教文化为代表的文化遗产,三者相辅相成,生生相息,共同构筑起"天人合一"的城市文化哲学。由于游客中心不同于传统意义上以收藏、科研、教育、展示为主的城市博物馆,我们将其核心功能定义为"生态文化体验",主要通过各种互动体验项目使观众获取自然、人文知识。例如,在"自然之灵"展厅,观众可以通过由背景壁画、动植物标本模型构成的生态景观复原场景,完整了解青城山—都江堰地区因海拔高度变化形成的植被垂直带谱。还可以通过多媒体触摸屏、互动电子观景镜探索金丝猴、小熊猫等本区代表性珍稀动植物的奥秘,以此达到寓教于乐的传播效果。以"大熊猫栖息地"为主的展示区域,更是体现了现代博物馆"互动体验"的主题,观众可以通过滑屏技术观察大熊猫每天的作息规律,并通过多点互动触摸平台探索大熊猫的生命周期,捕捉几个它们生命中重要的感人瞬间。即便是"道教文化"这样一个严肃的展览主题,我们也尽力加入互动参与的元素,例如观众可以在展厅中体验早期道家修炼的环境、学习青城道教的武术,还能通过简单的互动掀板装置了解道教诸神的形象和故事。我们相信,在这种互动、体验、交流的环境中,观众能够对青城山—都江堰的自然历史获得更加直观的认知,并更容易唤起参观者的情感共鸣。

3. 作为城市文化旅游形象代表的博物馆

位于四川省东部渠江流域的渠县是四川省贫困县,全县人口 147 万,渠县统计局公布的《渠县 2009 年国民经济和社会发展统计公报》显示,尽管渠县 2009 年全县GDP 突破 100 亿,但人均收入仍然远远低于四川省平均水平。并且,渠县经济发展在很大程度上依赖于工业(第二产业对经济增长贡献率为 66.7%),而作为拉动渠县经济发展重要筹码的旅游产业还有很大的发展空间。相对都江堰等其他重灾区,渠县县城虽然没有在汶川大地震中遭受严重破坏,但在全省灾后文化重建项目的推动下,渠县也开始积极发展文化旅游产业,希望以此带动城市经济的发展。尽管,渠县具有龙潭景区等得天独厚的自然旅游资源以及汉阙、城坝遗址等独具特色的文化遗产,但是如何将这些分散的资源进行整合,塑造当地独一无二的文化特色,仍然是需要深入

青城山游客中心鸟瞰图

思考的问题。在相关专家的建议下,渠县政府决定以"賨人文化"为核心,将其发展成为具有唯一性、首创性以及可持续性的文化品牌,并以此为渠道来实现地方旅游的营销和宣传。在这样的背景下,一座颇具特色的地方性专题博物馆——賨人文化陈列馆开始筹建,而它承担的使命正是要创建"賨人文化"的城市品牌。

賨人,虽没有列入当今的 56 个少数民族之中,但他们在中国历史上曾经有过无比辉煌的历史。根据史书记载,早在春秋战国之前,賨人便建立了自己的国家,国都就建在渠县的土溪城坝。賨人是一个勇武好战、能歌善舞的民族,他们在历史的长河里写下了慷慨激昂的篇章。然而,对于现代人来说,他们却只是逝去的一段历史,对今天的城市生活甚至城市文化都很难产生影响。作为博物馆策划组成员,我们面临的难题是如何将这种单调的历史文献记载转化为城市居民可以看见、可以触摸并可以接受的文化形态,因为只有在城市居民中形成一种文化认同的基础上,才能够使賨人文化真正成为地方文化旅游的象征。在整个博物馆展览的策划中,我们以"溯源·寻踪·传承"为主题,引导观众去了解生活在这片土地上的先民,寻觅他们辗转迁徙的踪迹,探索他们的生活方式,并深入体验他们创造的民族文化。鉴于社会公众对賨人的历史知之甚少,我们在博物馆展览策划中大量使用了情景再现的陈列手法,例如在賨人历史展厅,就以大型连环壁画的形式将那些史书中记载的枯燥文字转化为形

賨人文化陈列馆序厅地景模型及浮雕墙效果图

象生动的艺术形式。根据《尚书》等史籍上的记载，商周时期的賨人先民曾帮助周武王讨伐商纣，并在战场上载歌载舞，鼓舞周军士气的历史。通过查阅大量史料，我们对賨人的形象作出了相对科学的复原，并在壁画中集中表现他们载歌载舞的壮观场面，使其民族文化特征在艺术作品中得到淋漓尽致的表现。此外，我们的展览还立足于当代渠县城市生活与賨人文化的联系，使当地城市居民意识到賨人不是一个远离日常生活的虚无缥缈的概念，而是一个与我们生活密切相关，需要每个城市居民保护和传承的共同遗产。例如，我们将流传至今的咂酒文化、巴渝舞艺术、竹枝歌等当地民俗与賨人历史相结合，为观众详细解读这些民俗遗产的历史发展脉络，使现代人了解它们和賨人的渊源。总之，我们希望通过这样的策划方式来实现一个目标：即渠县的城市居民能够在博物馆中认知賨人文化，逐渐帮助这座历史古城塑造其独特的文化个性。

三、博物馆在城市文化重建中的作用和意义

上述的三个案例是四川省文化重建的一些典型代表，有的是"5·12汶川大地震"过后的灾后重建项目，而有的则是城市文化资源的重新整合项目，它们共同说明了一个问题：博物馆总是在城市文化重建过程中扮演着不可替代的作用，在某种程度上讲，城市博物馆的规划直接关系到整个城市文化逻辑的构建。他们的具体作用主要体现在以下几点：

1. 城市居民情感记忆的寄托

世界上的每个城市几乎都经历过或者正在经历着地震、洪水、战争等带来的灾难，而这些事件更象征着城市居民齐心协力面对不幸的勇气和精神，博物馆有责任将这种经历和精神永久的保留下来。对于四川地震灾区的城市居民来说，这次劫后余生的经历正是他们永生难忘的情感记忆。以北川地震纪念馆为代表的地震纪念馆寄托了人们的哀思、回忆以及对未来的希望和憧憬。它们对城市生活的影响，不仅体现在城市历史文化的纪录和传播上，而且更是一种城市居民精神上的慰藉，持续永久的影响着人们的生活状态。

2. 城市生态文化体验的空间

传统的博物馆以收藏、科研、教育为己任，而四川地区文化重建项目中涌现出了一批"新型"的博物馆。它们既没有自然标本、历史文物等藏品资源，也没有专业的科研人员，而博物馆建设的基础仅仅是一种概念——"体验"。或许，有人会认为这样的体验中心偏离了博物馆发展的方向，因为连基本收藏都不具备的文化设施是否能够被称为"博物馆"还存有很大争议。然而，我们在项目的策划中坚持认为，这样的体验中心具有同博物馆同样的传播教育功能。不管在陈列中使用的是现代人创造的雕

塑、模型、复制品,还是用大量互动装置代替传统的实物展示,它们都却承担着与传统博物馆一样的使命:让观众在非正式的环境中以娱乐休闲的方式进行学习,并能够让公众在参观体验的过程中对城市文化获得更加深刻的认知。

3. 城市居民文化认同的重塑

城市文化认同的问题不仅仅是地震灾区的问题,还是全球大小城市面临的共同难题。而对四川省的受灾城市而言,城市文化的重建必须建立在城市居民文化认同的基础之上。有的城市历史悠久,文化特征突出,如都江堰的水文化、道教文化已经深入人心,具有文化认同的基础,而像渠县这样的城市则缺乏这样的文化特性。我们通过博物馆创造出来的城市文化,并不能够立即被观众理解和接受,而需要一个长期沟通磨合的过程,才能使生活在这座城市的居民逐渐的认同它。

4. 城市文化旅游品牌的塑造

对于四川地区众多的贫困县来说,发展旅游文化产业是一种有效推动经济发展的战略。然而,地方旅游文化的发展必须建立在地方文化特色之上,而"文化品牌"的创造则必须依托于独一无二的文化资源以及别具一格的主题概念。对于这样的博物馆,我们对博物馆的规划定位不仅要考虑如何将展览做得精彩,还要思考如何通过博物馆这个特殊的空间将本地区的文史资源进行整合。孤立的文化资源仅仅是记录一段历史的遗址或遗迹,而四川省大多数贫困县并没有像三星堆遗址、金沙遗址这样能够在世界上引起轰动的发现,只能通过城市博物馆将这些分散的资源联系起来,使他们各自的价值够得到提升,才能够使其真正服务于城市的文化旅游产业。

"世太史第"（赵朴初故居）

——安庆市的文化名片

殷　实*

（安庆市世太史第管理处，安徽 246003）

[摘　要]　赵朴初先生是中国杰出的爱国宗教领袖、佛学大师，是著名的诗人、书法家和社会活动家。"世太史第"（赵朴初故居）不仅向您展示安徽古代的建筑艺术和历史文化；而且向您展现赵朴初先生"为造福社会、振兴中华"所作的丰功伟绩，突出其佛学思想中的"和谐"理念及为构建和谐社会而奋斗的心路历程。近年来，"赵朴初故居"采用多种方式、通过各种宣教途径，使故居成为安庆市民休身养性的重要场所。在各级政府的关爱和各界人士的热心支持下，"赵朴初故居"已经成为安庆市的一张文化名片，在市民文化娱乐生活中及城市对外开放、文化旅游中发挥着重要作用。

[关键词]　赵朴初　佛教　和谐社会

The former residence of Zhaopuchu
—The symbol of Anqing culture

YIN Shi

Abstract：Mr. Zhao Puchu who is the outstanding patriotic Chinese religious leaders, Buddhist master, the famous poet, calligrapher, social activist. The museum not only is a true display of ancient architecture in Anhui, history and culture, but also demonstrate Zhao Puchu who devoted all his life for a goal'for the benefit of the community, revitalizing the Chinese nation', the museum is a prominent display of Buddhist thought in the "harmony" philosophy and his struggle for the deeds of a harmonious society. In recent years, the museum through a variety of ways to make it as a self-cultivation place for the

---

* 殷实：安庆市世太史地（赵朴初故居）管理处。

YIN Shi，the museum staff of the former residence of Puchu Zhao.

people of Anqing. With the support of the government at all levels and all walks of life, the museum has become a cultural card of Anqing, and played an important role in entertainment and cultural tourism.

Key　words：Puchu Zhao，Buddhist，Harmonious society

一、"赵朴初故居"简介

安庆地处长江中下游,东毗吴越,西临楚赣,是国家级"历史文化名城"、"中国优秀旅游城市"。薛家岗文化遗址(国家级重点文物保护单位)表明,五千年前,我们的先民就在这里繁衍、生息,南宋绍兴十七年(1147 年)改德庆军为安庆军,后为安庆府,自乾隆二十五年(1760 年)至抗日时期,其间 170 余年,一直是安徽省治所在地,是安徽政治、文化和经济的中心。

"赵朴初故居"位于安庆市迎江区天台里街 9 号的全国重点文物保护单位——"世太史第"内。"世太史第"初为明万历年间刑部给事中刘尚志私宅。清咸丰十一年,两江总督曾国藩攻陷安庆城,曾设外江粮台于宅内。清同治三年(1864 年),翰林院主修赵畇辞官返乡,主讲安庆"敬敷书院",购此宅并作修葺,始为赵氏府第。因赵氏家族自赵文楷始,赵畇、赵继元、赵曾重四代都是翰林,故旧称其宅为"世太史第"。清光绪三十三年(1907 年),赵畇曾孙、著名的社会活动家、杰出的爱国宗教领袖、全国政协副主席、世界宗教者和平大会副主席赵朴初先生就诞生在这里。安庆厚重的历史文化底蕴和"世太史第"的赵氏家训,给赵朴初的人生留下了深深的影响。

为了保护"世太史第"这一融北方古建的粗犷和南方徽派古建的细腻于一体的明清建筑群,为纪念毕生倡导"和谐"、对中国、对世界作出巨大贡献的赵朴初先生,2001年,安庆市政府决定搬迁故居内及周边的住户,修复故居.展现赵朴初先生生前的佛学思想、诗词和书画作品及有关影像资料。"世太史第"修复工程 2003 年结束并对外开放。"赵朴初故居"展览同年揭幕。

二、"赵朴初故居"内容概览

赵朴初故居"展览分九大板块:"书香门第"、"东吴学子"、"伟大的爱国主义者"、"中国共产党的亲密朋友"、"杰出的爱国宗教领袖"、"对外友好交流的使者"、"著名作家、诗人、书法大师"、"不尽故乡情"、"明月清风"。通过书画、文献、影像等多种载体,详尽的记录了先生九十三年的人生历程。"书香门第"、"东吴学子"展带,主要展示朴老艰辛而快乐的童年、青少年时代的求学历程和他投身的学生运动,从一个侧面反映出旧中国的深重苦难。

纪念馆是纪念人们心目中的圣贤，这是尽人皆知的。圣贤之所在，在于他在事业上的建树。朴老毕生研究的是佛教。"杰出的爱国宗教领袖"这一板块重点展示他所倡导的"人间佛教"理论及其践行。作为"中国宗教界和平委员会主席"，他所倡导的"人间佛教"理论及其践行对中国其他宗教（道教、基督教、天主教、伊斯兰教）的现代化进程（如落实宗教政策、理顺关系、发展宗教文化）和构建社会和谐的建设有着重大的影响和积极的意义。赵朴初先生认为："假使人人依照五戒十善的准则行事，那么，人民就会和平康乐，社会就会安定团结，国家就会繁荣昌盛，这样就会出现一种和平安乐的世界，一种具有高度精神文明的世界。这就是人间佛教所要达到的目的。""宗教问题具有五性：即群众性、民族性、国际性、复杂性和长期性。这五性正好反映了宗教工作的五大优势，它在保持社会安定团结、维护祖国统一完整、推行和平外交诸方面，具有不可替代的巨大作用。"

参观"赵朴初故居"，你会对佛教有进一步的认识。"无论作为宗教或学术来看待，中国佛教在全人类的文化发展和文明进步的历史中，都有不容忽视的地位"。朴老认为："辩证法是从释迦牟尼来的"，"佛教哲学蕴藏着极深的智慧，它对宇宙人生的洞察，对人类理性的反省，对概念的分析，有着深刻独到的见解和完整严密的体系。"他的独到见解和精辟论述的可贵之处，在于能根据马列主义的观点，结合我国社会主义社会的客观实际，阐明事物的本来面目，从而使人们的认识避免片面性。

朴老不仅是"杰出的爱国宗教领袖"，而且是"伟大的爱国主义者"、"中国共产党的亲密朋友"。这两个展块展示抗日战争时期，朴老在日军的炮火中救助难民，"舞台会馆与荒坟，五十万人安顿"；组织青壮年难民一千余人分批从上海辗转温州，秘密送往皖南参加新四军；冒着生命危险为新四军送药；为新四军培养无线电人才；教养院成了"中共的地下战斗堡垒"。新中国建立后，朴老提出"宗教要同社会主义社会相适应，社会主义社会也要圆融佛教。"这是他对马克思主义宗教观深入探讨和全面理解的论断，其理论的勇气着实令人钦佩。理清宗教的本质，为政府决策部门制定政策提供理论依据。他所阐释的精辟的观点，对我们党制定社会主义时期宗教问题的基本政策起着重要的作用。正如江泽民总书记所说："我很佩服赵朴老，他每次说话都那样精确，处处都考虑到国家和人民的利益。"

朴老是"20世纪伟大的和平使者"，在"对外友好交流的使者"展块中，众多的图片忠实的记录了朴老躬行天下的史实。他多渠道、多层次、主动地开展同港、澳、台的联系，多领域、多形式地加强海外联谊，以民间外交的形式，广泛传递着中国维护和平的信念和要求，推动着国际和平和友谊。他东渡扶桑，西进美国，架东南亚各国佛教"友好之桥"，结中、韩、日之"黄金纽带"，充分发挥了民间外交的"不可替代的"积极作用。冰心老人说他是"袈裟未着嫌事多，着了袈裟事更多。"

他以自己的智慧和胆识，开创了新世纪中国佛教对外友好活动的新领域、新局面，构筑了一个结实而宽广的和谐大平台。以中国传统文化精神营造世界各国政治上的和谐共处、融合互补；以"和谐世界"的理念来化解挡在中国与世界之间的厚重之墙，提升了中国在国际舞台上的新形象，也因此赢得了"庭野和平奖"。（该奖是由庭野和平财团委托的世界82个国家的八百多名知名人士推荐，经过由佛教、基督教、伊斯兰教等六名有影响的教徒组成的庭野和平奖审查委员会，经过严格公正的审查确定的。在该委员会的授奖决定书上写道：赵朴初以"他的渊博知识、谋求和平的活动和谋求宗教合作的热情，博得了世人的尊敬和赞赏。"）

朴老学识淹博，是淹贯百氏、精熟经典的佛学通家，诗、书、词、曲的成就更是有目共睹。在"著名作家、诗人、书法大师"及"明月清风"展块中，你可以看到他在诸多领域的历史性贡献。他是诗词大家，经史子集随手拈来、一曲《某公三哭》，毛主席亲加改定，让《人民日报》发表，中央人民广播电台和首都各大报纸纷纷转载转播。震动了世界的政坛和文坛！

南来北往的硕学宏儒、高僧大德参观"赵朴初故居"后无不交口称赞，都说他学富五车，博大精深，这绝非泛泛而论的溢美之词，而是他敏捷的思维，丰厚的学识，儒雅的风范，风趣的语言，加之他的"无尽意"、平常心，铸就了他冰清玉洁的美丽人生。

在书法展厅，我们突出讲解的是书法背后的故事。朴老是著名社会活动家，他以自身的影响力，积极倡导和谐和安定，推动社会开展济困扶贫。在朴老生命的最后二十年中，他将自己的生活积余和各种稿费连同给他的世界和平奖金240多万元，全数捐献给了社会慈善事业。

在"一代大师"的板块，你可以"观古今于须臾，抚四海于一瞬。"透过漫长历史的沧桑巨变，充分体味到朴老在构建社会和谐中发挥的"不可替代"的作用。

综观朴老九十三年的心路历程，毫不夸张地说，赵朴初先生一生，都是为民主而奋斗，为提升新中国的形象而精进，为构建和谐社会而奔波。赵朴初先生在诸多领域做出的历史性的贡献，印证了中共一大代表李维汉说的话："朴老学问大得很"，印证了毛泽东主席称其为"懂辩证法的和尚"。众多的观众留言表露了他们的心声："道骨仙风气象，骚人墨客襟怀。""抚今追昔大学问，翘首明天好文章。""缅怀先生，奋斗中华。"

"世太史第"建筑恢宏，雕刻精微，长廊逶迤，曲径通幽，小桥流水，桐荫翠竹。"赵朴初生平事迹展"的九大板块，遵循布展的科学性、艺术性，妥善处理古建与现代展示空间的关系，营造出美的氛围与陈列内容一致的和谐，使游客在愉悦中感受朴老的博学明辨、远见卓识。

三、安庆市文化名片的打造及其效应

虽说我们"世太史第"远不比皇家宫殿的金碧辉煌，也没有公馆、别墅的奢华富丽，更少有出土的精美绝伦、令人叹为观止的稀世珍宝，之所以能够感人，主要、甚至完全是在于其内涵的"文"，在于其品格，在于其"精神"，在于为推动社会的和谐、世界的和谐所作的"不可替代"的作用。我们深知"综合性的博物馆要大而博，专题性的博物馆则要专而精。""世太史第"的优势所在，应该就是朴老的"和谐思想"，认清内涵的优势，充分发挥其优势，将浓厚的特有文化作专门陈列和宣传，在凸显"和谐思想"、服务社会上做文章，才能显现"赵朴初故居"的"个性"。

我们遵循"以人为本，科学发展"的原则，按照建筑学、博物馆学、文物学的基本理念妥善处理好古建与现代展示的关系，紧紧抓住"构建社会主义和谐社会"这根主线，刻意讲解朴老一生中的三大亮点："曾助新军旗鼓振"、"力摧谬论海天清"和"千年盲圣敦邦谊"（《九十述怀诗》），串连其他，激活全局，让"和谐思想"凸显出来，鲜活起来，感人起来。以达到"往事差堪启后生"的展示效果。

"世太史第"是我市接待南来北往观众最为繁忙的公共文化设施，作为安庆历史文化传承的载体，承担着文化宣传和爱国教育的重要职能，在塑造文明社会中扮演着极为重要的角色。

树立安庆形象，展现安庆风采是我们工作的职责，每逢我市举行重大活动，如"黄梅戏艺术节"，"世太史第"都是市政府寄于厚望的主角之一，因为它是莅临安庆的各方政要、社会名流必到之处。我们的"历史文化名城——安庆"展，介绍安庆的人文景观，展现安庆丰厚的文化底蕴，奉献安庆人民的热情，对拉动安庆市旅游经济的快速发展，起了至为重要的作用。我们充分发挥了"安庆市文明窗口"的作用，也因此得到领导的肯定和群众的高度评价，称我们是"一支能干事、会干事、干实事的团队。"

情系安庆文化建设，在文化交流中发挥作用，是我们工作的重点。适时增展和各种引进展，使人们对"世太史第"有"常见常新"的感觉；举行研讨会、组织采风等活动能使人们倍感亲切，且易和群众交流并产生互动，这都是非常有效的工作手段。在"纪念赵朴初先生诞辰一百周年"的日子里，我们面向全国知名书画家征集书画作品，勾起书画家对先生的缅怀，勾起他们对赵朴初诗词的研究，他们感情于斯人，寄情于书画，一百六十多幅佳作为"赵朴初故居书画展"添色增辉；我们举办的"赵朴初先生诗词研讨会"，引得众多专家学者探索先生在诗词改革方面所作的贡献，推动了人们研究赵朴初诗词及其思想的热潮；由市政府出面邀请、由全国知名作家、书画家组成的"赵朴初故里、天柱山采风团"来我们这里采风，为展现安庆的风采和城市的精神面貌，起到了很好的推波助澜的作用；我们与"安庆诗词学会"共同编辑旨在纪念赵朴初先生的诗词集《清风颂》,对活跃市民文化生活起了积极的作用,广大市民踊跃投稿,境外作者也热情寄情,258 人应征入围,318 件作品入选,说明了人们对我们的关爱和对赵朴初先生的崇敬。

我们同安庆人民广播电台、电视台合作制作、播出宣传赵朴初先生的系列节目,弘扬赵朴初先生的品格,把更多的精力放在观众的心灵筑巢上,加强对如何做人、如何做事的公民教育,让更多的人来学习、来体验、来感知和谐的力量,为促进政党关系、民族关系、宗教关系、海内外联谊和营造和谐世界而发挥其"不可替代"的作用。让"和谐"感召群众,为"致力于社会和谐"而共同努力。

我们开通的"赵朴初故居"网站图文并茂,辅以视频,展现先生的生平事迹,通过"展示在线"、"研究动态"、"网友留言"和五湖四海保持着广泛的联系,使得众多的网友关注研究赵朴初先生的最新动态,凝聚在"构建社会和谐"的氛围中。

联络是产生亲和力的重要手段,有亲和才能有吸引,有吸引才能有感染。我们充分利用"世太史第"地处闹市,交通十分便利,却又十分幽静的这个优势,积极的联络社会方方面面,主动的"攀亲"、满腔的"热恋",吸引各种宣传来这里活动,市总工会、老年大学、集邮协会等许多部门的书画展、篆刻展、摄影展、邮票展、图片展、珐琅器展、明清家具展,还有各种宣传展、联谊展,多不胜数;"安徽省文史馆馆藏书画巡展"、"沿江四市书画展"、"中国南部城市旅游协作年摄影展",可谓络绎不绝,很多学术研究、专家讲座在这里令学人翘首;很多部门的研讨会、竞技会也乐于在这里举行。我们最大限度的利用"多功能厅"衍生展览内涵,兼及观众的互动、休闲和娱乐。将德育、智育、美育进行实物化、具体化、甚至是娱乐化地呈现给观众,寓教于乐,直观而生动,文采映耀,琳琅典丽,比单纯的说教更易"开民智、悦民心"而贴近观众。对提升城市的品格、启迪民心发挥着积极的作用。

协办、联办是合作伙伴乐于接受的工作方法,实践证明,我们的投入往往很少,却能得到很大的收益,既能服务社会,又能宣传"世太史第",还能节约经费。如安庆一中、二中、七中、石化一中录制的以"戏剧、旅游、文化名人、近代工业"为主题的电视纪录短片,很多镜头都是在我们"赵朴初故居"拍摄的,央视七套"第二起跑线"连续播放四期,既展示了我市中学生的亮丽风采,也宣传了赵朴初精神。宣传"黄梅戏"的很多影视片也都在这里做内景拍摄,我们总是抽出专人负责协助;"安庆广播电台"举行的招聘电台主持人的系列活动也乐于在"世太史第"举行,周边地区踊跃应征,还召来了全国各地的帅男靓女同台献技,众多媒体的报道也直接展现了"世太史第"的风采。

工作中,我们多形式、多渠道的宣传,开发以宣传赵朴初精神的系列旅游纪念品,也是一个很好的举措。我们利用红木、花梨木、歙石、大理石等各种材料制作镇纸,上刻赵朴初先生的诗词、箴言;制作印有赵朴初先生书法的折扇;印制以赵朴初肖像及生平简介的纪念金卡;复制赵朴初先生的书法及拓片,深为观众喜爱和收藏。赵朴初先生的各种著作,在这里每每脱销,说明了人们对他无尽的思念。

多年的实践证明,形式活泼的宣传,都能得到群众的共鸣,并产生互动。市民们更加热爱"世太史第",人们乐在其中并参与其中,也使我们饱尝丰收的喜悦:他们将多年珍藏的有关朴老的文物捐赠给"世太史第";将收集、整理朴老多年的资料、九种版本的《佛教常识答问》、报刊题签四十余件捐赠给"世太史第";将自己最为得意的书画作品、甚至装裱好,赠送给"世太史第";把自己多年精心培育的花木盆景无偿的点缀故居的前庭后园;文物收藏者收而不藏,让自己心爱的宝贝在展室零距离的和观众见面;企业家提供的景泰蓝鼎、炉,拓宽了展厅的视野;志愿者义务洒扫、尽心尽力的体验着互教互动的欢悦。

四、结　语

"赵朴初故居"虽说建馆时间不长,但在安庆市政府和安庆人民的热情关怀和支持下,在我们全体工作人员的努力下,"赵朴初故居"不仅成为展示安庆的骄傲——赵朴初先生和赵氏家族文物藏品的保管中心、研究中心和展示中心,而且在宣传安庆形象、活跃安庆市民文化生活中发挥了重要作用。为此,"赵朴初故居"受到各级政府的好评。我们知道"安庆市文明窗口"的光荣称号得之不易,我们更知道,这是朴老的慧光辉映的结果。

朴老"构建社会和谐"的思想是全社会的宝贵财富,在国际博协"致力社会和谐"的今天,我们将紧紧围绕"和谐"二字,在促进社会和谐与城市发展中发挥应有的作用。

现代城市博物馆与
学校教育的资源融合与增值
——基于天津博物馆的实践探索

王　璐[*]

（天津博物馆，天津 300201）

［摘　要］　以保护、研究、展示和传播人类生存及其环境物证为使命的博物馆，是人类文明记忆与传承的重要阵地，聚集各传统文化的精髓，更是一个国家民族之魂所在地，并成为社会民众特别是青少年接受优秀文化、增长历史知识、感受艺术熏陶、感知历史的重要教育场所。当前学习化社会背景下的学校教育需要社会资源的融合，现代城市博物馆作为重要的社会教育资源之一，在融合过程中，资源的双向流动产生了增值。本研究以天津博物馆从 2004 开馆以来开展的"博物馆与学校教育联动计划"实践活动为研究对象，采用文献资料法、案例法、访谈法等研究方法，全面总结了天津博物馆与学校教育在人力资源、物资资源、信息资源和文化资源等方面产生双向互益和资源增值的经验及存在的不足。最后提出博物馆与学校教育应以整合资源为方向，以合作为核心，以相关组织协调配合为基础，以利用科技手段为保障，以媒体宣传为契机来构建博物馆与学校教育资源增值的有效模式。

［关键词］　城市博物馆　学校教育　资源融合

Modern City Museum and School Education's
Resources Integration and Value-Added
—take Tianjin Museum as example

WANG Lu

Abstract：Protecting, researching, displaying and dissemination of material evidence of human existence and its environment are the museums' mission, and the museums is an

---

*　王璐，天津博物馆馆员。

WANG Lu，majoring in Chinese Classical Documents. Tianjin Museum.

important position of memory and heritage of human civilization, gathering the essence of traditional culture, showing the soul of a nation, and social population, in particular young people can receive excellent culture, increase their knowledge of history, feel the art influenced by perception of history important to educational facilities in museums. The current education in the context of learning society needs the integration of social resources of schools; the modern City Museum is one of the important resources of social education, two-way flow of resources produced value-added in the integration process. Take Tianjin Museum's "Museum and School Education Linkage Program" as research object since its opening from 2004, use documents and materials, case, interviews and other research methods, summarize the human resources, material resources, information resources and cultural resources, etc. produced by two-way mutual benefit and to enhance productivity of Tianjin Museum and School Education, Finally, provide an effective enhancement model between museum and school education that museum and school education should take resources integration as direction, take cooperation as the core, based on the coordination with relevant organizations, use technological means and the media publicity.

Key words: City museum, School education, Resource integration

一、研究的背景

现代城市博物馆与学校教育资源的相互融合及其产生的资源增值是现代城市博物馆的社会效应的重要体现。我国著名博物馆学家甄朔南先生曾指出:"学校教育特别是中小学教育主要是义务教育,带有一定的强制性,教育程度的高低又是衡量一个人社会地位的条件之一,带有一定的功利性。博物馆教育是潜移默化的非强制性教育,通过参观展品启发出来的学习动机与兴趣体现了教育即'教'与'化'的精髓,博物馆教育与中小学校教育不应为'配合'而是'互动'"。美国著名的探索馆馆长欧本海默(Frank Oppenheiiller)也主张博物馆"不是学校的延伸,也不是为辅助学校而建立的","博物馆最该做的应该是提供儿童一些不同于学校的真实体验。"美国博物馆协会编的《21世纪博物馆》一书中也指出:"博物馆与学校之间的合作关系不应该单方面只考虑学校的需求,也要考虑博物馆独特的教育功能来设计教育活动。"可见,现代城市博物馆资源与学校教育资源的有效融合问题已受到国内外博物馆的组织者和学术界的关注。然而,在国内关于现代城市博物馆和学校教育关系的研究成果中,大多数研究仅以讨论现代城市博物馆资源对学校教育资源的单向贡献为主,而对两种资源的双向互益研究以及学校教育对现代城市博物馆的资源反哺问题缺乏足够的重视。因此,本文结合当前现代城市博物馆的社会使命,从一个新的视域——资源作为切入点,以天津博物馆 2004 开馆以来开展的"博物馆与学校教育联动计划"实践活动为案例,总结天津博物馆与学校教育的资源融合的特征和趋势及其凸显的问题,进而为探索现代城市博物馆与学校教育的有效合作模式提供参考依据。

二、现代城市博物馆与学校教育资源相互开发与利用的理论基础

资源是人类赖以生存的物质基础,是人类进行生产和创造财富的源泉,人类的任何活动都离不开资源。学校教育是受教育者在各类学校内所接受的各种教育活动,是教育制度重要组成部分。一般来说,它包括初等教育、中等教育和高等教育。作为对受教育者身心发展具有重要影响的社会活动,学校教育需要充分利用各种社会资源,节约成本,保证学生全面、健康地成长。国际博物馆协会在 1974 年于哥本哈根召开的第十一届大会上规定:"博物馆是一个不追求盈利,为社会和社会发展服务的、公开的永久性机构,对人类和人类环境见证物进行研究、采集、保存、传播,特别是为研究、教育和游览的目的提供展览。"这个定义充分表明,教育功能是博物馆的主要功能之一。纵观现代城市博物馆的发展过程,它作为一种重要的社会资源,在学校教育过程中发挥了重要的作用。与此同时,现代城市博物馆也需要社会资源的融合,推动现代城市博物馆的建设与发展。学校作为具备丰富社会资源的机构,为现代城市博物馆的教育服务工作提供了各种有力的支持以及有益的反馈,促进了现代城市博物馆教育服务质量和水平的提升。

三、天津博物馆与学校教育互动发展的实践探索

天津作为中国四个直辖市之一,是中国北方的经济中心,国际港口城市,生态城市。天津市位于环渤海经济圈的中心,是中国北方最大的沿海开放城市、近代工业的发源地、近代北方最早对外开放的沿海城市之一、我国北方的海运与工业中心。天津博物馆坐落于天津市河西区友谊路与平江道交口的银河广场,是一座大型历史艺术类综合性国家一级博物馆。作为城市博物馆的典型代表,天津博物馆与学校教育互动的实践经验,能为国内外城市博物馆提供一定的借鉴。

1. 关注青少年素质教育,实现"教学相长"

我国学校教育历来存在重智育轻德育、重课堂教学轻社会实践的弊端,在此背景下,国家提出了加强青少年素质教育的全新教育理念。素质教育是以全面提高人的基本素质为根本目的,以尊重人的主体性和主动精神,注重开发人的智慧潜能,注重形成人的健全个性为根本特征的教育。天津博物馆自建馆以来,一直致力于青少年素质教育,并把辅助青少年素质教育纳入"博物馆与学校教育联动计划"的整体目标。

天津博物馆每年以冬令营形式开展了多种多样的教育活动,有力地促进了参与活动的青少年在德智体美等方面素质的提高。例如,以"走进文物,感悟历史"为主题的冬令营不仅丰富了学生们关于历史、文物等方面的知识,还提高了学生的动手能力;在"天津孩子知天津,我做小小讲解员"为主题的冬令营中,我们把《中华百年看天津》大型历史主题展览变成了学生们立体的"教课书",制作杨柳青年画、学写书法、绘制脸谱等一系列极具博物馆特色的活动,不仅满足了孩子们的好奇心,丰富了他们关于历史、文物等多方面的知识,提高了学生们动手操作的能力,还增强了他们的团队合作意识。通过"我做小小讲解员"环节,对学生进行了普通话、形体、讲解技巧等专业培训,锻炼了青少年当众讲话的勇气和语言表达能力;"赏国宝 爱祖国"的主题冬令营则提高青少年学生对艺术品的鉴赏能力以及对中华文化的理解能力,增强自信心与民族自豪感。

在将博物馆的教育资源向青少年输出的过程中,博物馆的工作人员担当了临时的"专业教师",他们作为这项教育的具体执行者,为博物馆和学校的资源流动起到重要的桥梁作用。通过"专业教师"的"教学",宣传了我国的民族知识和民族政策,使观众了解到蕴藏在文物背后丰富的民族文化内涵。值得一提的是,临时的"教学经历"不仅对博物馆的"临时教师"的精神生活产生了积极的影响,而且对他们的个性发展、行为发展、能力发展等综合素质的提高都具有促进作用。"教师"们普遍反映,这些素质教育活动使自己的道德素质得以全面提升,社会责任感得以增强,还在实践中增长才干。

2. 联动高校,实现资源互补

高等教育是培养高级专门人才的社会活动,在国家经济建设、科技进步和社会发展中发挥了关键作用。然而,随着高等教育从精英教育向大众化教育转型,高校规模日益扩大,高校规模与教学质量之间出现了矛盾冲突。在高校快速发展过程中,各种教育资源短缺,特别是教学硬件建设滞后,严重制约高校教学质量水平的提高。充分利用各种教育资源是解决高等教育质量和数量矛盾问题的有效途径之一。

天津博物馆在制定"博物馆与学校教育联动计划"的过程中,始终考虑如何更好地发挥天津博物馆的教育职能,充分体现天津博物馆的社会公益性,同时也就如何利用高校的知识信息资源、人力资源、硬件资源优势,以完善天津博物馆自身的建设展开了多方面的思考。

从 2005 年开始,天津博物馆先后与我市的天津大学、南开大学、天津师范大学、天津城市建设学院、天津美术学院等多所高校开展联动。例如,2005 年,天津博物馆联合开展了"激昂青春志,传承爱国情"活动,天津博物馆青年讲解员和天津大学的学生共同学习和讨论了"中华百年看天津"展览中表现中国共产党革命活动的"红色风暴的雷鸣"部分的内容,这次活动进一步加深青年人对祖国历史的了解,激发了爱国热情。2008年,天津博物馆将百余幅大型5.12抗震救灾图片送进了天津市城建学院并与大学生一起回顾一幕幕感人瞬间,一个个生命奇迹,无数刻骨铭心的场面,感受抗震救灾中凝聚的爱心和人性的光辉。2009年,天津博物馆还携手南开大学东方艺术系联合开展了"丝绸之路艺术巡礼"艺术沙龙活动,为广大学子深入了解敦煌文化,欣赏石窟艺术提供了一个很好的学习机会,也为博物馆与高校之间搭建了一个学术交流的平台。

通过天津博物馆与天津高校联动,天津博物馆工作人员和大学生强烈感受到资源互补能带动双方的共同发展。大学生通过博物馆工作人员的讲解,直观感受文物,真实体验历史、文化体验,扩大学生的学习空间,提升了学习热情,补充学校在教学资源上的不足。而博物馆工作人员通过与具有扎实专业理论功底和较高学术水平的师生的交流,充实了专业理论知识,加强了对文物的理解和感悟,为更好地传播博物馆文化奠定基础。

3. 建设形式多样的基地,实现资源增值

当前,在全球资源有限的情况下,世界各国都在思考如何实现资源的可持续发展。可持续发展的概念最先是在一九七二年在斯德哥尔摩举行的联合国人类环境研讨会上正式讨论。1980年国际自然保护同盟的《世界自然资源保护大纲》:"必须研究自然的、社会的、生态的、经济的以及利用自然资源过程中的基本关系,以确保全球的可持续发展。"1981年,美国布朗(Lester R. Brown)出版《建设一个可持续发展的社会》,提出以控制人口增长、保护资源基础和开发再生能源来实现可持续发展。中国政府于1992年首次把可持续发展战略纳入我国经济和社会发展的长远规划。可持续发展的核心是发展,这就告诉我们,仅仅考虑合理利用资源是不够的,我们还要实现资源的增值。天津博物馆在实施"博物馆与学校教育联动计划"时也充分考虑到如何在互动中促进双方的共同发展。

天津博物馆一直把共建教学实践基地当作天津博物馆走进学校的一项重要举措,天津博物馆先后与天津师范大学、南开大学之和天津美术学院等三所高校了教学实践基地,利用自身文物收藏的优势为学校提供教学素材,搭建了学生与博物馆专家进行交流的平台,并为广大高校学生提供了学以致用的机会。高校大学生也配合天津博物馆进行藏品文字与影像资料的整理与制作工作,高校博物馆学的知名专家与天津博物馆开展每两年一次的学术研讨会,为天津博物馆营造高层次的学术氛围,带动了科学研究。天津博物馆还与天津外国语学院的魅力中文社共同创建了留学生社会志愿服务基地"魅力"基地,将外国留学生融入到中国志愿者当中,通过基地和中外支援者的努力,搭建起了一座中外文化交流的桥梁。

4. 天津博物馆与学校教育资源流动中存在的问题

天津博物馆与学校教育在资源流动过程中,也暴露出一些问题。通过对参与活

动的各学校学生以及天津博物馆的工作人员的访谈调查发现,主要存在以下几个问题:

(1)天津博物馆的教育主体的知识结构有待完善

在活动实施的过程中,博物馆的人员构成主要以讲解员和宣传部门的工作人员为主,他们虽然对文物本身所包含的历史文化较为熟悉,但在知识的全面性和理解深入性上有所欠缺,整个活动中还明显缺乏具有深入了解的科研人员。

(2)宣传不够

整个活动计划以及每一次具体的活动的宣传动员不够,虽然宣传部门按照天津博物馆上级部门要求,成立了宣传小组,但是,在活动宣传动员中还是参差不齐的,有的活动抓得很紧,制定了相关计划,定期进行宣传动员,而有的活动相对较松,在计划的落实方面还不够。

(3)相关部门的协调工作有待加强

"博物馆与学校教育联动计划"实践活动的组织管理不仅仅牵涉到天津博物馆和学校两类单位,而是一个需要多部门配合的复杂工程,不可避免地会出现某一环节的脱节现象。

(4)互动方式单一和低效

随着计算机技术和网络技术的日益成熟,在20世纪90年代末期开始,博物馆的信息化是迅速发展起来,形成互联网博物馆(又叫虚拟博物馆和数字博物馆)。它在很大程度上改变中国博物馆传统的传播手段。网络教育所拥有的信息的丰富性、传播的便捷化、表现的多样化、交流的互动性、时空的无限制性等特点,为博物馆与学校的资源互动提供了便利条件。然而,在天津博物馆与学校的联动实践中,互动的形式较为单一,仍是以讲解为主,从而制约了资源流动的效率。

四、博物馆与学校教育资源增值的有效模式构建

基于上述分析,本文认为博物馆与学校教育应以整合资源为方向,以合作为核心,以相关组织协调配合为基础,以利用科技手段为保障,以媒体宣传为契机等方面来构建博物馆与学校教育资源增值的有效模式。

1. 资源整合能优化博物馆和学校的资源配置。资源整合是系统论的思维方式,是符合可持续发展的理念的一种战略方向,我们要通过组织和协调,把两个机构内部彼此相关但却彼此分离的资源整合成一个为有机的系统,取得"1+1大于2"的效果。

2. 合作是实现博物馆与学校教育的载体,没有合作也就不存在资源的融合。两个机构应创造良好的相互学习的条件,促进博物馆的资源与学校的资源更紧密、更深入地结合起来,实现双方共同发展。

3. 博物馆与学校教育资源融合的实践操作是一个复杂的工程,需要遵循"政府牵头,多方参与、周密规划、积极配合、全力全策"的原则,需要整个文化系统、教育系统等高度重视,加强组织协调,为博物馆与学校教育资源融合与增值建立了良好的组织管理保障。

4. 计算机数字化技术、网络技术、虚拟现实技术、多媒体技术等都是数字博物馆建设的重要核心技术,这些新技术的开发和采用是博物馆文化有效传播的保障。充分利用互联网及各种新闻媒体为博物馆与学校教育的互动做宣传,进一步扩大受众的范围,使博物馆的教育资源得到淋漓尽致的发挥。

参 考 文 献

[1] 甄朔南:《论博物馆的展示与中小学校教育的互动》,《甄朔南博物馆学文集》,中国大百科全书出版社,2004。

[2] 张浩达等:《实践中的数字博物馆构成模式研究》,北京:中国传媒大学出版社,2007。

[3] 张妮佳,张剑平:《现代大教育观下的数字博物馆》,中国博物馆,2006,3。

[4] 王宏均主编:《中国博物馆学基础》,上海:上海古籍出版社,2001。

[5] 宋家慧,杨旭光:《浅议如何提升博物馆的社会教育功能》,博物馆研究,2009,1。

[6] 严建强:《博物馆的理论与实践》,杭州:浙江教育出版社,1998。

[7] 宋向光:《博物馆教育工作应促进观众"与自我完善"》,中国博物馆,1995,(2)。

汇聚人文精粹　彰显城市关怀

——浅谈城市博物馆在缔造美好城市中的贡献

程　玲*

（厦门市博物馆,福建 361000）

[摘　要]　城市是迄今为止人类最重要的生活场所。所谓美好城市,就是能让人们生活得幸福美满的地方,人文关怀是美好城市的灵魂。在国际城市化进程加速的大背景下,城市博物馆界应承担更大的社会责任。"注重人文关怀,缔造和谐城市"已经成为城市博物馆界的主流意识。博物馆正以其独有的资源和方式将人文关怀惠及大众,为缔造美好的城市生活作贡献:记录市民记忆,还原城市历史,提升老市民对城市的认同感和归属感;传承移民文化,增进文化对话,化解城市移民的身份认同危机;作为公众的"文化绿洲",缓解都市人的情绪危机,提升幸福指数。

[关键词]　城市博物馆　美好城市　人文关怀

Wonderful Cultural Heritage and Humanistic Care in City Museum
—The Contribution of the Museum to the Creation of a Wonderful City

CHENG Ling

Abstract：So far, city has become the most important life area for human beings. A wonderful city is the place where people can live a happy life, humanistic care is the soul of it. Through the process of global wide urbanization, city museum should assume great social responsibility. "Pay attention to humanity, to create a harmonious life" has become

---

* 程玲,厦门市博物馆宣教部主任。

CHENG Ling, Director of public relations and Education，Xiamen Museum.

the mainstream of community awareness of the city museum. Museum benefits the public with its unique resources, which makes contribution to create a wonderful city life. It records public memories, restores the history of a city, upgrades the old people's sense of identity and sense of belonging to the city. Museum also inherits cultural heritage of immigration, promotes cultural communication, and resolves identity crises of urban migration. As the "cultural oasis", museum eases the citizen's emotional problems, raises the happiness index.

Key words：City museum，Wonderful city，Humanistic care

二战以来，国际城市化步伐加快，城市人口急剧膨胀。"城镇人口由 1950 年的 7.24 亿增加到了 20 世纪末的 30 亿左右；世界各国的城市数量急剧增长，至 2000 年，全世界人口超过 100 万的大城市已达 325 个，超过 1000 万人口的超大城市有 20 多个。"[1]城市已经成为迄今为止人类最重要的聚居地，因此，城市发展受到高度重视。什么样的城市是美好的，如何建设更加美好的城市已成为当下热烈讨论的话题。在城市化推进的大背景下，城市博物馆在世界各地蓬勃发展起来，博物馆人普遍意识到城市博物馆应承担更大的社会责任，为建设宜居城市发挥更大作用。在此，笔者希望讨论三个问题：第一，什么样的城市是美好的；第二，城市化背景下博物馆的主流意识；第三，城市博物馆如何将人文关怀惠及大众。

一、人文关怀：美好城市的灵魂

城市的出现是为了满足人们的需要，城市发展的意义在于为人类提供更好的生存空间，正如两千多年前古希腊哲人亚里士多德所言："人们来到城市是为了生活，人们居住在城市是为了生活得更好。"好的城市是对人的回应，换言之，美好城市应该让市民享受美好的生活，更具体些，美好城市应该如联合国人居组织在《伊斯坦布尔宣言》中所定义的那样："必须成为人类能够过上有尊严的、健康、安全、幸福和充满希望的美满生活的地方。"

美好的生活并不是单单依靠丰厚的物质和完备的设施就能够实现的，因为"美好"是一种心灵体验，这种心灵体验并不是单纯建立在丰富的物质刺激之上，也不是短暂、畅快的消费活动能够长期维持的。尽管完备的设施和一切无微不至的服务是一所健全的国际大都市所必须具备的，但美好城市的定位并不仅限于此，它应该有灵魂，有一种涌动在城市每个角落的温暖，这就是人文关怀！人文关怀是"对人的生存状态的关注、对人的尊严与符合人性的生活条件的肯定，对人类的解放与自由的追

厦门市博物馆外观

求。一句话,人文关怀就是关注人的生存与发展;就是关心人、爱护人、尊重人。"[2]一个充满人文关怀的城市可以让每个栖居于此的人觉得生活是充实而美好的,令人对生活满怀期待和热情,所以说,人文关怀是美好城市的灵魂。

当今的城市还不那么"完美"。虽然城市建设已取得很大成绩,但城市化进程并不是一曲美妙的乐章,跟很多事物的发展历程一样,其中也夹杂着许多不和谐的声音。市民在享受城市文明成果的同时,又难免陷入由城市发展而引发的种种精神危机,比如自我身份认同感的缺失,城市归属感减弱,幸福指数下降,压力,紧张、困惑、焦虑、绝望等消极情绪蔓延……化解都市人的精神危机必须倾注人文关怀,这也是缔造美好城市的关键之所在。

二、"注重人文关怀,缔造和谐城市"成为城市博物馆界的主流意识

博物馆是社会公益性的文化机构,其存在的价值在于为社会及其发展服务,博物馆事业伴随着社会生产和生活的发展而发展,"为了适应社会发展变化,博物馆不断扩展自己的服务功能,开拓新的领域服务于社会。"[3]在全球城市化进程急剧加速这一大背景下,城市博物馆界普遍感到社会责任日益重大,认为博物馆应该在城市建设中发挥更积极的作用。近年来博物馆界越来越关注城市变迁,积极主动参与城市文化建设,服务意识也在不断增强。2005年4月城市博物馆征集与活动国际委员会(CAMOC)在莫斯科会议上成立,成为国际博物馆协会专业委员会的最新成员,该委

员会旨在为城市和城市博物馆事业服务。2006 年 CAMOC 在波士顿召开了以"城市博物馆：了解城市生活的门户"为主题的成立大会[4]，来自世界各地的博物馆人纷纷就"博物馆与城市的关系"这一中心议题发表看法，与会者认为：博物馆的宗旨在于为社区服务，倾听他们的文化抱负；博物馆的任务之一在于"激发市民对博物馆围墙之外城市及世界的好奇和探索之心"[5]；博物馆在捍卫文化多样性，避免隔离，防止冲突中扮演重要角色。在会议之外，还有学者提出"博物馆不仅关心物，更关心人，人的因素是衡量一个博物馆能否实现其终极目标最基本的标准"[6]；英国著名博物馆学者 Stephen·Weil 则认为博物馆运行的最终目的是改善人民的生活质量，这也是博物馆寻求公众支持的基础，他认为博物馆的价值在于它："使个人的生活质量发生积极的改变，它可以通过诸多有意义而且完全不同的途径丰富我们社会的公共福利。"[7]

这些观点无不体现着博物馆人对人的生存状态和社会地位、人的进步需求、生活条件保障的关注；对人的价值、命运和尊严的关切；对理想人格的肯定及塑造；对人类的解放与自由的追求，由此可见注重人文关怀已经成为当代城市博物馆界的主流意识，博物馆人不仅把城市博物馆当成理性的知识殿堂，更致力于将城市博物馆建设成充满人文关怀的魅力场所，聆听公众心声，满足公众需求，让栖居在城市的人们能过上美好生活，缔造和谐美好的城市。

三、城市博物馆如何化解精神危机，突显"人文关怀"

1. 城市博物馆记录市民记忆，提升市民对城市的认同感

随着城市化浪潮的推进，大规模城市改造工程上马，长期居住在城市里的老市民看着熟悉街道、社区被一点一点改造，浸透着城市记忆的生活环境就快消失殆尽，城市变得越来越陌生。首都博物馆的一位老先生曾要起诉北京市政府，他的理由是："城市改造使他所有的生活痕迹都在拆迁中消失了，这种改造拆毁了他的记忆，所以他认为这应该算是一种精神迫害。"[8]这种说法虽然有些夸张，但在一定程度上反映市民对建设中的新城市的排斥。城市大范围的拆迁和改造导致市民的自豪感和认同感随着城市记忆的消失而迅速流失。

博物馆的功能之一是记录和保存历史。过去，城市博物馆记录的重点是城市发展史上的重大事件、名人事迹等，收藏的是具有重要历史、科学、艺术价值的城市文明的物证[9]，而普通群众的历史被置于次要位置，甚至被忽略。博物馆总是那么一本正经，高高在上，始终与人保持着距离。现在，城市博物馆加大了对广大平凡民众的关注，将许多个性鲜活而又富有时代性的市民记忆记录下来，把市民对城市的印象存留在博物馆里，努力培养市民对城市的感情。以首都博物馆为例，该馆紧扣时代脉搏，先后推出"京城旧事：老北京民俗展"、"城市记忆：百姓之家"、"都市发声：北京的声

音"等展览。其中固定陈列"城市记忆:百姓之家"通过模拟60至90年代普通家庭的生活场景,展示具有鲜明时代特征的日常用品,比如和面盆、茶缸、信报袋、电唱机等,让市民在睹物忆事的同时,回顾家的变迁和城市环境、人文脉络的传承和提升,找回失落的记忆;临时展"都市发声:北京的声音"则另辟蹊径,收集并播放百姓熟悉而又日渐消失的各种声音,如有轨电车的咣当声、中轴线上晨钟暮鼓声、"磨剪子、抢菜刀"的吆喝声、各种摊货的叫卖声、重大庆祝活动的锣鼓声、天桥艺人撂地卖艺的表演声、白云观里朗朗的诵经声⋯⋯通过这些声音来反映千千万万个市民的个人生活经历和自身体验,让城市的面貌变得亲切而熟悉;"京城旧事:老北京民俗展"在展览内容设计上别具匠心,将最贴近生活的人生礼俗,巧妙地浓缩在老北京的一户"胡同人家",以一位"老北京"的回忆自述,串连起人生礼俗的种种事项。许多市民在参观后感触良多:"这些展览,在我小的时候,都是身边发生的故事呀,我太熟悉了,勾起了我好多的回忆哦"、"这婚房的布置,我听母亲说过,她结婚时就是这样。"[10]

厦门地方历史陈列——"闽海屏藩"场景

　　城市博物馆充分利用自己的资源,发挥收藏、展示功能,推出一系列市民喜闻乐见的主题展览,介绍城市的风土人情,再现市民熟悉的城市生活场景。博物馆使城市的历史变得鲜活,唤起市民的童年记忆,令市民认同这个文化氛围,融在这个文化氛围里,感到这座城市属于自己,而自己也属于这座城市。

　　2. 城市博物馆传承移民文化,提升城市移民的自我身份认同感

　　在全球化的今天,人口和资本的流动越来越普遍,因而几乎每座大城市都存在大批移民群体,他们怀着对"美好生活"的期待来到城市,却发现他们的"城市梦"并不是那么美轮美奂。一方面他们已远离自己的原生地,尤其是移民二代,对家乡的历史和文化缺少感性认识,与祖籍地的感情淡薄;另一方面,基于文化差异,民族主义和狭隘地方主义等多种原因,很多移民不被当地人所接纳,他们仅仅是生活和工作在城市,但在身份和精神层面上还没有真正融入城市。这种长期生活在夹缝中的处境令城市移民普遍陷入一种身份认同的困惑:"我究竟是谁? 我的身份是什么?"这种认同的失落与冲突是当今移民城市所面临的共同危机。让"城市移民"获得身份上的自我认同以及他人的承认与尊重,将是城市和谐发展的基础[11]。

城市博物馆作为人类历史和文化的"记忆殿堂",有满足公众自我认识,保障历史文化延续和促进社会和谐发展的文化教育作用,"被世界各国公认为课堂之外最好的文化认同教化场所。"[12]城市博物馆自觉承担起向社会宣传移民文化,呈现文化多样性,增进各文化间的理解和宽容的责任。世界上许多国家都有移民博物馆,以澳华历史博物馆为例:该馆通过各种方式展现"澳大利亚早期华人移民的创业历程、文化传统、种族关系和历史功绩。"[13]该馆的工作取得了很大成效,一方面为澳洲华人移民及其后代提供了寻根溯源的平台,另一方面让澳洲社会理解和尊重澳洲华人的文化身份、文化差异和社会价值,认可华人移民为当地经济、文化发展所做的贡献。

除了跨国移民,另一种性质的移民——劳务工也是博物馆关注的对象,比如深圳、台湾高雄[14]等地纷纷建立劳务工博物馆。深圳劳务工博物馆里陈列着曾经使用过的电器装配生产线、纸质泛黄的"宝安县临时居住证"、影片、书籍等与劳务工有关的史料[15],该博物馆典藏和展现着属于社会底层劳动大众的生活与文化。这种陈列一方面宣传广大劳务工对城市经济社会发展做出的贡献,将劳务工的记忆纳入城市

闽台古石雕大观室内展区

历史,为城市劳务工赢得社会公众的尊重提供了平台,另一方面让劳务工后代看到父母亲或祖父母辛勤工作场景,找到对长辈的尊敬和自我身份的认同,增强劳务工的家园意识和归属感,激发他们开拓奋进的热情,促进社会和谐。

3. 博物馆作为"文化绿洲",缓解情绪危机,提升幸福指数

快节奏的都市生活、激烈的社会竞争、沉重的工作压力、物欲横流,繁华喧嚣的社会环境城里人变得冲动、焦虑、紧张、疲惫、压抑、浮躁,变得物欲膨胀、功利、世俗、冷漠。精神的安宁和满足似乎与他们无关,心理疾病困扰着越来越多的人,《2001年世界卫生报告》公布"心理障碍或精神疾病抑郁症目前已成为世界第四大疾患,到2020年可能成为仅次于心脏病的第二大疾病。"[16]城市人的情绪危机已经成为一个无法回避的问题。我们要缔造美好城市就必须关注市民心理健康,激发人的精神满足感,提升城市生活的幸福指数。

博物馆是人类文明的宝库,是一个城市重要的文化资源,它收藏着城市文明的珍贵遗产,这些遗产是人类文明发展历程的见证,是历代人民智慧的结晶。博物馆藏品不同于当下流行的通俗、媚俗的快餐文化,它包含重要价值,具有高层次品味,能产生一种升华了的文化影响。博物馆将这些文化精粹展示在世人面前,为公众创造了一个可供其丰富知识、陶冶情操、修身养性、放松身心的文化休闲空间。如厦门市博物馆的四大基本陈列之一:《闽台古石雕大观》展出古石雕文物一千余件,讲述福建石雕文化传承发展的过程,弘扬悠久的石雕文化。为了避免枯燥乏味,设计者改变了常规的文物陈列模式,将整个陈列划分为室内和露天两个展区,把较大型石雕设计放置于博物馆前的广场,并按石雕构建的功能模拟了农家石磨、豪宅庭院、祖先崇拜、古炮台等场景,为公众提供一个直观上认识各种石雕功能的机会,露天展区还复原了"20世

闽台古石雕大观室外展区

纪 50 年代的榨糖石碾、打石臼、古井取水、练功石等"[17]互动场景,既可供成年观众亲手操作、体验,也可以让小朋友嬉戏玩耍。每逢节假日,露天石雕陈列都能吸引大批市民来此参观学习、休闲娱乐。厦门博物馆的这种陈列模式做到了"寓教于乐",不仅宣传和弘扬了源远流长的石雕文化,充实了观众的知识;而且展示大量精美绝伦的石雕艺术品,给观众带来美的享受,这对迷失在媚俗文化漩涡中的人们的心灵是一种涤荡;还提供了休闲娱乐的设施,让市民从紧张局促的城市节奏中解放出来,获得难得的快乐和悠闲。这里是市民在紧张忙碌中所拥有一片"精神绿地"和"文化小岛",是充满人文关怀的场所。

参 考 文 献

[1] 饶会林主编:《城市文化与文明研究》,高等教育出版社,2005 年,第 1 版,第 1 页。

[2] 陈燕侠、孟晓:《新闻报道与人文精神的构建》,《应用写作》2002 年第 7 期,第 31 页。

[3] 吕建昌:《博物馆与当代社会若干问题的研究》,上海辞书出版社,2005 年第 1 版,第 8 页。

[4] 联合国教科文组织:《国际博物馆》第 231 期,译林出版社,2006 年,第 5 页。

[5] 塔季扬娜·戈尔巴乔娃:《城市博物馆及其价值》,《国际博物馆》第 231 期,译林出版社,2006 年,第 57 页。

[6] 杨玲、潘守永主编:《当代西方博物馆发展态势研究》,学苑出版社,2005 年,第 1 版,第 14 页。

[7] 维多利亚迪肯森:《历史,民族特征与公民意识:多民族国家中历史博物馆的职责》,《国际博物馆》第 231 期,译林出版社,2006 年,第 28 页。

[8] 舒可文:《城市:关于城市梦想的叙述》,中国人民大学出版社,2006 年,第 2 页。

[9] 宋向光:《城市博物馆:市民的记忆与发展资源》,《物与识:当代中国博物馆理论与实践辨析》,科学出版社,2009 年,第 78 页。

[10] 缪礼东:《首博新馆:老北京民俗展回味无穷》,引自 http://www. beijing2008. cn/67/63/article211996367. shtml.

[11] 章仁彪:《全球化时代,城市如何让生活更美好》,《解放日报》2009 年 7 月 12 日。

[12] 安红坤:《对多元文化背景下博物馆如何处理文化认同冲突的思考》,《理论界》2009 年第 4 期,第 87 页。

[13] 晓宁:《澳大利亚华人历史博物馆》,《华侨华人历史研究》,1986 年第 1 期,第 31 页。

[14] 史卡利:《平凡人的非凡历史——高雄市劳工博物馆真实记录庶民人生》,《高雄画刊》,2010 年 1 月 7 日。

[15] 黄伟:《深圳劳务工博物馆已成为当地"文化拼牌"》,《南方日报》,2009 年 4 月 14 日。

[16] 朱博:《抑郁症成为全球第四大疾患,及时关注自身不良情绪》,《京华日报》,2010 年 1 月 13 日。

[17] 赵庆生:《厦门博物馆"闽台古石雕大观"》陈列设计思维漫谈,《文物世界》,2008 年第 4 期,第 64 页。

礼仪中的娱乐

——浅谈博物馆与城市文化的关系

王晓春*

（深圳博物馆，广东 581026）

[摘　要]　随着当代博物馆事业的不断发展，城市博物馆对于城市的文化意义越来越为重要。它不仅是一座城市的文化记忆库，更是城市文化发展的方向标，展示了其核心价值和最新成果。博物馆已经成为现代化城市的公共文化服务体系中极为重要的一个环节，为城市公民提供了一个提升文化修养、进行终生学习和休闲娱乐的公共空间。本文旨在通过对城市博物馆的考察，探讨如何以城市博物馆的发展来提升公共文化品味和树立城市文化形象，并探讨博物馆自身功能的发挥如何满足市民的文化诉求，以及当今的城市博物馆对唤醒社会的传统文化意识、建立和谐的道德秩序应该有怎样一种文化承当。

[关键词]　城市博物馆　城市文化　公共娱乐

The relationship between the city museum and urban culture

WANG Xiaochun

Abstract：With the continuous development of the cause of the contemporary museum，the significance of the museum to the city is increasingly important. It is not only a city's cultural memory bank，but also the direction of the development of the city's cultural，which demonstrating its core values and the latest results. The museum has become an extremely important aspect of a modern public cultural service system of the city，and it provides a good enrichment for people to enhanced cultural，lifelong learning and make them to relex. This paper aims to explore how the City Museum enhance the development of public cultural tastes and to establish the image of urban culture；and to

---

* 王晓春，深圳博物馆馆员。

WANG Xiaochun，Shenzhen Museum.

explore how the function of the museum's own play to meet people's cultural aspirations, today's City Museum of wake-up social traditional cultural awareness, building a harmonious moral order, what should be a cultural.

　　Key　words：Urban museum, Urban culture, Common entertainment

　　从公元前 4 世纪亚历山大港的缪斯庙（Mouseion），到 17、18 世纪欧洲逐渐开放的世界第一批具有现代意义的公共博物馆，时至今日，当代博物馆事业对传承人类文明起到了越来也重要的作用。博物馆已经日益成为一个国家、一个地区乃至一个城市的历史文化和现代文明的形象代表。回首中国百年博物馆发展史，我们感到中国的博物馆事业发展非常迅速，这不仅仅体现在数量和规模上，也反映在博物馆社会文化功能的转变上。国家文物局副局长董明康曾指出："建设好博物馆，充分发挥博物馆的社会功能，是保护、弘扬祖国文化和自然遗产，展示国家或本地区、本民族优秀文化和文明成果的最佳手段，也是提高全民族科学文化素质的有效途径。"[1]目前，中国博物馆总数已经超过 2300 座，免费开放的博物馆纪念馆总数也已经达到 1300 余座，21 世纪初定将成为中国博物馆事业发展的又一高峰。在如此高涨的博物馆建设热潮之中，我们也不可回避许多问题：随着中国城市化运动的深入，城市文化程度高低越来越成为衡量一个城市发展成功与否的重要标准。城市博物馆作为城市软实力建设的热门项目，已经成为当下提升城市文化品位和形象的代表性设施之一。然而，博物馆能否体现出一座城市的文化精神内核，它能否成为市民找寻集体文化记忆的最佳殿堂，以及它应该对城市文化发展和公众生活产生怎样的作用等等。本文中所称的城市博物馆，一般指以展示所在城市的历史文明和文化艺术为主的地志性博物馆。而所谓城市文化，则是一种有信息社会特点、能体现人类文明生活的主体形式和人类自身价值观最高水平的区域性文化。基于这两个概念的范围界定，笔者认为城市博物馆对城市文化的承当应从如下三方面进行探讨：

一、城市博物馆与城市文明

　　2009 年 11 月，中国博物馆学会城市博物馆专业委员会在重庆三峡博物馆召开了第一届学术年，并以"城市及其记忆"为主题，围绕"城市历史文化遗产在城市发展中的地位和作用"、"如何保存城市记忆"以及"城市博物馆在保存城市记忆中的角色"等问题进行了交流探讨。所谓"城市记忆"，系指城市在形成和发展中所创造出的城市文明和历史痕迹。它是一座城市的自身文化得以延续和创新的基础，也是城市精神的内核所在。城市博物馆的产生，其主旨即在于收藏和研究这些城市文明的碎片，并通过科学的展示让公众对城市历史有所认知和体验。

城市博物馆之所以诞生，是因为城市需要它来保存自己的记忆，保存自己的文化之根。[2]以深圳博物馆为例，其基本陈列主要展示深圳城市发展的历史渊源，包括介绍深圳 6000 多年的人类开发史和海洋经济发展史、1700 多年的城市史、600 多年的海防史、悠久的广府民系和客家移民史。同时也详细展示了深圳改革开放三十多年来所经历的巨变。通过参观深圳博物馆的展览和体验博物馆的活动，市民就会对城市自身的发展历程产生深刻的印象。当然，这其中有一个非常关键的基础就是博物馆对城市历史文明的解读是以真实文物和科学研究为根据的，无论从展品的利用还是从陈列设计的角度都是以最接近真实感觉的方式将历史呈现给观众，让观众在一种客观真实的氛围中作出自己的理解和判断。笔者认为这也是城市博物馆工作需要时常解决的难点所在。

当一座城市博物馆成为公众心中最可信赖的记忆殿堂时，博物馆自身的话语权就会相应地扩大，而由此带来的文化责任和公众期许也会相应增加。本着对历史的尊重和学术研究精神，城市博物馆展览不可能成为城市的政治宣传工具，而是以博大的文化视野和人文关怀来阐释城市文明的历史过程和自身特征，藉此展现这座城市的独特魅力和文化风尚。从这个意义上说，城市博物馆作为城市历史文明的守护者和保存者，需要不断地激活这些文化记忆，因为这是一座城市文化发展的动力源泉，也是城市文化精神的根。

二、城市博物馆的公共教育与大众文化

2007 年 8 月 24 日，国际博物馆协会在维也纳召开的全体大会通过了经修改的《国际博物馆协会章程》。根据章程，修订后的博物馆定义是："博物馆是一个为社会及其发展服务的、向公众开放的非营利性常设机构，为教育、研究、欣赏的目的征集、保护、研究、传播并展出人类及人类环境的物质及非物质遗产。"相比之前的定义，博物馆把教育职能提升到第一位，并且关注到了非物质文化遗产。博物馆教育是一种不同于校园和培训式教育的公共文化服务，它既没有固定的课时和授课方式，也没有任何学习监督和评测。在博物馆里，观众得到的是多元化的信息。参观者通过身体移动，使自己在展览空间中获得视觉、听觉和触觉上的体验。这种独特的学习方式是任何专业化的教学单位不可取代的。当然，博物馆的教育职能主要集中在博物馆建筑体内的展览及配套服务上。精心陈设的文物展品带给人直观的历史信息；丰富详细的图文解读使人获得足够的阅读信息；装饰精美的展厅环境让人产生参观的愉悦；电脑互动设备则创造了人与博物馆深入交流的空间。随着城市现代文明的飞速发展，大量新的科技应用改变了人的学习和交流方式，博物馆也不能墨守成规，而是要

与时俱进。虚拟博物馆参观借用图像和网络技术将现实中的博物馆陈列数字化,并通过互联网平台传播出去,人们可以足不出户地享受博物馆的陈列展览。同时,由于博物馆藏品和研究信息数字化、公开化,人们将更为详细便利地获得这些信息,这也将成为未来一段时间博物馆向公众传播信息的重要方式。

但是,我们也应该看到中国的博物馆在城市文化中的地位还远远没有欧美国家那样高。这其中除了有博物馆历史发展上的差异外,更主要的是城市文化体系构成的不同。毫无疑问,当今世界已经进入了全球化的时代,跨国、跨地域、跨阶层的文化都在进行着前所未有的交流,我们每天都能通过网络、电视、广播等媒体接触到大量的信息,比博物馆传递出的信息要庞杂得多,更具诱惑力。人们参观博物馆的最初动力源于与生俱来的好奇心,而博物馆正以其广博新奇的藏品吸引着观众。然而,当现代媒体引领大众文化不断进行娱乐消费时,博物馆仿佛被大众文化置于孤冷的境地。目前,中国的大众文化发展呈现出一种无序的状态,容易让人对雅俗的关系产生两极化的判断。以中国城市博物馆而论,至今仍有大量的城市公民对博物馆有陌生感,或者认为博物馆是"玩高雅"的地方,不认为博物馆会给普通百姓带来什么"娱乐"作用;而也有相当的人把博物馆视为一般性的娱乐场所,轻视博物馆的文化价值。其实,笔者认为当下的大众文化正需要博物馆这个很好的平台来纠正一些文化发展上的畸形。因为对于大部分城市居民而言,一座理想的、现代意义的博物馆不仅是奇珍异宝的集中地和收藏所,不仅是脱胎于纯粹学术机构的书斋,也不仅是一般意义上的大众文化设施,更应当是一座城市传统文化的记忆者、新文化创造的发生器和多元文化群体的精神家园。[3] 因此,城市博物馆教育职能的发挥,其意义就在于唤起人们寻找城市文化记忆的好奇,鼓励更多的人接受优秀传统文化的洗礼和熏陶,从而提升大众文化的品味,让城市文化建设更健康有序地发展。

城市化带动了城市博物馆的发展,近些年中国的"城市博物馆运动"似乎预示着中国博物馆事业正在进入一个突飞猛进的发展阶段。但是,随之也产生了一些问题,如盲目建馆、不断增加博物馆硬件建设的投资,而在展览运作上缺乏创新、陈列设计风格趋同等。而片面追求博物馆的纪念碑性容易使人忽视了博物馆真正存在的意义,从而陷入尴尬境地。由此,博物馆作为非营利性的公共文化服务机构,有它自身的文化选择和坚持,不会以流行媒体的娱乐方式去贴近公众;相反,观众在博物馆中所获得的经验信息和感受到的身心愉悦是一种礼仪化的娱乐,是基于一种对城市传统文化的尊重,在开扩心智和洗涤精神中所获得的一种精神快乐。这也绝不是说参观博物馆仿佛是走进教堂一般,而是博物馆更应该借鉴大众文化中的宣传手段,让博物馆更亲近市民的生活,从而使走进博物馆成为一种文化习惯。

三、城市博物馆与城市精神

伴随着中国的城市化运动,许多城市在换以崭新面貌的同时也失去了原有的城市文化面貌,从而变得毫无个性和生机。一座城市特有的历史文化遗迹正是这个城市文明发展的见证,是城市精神的物化体现。过去与现在、传统和现代都是紧紧地纠缠在一起的。过去不可能真正地死去,它必然地会以改变了的形式浓缩在现实和未来中。加入人们一厢情愿地抛弃历史或传统,那结果必然是连带现在和未来也一起被抛弃了。[4]城市精神是城市文化的集中提炼,它对城市公民的道德秩序和文化生活产生极大的影响。城市博物馆作为城市文化的代表之一,从它的建筑、设施和服务上无不体现出这座城市的精神面貌。现代城市文化中的传统性缺失导致许多文化行为的恣纵和无序,这严重影响了市民的文化选择和判断。此时人们会产生向传统道德文化回归和学习的诉求,而城市博物馆正可以提供这个平台,以它所保藏的城市历史文化记忆来唤起人们对文化的重新认知和探索,使城市精神得以在新的城市文化中继续发扬。

但是城市精神不是一成不变的,它需要与时俱进,需要衍生出更丰富的城市文化。而城市博物馆所承当的不仅仅是对城市精神的广布和宣传,更要通过历史文化遗存对其进行深入研究和挖掘。例如自深圳市树立"文化立市"的城市文化发展理念以来,对深圳博物馆的发展尤为重视,使深圳博物馆能够在较短的时间内打造出反映深圳创新、包容和自强文化精神的精品陈列,并受到市民的广泛好评。在此基础上,深圳博物馆仍然坚持学术研究工作,注重在深圳民俗、深圳改革开放建设等方面挖掘这个城市特有的精神内涵。人们正是通过参观深圳博物馆才亲眼目睹了深圳上下几千年的文明史,才真正感受到深圳民俗文化的丰富多彩,才真正体验到深圳改革开放三十年中所经历的艰难困苦。而但凡参观过深圳博物馆的观众定不会认同深圳是"小渔村"、"文化沙漠"的说法,他们感受到的是深圳广阔的文化包容力和不断开拓进取的文化精神。

城市博物馆的发展是城市文化的一部分,而且是不可或缺的一个重要支点。城市博物馆是城市公民的学习、休闲场所,同时也是守护城市精神的家园。在这里,公众的娱乐不再是毫无拘束的盲目宣泄,而是在传统礼仪下的精神欢愉。

参 考 文 献

[1] 董明康:《中国的博物馆事业》,《中国文化遗产》,2005 年第 4 期。

[2] 苏东海:《城市、城市文化遗产及城市博物馆关系的研究》,《中国博物馆》,2007 年第 3 期。

[3] 张文彬、安来顺:《城市文化建设与城市博物馆》,《装饰》,2009 年第 3 期。

[4] 陈立旭:《都市文化与都市精神:中外城市文化比较》,东南大学出版社,2002 年 8 月第 1 版,第 255 页。

关于博物馆为劳务工
提供公共文化服务的思考
——以深圳为例

李胜男 *

（深圳博物馆，广东 518026）

[摘　要]　随着工业化、城市化的发展，劳务工问题成为我国政府面临的最大挑战之一。与以往的侧重管理相比，为劳务工提供包括文化在内的公共服务近年来引起了中央和地方政府的高度重视。博物馆作为重要的公共文化服务主体和平台，它理应在其中发挥重要的功能和作用。但由于种种原因，这种功能和作用目前还不明显，深圳的情况表明，基于劳务工群体本身的特点，政府专门为他们提供的公共文化服务还较少，其接受相关服务的意愿和可能也存在各种障碍。为此，我们应进一步思考博物馆为劳务工提供公共文化服务问题，为博物馆的公共服务功能的发挥以及城市的和谐发展创造更好的社会条件。

[关键词]　博物馆　劳务工　公共文化服务　深圳

Museum Education on the Basis of the
Psychological Characteristics of Children

LI Shengnan

Abstract：According to incomplete statistics，the newborn in Shenzhen amounted to nearly 160,000 in the year 2009. Children，forming a very significant part of this young city，are the future of our country as well as the hope in the development of the city. Their education has become a very important issue to the harmonious development of our city.

＊ 李胜男，深圳博物馆教育推广部。
LI Shengnan，Shenzhen Museum.

Museum education has been receiving more attention recently, but is still rather weak in respect of the education of children. Though some museums launch educational activities for children, due to the lack of specific training on the part of the staff and little consideration given to the psychological characteristics of children when designing and carrying out such activities, the effect of these activities was far from satisfaction. In this article, discussion is made on the basis of pedagogy and psychology about how to carry out museum education aiming at children of different ages with different psychological characteristics and their unique psychological need, with the purpose to spur their interests, promote their capability, and develop their multiple intelligence through games and various activities, so that children will love museums and happily grow up in this city in a close and sustainable relationship with museums.

Key words：Museum, Migrant workers, Public cultural services, Shenzhen

改革开放以来,中国进入了以工业化、城市化驱动的急剧转型期,而由此带来的人口大规模的流动,则构成了中国近 30 年来最为壮观的社会图景。据有关资料,全国进城的劳务工已达 1.5 亿,每年又有 1600 万左右的农村剩余劳动力进入城市,未来十年还将有两亿农民进城就业。庞大的劳务工队伍进入城市工作和生活,在为城市作出巨大贡献的同时,也给城市管理和公共服务带来了前所未有的挑战,其生存状况也影响到中国社会的和谐与稳定。因此,城市政府在劳动、就业、医疗、教育等领域确保劳务工基本尊严的同时,在文化方面也要为其提供必要的公共文化服务,使其更好地融入城市社会,为城市的和谐发展创造社会条件。本文以深圳为例,从博物馆为劳务工提供公共文化服务的角度,对相关问题进行初步的思考。

一、为劳务工提供公共文化服务的必要性

作为我国经济发达地区,深圳的工业化、城市化进程走在全国前列,但由此而引起的社会问题,也一直在全国具有典型意义。就人口而言,据相关统计,目前深圳辖区内的实际管理人口已从特区成立初的 30 万增长到目前的 1400 万以上,其中户籍人口 240 万左右,居住半年以上的常住人口近 900 万,还有近 300 万居住不满半年的流动人口。单以宝安区为例,作为深圳的工业大区,宝安区在过去的发展中,吸引了来自全国各地的大量外来务工人员,外来人员人数长期保持在 500 万以上,超过宝安区人口总数的 90％。可以说,深圳已经成为全国劳务工人口最为集中的地区之一。

由于劳务工人口普遍具有年轻化、知识水平不高、收入水平低和高度流动性等特

点，他们始终是深圳城市治理面临的最大问题。近年来，根据中央关于劳务工在地化管理和在地化服务的相关精神，深圳政府部门对此进行积极应对，努力实现管理与服务并重。如 2008 年起废除暂住证，在全国率先全面推行居住证制度，更公平地为流动人员提供公共服务，流动人员凭借居住证获得分享社会保险、子女教育等城市公共用品的权利，逐步缩小与户籍人员之间的差距，为解决劳务工问题创造了一个良好的基础。

然而在此过程中，一个问题被不同程度地忽视了，这就是劳务工的精神文化生活问题。由于远离家乡、远离亲人而身居城市中的"非熟人社会"，劳务工普遍存在一种身处异乡的漂泊感，孤独、压抑、无聊也是其最显著的精神症候。在现实生活中，他们一方面需要建立起新的社会关系和交往方式，进行"再社会化"，另一方面也迫切需要一种文化生活，在接受"再教育化"以提升自我的同时，文化生活也成为自我慰藉和建立与城市的精神联系的内在需要，成为他们真正融入城市社会的必要性条件。但由于收入的低微和空闲时间的缺乏，使得他们没有现实的可能拥有更多的文化生活。其结果是，劳务工不仅缺乏社会的精神支援而导致其精神结构存在严重的缺失，而且难以建立和增进他们与城市的认同和归属感，使其在融入城市社会时困难重重，对整个城市的疏离甚至导致违法犯罪行为层出不穷，从而影响了城市社会的和谐与稳定。

另一方面，由于劳务工群体普遍存在教育水平低下的问题，这一问题如果长期存在，非但不能提升城市劳动力的总体水平，而且深刻地影响城市的文明程度和文化形象。因此，劳务工的再社会化和再教育化过程对于城市的意义，还体现在它对城市的人力资源水平、文明程度和文化形象的提升上。而为劳务工提供公共文化服务，既是提高劳务工总体文化素质的有效途径，也是提升城市整体文明素质、促进社会和谐发展的战略举措。

在此意义上，为劳务工提供公共文化服务，已成为一些城市政府的重要议题。在深圳，针对外来劳务工多的特点，政府一方面采取措施推进外来劳务工与市民同等享受文化生活的待遇和权利，如包括劳务工在内的所有读者，不需要任何证件，均可到图书馆阅览、查阅有关资料；公益性文化场馆面对所有人免费开放，包括劳务工及其子女。另一方面，面对劳务工文化生活比较贫乏的情况，政府组织举办了具有针对性的文化服务，推出实施了"外来工文化服务工程"，如自 2005 年起举办"深圳外来青工文化节"，每年举办几百项全市性重要活动和区级、街道级文化活动，覆盖全市各大工业区和外来工人群，深受劳务工的欢迎。2008 年，深圳市宝安区政府还投资 350 万元建立了全国首个以劳务工为历史题材的专题性博物馆——深圳劳务工博物馆，该馆以劳务工为主要服务对象，同时还将为关注劳务工问题的专家学者提供研究基地和平台。

二、博物馆为劳务工提供公共文化服务存在的问题

博物馆作为公共文化服务体系的重要组成部分，它利用直观、形象、感染力强的特点，向公众传播自然、历史、考古、艺术、科技和综合人文信息，是人们陶冶情操、启迪智慧、提高文化修养的重要场所。然而，基于种种原因，博物馆的上述功能和作用目前还不明显，尤其是针对劳务工的公共文化服务，不仅专门为他们提供的公共文化服务还较少，劳务工接受博物馆相关服务的意愿和可能也存在各种障碍。这无疑是值得我们深思的。

据统计，截至 2009 年，深圳市已登记在册的博物馆（含纪念馆）共有 23 个，其中市级 1 个，区级 8 个，街道 6 个，村 1 个，社会办馆 7 个；积累文物藏品五万多件，其中已确定为三级以上文物达 5752 件。深圳博物馆始建于 1988 年 11 月开馆，现有文物藏品两万余件，而 2008 年 12 月正式开馆的深圳博物馆新馆，总建筑面积达三万多平方米。这表明，作为只有 30 年历史的年轻城市，深圳文博事业的发展无疑是非常迅速的。但与此同时，广大市民对博物馆的利用却不尽如人意，很多市民不仅没有参观过博物馆，甚至不知道博物馆的所在。这一方面当然与博物馆服务水平存在欠缺有很大关系，但另一方面也与市民对博物馆的认识以及参观博物馆的生活方式尚未建立有着更深刻的关联。

与一般市民相比，作为一个特殊的城市群体，劳务工参观博物馆的意愿及其次数无疑是更低的。根据深圳文化局 2006 年的"外来工文化生活调查"显示，外来工在阅读、看电影电视、看展览、看戏、打牌、唱歌、上网、听广播等文化生活内容中，阅读、看电影电视和上网分别以 69％、52％、40％的被选率排在前三位。而对于博物馆、美术

深圳博物馆展厅

馆这样的文化场所,回答一次也没去过的人占 52%,回答偶尔去的人占 36%,经常去的人占 10%。深圳六区中,经常去博物馆、美术馆的罗湖区比例最高,达到 37%,宝安区最低,只有 2%。值得注意的是,同处市中心城区,福田区劳务工进博物馆的比例只有 5%,与罗湖区差距较大,这说明劳务工进博物馆的比率与辖区的博物馆数量没有必然联系。

那么,是什么原因造成劳务工参观博物馆的比例如此之低呢? 在我们看来,其主要原因有如下几点:

首先,是文化休闲时间的缺少。调查显示,深圳劳务工可以自由支配的时间大都在三小时以下(43%),只有 17% 的人表示每天都有时间从事文化活动,25% 的劳务工明确表示没有时间,58% 的人表示偶尔有时间。六成劳务工认为自己文化休闲时间少,其中 15% 的人认为自己的文化休闲时间太少。

其次,是对博物馆的认识不够。调查发现,劳务工对图书馆、博物馆、美术馆、文化馆等文化设施的功能了解普遍不够,21% 的人不了解以上文化设施的作用和功能,经常利用以上公共文化设施的人只有 19.6%,偶尔利用的占 39%,很少利用的占了 41.3%。

再次,是博物馆的分布不合理,不能就近服务劳务工。由于深圳的博物馆主要分布在市内四区,而劳务工则主要分布在郊外的宝安、龙岗两区,这种地理分布上的不均衡,造成劳务工参观博物馆的便利性不够,势必影响他们对博物馆的利用。在调查中,当问到"从事文化活动是否方便"时,38.7% 的外来工回答"不方便",5.9% 的外来工回答"很不方便"。

最后,是博物馆本身的宣传不够,加上展览内容和形式的欠缺,也是影响劳务工参观博物馆的重要因素。博物馆对自身的地位和功能宣传不够深入,大多数博物馆对自身的公益性、大众性和服务性特点缺乏广泛深入的宣传,造成了公众对博物馆功能的误解,而作为弱势群体的劳务工对博物馆能为自身提供什么服务则知之更少。此外,博物馆本身的展览内容不够丰富,展览形式的单一,对劳务工缺乏吸引力和针对性,一些公益性文化讲座,大多追求"高精尖"、过于高雅或专业化,对劳务工的吸引力非常有限,也是造成劳务工参观博物馆的意愿不高的重要原因。

展厅一角

三、进一步推动博物馆为劳务工提供公共文化服务的建议

博物馆作为公共文化服务的重要主体和平台，如何做好为劳务工群体的服务工作将是重要的业务工作之一。为此，我们提出如下建议。

首先，增强博物馆对劳务工的公共服务意识。作为公民，劳务工理应拥有包括文化权利在内的公民权利，并获得相应的权利保障；作为一个特殊群体，劳务工为城市发展作出了巨大贡献，理应享受到城市改革发展带来的成果，享受政府提供的公共服务。对于深圳而言，就更是如此。大量的劳务工一方面是深圳迅速发展最大的"人口红利"，另一方面却是社会弱势群体，其享有的社会保障和公共服务长期处于严重缺乏状态，这决定了深圳必须对他们予以更多的关爱。因此，以公益性、服务性为基本职能的公共博物馆，为劳务工提供公共服务，既是职责所在，也是城市关爱劳务工的体现。这就需要我们的博物馆从业人员不断增强对劳务工的公共服务意识。这是能否进一步推动博物馆服务劳务工群体的一个基本前提。

其次，加大博物馆对劳务工群体的宣传推广。针对劳务工对博物馆功能和作用的认识水平，加大博物馆对劳务工的宣传推广，是增强博物馆对劳务工的吸引力的重要途径。2006 年深圳公益性文化场馆在全国率先推行免费开放制度，吸引了大批市民参与，但并没有吸引更多的劳务工参观博物馆，其重要原因就是博物馆的服务信息未能及时准确地在劳务工群体中传达。而由于劳务工在城市中的弱势群体身份，其从博物馆分享现代文化成果的信心不足，其接触信息来源的渠道较少，也影响了他们对博物馆公益性、大众性和服务性的功能和作用的认知。因此，一方面，需要利用广播、电视、报刊、网络等新闻媒介宣传博物馆，经常报道有关博物馆的消息、动态；另一方面，利用宣传栏、告示栏、印制宣传手册、网络等方式加强宣传，积极走进企业或工业区开展宣传活动，使广大劳务工对博物馆平等和无差别的服务理念、免费无偿的服务方式，有更深入的了解和认识，把博物馆当成提升自我、分享人类文明成果的公共场所。

再次，创新博物馆的办馆及服务方式，针对性地为劳务工提供博物馆服务。针对劳务工接受博物馆服务的便利性不够的问题，深圳在未来的博物馆规划建设上，应适当增加其在宝安、龙岗两区的区域分布，提高劳务工接受博物馆服务的可达致性。在服务方式上，通过博物馆的"走进"和"走出"，为劳务工提供专项服务。如 2009 年，深圳举办了"走进博物馆"活动，采取政府与企业合作的方式，组织广大市民、青少年学生和劳务工走进博物馆，深受劳务工的欢迎。而针对劳务工缺少文化休闲时间，则可以通过"流动博物馆"的走出方式，在工业区和企业中进行巡展，为劳务工提供博物馆服务。如深圳劳务工博物馆的"劳务工大讲堂"系列活动，以维权讲座、先进事迹报

告、心理健康、创业就业论坛等形式深入附近的工业区内的大型企业,因其比较浅显、贴近实际而受到广大劳务工的认可。此外,四川省博物馆的流动展览服务和陕西省博物馆的兵马俑巡展活动,都收到了良好的社会服务效果,这一全新的模式其实都可用在针对劳务工的博物馆服务上。

最后,开展内容丰富的服务,通过多种形式调动、培养劳务工对博物馆的兴趣。兴趣的培养,是影响劳务工参观、利用博物馆的最主要因素之一。由于平时工作很忙且劳累,在有限的空闲时间中是否考虑将时间花在参观博物馆上,关键是兴趣。因此,要进一步推动博物馆为劳务工服务,必须开展内容丰富的服务,将博物馆办成大众的博物馆,将休闲、娱乐、学习、观赏与博物馆的基本功能揉为一体,通过多种形式调动、培养劳务工对博物馆的兴趣。由于劳务工群体本身的需求是多样化的,因此在博物馆的内容服务项目上要细分为不同的层次。如针对某些劳务工到博物馆是为了休闲娱乐,不妨在博物馆内增设一些休闲展演项目,利用高新技术创新展演形式,适时举办深受欢迎的鉴宝类活动,甚至限时提供历史题材的网络游戏等,吸引劳务工到博物馆来;针对某些劳务工到博物馆是为了提高自身历史文化素养,则不妨多举办一些历史专题展览以及专门的知识讲座、播放历史文博专题的电影和纪录片等。而在博物馆到工业区和企业的巡展中,通过实物和图片并举以及讲座与讲解、历史与现实结合等形式,激发劳务工对博物馆的了解兴趣。

总之,根据劳务工生活中的不同需求类型,提供有针对性的细致深入、内容丰富的文化服务,这样必然会提升博物馆对劳务工的吸引力。

参 考 文 献

[1] 陈威主编:《公共文化服务体系研究》,深圳报业集团出版社,2006。
[2] 深圳市文化局课题组:《深圳外来工文化生活调查》,2006。
[3] 深圳市文体旅游局:《深圳市文体旅游局 2009 白皮书》,2009。
[4] 谯进华:《深圳农民工文化建设的实践与思考》载《文化天地》.2007,3。
[5] 河南博物馆:《"博物馆与公共文化服务"馆长论坛观点摘编》,载 http://www.chnmus.net.
[6] 熊　军:《经济发达地区公共图书馆为外来劳务工服务问题研究》,《深图通讯》,2010,6。

论城市博物馆与城市文化品格的塑造

——以深圳博物馆为例

张冬煜*

（深圳博物馆，广东 518026）

[摘　要]　随着我国经济的发展和城市化的进程，城市博物馆与城市经济、文化同步发展。城市博物馆作为城市的文化名片和城市历史文化的记录者，在把握和塑造城市文化品格上具有重要作用，本文以深圳博物馆为例，阐述了城市博物馆随着城市经济、文化的发展而发展成长，同时也记录了城市的发展历程，提升了城市文化品位、地位，为市民营造了精神家园和对城市的认同感、归属感，促进了城市经济、文化和谐可持续发展。

[关键词]　城市博物馆　城市文化品格　深圳博物馆

A city museum's role in molding civic and moral culture：
—the example of Shenzhen Museum

ZHANG Dongyu

Abstract：This paper shows that Shenzhen museum was playing an important role in the city development together with the great progresses of local economic and culture. It enriched the city meaning and raised its status. Meanwhile, it satisfied citizen's increasing spiritual life, enhanced their self-identity and host consciousness and promoted contrarily city's harmonious development in economic, society and culture.

Key words：City museum, City culture, Shenzhen muesum

---

* 张冬煜，深圳博物馆馆员。

ZHANG Dongyu, Shenzhen Museum.

　　城市是人类文明的标志,是人们经济、政治和社会生活的中心。城市文化品格是根植于城市的历史、体现于城市的现实、引领着城市未来的城市特质。它为城市的综合发展提供价值资源和文化底蕴,也是城市形象的客观展示与城市魅力所在。城市博物馆是社会发展到一定阶段的产物,同时也是城市文明的产物,它是以展示所在城市的历史和文化为主的博物馆。随着现代博物馆职能的扩展和教育功能的深化,城市博物馆正日益成为塑造城市文化品格的重要力量和主要角色。

一、城市博物馆与城市经济、文化同步发展

　　1974 年国际博物馆协会第十一届大会上通过的《国际博物馆协会会章》第三条规定:"博物馆是一个不追求盈利,为社会和社会发展服务的、公开的永久性机构,对人类和人类环境见证物进行研究、采集、保存、传播,特别是为研究、教育和游览的目的提供展览。"在我国作为非营利、公益性的机构,博物馆靠财政支持经营,必然随着城市的经济、文化发展而发展。以我国博物馆发展为例,改革开放前 1978 年统计全国有博物馆 349 个。改革开放后 80 年代随着经济的发展,博物馆也迅速发展。1980 年至 1985 年平均十天全国新建一座博物馆,1984 年到达发展的高峰,这年每 2.4 天全国就有一座新博物馆出现。到 80 年代末,我国已有一千座博物馆。90 年代大发展势头减弱,由数量发展转向现代化质量发展。新世纪开端,随着经济、文化软实力的进一步提升,我国博物馆出现了改革开放后的第二个发展高潮。据有关资料统计,现有全国博物馆总数已达 2300 多个,这些博物馆主要集中在县级以上的大、中、小城市,特别是经济发达的城市中。以深圳为例,随着经济特区的成立,政府投资 2600 多万筹建深圳博物馆,1988 年建成开馆,这是深圳地区唯一的博物馆。经过 20 年的发展,2008 年深圳博物馆新馆建成开馆,总投资五亿多人民币。而深圳地区至今拥有各种类型的博物馆 25 座。深圳钢琴博物馆、深圳红木家具博物馆、深圳包装印刷博物馆、奇石博物馆和深圳望野博物馆等一批博物馆也正在积极筹办之中。伴随着深圳特区的成长,深圳的博物馆体系也日臻完善,办馆主体呈现多元化,企业、个人等社会力量兴办的博物馆日渐增多,基本形成门类丰富、特色鲜明、专题突出、分布广泛的博物馆发展新格局。深圳经济特区成立 30 年,博物馆数量从无到有,再到各种类型、性质的博物馆多座,可以说没有深圳强大的经济实力和新世纪"文化立市"的战略思想在支持,是不可能实现的。

二、城市博物馆在塑造城市文化品格中所起的重要作用

　　经济建设构筑城市的形,文化建设构筑城市的神,只有形神兼备,才是一个健全的城市。一座城市的魅力,也就是城市文化品格之于大众的感染力,可以说城市文化

品格是城市的灵魂。不同的城市文化品格所具有的辐射力、知名度和吸引力形成了城市自身的特色,能够对推动城市的发展起到促进作用。而城市博物馆在塑造城市文化品格中具有不可替代的作用。

1. 城市博物馆是城市文化名片

随着我国对文化的重视,越来越多的城市重视对博物馆的建设,近年来形成了扩建、新建博物馆的热潮。新建的博物馆都非常重视博物馆建筑。博物馆建筑是城市中重要的公共建筑,直接关系着城市的景观,往往成为一个国家和地方文化的象征。上海博物馆位于上海市中心人民广场之侧,从远处眺望,圆形屋顶加拱门的上部弧线,整座建筑宛如一尊中国古代的青铜器;从高空俯瞰博物馆圆顶犹如一面巨大的汉代铜镜。象征"天圆地方"的圆顶和方体基座构成了博物馆不同凡响的视觉效果,整个建筑把传统文化和时代精神巧妙地融为一体,在世界博物馆之林独树一帜。新建成的首都博物馆是一座融古典美和现代美于一体的建筑艺术品,巨大的屋盖继承了中国传统建筑深远挑檐;通长的石质幕墙象征着中国古代城墙;广场起坡传承古代高台建筑风格,既具有浓郁的民族特色,又呈现鲜明的现代感。今年新开馆的广东省博物馆外观如一个古时精雕细琢的完美的透雕宝盒,里面盛满各种珍宝,具有丰富的意向。以上博物馆都成为所在城市的标志性建筑和城市文化的代表。深圳博物馆新馆坐落于市民文化中心一侧,整个市民中心建筑形象如大鹏展翅、气魄宏大,成为深圳新的地标性建筑。而新馆自开馆以来,基本陈列展之一《深圳改革开放史》是国内唯一以改革开放史为核心内容的展览,受到中央领导肯定,中共中央政治局委员、国务委员刘延东亲自出席开馆典礼并为展览剪彩。另外引进的《国家宝藏——中国国家博物馆典藏精品展》、《三星堆、金沙文物珍宝展》、《剑舞楚天——湖北出土楚文物展》等一系列高品质展览,为市民奉献了文化盛宴,社会效益显著,开馆一年多时间,累计参观人数一百多万。这些高质量展览颇受市民欢迎,既丰富了市民精神文化生活,也提升了深圳博物馆自身的知名度。现在市委市政府越来越多的重要文化活动都安排在博物馆举办,进一步强化了博物馆高雅文化殿堂的地位和作用。日益提升的知名度和良好的社会效应使深圳博物馆成为深圳的城市文化名片。

2. 城市博物馆是城市历史文化传承与发展的重要载体

博物馆是收藏、研究、陈列人类文化遗产的公共机构。城市博物馆更应发挥其收藏城市历史文物和研究所在城市历史文化的功能,记录城市的历史、发展、演变。深圳博物馆自建立后就致力于地方历史、文化的收藏研究。常设展览古代深圳、近代深圳、改革开放史、深圳民俗展览共同勾勒出整个城市的历史脉络,彰显出深圳的历史文化魅力。通过对历史文化的发掘、研究,我们可以看到年轻的深圳并非人们印象中的文化沙漠,早在 7000 年前新石器时代中期,这里就有可以和中原相媲美的彩陶文化(咸头岭文化);深圳也并非只有 30 年的历史,而是有着 1730 余年的建城史。近现代的许多重大的历史事件在此发生、上演,可以说深圳的文化并非无源之水,无根之木。经过持续不断的对深圳历史文化遗物地征集、研究,深圳博物馆是目前深圳地方史和改革开放史的研究中心和权威。反映深圳历史的常设展览也受到市民的欢迎,为深圳这个移民城市的市民营造了精神家园和对城市的认同感、归属感,促进城市和谐、可持续发展。

3. 城市博物馆应把握并主导城市文化品格的发展

城市文化品格与社会生活、历史文化息息相关,城市博物馆除了记录城市历史的发展历程,更应把握并主导城市文化品格的发展。深圳是中国改革开放的产物,2010年恰逢深圳经济特区建立 30 周年。从一个默默无闻的边陲小镇到如今的国际化大都市,深圳创造了世界经济发展史和城市建设史上的奇迹,把握深圳的文化品格,应当紧紧抓住特区精神,这种精神,就是改革、创新精神;就是海纳百川、兼容并蓄的开放精神。深圳博物馆从建馆之初,就牢牢把握深圳的文化特质,根据自身藏品少的情况,把自己定位为地方史研究中心,中华文明对外开放、展示的窗口。改革开放史展览和高密度的引进外展是深圳博物馆的特色。年平均举办外展 30 余个,居全国博物馆之首。新馆建成后更是率先进行了管理体制改革,中层干部全部免职后重新竞聘,全社会化的管理运作模式。改革开放史展览生动再现深圳经济特区建立 28 年来的辉煌历程和几代特区建设者艰苦创业的难忘岁月。深圳民俗展览映射了深圳客家文化、新的移民文化等特质。一系列国内顶尖的精品外展,提升了深圳的文化品位。以人为本的服务意识和高质量的展览使博物馆成为市民学习、休闲的首选。

三、结　语

随着城市化进程的逐渐加速,城市在带给人们种种便利的同时,也给生活在城市里的人们造成了某些文化上的缺失、错位,而城市博物馆不仅是一座城市传统文化的记忆者,更是塑造城市文化品格的重要力量。博物馆特有的文化内涵,决定着它是城市不可替代的文化中心,对城市的健康、和谐发展起到积极的促进作用。

博物馆,让城市生活更美好!

参 考 文 献

[1] 姚米佳,杨锡强:《刍论塑造西安城市文化品格》,《理论导刊》2009 年 1 月。
[2] 周耐华:《博物馆—城市文明的精神家园》,《秦晋豫三省博物馆理论与实践研讨会会议交流论文集》,2008 年。
[3] 王宏钧主编:《中国博物馆学基础》,上海古籍出版社,2001 年。
[4] 苏东海:《试析改革开放中,我国博物馆第二个发展高潮》,2008·学术前沿丛坛。
[5] 申永峰:《博物馆与城市文化》《东方博物·第十五辑》。
[6] 李　强:《博物馆与深圳的东方魅力制度建设》,《深圳文博论丛》,2010 年。
[7] 叶　扬:《论深圳博物馆的建设》《深圳文博论丛》,文物出版社,2009 年 8 月。

旅游城市中的博物馆旅游

——以桂林博物馆为例

周　羽*

（桂林博物馆，广西 541001）

[摘　要]　城市博物馆因城市而诞生，因城市的发展而发展。一般而言，现代城市博物馆兼具收集、保存、陈列展览、教育、研究、娱乐等常规功能。作为旅游城市中的博物馆来说，它除了要具备上述这些功能外，更重要的是要在娱乐功能中重点凸显出文化旅游这一方面。但这一点在中国许多旅游城市中，恰恰是被忽视的。本文将以桂林博物馆为例，在阐述桂林博物馆在桂林城市发展中所起到的作用、影响的基础上，试图用博物馆学、旅游人类学等学科理论进一步探讨旅游城市中的博物馆将如何更好地与城市的旅游业衔接，从而使二者更好地共同和谐发展。

[关键词]　旅游城市　博物馆旅游　桂林博物馆　文化旅游　和谐

Museum Tourism in Tourist City
—Take Guilin Museum as an Example

ZHOU Yu

Abstract：City museums owe their existence to the existence of cities, and their development is linked to that of their cities. Usually modern city museums perform the functions of collection, preservation, exhibition, education, research, and entertainment. Aside from the above-mentioned functions, for museums in tourist cities, the more important aspect is that of cultural tourism, which emerges from the function of entertainment. However, it is precisely this point which is overlooked in many museums in China. This paper takes Guilin Museum as an example, and on the base of a narration of

---

*　周羽，桂林博物馆助理馆员。

　　ZHOU Yu，Guilin Museum.

the functions and influence of the development of the city of Guilin it attempts to use the theories from disciplines such as museum science and tourism anthropology to discuss in depth how museums in tourist cities can better integrate themselves with the tourist industry so that they can both develop together in harmony.

Key words：Tourist City，Museum tourism，Guilin Museum，Cultural tourism，Harmony

一、引　言

城市需要保存自己的记忆，保存自己的文化之根，于是城市博物馆应运而生了。可以说，城市博物馆因城市而诞生，因城市的发展而发展。随着城市的发展，城市博物馆也被赋予了各种职能，并随着城市的发展而在不断地规范完善。1989年国际博协（ICOM）修订的《国际博物馆协会会章》中明确规定："博物馆是一个不追求盈利的、为社会和社会发展服务的、向公众开放的永久性机构，为研究、教育和娱乐为目的，对人类和人类环境的见证物进行研究、采集、保存、传播，特别是为研究、教育和游览的目的提供展览。"这一定义明确提出了博物馆的娱乐功能，事实上承认了旅游活动在博物馆发展中的重要作用。此外历年来的国际博物馆日的活动主题也与社会、人类的关系越来越密切，2009年的"博物馆与旅游"，2010年的"博物馆致力于社会和谐"更是直接点明了博物馆与旅游及社会和谐的关系。

旅游城市中的博物馆，相对于一般的博物馆而言，除了具有通常应具有的收集、保存、陈列展览、教育、研究、娱乐等常规功能外，更重要地是要如何配合城市的旅游发展，重点凸显娱乐功能中的文化旅游这一方面，促进旅游城市的社会和谐发展。

博物馆旅游，顾名思义，就是以博物馆为载体的旅游产品或旅游活动形式。在西方国家，博物馆旅游已成为一种时尚的旅游方式，吸引着越来越多的人。但反观我国，博物馆旅游进行得却不尽如人意，除了一些叫得响的大的国家级、省级博物馆和名人馆、纪念馆外，真正能有很多人前往旅游、参观的博物馆并不多见。即使现在大多数博物馆已经对社会公众免费开放，仍有相当一部分博物馆处于门可罗雀的境地。对于我国博物馆旅游的这种状况，已引起越来越多人的关注。

笔者所在的城市——桂林，是一个享誉世界的旅游文化名城，因此笔者自从关注博物馆旅游时起，就对旅游城市的博物馆旅游充满了兴趣。在某种意义上，旅游城市中的博物馆旅游应该相对于一般的城市博物馆而言，有着一定程度上的优势。但实际情况是否真的如此吗？旅游城市中的博物馆旅游又该怎样更好地利用自己的独特优势促进社会和谐？这不仅是城市博物馆发展中应该关注的问题，也是当今提倡以人为本，共创和谐社会的理念中一个具有实际意义的问题。以下将以桂林博物馆为例，拟从旅游人类学、博物馆学等学科角度对旅游城市中的博物馆旅游作一番研究分析，以期能让旅游城市中的博物馆旅游在促进社会和谐与城市发展中发挥出更大的作用。

二、桂林博物馆：注重馆藏优势　力显地方文化特色

人们对桂林的熟识应该归功于南宋王正功的一句诗词：桂林山水甲天下，玉碧罗青意可参。的确，作为享誉世界的旅游城市，桂林的山水之美，中外皆知。但同时桂林也是一座拥有 2000 多年历史的文化古城。秦始皇统一中国后，设置桂林郡，开凿灵渠，沟通湘、漓二江，桂林从此便成为南通海域，北达中原的重镇。宋代后，桂林一直是广西政治、经济、文化中心，号称"西南会府"。20 世纪 40 年代抗战期间，众多的文化名人集聚桂林，桂林又一度成为全国闻名的文化城。此外，桂林生活着壮、瑶、苗、侗等多个少数民族，这些民族为桂林带来了多姿多彩、独具魅力的民族文化与风情。可以说，桂林是一座多元文化并融的城市，处处散发着文化气息，其文化底蕴之深厚，文化内容之丰富，在广西独一无二。桂林博物馆作为代表着桂林城市历史文化的综合性博物馆，正是这些地域历史文化最好的收藏者和见证者。

桂林博物馆自 1963 年开始筹备，1988 年 12 月建成开馆。桂林博物馆馆藏的文物为历代桂林地方文物精华之汇集，包括从旧石器时代至近现代各个历史时期的各类馆藏文物三万余件，尤以桂林历史文物、桂林出土明代梅瓶、桂林山水画珍品、广西少数民族民俗文物，访桂外宾礼品等为馆藏特色。一直以来，桂林博物馆在展现桂林地方历史文化方面一向是明确的，历来都十分重视突出地方特色。

在当今"全球化"的进程中，越来越多的东西正逐渐在"全球化"的浪潮中被"同一化"，因此地方的文化独特性与多样化更显得难能可贵。一般来说，游客的旅游动机中一个最为重要的根据就是，希望能够观光、体验和经历与自己熟悉的文化体系完全不一样的东西。二者的差异越大，对游客的吸引力也就越大。换言之，游客所看到的、体验到的东西越"不标准"，越奇异特别，效果就越好。因此，对于代表着旅游城市历史文化的博物馆来说，如何在旅游中占有一席之地，如何在文化上突出自己的特色，推出自己的文化优势品牌，以文化促进旅游的发展乃是重中之重。

桂林博物馆藏《白雪石桂林山水画》

什么才是桂林博物馆的优势品牌呢？古语云："山以贤称，境缘人胜"，"山川景物，因人而显，因文章而传"，传统的中国旅游文化，最能说明人文因素在山水旅游中的重要性这一特点。一直以来，旅游与文化都有着一种不解之缘。近几年来，桂林博物馆正是认识到这一点，努力寻找文化与旅游的结合点，坚持立足于桂林地方历史文化，注重以馆藏特色为优势，依托优势办展览；坚持把自身的建

《靖江藩王遗粹——桂林出土明代梅瓶陈列展》

设发展与确立的桂林文化名城和桂林著名国际旅游名城两项桂冠的地位相一致；努力使桂林博物馆与桂林政治、经济、精神文明建设紧密结合起来，实施富裕、文化、和谐新桂林建设的总体发展思路相一致，为桂林城市的发展和和谐贡献着自己的力量。其中较突出的就是成功推出了《靖江藩王遗粹——桂林出土明代梅瓶陈列》以及《李培庚桂林山水油画展》。

2000年桂林博物馆在已有的《桂林历史文物陈列》、《广西少数民族民俗陈列》、《国际友人礼品陈列》等固定陈列基础上，重点推出了《靖江藩王遗粹——桂林出土明代梅瓶陈列》。桂林博物馆所珍藏的明代梅瓶，不论是从其品种类别样式，还是从其文物艺术价值，都在全国各博物馆中堪称罕见。时间跨越明初、宣德、嘉靖、万历、天启、崇祯等六个时期，造型富于变化，釉色丰富。有些器物更是精美绝伦，世所仅存。在围绕研讨、宣传、展示桂林出土明代梅瓶，开展了"八个一"活动，这使桂林博物馆的馆藏梅瓶在国内外引发了强烈地反响。专家学者纷纷把这些馆藏梅瓶誉为"国之瑰宝"、"藏华夏陶瓷瑰宝，集明代梅瓶之最。""梅瓶之乡，桂林一绝。"馆藏梅瓶这个品牌被成功打响。在一周时间内，中央电视台连续播放了桂林博物馆馆藏明代梅瓶的专题片，此外地方及中国香港、国外等28家媒体也对梅瓶作了广泛报道，人民日报以"梅瓶——桂林的另一张王牌"为题作了长篇报道，并将之称作"为桂林增添了一张世界瞩目的文化旅游品牌"。桂林博物馆的馆藏梅瓶也成为2004年中央电视台举办的全国十大魅力城市评选中桂林城市瑰宝的形象代表。

《李培庚桂林山水油画展》展出的均为桂林籍著名油画家、美学家李培庚先生向桂林博物馆捐赠的个人作品。山水文化是中国的国粹之一，桂林山水尤以其独特的喀斯特地貌以及山与水的完美结合，历来都成为山水画家笔下的宠儿。李培庚先生在漓江边观察、研究、探索了四十多年，长期以来致力于用油画艺术表现桂林山水。桂林博物馆在展出前专门邀请国内美术界、美学评论界的专家学者召开了"李培庚桂

林山水油画收藏价值专家评定会"，对李培庚先生的作品进行专题探讨。在评定会上，与会的专家学者对李培庚先生的作品进行了公正客观的评价，认为他画的桂林山水无论在构图、造型上，还是在色彩处理上，都形成了自己独具一格的表现手法和艺术风格。他的作品开创并奠定了桂林山水油画的理论基础和独特的艺术风格，已成为桂林的一个文化符号，在我国油画风景画中独树一帜，具有鲜明的地域特色，可以说他在创立桂林山水油画艺术语言中取得了巨大成就，并在油画艺术民族化进程中作出了卓越贡献。《李培庚桂林山水油画展》还在国内多个省市、地区展出，观众反应强烈，都在由衷感叹着桂林山水的独特神韵。世界四大美院之一的列宾美术学院院长西蒙先生及该院版画系主任克林姆·李先生在观看李培庚先生的作品后都啧啧称奇，想不到桂林还有这么一位油画画得如此好的画家，称"他的画让人一下就爱上了桂林的山水"。2010 年桂林博物馆又专门推出《桂林藏品选之三——李培庚桂林山水油画及其艺术》一书，让更多的人认识到李培庚先生的作品以及桂林山水的独特魅力。李培庚先生的桂林山水油画作品成为桂林博物馆继馆藏梅瓶后又一个宣传桂林文化的优势品牌。

平心而论，桂林相比较于北京、南京、西安等以历史文化为旅游亮点的旅游城市来说，她的旅游亮点似乎更在自然的山水风光上，大多数人对桂林的印象，还是停留在"桂林山水甲天下"这句老话上，因此从这个层面上说，桂林山水的耀眼光芒往往会遮盖住了同样精彩的历史文化。桂林博物馆作为桂林地方历史文化综合性博物馆，近年来正努力地突出桂林的地方文化，力求探寻适合自己的发展之路，并拓展自己的知名度，为自己在红火的山水观光旅游中寻找一条特别的旅游发展途径，可喜的是已取得了一定的效果。很多游客正是因为走进了桂林博物馆，才真正认识到桂林是以其原生态的风光和交融于其中隽永的人文历史才具有了令人向往的神韵和魅力。

建馆二十余年来，桂林博物馆人始终立足于桂林本土历史文化，努力建构展示桂林历史与现代文化的平台，它已成为桂林不可或缺的一道文化风景线。随着桂林城市及旅游业的发展，由于陈列面积与硬件条件的限制，桂林博物馆的发展受到很大的局限，很多浓缩桂林地方历史文化的精品文物还"养在深闺人未识"，为适应发展和更好、更有力地全面展示桂林历史文化名城的独特魅力，桂林博物馆新馆建设已于今年2 月 1 日动工，计划于 2012 年 11 月正式对外开放。建成后的桂林博物馆将以新的面貌，融合桂林丰富的文化积淀成为桂林新的文化地标，与旅游业一起共同促进桂林城市的发展。

三、桂林博物馆个案的引申：博物馆旅游，以文化宣传城市的旅游形式

"博物馆，致力于社会和谐"是今年国际博物馆日的活动主题，其中的"和谐"，是

一个颇具东方色彩的词语。在我国,天人合一、和为贵、合而不同,协和万邦等文化理念都是对和谐一词的理解,并且早已在国人的心中根深蒂固。博物馆业与旅游业,是两个完全不同性质的行业。和而不同,求同存异正是"和谐"的核心价值。如何实现博物馆业与旅游业的和谐发展,也是反映旅游城市的发展是否和谐的一个方面。

上述的桂林博物馆仅是我国旅游城市开展博物馆旅游的一个个案,我们不能以偏概全,桂林博物馆的个案并不能完全说明中国旅游城市的博物馆旅游的现状。但通过这个个案,我们却能窥探出旅游城市的博物馆与旅游之间的微妙关系,这样的微妙关系可以说是决定旅游城市中的博物馆业与旅游业能否和谐发展的关键所在。

一般的观点认为,旅游城市的博物馆在开展旅游活动时,似乎比一般的城市博物馆更有优势,因为来旅游城市的游客很自然地就会把博物馆当作其中的一个旅游点,但事实却并非如此。于萍在她的硕士论文中对苏州、扬州、无锡等地的博物馆旅游进行了专门研究。研究表明,扬州、无锡等这些有着千年历史的旅游名城的博物馆业的发展,相对于日益发展红火的旅游业来说显得逊色不少。究其原因,这与博物馆旅游从属的文化旅游的特性有着直接的关系。

文化旅游是一种以体验各地不同文化为主的新型旅游方式。随着全球经济的日益加快,人们已不满足于过去单纯的消费式旅游,开始把目光由单纯的走马观花式的游山玩水的兴致,逐渐转向休闲受型和深层内涵型的多元化游憩活动。据多组国外文化旅游研究的统计数据反映,西方发达国家的旅游者每年参与到文化旅游中的数字都在大幅上涨。可见,文化旅游具有巨大的发展潜力。但参与文化旅游的这些体验活动往往不会贯穿于旅游者旅游时的全部,换句话说,旅游者参加的很多文化旅游活动,仅仅是构成其完整旅行体验的某种增补性活动。文化旅游表现出一定的随机性和依附性。由此可见,尽管博物馆旅游在文化旅游中占有很重要的位置,但也不是游客来旅游城市旅游时的唯一选择。如何做到增加博物馆在游客心目中的吸引力是关系到博物馆旅游发展好坏的关键。对于我国大多数旅游城市来说,其中不少城市就其旅游营销指导思想和策略来说,存在严重偏差。如有的在对外宣传旅游产品时,仍集中于外在的山水风光,因此对于慕名而来的游客来说,游览风光自然比走进博物馆旅游更有吸引力。再加上有的地方在旅游业的管理、经营上存在一些薄弱环节。从以上这些层面上说,都给博物馆旅游带来了一定的影响,使博物馆业在与城市旅游业的竞争中处于劣势。一个是靠挖掘城市地方文化求发展,一个是靠开发旅游产品求发展。在旅游城市中,这二者往往被不自觉地联系在一起,并且经常会呈现出一边倒的状态,这不能不说是文化的一种悲哀。

一直以来,我国习惯于用旅游人数的增加来衡量旅游业的收益与业绩。看着统计表上逐年增加的数字及百分比,似乎那就是旅游业发展的最好证明。其实随着现在世界旅游业的飞速发展,国际上衡量旅游业收益的标准正悄然发生着变化,已由原来的单靠旅游人数的增加，转变为依靠多元化的文化含量的旅游产品和特色的旅游服务，由数量型转向质量型的旅游发展，所以"融文化于旅游与游客，融旅游与游客于文化"，是对当今旅游发展趋势最好的阐述。文化已成为当今旅游业最重要的因素之一。中共中央政治局委员、中央书记处书记、中宣部部长刘云山今年3月21日在三亚出席2010博鳌国际旅游论坛时就强调，文化是旅游的灵魂，旅游是文化的载体，应以更主动的姿态，更有力的措施推动旅游和文化的融合，为不断满足人们精神文化需求，为加快经济发展方式转变，促进经济社会又好又快发展提供新的动力。在发展旅游上，我们必须认识到一点，山水景观可以相似，人为景观也可以复制，但一个地方的地域人文文化却绝对是独一无二的，因此只有依靠文化来发展的旅游才是有特色的旅游。对于旅游与文化的关系，不妨借用一个形象的比喻，旅游是"毛"，文化是"皮"，"皮之不在，毛将附焉"？以文化为基础，以旅游为动力，才是旅游城市发展的关键所在。可见，博物馆业与旅游业的和谐发展对旅游城市的发展至关重要。

桂林博物馆近几年来的发展正是立足于桂林的本土历史文化，深度挖掘馆藏文物的内涵，在城市旅游业中努力地凸显出桂林地方文化的重要性。桂林博物馆推出的明代梅瓶、李培庚桂林山水油画展等已成为宣传桂林的又一亮点。不少来桂林旅游的人专程来到桂林博物馆，就是为了亲眼看看"传说中的"梅瓶与李培庚的桂林山水油画，这不仅是桂林博物馆在开展博物馆旅游活动成功的有力证明，也是旅游城市中博物馆业与旅游业之间和谐发展，以文化促进旅游发展的最好证明。

总之，对于旅游城市来说，博物馆旅游并不是以山水自然景观为依托，而是依靠地域文化来吸引游客。文化的积淀不会因为时间的流逝而褪色，相反却会如同那陈年的老酒一样更加诱人，这样的吸引力才是更为持久的。

桂林博物馆全貌

四、旅游城市的博物馆旅游：新的领域 新的舞台

　　和谐，除了代表着中国人自古以来就有的思想外，现代社会又赋予了这个词语特定的含义：它还代表着当今社会中的一种社会价值和主张。和谐发展，这个适应时代发展而出现的新词语，具有现代政治的话语特征，可以说是被当作一个意识形态的概念来使用。

　　随着博物馆的"文化"、"科学"、"艺术"等主题的回归普通民众，博物馆已经世俗化、平民化，已由原来的精英文化场所转变为一个真正的大众公共空间，旧时王榭堂前燕，早已飞入了寻常百姓家，这些都为博物馆开展旅游活动提供了极为有利的条件。博物馆旅游，也是旅游行业中出现的一个新兴领域，除了上述论述中谈到的博物馆业与旅游业的和谐发展外，博物馆业的发展对社会的和谐发展也具有极为重要的意义。

　　旅游城市，归根到底，还是属于"地方"概念的范畴。地方，本来就是一个带着吸引的字眼。参观地方博物馆，就如同是在听一位充满睿智的老者诉说着关于这个地方富有吸引力的故事。旅游城市的博物馆，相对于一般的城市博物馆来说，那些充满吸引力的故事面对的观众往往更多，也就是说旅游城市的博物馆旅游能向更多的人宣传当地的人文历史。这些游客不仅有本地的，更有来自国内外的（按照人类学的习惯，笔者把本地的游客称为"我者"，来自国内外的游客称为"他者"）。在旅游城市的博物馆中，对于"他者"与"我者"而言，体会旅游城市中的"充满诱惑的故事"的感受是不同的。

　　对于"他者"来说，他们在游览自然风光之外，不仅可以加深对这个旅游城市文化的认识和理解，获得对这个城市文化的尊重，而且他们可以直接通过场景、实物、符号等与自己所熟悉的社会和文化进行比较，从而可以提高类似"文化相对主义"的认识，尊重不同国家、民族和地方的文化传统，提高保护人类历史文化遗产的意识。

　　对于"我者"来说，首先就是得益于当地博物馆对"地方知识体系"的整合功能。在很多旅游城市中除了吸引人的风光外，还存在着构成"地方知识体系"的各种元素，但它们就如同一颗颗散落的珍珠，缺少一根能将它们串联起来的链

桂林博物馆新馆设计图

条。旅游城市的博物馆就像是这样的一根链条,它将当地散落的地方族群共同分享的历史价值和行为观念尽量纳入自己的收藏范畴,并通过对它们进行相关研究,使它们能形成一个完整的体系,从而逐渐构成"地方知识体系"。加上"我者"通过对其他物质文化遗产的认识,他们会获得一种自我和族群的认同。

就桂林而言,2000多年以来深厚悠久的历史文化积淀,铸就了这座古城独特的精神气质和文化个性。众多的古迹,丰富的文物资源,多姿多彩的民族文化,与桂林的秀丽风光交相辉映。中原文化和岭南文化相互交融,造就了桂林独特的历史文化。桂林博物馆就是保存与发扬这些地方文化最理想的文化形式,它不仅保存着桂林这座历史文化古城的记忆,而且还在向游人宣传着桂林悠久的历史文化及展示着桂林人民的勤劳与聪明才智。可以说桂林博物馆,它不仅只是桂林的一个旅游点,更重要的是是呼唤着"我者",还有"他者"维护桂林的,甚至是整个人类的文化遗产和族群的多元性,促进旅游城市的和谐有序的社会发展。

总之,旅游城市的博物馆相对于一般的城市博物馆,它的职能更多地体现在文化旅游上。旅游城市的博物馆旅游就像一个大舞台,除了向游人展出藏品外,诸如文化交流、社会意识、族群认同、社会关系等问题也都在这个舞台上展示和展演。在全球化的浪潮中,旅游城市的博物馆旅游更多的是在对各地的文化进行沟通,增强族群之间的文化认同及文化自豪感,提高人们对保护历史文化遗产的意识,让人们认识到旅游城市中的另一面,它在保护地方多元化文化独特吸引力和魅力的责任中发挥着重大的作用,所有的这些对于一个旅游城市的发展来说都是大有裨益的。

参 考 文 献

[1] 苏东海:《城市、城市文化遗产及城市博物馆关系的研究》,《中国博物馆》,2007年第3期。
[2] 刘俊、马风华:《经济发达地区地方性博物馆旅游发展研究——广州南越王墓博物馆为例》,《旅游科学》,2005年10月。
[3] 彭兆荣:《旅游人类学》,民族出版社,2004年。
[4] 桂林博物馆围绕研讨、宣传、展示桂林出土明代梅瓶开展的"八个一"活动即:①举办了一个有规模的国际学术研讨会;②出版了一本图录;③拍摄了一部电视专题片;④推出了一个专题陈列;⑤出版了一本专题论文集;⑥出版了一本邮册;⑦组织推出了一个产品外型包装;⑧仿制了一组工艺品。
[5] 于萍:《博物馆旅游发展研究——以苏南地区为例》,苏州大学,2003年4月硕士学位论文。
[6] [加]Bob McKercher、[澳]Hilary du Cros 著,朱路平译:《文化旅游与文化遗产管理》,145—146页,南开大学出版社,2007年。
[7] [加]Bob McKercher、[澳]Hilary du Cros 著,朱路平译:《文化旅游与文化遗产管理》,148页,南开大学出版社,2007年。
[8] 《刘云山在2010博鳌国际旅游论坛上强调:积极适应旅游与文化融合的新趋势 推动旅游文化产业实现新的更大发展》,《人民日报》,2010年3月22日,第4版。

试论城市博物馆的功能

赵艺竹[*]

（深圳博物馆，广东 518026）

　　[摘　要]　随着我国经济社会各个产业的迅猛发展，我国人民对社会精神文明程度的要求越来越高。其中最突出最具体的表现，就是人们对社会的和谐与城市的发展表现出更高的期待与向往。这代表了全国各族人民的共同愿望与心声。特别是在当前国际经济形势极为特殊的复杂微妙的情况下，促进社会和谐与城市发展已经成为我们党和国家的一项十分重要而紧迫的任务。在这种新的历史条件下，我们城市博物馆的研究人员必须深入学习贯彻实践科学发展观，从城市博物馆的角度，体现科学发展观的总体要求，体现时代的精神要求，充分发挥城市博物馆促进社会和谐与城市发展的重要职责，才能在以胡锦涛同志为总书记的党中央领导下，坚定信心，顽强拼搏，从容应对国际金融危机的冲击，保持经济平稳较快发展，在推进改革开放和社会主义现代化建设的历史进程中，取得新的更大成就。

　　[关键词]　城市博物馆　记录城市历史　展示城市历史　提供交流平台

To study，implement and practice a scientific outlook for urban museums in promoting social harmony and city development

ZHAO Yizhu

　　Abstract：With China's rapid development in various industries of the economic society，our people are demanding higher and higher social spiritual level. One of the most prominent and the most concrete manifestation is that people have shown higher expectation and longing towards social harmony and development of the city. This

---

＊　赵艺竹，深圳博物馆馆员。主要从事深圳特区历史研究。

　　ZHAO Yizhu，Shenzhen Museum.

represents the common hope and aspiration of Chinese people of all ethnic groups. Especially in this special circumstance when the current international economic situation is extremely complex and delicate，it has been a very important and urgent task for our party and the country to promote social harmony and urban development. In this new historical conditions，being the researcher of the urban museums，we must thoroughly study and implement in practice the scientific concept of development，from the city museum's point of view，reflect the general requirements of the scientific development concept，embodies the spiritual demand of the times，give full play to the important duties of the urban museums to promote social cohesion and urban development. Then under the leadership of President Hu Jintao，can we steady our confidence，struggle tenaciously，deal with the impact of the international financial crisis calmly and maintain stable and rapid economic development to obtain new and greater achievement in the historical process of promoting reform，opening up and socialist modernization drive.

Key words：City museum, City history, A communication platform

随着我国经济社会的发展，我国人民对精神生活需求越来越高。其中最突出的表现之一，就是人们对社会的和谐与城市的发展提出了更高的期望与要求。

在这种形势下，我们城市博物馆的研究人员，必须以中国特色社会主义理论为指导，深入贯彻落实科学发展观，从城市博物馆自身的功能和作用出发，真正体现时代精神和人民群众精神生活的新的要求，充分发挥城市博物馆在促进社会和谐与城市发展方面的重要作用。

一、充分发挥城市博物馆真实地记载、客观展现城市历史的作用

坚持实事求是，使后人了解历史的真实发展轨迹，还历史以本来面目。特别是对城市未来的发展规划、决策定位起到警示、借鉴、指导的作用。

2008 年底，为纪念中国改革开放三十周年，深圳博物馆举办了《深圳改革开放史》大型展览，就是充分发挥城市博物馆真实地记载、客观展现城市历史的作用，坚持实事求是，为使后人了解历史前进的真实脉络，还历史以本来面目，提供了城市博物馆所应有的展示效果，引起了观众的强烈反响。甚至在 2009 年元旦与春节期间，来自全国各地的参观人群仍然排起了长队，很多人在临近闭馆时都不愿离去。该展览使深圳博物馆成为迄今为止全国闻名的唯一的一座以展示改革开放历史为主题的博物馆。

2009 年 10 月 18 日，《深圳改革开放史》展览在由国家文物局主办，中国博物馆学会、中国文物报社共同承办的第八届（2007—2008 年度）全国博物馆十大陈列展览精

品评选活动中脱颖而出,受到业内专家的充分肯定,一举摘取中国博物馆界的最高荣誉——十大陈列展览精品奖。此展览之所以能摘获大奖,正说明该展览是促进城市人文和谐发展的典型展览。

深圳博物馆的研究人员为《深圳改革开放史》展览的设计呕心沥血,在长达八年的艰苦筹备过程中,力求以博物馆展览的手段与特色,全方位地表现:深圳的发展和所取得的成就是在邓小平理论和"三个代表"重要思想指导下,全面落实科学发展观所取得的伟大成果。深圳以成功的实践向世界展示了社会主义中国的勃勃生机和光明前景。深圳经济特区是全国改革开放的窗口,是"排头兵"与"试验场",它神奇地创造了无数举世瞩目的伟大成就,造就了数不清的全国第一。而今,深圳已经阔步迈进科学发展的新时期。宣传、坚持和感恩党中央的改革开放政策,回顾与研究、总结与展示改革开放的辉煌历史成就和巨大成果,显得尤为重要。这是一项具有深远的历史意义和重大现实意义的艰巨任务。展览的设计工作者们打破旧的展览框架与模式,科学地运用多种多样的展览方式与丰富的展示手段,让参观者更加形象生动更加全面深刻地领略深圳特区的风采,使观众在有限的展览空间里,能够看到一个和谐的深圳、发展的深圳,辉煌的深圳,高歌猛进的深圳。

在展览的展示模式方面,深圳博物馆也进行了很多深入的研究与大胆的探索,尝试采用一切可运用的展览手段,成功地展示了深圳特区的前进足迹,真实地再现了深圳的历史和发展,使该展览成为改革开放以来,我国实现历史性变革和取得伟大成就的一个精彩缩影和生动反映。吸引了无数的中外观众。

为了表现特区初创时期热火朝天的创业场面,展览选用了"国贸大厦的建筑工地"制作成场景,因为这里诞生了成为深圳象征的举国闻名的"深圳速度"。不仅用巨幅油画表现了国贸"三天一层楼"的火热建筑工地,还运用仿真手段,使动态展示与静态展示结合,图片与实物结合,音响效果与视觉冲击结合,充分利用场景的直观,展示特区初创时期的创业场面。数十位基建工程兵——当时的中建三局一公司的建设者们紧张施工,远处墙上的背景画面与现场摆放的同真人一样大小的仿真人基建工程兵、建筑材料钢筋水泥、施工工具铁锹铁镐手推车等实物巧妙地连成一体,给人一种形象逼真、立体感强烈、身临其境的感觉。正是这些开拓者们三十年来不懈的奉献与奋斗,才使深圳发展成为现在的国际大都市。

在当年的开拓者"基建工程兵的简陋工棚"场景里面,设计者运用硅胶材料制作了六个仿真人,这些仿真人物表现当年的基建工程兵们,在艰苦的劳动之余,在简陋的工棚里仍然保持着革命的乐观主义与对未来的美好理想,他们或写家书,或洗衣,或拉二胡,或看书学习,充分表现了场景的真实效果与历史复原的特点,再现了当时国贸大厦建设者的业余生活的真实影像。一些当年参加过深圳建设的基建工程兵,如今已是两鬓斑白的老者,他们在这些场景前驻足良久,心潮起伏,眼里闪烁着激动的泪光,仿佛回到了那个火热的年代。他们的艰苦奋斗为深圳特区的城市发展奠定了坚实基础,几代建设者的努力成就了今天的深圳,才有今天深圳的城市综合竞争力名列全国前三甲。

这些展示极大地增强了观众热爱深圳情感和建设深圳的自觉性,进一步增进了城市各界群体的和谐意识,提高了观众学习历史尊重历史的兴趣和自觉性,有力地激发了参观者的工作热情,增强特区主人翁意识和对特区的家园归属感,充分发挥了城市博物馆促进社会和谐与城市发展的重要作用。

二、发挥城市博物馆展示和弘扬城市优秀历史文明成果,抵御腐朽落后封

建文化阵地的作用。尊重保护美好的民间风俗习俗,营造继承传统和谐风尚。

一个不注重保护、学习、研究自己历史文化的民族,是没有希望的民族。深圳博物馆新馆的常设展览中"古代深圳"、"近代深圳"、"深圳民俗文化"和"深圳改革开放史"等四大展览,展示和承载着深圳上下七千年的文化历史,记忆着深圳发展历史的进程和文化积淀,可称之为是一座令人敬畏的历史丰碑。特别是它突出了以区域文化为背景的地方民俗文化,通过一器一物和当地民俗生活场景的展示记录着中华民族古老传统文化的精华。

例如:"送龙出海"祈求平安,展示的是南澳渔民在新春佳节过大年时,舞动草龙祈求出海亲人们平安归来的习俗。"沙头角街舞鱼灯"展示的是深圳沙头角渔民舞鱼灯的习俗,该习俗起源于清代初期,至今已有三百多年的历史,每逢元宵中秋等传统节日,当夜幕降临,当地渔民便举起鱼灯配着鼓乐,时而盘旋起舞,时而腾挪跳跃,人们用这种方式来表示对吉庆有余和丰收的美好生活的期盼。"祥瑞麒麟舞鹏城"中的舞麒麟在清代新安县已经有两百多年历史,舞麒麟的队伍中,曾出现过两位武举人。麒麟是中国古代传说中的一种祥瑞神兽,寓意平安吉祥,历来被人们崇奉和喜爱,近两百多年来,当地的人们一直认为如果哪家客家围里没有舞麒麟的活动,这个村的青年就会被瞧不起。所以每年的春节,是当地各个客家围比试舞麒麟的高潮。舞麒麟在深圳,尤其是客家地区,拥有广泛的群众基础,具有岭南民间浓厚喜庆的民俗特征,体现了客家人崇尚利益谦让的优秀文化传统,是客家移民精神的传承和体现。现在,每逢元宵、中秋以及一些重要的民族节日,当地的居民仍保留着这个古老的民间艺术形式,为传统的节日和谐喜庆增辉添彩。

"渔民娶亲旱船舞",它生动展现的是客家渔民婚礼的特殊传统婚俗。新中国成立前,客家人的婚姻形式还有童养媳、等郎媳,一切由长辈做主决定,族长说了算,夫妻双方年龄差距少则三五岁,多则十八、二十岁以上。更有甚者,新婚夫妻拜堂前,互相都不相识,甚至都没有见过满面。还有一种叫隔山娶的婚姻,大多是男方出外远

洋,久久不归,家族亲人长辈替其物色好妻子,"捉只生鸡来拜堂",还有的有钱男人,除正娶一妻外,还可以纳妾(细奶)多名。新中国成立后,国家明令废除封建婚姻糟粕习俗,提倡男女平等,自由恋爱结婚,坚持一夫一妻制,提倡婚姻自主、婚事新办,逐步剔除了传统客家婚嫁习俗中封建的、迷信的、繁文缛节的成分。婚嫁过程中,如定亲、迎亲、向长辈敬茶、闹新房、女家送茶、新娘回门等文明的传统仪式保留了下来。改革开放以后,渔民的生活好了,男女青年在生产和劳动中萌发爱情的种子,双方你情我愿,不再过多地计较财力陪嫁,成亲时亲朋好友组成划船队,少则四十多人多则上百人,在热闹的锣鼓和鞭炮声中使其原来的原有的原始古朴婚嫁形式更加增添了热烈激情和谐的气氛。

这些传统明鉴习俗,浓缩了深圳近代客家及广府历史文化特色,具有较高的欣赏和研究价值,真实生动地体现了深圳近代社会政治、经济、文化等方面的变革发展及风土人情,蕴含了丰富的历史信息。为生活在繁忙紧张、现代化气息浓厚的当代人,增加了许多相互沟通了解的和谐氛围。使人们在参加这些活动的同时,能提醒我们尊重、保护、学习、研究历史传统的民族文化,并从中汲取养分,使人类文明与和谐得以世代传承和永久发展。

三、发挥城市博物馆为参观者提供了解、学习、研究、借鉴历史的场所

平台的作用,使城市博物馆成为提升社会群体文化素质、人文修养及城市品位,促进人们思考、增进人们和谐进取的课堂。特别是对城市未来的发展规划、决策定位起到警示、借鉴、指导的作用,尽而达到全面发挥城市博物馆促进社会和谐与城市发展的重要职责的作用。

《深圳改革开放史》展览中,向观众展示了深圳经济特区的创立过程,其中包括制定深圳经济特区的城市总体规划,率先突破旧体制,端掉"大锅饭",实行城市大型基本建设工程的招投标制度,推行由市场供求来调节的价格体制改革,实行用工劳动合同制,改革干部人事制度,大刀阔斧的进行机关、行政部门减政放权,探索国营企业股份制改革,大力扶持民营企业,加快非公有制经济发展,加快产业发展的协调与合作,全面改革金融体制,建立证券交易市场,首次推行土地使用权公开拍卖,深入改革住房制度,大力发展外向型经济,创造条件引进外资办企业,大力兴办内联企业,确立外向型经济发展战略,全方位扩大招商引资,创建出口加工区和保税工业区,进一步扩大对外贸易,实施"走出去战略",扩大对外交往,拓展远洋国际贸易,使外向型经济发展成效显著。在"深圳速度"基础上,再创"深圳效益",提出率先基本实现现代化战略目标。

特别是突出展示了深圳在全方位争创体制改革新优势方面的大胆探索。其中包括深化国有企业和国有资产管理体制改革、调整完善所有制及结构、健全现代市场体系、

完善宏观调控体系、深化分配制度改革、健全社会保障体系、深化口岸体制改革、加快发展文化产业、深化文化体制改革、推进司法体制改革、深化行政管理体制改革、深化干部人事制度改革等等,这一系列的系统改革,在党中央的英明领导下,都取得了很多成功的经验和显著的经济效益与社会效益。这些改革的成效,直接有力地促进了深圳这座新兴城市的经济发展、人文和谐与城市的进步。使深圳这座新兴城市的经济发展、人文和谐与城市的进步得到了突飞猛进的发展,并进入了前所未有的良性轨道。

展览还向参观者展示深圳将在未来的发展方向,争创产业升级新优势,大力发展高新技术产业,积极发展现代服务业,改造和提升传统产业,科学规划城市设施,推进现代化城市建设,高起点规划城市,高标准建设城市,高效能管理城市,加快实现农村城市化步伐,建设国家创新型城市,大力实施自主创新战略,全面提升城市竞争力,推进产业结构优化调整,实施品牌带动战略,全力打造全球五百强、跨国公司和国内大型商务机构的总部经济。这些内容都通过城市博物馆,通过城市博物馆中的展览为我们未来的和谐、科学的发展提出了要求、指明了方向。

三十年来,深圳经济特区不仅以惊人的速度改变了自身的面貌,而且发挥了我们国家在许多方面进行改革的试验场的作用,发挥了对外开放的"窗口"的作用和现代化建设的"示范区"的作用,这些历史的足迹,为全国,乃至其他发展中国家的现代化事业建设积累了宝贵的经验。面对新的形势,我们要认真学习深入落实科学发展观,充分发挥城市博物馆的促进社会和谐的巨大作用,继续解放思想,坚持改革开放和自主创新,推动科学发展,在新的起跑线上,走出科学发展、和谐发展的新路,极大地增强中华民族的向心力和自豪感,为发展惠及广大群众的社会事业和维护社会和谐稳定做出新贡献。为夺取全面建设小康社会的崭新目标,为夺取改革开放和社会主义现代化建设的新的更大成就而努力奋斗。

参 考 文 献

[1] 叶　扬:《中国博物馆发展研究》,文物出版社出版,《深圳文博论丛》,2008 年 5 月。
[2] 杨耀林:《深圳博物馆发展机遇与挑战》,文物出版社出版,《深圳文博论丛》,2008 年 5 月。
[3] 王宏均主编:《中国博物馆学基础》,上海古籍出版社,2001 年。
[4] 文化部文物局主编:《中国博物馆学概论》,文物出版社,1985 年。
[5] 吕济民主编:《当代中国的博物馆事业》,当代中国出版社,1998 年。
[6] 严建强:《博物馆的理论与实践》,浙江教育出版社,1998 年。
[7] 深圳博物馆编写:《深圳经济特区创业史》,人民出版社,1995 年 6 月。
[8] 深圳博物馆编写:《深圳特区史》,人民出版社,1999 年 10 月。
[9] 深圳改革开放研究中心编写:《深圳改革开放史》展览大纲,文物出版社,2010 年 3 月。
[10]《深圳民俗文化》展览陈列大纲,文物出版社,2010 年 3 月。
[11] 温家宝:《在第十一届全国人民代表大会第三次会议上的政府工作报告》,人民日报,2010 年 3 月 16 日。
[12] 人民日报社论:《奋发有为图发展 同舟共济促和谐》,《人民日报》2010 年 3 月 14 日。

博物馆策展人:城市文化品牌的助推手

——国内博物馆"策展人"制度探索

管晓锐[*]

(重庆中国三峡博物馆,重庆 400015)

[**摘　要**]　作为西方文明产物,博物馆在中国百年风雨发展中经历着与城市社会经济现代化的磨合。在国内博物馆新一轮建设热潮中,展览作为发挥博物馆展示和教育功能的有利渠道,正成为展示城市历史文化、构建城市文化品牌的重要途径,博物馆策展人更肩负着城市文化品牌助推手的使命。本文首先通过中西方语境下对"策展人"概念现存的不同解读,试图诠释"策展人"正确定义。其次从"策展人"在国内博物馆的出现、定位、对其特殊的素质要求以及现存问题,探讨策展人制度在国内博物馆的生存现状。最后,借鉴西方博物馆的策展项目团队,提出"集体策展"模式,以促进策展人制度在国内博物馆的建立和发展完善。最终实现博物馆策展人为城市文化发展服务的社会角色。

[**关键词**]　博物馆　策展人　城市文化品牌　助推手

Museum Curator, the Promoter of City Cuture
—to explore the Curator System in Chinese museums

GUAN Xiaorui

Abstract: As a product of Western Civilization, the Museum has been experienced socio-economic modernization and urban run-in during the past century. As the display and education channel of museum, the exhibition is becoming an important way to display and build the history and culture of the city, in the process of museum building great upsurge in

---

*　管晓锐,重庆中国三峡博物馆交流策划部文化交流科科长,负责展览策划和交流。

　　GUAN Xiaorui, Chongqing Museum, also known as China Three Gorges Museum in Chongqing. She has been in charge of the exhibition planning and cultural exchanges.

China. Therefore the curator in museum has been the promoter of city culture. Through the different understandings of Curator in the Western and Chinese context, the author is trying to decipher its true meaning. And then discuss the living situation of the Curator System in domestic museums, through the appearance, location, quality requirements and existing problems of the Curator in Chinese museums. Using the experience of Task Team in western museums for reference, the author finally advance a new model of Collective Curator to promote the building and development of the Curator System in domestic museums, in order to make the museum curators realize the important social role of service for city and city cultural development.

Key words：Museum，Curator，City culture，Promoter

　　博物馆展览对于博物馆乃至整个城市，从来没有像今天这样重要。它是博物馆与广大观众沟通的主要方式，是博物馆发挥展示和教育功能的先导和桥梁，是展示城市历史、文化和精神的有力手段，是构建城市文化品牌的重要途径。博物馆策展人所承担的使命，不只是策划展览，也扩展到他对社会、文化、政治乃至人类命运的情感态度与富于启发性的思考。可以说，博物馆策展人是城市文化品牌的助推手！

　　中国改革开放之后，文化市场开始复苏，文化艺术展览方式也趋于多样化，如今国内文化艺术市场上，"策展人"这个20世纪的"舶来品"正逐步趋于流行，大大小小的策展人相继活跃在国内乃至国际的舞台上。此时，同样身处中国文化艺术市场的博物馆，正面临二十年来新一轮的建设热潮。在博物馆体制改革和机制创新中，如何既体现中国特色，又能吸收外来的有益经验，以促进博物馆事业的发展，已成为十分迫切的问题。而面对被国人误读的"策展人"概念，如何将博物馆"策展人"视为一种可借鉴制度而运用其中，实为国内博物馆界急待思索的课题。

一、"策展人"之定义

1. 西方语境下的"策展人"

　　"策展人"一词源于英文"curator"，全称"展览策划人"（或"策划展览的人"），是指在艺术展览活动中担任构思、组织、管理的专业人员。在西方语境中，"curator"通常是指在博物馆、美术馆等非赢利性艺术机构专职负责藏品研究、保管和陈列，或策划组织艺术展览的专业人员，也就是"常设策展人"。与之相对应的则是"independent curator"，通常译作"独立策展人"或"独立策划人"。"独立策展人"特指根据自己独特的学术理念来策划组织艺术展览、但其策展身份不隶属于任何展览场馆的专业人士。

重庆中国三峡博物馆与英国驻重庆总领馆合作引进的展览:《威尔士发现之旅》展

独立策展人在身份上不同于在美术馆、博物馆等艺术机构的常设策展人,更不同于通过组织商业性艺术展览赢利的画廊主(gallerist)或经纪人(dealer)。

策展人(curator)的产生和西方博物馆美术馆体系的建立密切相关。英文"curator"一词在英汉词典中以前通常被翻译成"博物馆馆长"、"掌管者"或"监护人"等,18世纪以后,在欧美等地出现了众多的国家博物馆,特别是专业的艺术博物馆或美术馆,如英国大英博物馆、丹麦哥本哈根国立美术馆、美国大都会艺术博物馆、法国卢浮宫国家艺术博物馆等。在这些规模宏大的艺术博物馆或美术馆中,又进一步按照地区或时代细分,出现了专门负责某个地区或时代艺术藏品的研究、保管和陈列的专业人员,他们也负责相关领域的临时性展览,但一般不负责整个博物馆或美术馆的经营管理。这就是西方语境下所说的艺术机构的"常设策展人"。

2. "策展人"一词在国内艺术界的兴起

中文"独立策展人"一词,是 20 世纪 80 年代在香港、台湾等地区及海外华人范围内开始使用的,直至 20 世纪 90 年代该概念才引入中国大陆的艺术界,并在当代艺术领域广为采用。当时,国内一些年轻的艺术批评家开始了"独立策展"的尝试,他们试图通过"独立策展",在中国现行艺术展览体制之外搭建一个新的平台,以形成独具中国特色的艺术展览并回应国际艺术大展对中国艺术的影响。经过近二十年的不懈努力,"独立策展人"已成为一种革新力量,为国内现有的当代艺术展览机制提供了一个新的模式和方法。

3. "策展人"概念在国内被误读

如今,在国内艺术界已不再是新鲜名词的"策展人"概念,却存在着被误读的现象。国人已将体制外的"独立策展人"与"策展人"概念划等号,而体制内的"常设策展人"概念逐渐模糊化。上海当代艺术馆艺术总监陆蓉之纠正道:"我们今天在国内所理解的策展人,其实是体制外的独立策展人概念。这个独立策展人是跟着国际艺术节或双年展出来的,通常是一个临时的项目。所以,这些策展人要有十八般武艺,既要有学术,又要会推销,还要找赞助,其实看起来更像一个生意人。"

这让本源于博物馆、美术馆等非营利性文化艺术机构专职人员角色的"策展人"概念,在国内已逐渐被活跃在当代艺术界的带有商业性质的职业或半职业的展览组织者角色所代替,导致国内大多数博物馆对"策展人"概念和制度陌生而且持排斥态度。

如今国内文化艺术市场上,"策展人"这个 20 世纪的"舶来品"正逐步趋于流行,大大小小的策展人相继活跃在国内乃至国际的舞台上。而对这一概念的浅薄的认识和错误的解读却让国内博物馆中的策展人身份变得异常尴尬。面对如此局面,同在文化市场的博物馆对策展人概念和策展模式进行探究,以此折射出国内博物馆传统体制的一些问题,就具有了更深远的意义。

二、"策展人"制度在国内博物馆运营中的探索

1. "策展人"概念在国内博物馆界的出现

在国内传统博物馆体制下,地方综合性博物馆在基本陈列之外举办的临时展览,主要是具有政治意义的纪念性质大型展览,或者表现主流艺术的展览。这些展览由国家或地方政府宣传文化机构系统主持,政府拨款,派定场地,主持部门策划、组织并选择评审委员,以体现国家意志和国家意识形态的主导性。而随着经济改革的深入,国内博物馆进入新一轮建设热潮,博物馆展览方式趋于多样化,文化市场需求多元化,各大博物馆在体制创新过程中,正积极探索其独特的营运方式,努力地走出一条自己的道路。越来越多的国内博物馆开始大胆提出"策展人"概念,涌现出诸如《走向盛唐》文物大展等成功运用策展人概念和制度的展览项目,并在博物馆界形成越来越大的影响。

作为以创新制度成功办展走在全国前列的湖南省博物馆,则在《盛装华彩下的辉煌——湖南省博物馆改革创新纪实》中直接提出:"正是引入了西方'策展人'制度,即展览的策划、组织、实施,经费安排、使用均由'策展人'负责的制度。促使 2006 年策划引进的《走向盛唐》展览项目在湖南展出两个多月,观众总数达 180145 人次,平均每天接待 2027 人次。该展不仅产生了广泛的社会影响,还实现了门票收入 259 万多

元,创下了单展票房收入的最好成绩。"文物艺术展能获得社会效益和经济效益双赢,这在处于探索中的中国博物馆界掀起不小波澜。

苏州博物馆馆长助理杨文涛在新馆建成开放接受媒体采访时表示:"过去几乎没有'策展'概念,现在博物馆为了举办好的展览,常常需要与文化经纪公司、职业策展人打交道,博物馆陈列部更担当起了内部策展人的新角色。只有这样博物馆才能越办越好,人气渐旺。"

重庆中国三峡博物馆与英国驻重庆总领馆合作引进的展览:"威尔士发现之旅"展。

2. 国内博物馆"策展人"的定位

当"策展人"概念这个"舶来品"在中国语境中失去了一些原有语义,而被狭义为体制外"独立策展人"时,"策展人"概念进入博物馆界,则面临着更大挑战!相对于"独立策展人"概念,中国语境中的博物馆"策展人"将呈现出更丰富的内涵:

(1)相对于不隶属于任何机构的独立策展人,国内博物馆策展人是隶属于博物馆的体制内策展人,即常设策展人。

国际博物馆界十分重视对博物馆特有性质的把握,《国际博协职业道德准则》中把博物馆业务和博物馆创收区分开,是博物馆必须守住的道德准则,也是为了防止博物馆把经济活力依靠到商业化、企业化、私有化的错误做法。

对于和市场密切接触的策展人来说,首先必须确保其"博物馆人"身份,这是为博物馆保留充分的自主策展权,也是坚持遵循博物馆特有文化性质、公益性原则的表现。

(2)相对于易受商业化操作模式影响的独立策展人,国内博物馆策展人更能坚持严谨的学术见解和社会文化思考。

以独立经济个体出现的"独立策展人"是在经济利益驱使下策划展览,首要目的是实现展览经济效益,实现利润最大化,因此,即使他们策划的展览并不一定由博物馆投资举办,但要通过商业化操作模式获取社会企业资金并给予企业回报,往往会为了策展人自身利益而损害博物馆利益。正如原台北美术馆馆长,现任中国台湾艺术大学校长的黄光男先生在2006年4月于中国美术馆所作的《博物馆运营与实务》学术讲座现场所讲:"博物馆的展览要进行全面规划,它不是外面独立策展人能承担的,这是博物馆自身的主权。不要照搬西方的东西,要找出适合我们的东西合理运用。在台湾很多的独立策展人被博物馆称为掮客,他来就是为了赚钱,对博物馆的伤害很大。"

(3)相对于西方独立策展人,国内博物馆策展人扮演更多不同的角色。其角色包括前期市场调研、展览策划立项、组织展品资源、协调馆内各部门、实施媒体宣传、票务推广、教育活动推广、展览效果评估,甚至展览招商、社会公关等。

　　而西方独立策展人就相对独立得多，他们主要的工作是提供策划方案，负责展览的实施，保证展览的学术性，而其他方面的问题则由相关的机构负责，比如基金会、美术馆、公关部门等。

　　展览项目的资金来源渠道和经费保障力度，一直是困扰国内博物馆展览项目策划运作的主要因素。为了让展览项目能顺利实施，博物馆策展人不得不参与到展览招商、公关等环节，扮演社会活动家的角色。毕竟博物馆生存和发展离不开外部力量的支持：博物馆需要来自政府的支持力，也需要包括来自社会的财力支持和高校等学术机构人力支持。只有做好市场调研、充分挖掘文化资源，策划出有市场需求的展览项目，才能促成博物馆与政府部门、媒体单位和社会机构良好关系的建立，争取更多来自于政府、社会的关注和支持，从而形成博物馆与社会的良性互动。总之，在培育和开发博物馆社会支持力过程中，博物馆策展人扮演了重要角色。

　　（4）相对于西方策展人概念，国内博物馆策展人制度是对传统体制和展览运作模式的一种改革，并产生出具有中国特色的"集体策展"形式。具有中国特色的体制内策展人最具代表性的体现就是，在博物馆策展体制缺位状态下，以策展项目组为代表的"集体策展"的出现。集体策展的方式是具有中国特色的，它既不同于以往的国家行为，也不同于西方的独立策展人，应该说它是一种缓冲和过渡。

　　博物馆策展人从理论上讲是一个人，但从国内博物馆现有体制情况来看，体制内策展人要考虑主体利益的关系，策展工作在实施过程中，更多的是协调各方利益关系。此时策展人的个人身份已转换为"策展项目组"负责人的角色。

重庆中国三峡博物馆策划的展览：

《巴渝华章——庆祝新中国成立60年重庆建设成果展》

3. 博物馆对策展人的素质要求

博物馆展览不同于其他的商业会展,是公共文化场所举行的公益性质的文化活动,展览活动的目的不是企业追求的利润最大化,而是满足社会效益的基础上争取经济效益,最终实现博物馆的社会效益和社会责任。因此,它对体制内"策展人"有着特殊的严格要求。可以说,博物馆的文物艺术展无论是对"策展人"的个人专业素养、人际交往能力,还是个人品德等各个方面都有高标准的要求。

(1) 对博物馆"策展人"专业技能和专业素养的要求

博物馆策展人不仅对文物资源有高度热情和丰富专业知识,而且有良好的市场意识、敏锐洞察力,和丰富创造想象力,能根据市场调研情况,抓住社会热点和市场需求,进行文物艺术展览创意立项、展览资料收集、内容设计等,而且还能组织人员拟定包括陈列布展、宣传推广和教育开发等整体项目运作的方案文本。这是策划任何一个文物艺术展览的先决条件。

(2) 对博物馆"策展人"组织协调能力的要求

一个展览项目涉及的范围十分广泛,牵扯的环节也十分多。作为展览策划项目组的负责人,策展人不仅要从宏观方面对展览进行整体构思理念和方向上的把握,而且还要从微观角度,协调各部门对项目运作全程的各个细节进行布局和调整,因此具备优秀的组织协调能力,和整体运筹展览项目的能力,同时调动人员团队合作精神,促使项目运转专业化、规范化是博物馆"策展人"必备的条件之一。

(3) 对博物馆"策展人"人际沟通、社会公关能力和处理媒体关系的要求

一个展览项目从立项策划到实施,是策展人通过对文物资源的了解和认识,以及对社会需求把握能力的发挥,整合社会资源的过程。博物馆的生存离不开社会公众支持。"策展人"还需要与相关的政府部门、学术科研机构、展览投资方(社会企业)、新闻媒体等各阶层保持良好关系,以期与不同机构达成最佳合作。所以博物馆"策展人"作为社会活动的组织者和运作者,要有非常强的公关、协调能力,以发挥丰富的社会资源优势。

(4) 对博物馆"策展人"的品德要求

在社会效益和经济效益面前,博物馆策展人的行为必须遵守国际博物馆协会的职业道德准则,坚持博物馆非营利性原则,在经济问题处理上理清各方面关系,同时,要以严谨负责的专业态度,坚持从学术理念和社会思考角度策划展览,维护博物馆整体形象和博物馆利益,促使博物馆"策展人"制度能沿着正确的轨道向前发展。

4. 存在的问题

(1) 策展模式的缺位现象

在国内大多数博物馆仍存在缺少主动策展的局面,以笔者所在的重庆中国三峡博物馆为例,2009 年度在该馆举办的临时展览共计 41 个,其中由该馆主动策划的原

重庆中国三峡博物馆外景

创性临时展览八个,仅占总数的 19.5%,其余为引进的临时展览。在博物馆展览活动日渐丰富的繁荣景象下,存在着自主"策展"模式的缺位。办展模式"承接多,策划少"、"引进多,推出少"这也是国内博物馆普遍存在的现象。

(2) 策展资金的短缺现象

在我国,博物馆事业发展中的突出矛盾之一就是单一支撑体系所造成的政府对于博物馆支持总量不足与博物馆事业发展实际需要之间的不相适应。博物馆存在办展资金投入少,缺乏政策支撑和社会支持力,突显博物馆生存矛盾的现象。这直接导致两方面的问题:一方面博物馆几乎全部依赖政府资金投入,出现办展模式"被动承接多,自主策划少",对高水平展览项目无力自主引进和专业运作的局面;一方面博物馆尝试市场运作的展览项目缺乏政策支撑,加大了寻求社会合作和争取支持力的难度,使文化事业缺乏资本扩张能力。

(3) 策展制度的缺位现象

受传统体制影响,博物馆内部机制改革、收入分配制度改革和内部人事管理改革等尚未成熟,博物馆社会角色的转变也未完全实现,博物馆运行仍依靠行政科室系统的单一模式,导致馆内文物信息资源不畅、人员工作态度不积极,工作程序繁杂,并受限于部门间人力、协调力和决策力,难以调动馆内各环节的主动性,形成灵活高效的策展运行机制。

(4) 策展人角色的缺位现象

受传统机制影响,国内博物馆机制改革、收入分配制度改革和内部人事管理改革等并不成熟的情况下,博物馆策展人不仅是某领域有学术专长的专家,能坚持独特的学术理念和社会文化思考;也是熟悉文化市场的创意人,能敏锐洞察市场需求和挖掘文化资源价值;同时也是"策展项目组"总负责人,能统筹协调馆内各部门实施策划方案;最后还是社会活动家,能协调内外各方面关系和资源,争取包括政府、媒体和社会企业的各方支持。而国内博物馆业务人员的知识结构大多以文博历史类学科为主，比较单一。同时，在博物馆传统体制下，博物馆从事研究工作的业务人员对市场关注度不够，对整合社会资源比较陌生。从博物馆人才上直接导致策展人角色的缺位。

三、建立"策展人"制度的对策

1. 以博物馆学为理论指导，推进博物馆内部机构的科学设置

根据国际博协 2007 年对博物馆最新定义和博物馆特有社会责任，博物馆必须建立以业务为核心，运转高效、协调有序、职责权限清晰的内设机构序列。即围绕收藏研究、展览策划和教育传播的博物馆社会功能划分内部机构，具备"展览策划"职能的部门，如笔者所在的重庆中国三峡博物馆设有"策划发展部"。通过这种部门划分将进一步理顺工作机制，明确职能划分，减少跨部门的协调工作，解决管理机制过于扁平化、效率低下等问题。

2. 引入项目团队的策展新模式

针对目前国内博物馆界业务运行主要仍依靠行政科室系统的单一模式，为避免策划和运作展览项目时，各部门沟通不畅、缺乏协调力、执行力和决策力、资源不集中等问题，策展人被赋予的多元角色，最终只能通过有充分协调力和决策力的"策展项目组"得以实现，即以"集体策展"的形态实现博物馆展览的策划实施。

（1）"项目制"策展的特点

展览项目一旦得到确认后即成立由各个相关部门和人员组合而成的项目小组。这是一个专门为某展览设立的项目组，该小组在某特定部门或人员的协调下，产生的所有工作均围绕该项目进行。

项目制展览的策划方式具有极大的优点，它不仅可以将所有利于展览进行的部门或人员有机组合，形成强有力的成员小组为展览工作，同时可以在展览策划过程中进行合理的统筹安排，共同制定工作内容和方法，即使出现突发状况，在项目小组的共同应对下也能即使处理。国外博物馆大都采用这种项目制的策展方式，在长时期的实践中逐渐形成了一定的模式。

（2）策展人是策展项目组的负责人

策展人是"主导统领者"。策展人负责带动项目组成员将策展整体思路贯穿展览项目始终：从各类文本的设计到展览制作，从各类宣传推广和教育开发活动的策划指定到实施，从展览项目招商到效果评估等。他并不承担每个环节具体工作，只是提出总体理念和构思，项目组成员才是策展人理念和思想的具体执行者。

策展人是"项目经理"。在展览项目运作中的，博物馆策展人负责制定项目计划书、经费预算、各部门人员的调动、时间统筹和进度督促等，在熟练地掌握整个展览的

具体环节和运行情况后,随时与小组的各成员保持密切联络与沟通,协调整个项目中出现的各类问题。

(3) 策展项目组的构成和协作关系

由一个具有策展职能的部门(如,展览策划部,有时也来自馆领导)提出展览的初步设想或者方案,在决策部门审批通过之后,组合由各个相关部门或人员构成"策展项目组",并由此小组具体筹措展览的所有工作,从而形成展览项目。策展项目组中,除了项目负责人(即博物馆策展人),其他小组成员之间是平行协作关系。借鉴加拿大各博物馆的策展模式,我国博物馆的"策展项目制"小组成员可包括:藏品研究人员、策划文案人员、形式设计及制作人员、推广活动策划人员,以及展览阐述人和作为项目负责人的策展人等。

① 藏品研究人员:一般来自藏品部或者研究部,所起的作用是提供学术背景资料和学术指导,并按照策展想法做出简单的文字框架;

② 策划文案人员:根据藏品研究人员提供的资料,在文字上进行编辑加工,将文字转化成为更贴近观众的语言,使其更通俗易懂。也就是说,将展览内容以最直接和最灵活的方式传译给公众,由最初提出展览的模糊想法到项目成立之后进行展览内容的统筹;

③ 推广活动策划人员:一方面为媒体宣传推广策划,根据展览目标观众群,确立宣传热点,分阶段策划新闻报道和广告投放计划,一方面为推广活动计划,根据展览期间社会热点、节庆日策划实施教育、票务推广活动,旨在提高展览知名度和美誉度;

④ 形式设计师:这部分人员大多来自馆外设计公司;

⑤ 展览阐述人:是策展人理念及思想的具体执行者,负责组织项目小组里的人员编写所有展览文本,包括内容、形式、宣传推广和教育开发、社会合作等各种策划文本,但是他所设计及执行的文本内容不能偏离策展人的整体思路,在执行过程中需和策展人随时保持沟通。

加拿大文明博物馆的所有展览项目交由副馆长级别的"展览计划办公室"承担,办公室将由此成立展览项目核心小组。一般而言,在加拿大博物馆的机构设置中,虽然收藏、研究部门与展览部门平行而列,但是在展览策划中,起主导作用的展览项目负责人大多出自展览部门。

(4) 策展项目组通过外聘人员进行补充

一些博物馆也经常从外聘请相关人员,因为本馆在某个环节力量较为薄弱,需要进行适当的补充,而内容和形式设计及制作人员是常进行补充的部分。加拿大麦考德博物馆的形式设计师大多来自馆外的设计公司,其采用的方式是以发公告、招投标的形式来选择最能理解展览意图并做出最佳方案的设计公司及人员,而具体负责招募工作的仍然是在项目中起主导作用的项目负责人。

　　加拿大魁北克文明博物馆则更多在内容统筹方面依赖馆外的力量，大学方面某个领域有建树的专家教授和本土乃至世界各地的专家等都有可能会成为其内容设计的主力，与这些人员建立广泛的联系并在展览需要时邀请其参与也是项目负责人的一项重要工作。

　　（5）策展项目组的工作流程

　　项目组会将整个项目分成几个模块，包括，前期市场调研、展品选择、文本设计、形式设计、宣传推广、教育活动以及社会合作。同时项目组会按照一定的时间安排工作流程，所有组员在进行设计时会充分考虑到自己的内容与整个展览的协调性，并放在小组中定时召开会议通报进展情况和随时解决项目过程中出现的各类问题。经常性的讨论以期待得到认同或更好补充，使所有环节的工作在策展过程中随时得到统一。可以说，每个展览从酝酿到实施到最后展示给观众，都是项目制策展制度成功的标志。

参 考 文 献

[1] 杨应时著:《"独立策展人"的兴起》,《美术研究》2004年增刊。
[2] 杨应时著:《"独立策展人"的兴起》,《美术研究》2004年增刊。
[3] 胡赳赳、孙琳琳:《中国策展人群体崛起》,《新周刊》总238期。
[4] 《中国策展人难成职业》,《北京商报》2008年9月14日。
[5] 《苏博新馆不做"美丽空壳"》,《苏州日报》2007年8月26日。
[6] 黄光男:《博物馆运营与实务》学术讲座,中国美术馆,2006年4月。
[7] 湖南省博物馆赴加拿大博物馆培训学习小组:《先进的管理经验和创新理念——湖南省博物馆业务人员赴加拿大博物馆培训学习有感》,《湖南省博物馆馆刊》第4辑,2007年。
[8][9] 廖丹著:《加拿大博物馆藏品保管及展览策划的现状与思考》,《湖南省博物馆馆刊》第4辑,2007年。

三、城市博物馆的工作探讨

Outside the museum walls：
an innovating project in Graz

*Otto Hochreiter**

Abstract：The stadtmuseumgraz (City Museum of Graz)，situated in the very centre of Graz，like Salzburg one the "second cities" of Austria，is one of the most contemporary local museums in the German speaking area. According to the mission statement of CAMOC，its aim is to be a real "forum for the investigation and discussion of contemporary urban issues" and a "gateway to understand today's life".

The stadtmuseumgraz is currently working on a permanent exhibition which is supposed to be opened in autumn 2012. An international team of curators has developed an innovative concept which suggests to move parts of the exhibition out of the museum into the urban space of Graz，which has preserved its finest buildings，partly from medieval and renaissance origin. The marked and inscribed real buildings of the town will change into "exhibition objects". Further，we try to include the space of the historical old town into our in-house exhibition as well and to encourage interaction with inhabitants，tourists，and visitors to Graz. In the foyer，there will be a large working model of the town，which is interactive and demonstrates the complex，diverse，uncompleted，and transitory character of the city as sphere of action. The model encourages the citizens to get in touch with their own city and to change and improve the urban condition of Graz.

---

* *Otto Hochreiter*，Director the Ciy Museum of Graz，Austria.

博物馆围墙之外的世界：
在格拉茨的创新项目

奥托·霍赫赖特[*]

[摘 要] 德国格拉茨市博物馆,位于格拉茨市中心。如同萨尔茨堡市奥地利的"二线城市"那样,格拉茨博物馆是德语地区最现代的地方博物馆之一。与国际博协城市博物馆的使命一致,其目标是成为一个真正的"探讨当代城市问题的论坛"、开启一扇"了解当代生活的大门"。

格拉茨市博物馆目前正在制作一个常规展览,展览计划在 2012 年秋季开幕。一个国际策展团队提出了一个创新性的展览理念——将部分展览搬出博物馆搬到格拉茨市内那些中世纪和文艺复兴时代留下来的历史建筑中。这些著名历史建筑物将变为"展品"。此外,我们尝试将有历史意义的老城区囊括进我们的室内进行展览,并鼓励展览与格拉茨居民和游客展开互动。在休息室,将有一个巨大的运转的城市模型,这个模型是互动式的,它展示复杂的、多样的、瞬息万变的城市特性。这个模型鼓励市民更多地接触自己的城市,改善格拉茨的城市环境。

---

* 奥托·霍赫赖特:奥地利格拉茨城市博物馆馆长。

The findings of a Fulbright research project on city museums and city history

Rainey Tisdale

Abstract: I am an American museum professional developing a speciality in city history. As I write this proposal in the spring of 2010, I am conducting a five-month Fulbright research project on city museums and city history, based in Helsinki, Finland. While Boston is the city I know best, and Helsinki is a city I am intensively learning, in the past year I have also investigated city history in Montreal, Chicago, Pittsburgh, London, Berlin, Stockholm, Tampere, and Tallin. Before the summer is through I will have added Paris, Barcelona, Amsterdam, Brussels, Copenhagen, and St. Petersburg to the list.

My ultimate goal with this research is to improve my own public history work, and to help my colleagues at city museums across the globe do the same. As a practitioner and a pragmatist, I am interested in new ideas that can be realistically implemented; in translating big-picture thinking into day-to-day change. I am currently chronicling my explorations in a blog CityStories, that can be accessed at raineytisdale. wordpress. com.

At the 2010 CAMOC conference in Shanghai I would like to present my Fulbright research project and discuss how my findings might contribute to the development of city museums that provide significant value by engaging citizens and increasing quality of life. Reports from the field in the past few years suggest that many of us feel poised on the verge of something new, but what form will the 21st-century city museum take? I am particularly interested in place-making both inside the museum and beyond its doors, geo-tagging and hyper-local history, collaborations between city museums and contemporary artists, city museums as facilitators of dialogues on city futures, user-generated content, and the changing role of the curator in 21st-century city museums.

美国富布莱特项目研究成果

——城市博物馆及城市历史

雷尼·蒂斯代尔

[摘　要]　我是一名美国博物馆的专业人士,研究城市历史。今年春天写这篇时,我正在富布莱特基金资助赞助下,以芬兰赫尔辛基为基地,用 5 个月的时间做一个研究课题:城市博物馆和城市历史。虽然波士顿是我最熟悉的城市,但赫尔辛基是我强烈想要了解的城市。过去的一年,我也曾对蒙特利尔,芝加哥,匹兹堡,伦敦,柏林,斯德哥尔摩和塔林坦佩雷等城市史做了考察。在夏季之前,我将继续对巴黎、巴塞罗那、阿姆斯特丹、布鲁塞尔、哥本哈根、圣彼得堡进行考察。

　　我从事这个研究的最终目标是改善我自己所从事的公共历史工作,同时帮助改善全球各国城市博物馆和我一样从事公共历史工作的同事们。作为一个实践者和实用主义者,我那些具有实践操作价值的新理念感兴趣。目前,我将我的研究工作都记录在我的博客中,CityStories,可以在 raineytisdale.wordpress.com 上查阅。

　　我很乐意在 2010 年国际博协城市博物馆大会与大家分享我的研究成果,并与大家探讨一下,如何使我的研究成果帮助城市博物馆的发展。我认为,城市博物馆通过鼓励公民参与提高生活质量,具有重要价值。过去几年中来自城市博物馆领域报告表明,许多人对新事物犹豫不决。21 世纪城市博物馆是什么样子? 我对博物馆内外的“场所营造”、地理标识和非本地历史特别感兴趣,对博物馆与当代艺术家之间的合作,对促进城市对话和交流的城市博物馆感兴趣,对 21 世纪城市博物馆馆长角色的变化也感兴趣。

城市博物馆与城市中的企业关系初探

——以上海地区为例

胡宝芳　赵丽芳*

（上海市历史博物馆，上海 200002）

[摘　要]　与艺术博物馆不同，城市博物馆是关于城市的博物馆，它的主题是城市，而城市是活着，它就在博物馆周围。城市由多重因素组成的一个有机整体，城市博物馆是这个整体中的一部分，它与城市中其他要素的良性互动，都将使城市生活更加美好。

本文通过梳理来上海市历史博物馆与这一城市中的另一重要分子——城市中的企业几十年的合作、共存、互助的过程，对"上海市历史博物馆与上海企业之间的关系"做一个案研究，以此为契机，探讨城市博物馆与城市中的其他因素之间的关系，以及这种关系对城市发展的影响。

19 世纪 50 年代中期以来，上海就是中国的经济中心，而上海各类企业则是上海经济的主体，企业历史文化遗产是上海历史文化遗产的有机组成部分。以"上海"为主题的上海历史博物馆成立以来，就把上海企业的历史文化遗产作为研究和珍藏的重点。经过几十年的积累，上海历史博物馆收藏的上海著名企业的历史文化遗产已达数千件，成为收藏上海企业历史文化遗产的一个重要机构。藏有丰富上海企业历史文化遗产的上海市历史博物馆城市现在也同上海许多企业保持密切联系，二者共同为上海城市的和谐发展而努力。本文分三部分展开论述。

[关键词]　上海市历史博物馆　企业　互助　发展

---

*　胡宝芳，上海复旦大学历史学硕士，上海市历史博物馆副研究馆员。

赵丽芳，山西大学历史学硕士，晋中学院继续教育副院长。

HU Baofang, associate researcher fellow, Shanghai History Museum.

ZHAO Lifang, vice president of Jinzhong University.

City Museum and the Companies in City，
a Case Study in Shanghai

HU Baofang　　ZHAO Lifang

Abstract：City museums are unique in that they are both about the city and for the city. At the same time，the city is a living organism and the city museum is at its heart，and the interaction between the museum and the city can contribute to the city's well being.

The main purpose of this paper is to focus on the relationship between Shanghai History Museum and those commercial companies in Shanghai which have been with us for generations and those we have today.

Shanghai has been the economic centre of China since the 1850's. In view of their important role in economic life，the commercial companies in the city are an essential part of Shanghai's cultural heritage. Being a museum focused on and devoted to its city the Shanghai History Museum has，from the beginning，safeguarded the particular cultural heritage of the wide range of companies operating in the city over the years. More than 4,000 historical items about city companies have been collected by the Museum. Based on this vast collection the Museum has been an important intellectual resource for the companies in Shanghai and they are working together to make their contribution to the development of the city.

Key words：Shanghai History museum，Company，Intellectual resource

一、上海城市发展中的企业因素

上海，从未做过中国的首都。但在中国，甚至在世界上，"上海"却是闻名遐迩的一座城市。这座城市与巴黎、东京、伦敦等国际大都市一样，在世界舞台上熠熠闪光。上海之所以闻名，是因为近代以来它就是中国的经济中心。而各类企业则是经济活动的主体。企业的分类有多种，从企业所属的经济部门分，可划分为农业企业、工业企业、交通运输企业、金融企业、医药、商业贸易、建筑企业等。

罗马不是一天建成的。上海之所以有今天的辉煌，很大程度上得益于上海地区各类企业一百多年来的努力和奉献。

　　1843 年上海开埠后不久的 19 世纪四、五十年代,即有一批外国人在上海投资建立了最早的一批外资企业——船舶修造工厂、打包和加工工厂、银行、轮船公司。[1]在外资企业的刺激和促进下,19 世纪六七十年代,上海出现了江南制造局、机器织布局等一批民族资本主义企业。1894 年前后,上海的民族资本近代工业企业已经初具规模,而且还出现了一批经营五金、西药和洋杂货等的民族资本商业企业。[2]清政府被推翻后,上海经济进入一个新的发展时期。第一次世界大战后,上海的民族企业发展进入"黄金时代"。有人统计,仅 1912—1924 年,上海出现的机器厂就达 202 家。[3]。20 到 30 年代,上海的工业企业发展经历了一个曲折起伏的发展阶段,交通运输、电讯通讯和内外贸易及金融企业都获得了很大进步。1933 年正规的机器制造企业增加为 3485 家。[4]1935 年上海的银行机构达 182 个。[5]1936 年 8 月上海各类商业服务企业有 55 个行业,36926 家企业。[6]1930 年代,上海已经成为近代中国轻纺工业基地、金融中心、交通运输枢纽和内外贸易中心的地位,成为近代中国的一个多功能的经济城市。虽然抗日战争期爆发后,上海经济发展受挫,但到 1947 年,上海的机器制造企业还有 7738 家,占全国 12 大城市中总数的 55%)。[7]

　　解放后,上海经济在原有各种企业资源的基础上继续发展、壮大。改革开放以来,上海着力调整经济结构和转变经济发展方式,切实加强资源节约和环境保护,国民经济向着又好又快发展的方向稳步迈进。从 1992 到 2007 年,上海经济连续 16 年保持两位数增长。经过几十年的发展,上海作为国内经济中心城市的功能进一步加强。

　　可以说,上海企业发生、发展的历史是上海历史不可或缺的重要组成部分。经济的发展又推动整个上海社会、文化、市政的发展。各类企业在成长过程中,或多或少地留下了一些历史文化遗产。

二、上海历史博物馆是上海企业历史文化遗产的主要收藏机构

　　进入 21 世纪,随着上海经济的快速发展,各类企业对历史文化的认识水平也逐渐提高,社会各界人士对保存企业的历史文化遗产越来越重视。《中国文物报》2010年曾刊资深文博研究员程京生的文章对我国企业类博物馆的发展给予关注。近代以来经济最为发达的上海,在企业博物馆的发展上,也走在全国前列。近年来,在上海市文物管理委员会的指导和各专业领域领导的大力支持下,上海的企业类博物馆蓬勃发展。2000 年 4 月在号称"东方曼哈顿"的陆家嘴金融贸易区,诞生了中国首家金融行业博物馆——上海市银行博物馆。该馆主要收藏上海近代银行历史文化遗产。2004 年中国第一家国家级证券博物馆历道证券博物馆在上海浦东华能大厦诞生。历道证券博物馆收藏上海甚至全中国百余年来的金融、证券类企业的历史文物。

2006 年在上海烟草的大力支持下"中国烟草博物馆"在杨浦区长阳路开馆。[8] 2008 年上海的"母亲工业"——纺织工业,终于在上海申新纺织九厂原址建成上海纺织博物馆,2010 年 6 月,上海电信博物馆在延安东路 34 号原大北电报公司大楼内正式开馆。除以上提到的博物馆外,上海铁路博物馆、上海眼镜博物馆、上海印刷博物馆、美特斯邦威服饰博物馆等也都收藏一些相关的企业历史文化。

以上提到的是近年来上海新建的一些收藏企业历史文化的单位。实际上,以收藏、展示、研究上海历史文化为己任的上海市历史博物馆对企业历史文化遗产一直非常重视。

上海市历史博物馆的藏品基础是上海博物馆 1983 年拨交的一批上海地方历史文物、文献。1937 年正式开放的上海市博物馆曾设有历史部、艺术部。历史部主要陈列有关上海的历史文献和文物。[9] 因而 20 世纪 30 年代建成的上海博物馆不仅收藏艺术品,还收藏有不少上海地方历史文物文献资料。1983 年上海博物馆地史部从上海博物馆剥离出来成立上海地方历史文物陈列馆时,相应的历史文物、文献也大部分拨交给新成立的地方历史文物陈列馆。1991 年上海地方历史文物陈列馆更名为"上海市历史博物馆"[10]。在上海博物馆拨交的历史文物和文献中,我们可以发现不少上海企业历史文化遗产。如 1936 年商办闸北水电公司营业区域图、1947 年闸北水

1930 年代德士古公司欢宴江浙全体经理留影

电公司营业区域图 1931、1932、1934、1935、1936 年中国纱厂一览表、1916 年上海汇率图、慎昌洋行纪念册、商务印书馆五十周年纪念册，大中华橡胶厂产业工会会员证、美亚织绸厂上海分公司职工工作证、中国纺织建设公司上海第六纺织厂全体职员合影、胡蝶为上海南市国货商场行揭幕礼照、南京路四大公司照、近代彩印茂新福新麵粉一览公司商标图册、近代彩印大东烟公司打鱼杀家香烟牌子……上海博物馆拨交的企业类文物虽然不少，但以纸质的照片、文献、证书、地图、纸币居多，也有少量证章，如：上海法商水电工会会员证章、上海华商公共汽车公司五周年纪念章、立丰染织厂徽、上海造币厂借款银团印章、上海市棉布交易所硬印等。[11]

20 世纪九十年代初上海市历史博物馆正式在宋园路开放，这个展览在吸收当时国内外上海史研究最新成果，邀请众多上海史专家和本馆资深专家共同参与大纲的基础上完成的一个项目。该展览将该展览第二部分"名闻遐迩的远东巨埠"展示的就是近、现代上海经济的发展历史。[12]上海贸易、金融、工业等各类企业历史文化遗产在作为展品在展厅中的展示产生了深远影响。一方面，本馆文物征集和研究人员对企业历史文化遗产的认识进一步提高，此后本馆征集、研究企业历史文化遗产的力度加大、深度不断加强；另一方面，展览使部分上海市民和企业也认识到"企业历史文化遗产"的价值和意义，产生了主动保护企业历史文化遗产的理念。以上两种有利因素相结合，使我馆企业历史文化遗产的征集工作进入一个新的历史阶段。

与过八十年代上海博物馆拨交的那些企业历史文物相比较，这一阶段我馆所收藏的企业历史文化遗产数量多、精品多、体积大。"中华民国财政部敌产管理处致大新公司函"、民国年间"天晓得乌龟旧招牌"、1900 年"商务印书馆手摇铸字机"、"1893 年英国普拉特兄弟股份有限公司造粗纱机"、"民国三十年龙章机器造纸公司迁川经过及重庆建厂略历"、"老新闻报馆内的奥的斯电梯"、"沪宁铁路局鲍尔温机车"等企业文化遗产都在这一时期进入我馆库房。

不到二十年时，我馆收藏的企业类文物约占全部馆藏企业类文物的五分之一，就价值而言，不少企业类文化遗产都具有重要历史价值、文物价值、科技价值。"奥的斯"电梯是见证老上海建筑和市政建设的代表性物证，"中华民国财政部敌产管理处致大新公司函"是抗日战争结束后国民政府财政部对上海重要企业进行处理的典型物证；"鲍尔温机车"不但见证了二战结束后联合国难民救济署支持中国重建的那段历史，而且为新中国成立后我国机车制造业从借鉴吸收外国技术基础上自主创新的发展历程。

八十年代拨交的企业类文物政治色彩比较浓厚，文物内容比较关注企业内的工人、工会等。九十年代以来，我馆征集的企业类文化遗产内容比较丰富，包罗万象。除了有关企业工人、职工的有关历史遗产，具有重要价值的企业技术、企业制度、企业设备、企业管理、企业文化等方面的历史文化遗产也被收藏进我馆库房。

从经济学角度看,这一时期收藏的企业类文化遗产,几乎囊括了上海地区农业企业、工业企业、交通运输企业、金融企业、医药、商业贸易、建筑企业等各类重要企业部门。

我们之所以能在最近二十年征集到这么多企业类文化遗产,得益于我馆一批经济史研究专家的研究前瞻性和理论指导,得益于我馆文物征集者的辛苦劳动。与此同时,更得益于上海各企业对我馆文物征集工作的理解、支持和配合。我馆很多企业类文物来自于企业的无偿捐赠。从我馆的文物登记册上可以看到:"中华民国财政部敌产管理处致大新公司函"是南京路市百一店捐赠的,"鲍尔温机车"是上海铁路局捐赠的,"交通银行金库大门"是上海交通银行某分行捐赠的;"民国正广和汽水"来自于上海梅林正广和有限公司,"1928 年消防栓"为上海自来水消防工程有限公司捐赠,民国"鸿运楼招牌"是上海市黄浦区第二饮食公司捐赠……进入我馆的每一件企业类历史文化遗产后面都有一段鲜活的历史记忆。每一个捐赠企业都曾有令人骄傲的历史,无论效益好坏,这些企业都有一批关注和守护本企业历史文化、珍惜公司荣誉的人存在。由于他们的守护,上海很多企业的历史文化遗产得以保存。没有他们的守护,没有他们的支持和配合,我馆征集企业类历史文化遗产的历史将会改写。

上海市历史博物馆送展进企业:
《走近世博文物图片展》在氯碱化工集团展出

三、上海市历史博物馆为上海地区企业的发展提供多种服务和支持

在上海众多企业的几十年来的支持和支援下，上海历史博物馆的企业类文化遗产不断增加。与此同时，随着经济的发展，藏有众多企业文化遗产的上海市历史博物馆也越来越得到一些上海企业的认同。近年来，我馆与上海地区部分企业之间保持良好的沟通及合作。

早在 2000 年，在上海市有关领导的直接领导和指示下，上海东方明珠公司就与上海市文物管理委员会签约，将上海市历史博物馆为筹备和设计的"上海近代历史陈列馆"交东方明珠公司管理、经营。这个展览内容设计和讲解词基本由我馆一批长期从事上海地方历史文物的专家负责，陈列文物由我馆提供，开放之初的讲解员都是我馆帮助招聘、培训的。"上海近代历史陈列馆"在东方明珠开放十年来，每年都有近 300 万的游客前来参观。东方明珠公司通过我馆的这个展览获得的经济效益是有目共睹的。尽管在合作中有种种不快，但不可否认，经过该公司铺天盖地的宣传和营销，"上海历史文化遗产"的社会影响越来越大，对上海历史文化遗产感兴趣的人越来越多，无形中为我馆未来的发展培育了一批潜在的观众。

同我们馆合作十年之久公司的除了东方明珠公司外，还与上海著名的化工企业——氯碱化工集团。该集团公司是我馆的精神文明共建单位之一。十多年来，一直与我馆保持良好的合作。该公司每年资助我馆十万元，专门用于馆刊等研究刊物的出版、发行。我馆则为集团公司提供智力支持、精神食粮。今年三月，为了氯碱化工集团公司的员工更多地知晓世博、融入世博，共同参与办好 2010 年世博会，为精彩世博、难忘世博作出贡献，上海市历史博物馆利用近年来收藏的世博文物，特意制作了《走近世博文物图片展》送到集团公司大楼展出，受到集团公司的好评。

拥有众多企业文化遗产和专业研究人员的上海历史博物馆常常为上海一些著名企业提供历史智慧和历史启迪而受到他们的青睐。2009 年，中国著名的首饰企业集团，著名的百年老店——上海老凤祥有限公司经过有心人的牵线搭桥，找到上海市历史博物馆，希望从我馆丰富的历史文化遗产中汲取历史智慧，设计出具有历史意义、能得到人们情感共鸣的纪念品。我馆专业人员在综合考虑历史文物、研究商品销路等多种因素的条件下，最终向老凤祥公司提出以馆藏"渡江战役纪念章"为参考物制作一款银质纪念章作为该公司的建国六十周年产品。该产品投入市场后，获得良好的社会效益和经济效益。2010 年 2 月 10 日，本人的《银器曾是上海著名特产》在《东方早报》发表后，上海改革开放后建立的第一个外销银器公司执行总裁亲自打电话来交流。他对上海市历史博物馆研究人员对上海银器历史文化的发掘和研究表示赞叹，并对我馆所藏的老银器表示浓厚兴趣，希望能从我馆老银器藏品中吸取更多启迪。

四、小 结

上海这座城市,以经济发达而闻名于世。而企业是经济活动的主体。各类企业是上海辉煌地位的重要创造者、参与者。上海企业是企业历史遗产的创造者、守护者。在各类企业的支持和配合下,许多优秀的企业历史文化遗产成为上海历史博物馆的收藏品。今天,拥有丰富企业历史文化遗产藏品的上海历史博物馆又为这座城市众多企业的发展提供强大的精神动力和智力支持。上海市历史博物馆与上海各类企业和谐共处,密切合作,共同推动上海社会发展和进步。[13]

参 考 文 献

[1] 黄苇:《上海开埠初期对外贸易研究》,上海人民出版社 1979 年版,第 113 页。

[2] 同[1],125 页。

[3] (法)白吉尔著,张富强、许世芬译:《中国资产阶级级的黄金时代 1911－1937》,上海人民出版社 1998 年版,第 80 页。

[4] 《上海通史》第八卷《民国经济》,上海人民出版社 1999 年版。第 14 页。

[5] 同[2]。

[6] 同[2],第 63 页。

[7] 同[2],第 15 页。

[8] 上海市文物管理委员会、上海市文物博物馆学会编:《申城博物馆巡礼——上海市博物馆、纪念馆导览》,上海古籍出版社 2008 年版。

[9] 杨宽:《博物馆琐忆》,载上海文化出版社编辑《上海掌故》,1982 年版。

[10] 马承源主编:《上海市文物博物馆志》,上海社会科学院出版社 1997 年版,第 28 页。

[11] 参考本馆库藏品文物目录清单。

[12] 参考 20 世纪九十年代本馆虹桥路展览大纲打印稿。

[13] 本文关于我馆藏品来源、藏品名称等参考了我馆文物库房所编写的文物清单。

老工业机器与城市记忆

——以上海市历史博物馆藏工业机械为例

刘　华 *

（上海市历史博物馆，上海 20002）

[摘　要]　上海是近代中国民族工业发祥地、工业中心，也是建国后重要的工业聚集地。上海的工业遗产浓缩了这个城市一份重要的共同记忆。老的工业机器是工业遗产的重要组成部分，上海市历史博物馆比较早的意识到了老工业机器对保存城市共同记忆和城市历史研究的重要价值，对近代工业机械进行了抢救性收藏。

2003 年，国际工业遗产保护协会（TICCIH）通过了旨在保护工业遗产的《下塔吉尔宪章》。通过对上海历博馆藏工业机械背后历史的梳理考察，作者认为工业机械所蕴含的历史是对《下塔吉尔宪章》中"工业遗产的社会价值在于它记载了芸芸众生的生活，是认同感的基础"生动的注解。城市历史博物馆对于老的工业机械的收藏和保护肩负有重大历史责任。

[关键词]　老工业机器　工业遗产　共同记忆

Old industrial machinery and the memory of the urban:
the example of industrial machinery at
Shanghai History Museum

LIU Hua

Abstract：The industry of Shanghai played a very important role in history of modern china and contemporary China. Specially，Shanghai is the place of origin of China's national industries. People's memory of industry life is an critical section of collective memory of

---

* 刘华，复旦大学中国近现代史硕士，上海市历史博物馆馆员，专注于上海财经史和工业史研究。

LIU Hua，Librarian of Shanghai History Museum.

Shanghainese people. As one of pioneers to collect and preserve the old industry machineries, Shanghai History Museum has realized that industry heritage has great significance in the study of urban history and urban collective memory. The old industry machineries are both the carrier and main element of industrial heritage.

The International Committee for the Conservation of the Industrial Heritage (TICCIH) adopted The Nizhny Tagil Charter for the Industrial Heritage in 2003. The charter' purpose is to enhance the conservation of the industrial heritage. The author argues that the old industrial machineries support the saying from the Nizhny Tagil Charter that the industrial heritage is of social value as part of the record of the lives of ordinary men and women, and as such it provides an important sense of identity. In the course of rapid urbanization in today's China, history museum shoulders historical responsibility for Collecting and conservation of old industrial machineries.

Key words：Old Industrial Machineries, Industrial Heritage, Collective Memory

2003 年 7 月,国际工业遗产保护协会(TICCIH)通过了旨在保护工业遗产的《下塔吉尔宪章》。在《下塔吉尔宪章》中,"工业遗产是指具有历史价值、技术价值、社会意义、建筑或科研价值的工业文化遗存。包括建筑物和机械、车间、磨坊、工厂、矿山以及相关的加工提炼场地、仓库和店铺、生产、传输和使用能源的场所、交通基础设施,除此之外,还有与工业生产相关的其他社会活动场所,如住房供给、宗教崇拜或者教育。"[1]

目前中国正处于工业化和城市化的进程中,工业文化遗产的保护是一项重大而紧迫的命题,尤其是对于上海这样的近代重要工业城市。上海是中国民族工业的发祥地,是建国后重要的工业集聚地,有着许多老工业遗址、不同时代的工业机械等工业文化遗产,它们凝结着社会经济、产业和工程技术等方面的历史信息,见证城市发展历史、浓缩城市记忆。上海市历史博物馆比较早的意识到工业遗产的重要价值,从城市历史博物馆的定位出发重点对近代工业机械进行抢救性收藏。2009 年 6 月全国工业遗产保护利用现场会上,历博的工作得到了的肯定。本文旨在对馆内收藏的现有大型工业机械进行梳理,尽量厘清其源流,以期对今后的工作能有所补益,并选择馆内一重要机器文物详为讲述,以传达沉默机器背后所蕴含的城市历史记忆,以彰显工业遗产的无言魅力。

上海的纺织工业在近代中国占有重要地位,"1936 年时上海的华资纱厂纱锭数占全国总额的 40.2%,1946 年时增加到 46.0%,几乎达到全国的一半。"[2] "中国纱厂所需用之机器,多为舶来品,或为英货,或为美货,或为日货",而其中又以英货最多。1918 年江苏省(包括上海)"共有纺锤 997238 锭,其中有 935804 锭或 93.84% 系英国货。英国中又以拍拉脱（Platt）机器厂供给最多，占总锭数 23.45％，其次，道白生及巴罗（Dobson & Barlow）占 22.11％……"[3]

第一次世界大战前中国纺织机器，"几无一不为英货"，1915 年以后，"英人无余力以制造纺织机器，"而这一时期我国纺织业勃兴，"对纺织机器之需要甚殷"，于是美货乃输入，"凡华厂之新设者，咸采用美机"。[4] 普拉特和道白生两制造商的机器我馆都有收藏。遗憾的是，一战之后大行其道的美国制机器，目前还是空白。

1895 年道白生（Dobson）公司制造的清花机是我馆重要藏品，有着丰富的历史内涵。据馆内口口相传，此机器入馆时为原国棉二十二厂所有。[5] 国棉二十二厂的前身是荣氏申新九厂。根据资料，荣氏企业引进道白生机器有两次，分别是申新二厂和申新九厂。

申新二厂，原是恒昌源纱厂，"荣氏买下时厂内已有英国道白生厂 1894 年制造的纱机 4992 锭，泼拉脱厂 1907 年制造的纱机 4400 锭"。[6] 申新九厂则为收买三新纱厂而来，"三新纱厂原有 1893 年爱杀理司厂所制纱机，1893 年好华特厂所制纱机，道白生厂 1895、1921 年所制纱机，共计 69000 余纱锭。"[7] 我馆这台机器机身上的年代为 1895 年，两厢对照可知，这台道白生机器确为申新九厂收购三新纱厂而来，与馆内征集人员口口相传的说法也相符合。明确了这台机器的身份，我们就可以放心的来谈一下它背后的那段跌宕起伏的历史。[8]

该机器为三新纱厂所有，三新厂的前身即为清末洋务运动时所开设的上海机器织布局。上海机器织布局为清末中国自强运动的一项重要举措，该局俗称"洋布局"，为中国最早的官督商办棉纺织厂，是我国棉纺织工业的嚆矢，为中国新式纺织工业的

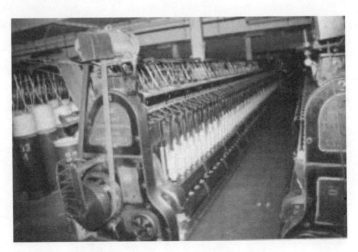

1893 年英国普拉特兄弟纺织机征集现场照片

（上海市历史博物馆张文勇摄）

鼻祖。1878 年奏准设立,资本来源有公款、商股,机器购自英、美两国,拥有布机 530 台,纺锭三万五千绽。1890 年部分机器设备正式投产,却在 1893 年 10 月毁于一场大火。[9]李鸿章、盛宣怀在其原址设华盛纺织总厂,中间几经周折,至民国二年(1913)复又改组为三新纱厂,此后纺锭增至 6.9 万枚,织机增机 1005 台。[10]

岁月流转,风光转换。1931 年,汇丰银行、中国营业公司、大来洋行以及申新公司成为三新纱厂的买主——其中大来洋行收购地基,申新公司购得全部机器房屋。申新纺织第九厂在原址租地经营三年后,机器设备复迁往澳门路新建厂房。荣宗敬指示在拆迁前将"洋布局"厂容厂貌,车间布置摄下一整套二十多帧照相,以使棉厂始祖的形象永远留存。此一套珍贵老照片亦为我馆所珍藏,在一张内容为三新厂大门的照片上有一段文字交代了拍摄渊源。

"民国二十年三月上海杨树浦三新纱厂(统称洋布局)全部机器房屋悉由荣宗氏向美商中国营业公司收买,改为申新纺织第九厂。今在澳门路自置基地建筑新厂,全部机器不日迁往。旧有厂屋即须拆除。唯三新为我国首先创办之纺织厂,见其湮没实有不忍,特摄是影,得二十有八帧,以留纪念。——中华民国二十二年六月申新九厂识"。[11]

从晚清洋务运动到民国黄金十年,从办洋务的李鸿章、盛宣怀到大兴实业的荣氏兄弟,从老洋布局到申新九厂,我们从一帧帧老照片和沉默的老纺织机器上所感受到的是有血肉、有魂魄的历史。笔者认为这也是博物馆征集保护工业遗产的一个重要目的所在。

理清了该机器在国内的流转过程,我们再对它的制造商略作介绍。道白生和巴

1895 年道白生(Dobson)公司制造的清花机征集现场照片

(上海市历史博物馆张文勇摄)

洛(Dobson and Barlo)是博尔顿的纺织机械制造商。本杰明.道白生和爱德华.巴洛
(Benjamin Dobson and Edward Barlow)双方的合作关系始于1851年,该设备制造企
业本身可以追溯到1790年。艾萨克.道白生(1767—1833)在1790年开始制造纺织
机械。1860年公司已有1600余雇员,1892年公司成为有限责任公司。1913年,公司
有雇员4000多人。一战期间,公司曾转向生产军火。大萧条时,普拉特兄弟(Platt
Brothers)、霍华德和布洛(Howard and Bullough)、布鲁克斯和多克西(Brooks and
Doxey)、亚撒李(Asa Lees)、道白生和巴洛(Dobson and Barlow)、约瑟夫和希伯特
(Joseph Hibbert)、约翰赫.瑟林顿(John Hetherington)、Tweedales 和斯莫利
(Tweedales and Smalley)合并为纺织机械制造有限公司(Textile Machinery Makers
Ltd.),1970年改组为英国普拉特有限公司(Platt UK Ltd.),1991年又改名为普拉
特萨克罗威尔(Platt Saco Lowell),公司在1993年结束了其国际业务。[12](馆藏普拉
特公司三部纺织机器的情形详见文后附表)

　　道白生清花机,1957年入藏当时的上海历史与建设博物馆,是我馆前辈吴贵芳
先生经手。2001年入藏上海市历史博物馆的西文赉诺铸排机是张文勇先生往来奔
波促成。上海市历史博物馆对于工业遗产征集、保护工作一直在继续。

　　宏文机器造纸公司上海厂(简称宏文造纸厂)创立于1946年。[13]该厂系荣毅仁、
荣志仁、李志方、李国伟、李统劼等集资筹建,向美国订购设备。该厂从1946年下半
年动工兴建,以迄1950年竣工试车。1954年7月1日,宏文造纸厂实行公私合营。

1895年道白生(Dobson)公司制造的清花机展厅照片(上海市历史博物馆张文勇摄)

　　文革期间,宏文造纸厂改名为立新造纸厂,1985 年改回原名。[14]1996 跟美国实耐格公司合作,宏文造纸厂改名为上海实宏纸业有限公司。虽然也有一段时间的辉煌,但是随着上海的发展和城市的开发,造纸厂类企业在上海的没落不可避免。上海申办世博会成功后,处于徐汇黄浦江沿岸区域的实宏纸业处置的速度更是加快。

　　2008 年夏,笔者和馆内同事到达时,该厂已是处于分拆变卖状态下。[15]在留守的厂长陪同我们查看厂房设备的同时,二手设备购买商也在一旁,我们不要,他们就要。据厂长讲,当初向美国买的设备本就是二手的。[16]根据设备上铜质铭牌上的信息,制造商是美国的 sandy hill。[17]但可惜的是,因为该厂设备体积巨大再加上我馆条件有限,实在不具备收藏条件,最后只能挑选了部分机器的铜铭牌、老仪表和一台老式的该厂内部加油站的加油机。实物的缺憾只能在资料上努力补救,经过走访该厂档案室人员,我们征集了当年建厂时由美国工程咨询公司所绘制的造纸车间规划图(PLANS AND SECTIONS OF PAPER MACHINE ROOM)全套,以及该厂 80 年代以稻草为生产原料时的一套生产流程照片。[18]

　　虽然存在遗憾,但工作在不断前进,上海市历史博物馆将继续尽最大的努力来征集、保护上海的工业遗产,以留存一份份生动的城市记忆。文后所附上海历博馆藏大型工业机器一览表,为笔者梳理,错误之处多有,为就教于方家,故不揣鄙陋。

实宏纸业造纸机械铭牌征集现场照片,制造商为 The sandy hill iron & brass works ,Hudson falls, New York(上海市历史博物馆刘华摄)

上海历史博物馆藏大型工业机器一览表

名称	背景资料
1893 年英国普拉特兄弟粗纱机	上海第十九棉纺织厂捐赠,前身为日本钟渊纺绩株式会社上海会社公大第一厂。[19]
1893 年英国普拉特兄弟细纱机	上棉十九厂捐赠。机身有的零件已经更新,例如有的零件铭牌上即标示为上海纺织机件制造一厂 1979 制造。
1916 年英国普拉特兄弟梳棉机	上海纺织高等专科学校捐赠。 普拉特兄弟有限公司(Platt Brothers & Co Ltd)是一家位于英国西南部奥尔德姆(Oldham)的公司,业务为纺织机械制造、冶铁和煤矿开采。1872 年创始人约翰. 普拉特去世时,公司雇员超过 7000 人,成为世界上最大的纺织机械制造商。在一战前夕,公司达到了它事业的顶点,员工达 15,000 人,是世界上最大的棉花加工机械生产商。在这之后,公司的命运犹如英国兰开夏(Lancashire)棉纺织工业的缩影,公司开始了缓慢的不可避免衰落。1982 年公司关闭了其在奥尔德姆的工厂,这也意味着最后的结束。[20]
赉诺铸排机	机身铭牌内容: LINOTYPE MODEL 8　NO: 41456 MANUFACTURED　BY NEW YORK U. S. A ORIGINATORS AND IMPROVERS OF THE　UNOTYPE 解放前一直在字林西报馆内使用,解放后,字林西报被人民政府结束,该台赉诺铸排机划归上海市印刷三厂所有。2001 年,入藏上海市历史博物馆。德国钟表制造者奥特玛·默根特勒(Ottmar Mergenthaler)是赉诺铸排机的发明者。1890 年奥特玛·默根特勒莱创设了默根特勒赉诺铸排机公司(The Mergenthaler Linotype Co.),公司地址在美国纽约布鲁克林。1886 年默根特勒在美国生产出了世界上第一台整行铸排机。机器最初命名"Blower",后来改为"Linotype",即"Line of type"的缩写。[21]
1913 年汤姆生自动铸字机	机器原为商务印书馆使用,机器是以发明人的名字来命名的。[22] 汤姆逊,1872 年出生在威斯康星州的拉辛。从 1903 年开始,约翰. 汤姆逊就已经开始研发属于自己的铸字机。4 年后,他发布了他的汤姆逊铸字机。汤姆逊铸字机械公司由汤姆逊铸字机的发明人以及其他数人创立,公司位于芝加哥。一台配备齐全的汤姆逊铸字机的价格为 1500 美元,需要一台四分之一马力的马达驱动,加热可以用瓦斯、煤油或者汽油炉。1918 年汤姆逊把他在公司的股权卖给了环球公司,11 年之后,环球公司又把此股权兜售给了兰斯顿自动铸字机公司(the Lanston Monotype Company)。汤姆逊自动铸字机直到 1964 被叫停之前,一直在费城继续生产。5 年后,兰斯顿自动铸字机公司自身被出售给美国字模厂(American Type Founders)。1955 年约翰·汤姆逊在加利福尼亚圣马特奥去世。[23]

名称	背景资料
近代德国莱比锡（Leipzig）制造的切纸机	铭牌："德商礼和洋行经办 KRAUSE" 莱比锡城的出版设备制造商卡尔．克劳泽（Karl Krause）在 1855 年开设了一个人的机械修理店。1856 年克劳泽推出了平板印刷机。1891 年他的公司已经是世界上最知名的出版设备提供商，有近 500 名雇员，年产 3300 余机器。[24] 按该公司官网，1885 年推出了切纸机。[25]
1919 年美国二迴转凸版印刷机	铭牌：GHICAGO & NEWYORK THE MIEHLE P. P. & MFG. CO. 制造商全称为：Miehle Printing Press and Manufacturing Company。罗伯特·米列 1860 年出生在美国中西部，作为一名印刷工人在他兄弟芝加哥的印刷所工作。1884 年他取得了二回转圆压滚筒印刷机专利。约在 1890 年他成立了米列印刷机制造公司。[26]
民国对开平印刷机	铭牌：明精机器厂，闸北天通庵路宝兴路口。 1916 年，章锦林开办明精机器厂，修理和制造印刷机。1932 年一·二八事变，工厂全部毁于日军炮火，后于闸北安庆路原址重建。1936 年，开始制造车床。1938 年，在海防路建造新厂扩大生产，并出口东南亚，明精车床声誉日著。1954 年 11 月，公私合营，天安机器厂、新中国机器厂、普陀机床厂等16 厂并入。[27] 现上海第二机床厂。
上海谦信机器厂园盘印刷机	谦信机器厂（现上海第三印刷机械厂）民国十九年（1930 年）创建，于 1956 年公私合营，有职工 73 人，金属切削机床 45 台，主要生产对开、四开铅印机、切纸机、圆盘机、订书机。[28]
近代脚踏式印刷机	机身无铭牌、无铸字，特考待访。
1900 年手摇铸字机	机身无铭牌、无铸字，特考待访。
五十年代大隆机器厂梳棉机	"属于重工业的机器工业，如造船业，机器制造业，在中国并不十分发达，还很幼稚的存在着。"上海规模比较大的重工业企业，如英联铁工厂（瑞镕机器造船厂）、慎昌洋行、谦信洋行等皆为外商经营。中国自己的机器工厂除五六家规模较大的如江南机器造船厂、源昌五金机器厂、大隆铁厂外，皆规模不大，资本不足，技术落后。 大隆机器厂"开设于民国初年，为留美机械工程师创办，资本 50 万元，建筑厂房，购置机器，具有机器生产过程之全部，管理之严，技术之优，为上海各华商机器厂之冠。"民国九年（1920 年），该厂成为上海最大的私营机器厂。从修配为主转向制造机器为主，并与发达的纺织业挂钩，制造纺织机，开成"铁棉联营"的独特经营方式。民国二十六年（1937 年）起制造整套棉纺织机，职工增至 1300 人，机床 500 台。[30] "经常制造纺织机、磨粉机、车床、刨床、机关车等。申新纱厂、福新、阜丰等面粉厂的机器，大部分由该厂制造其出品全国闻名，为同业所称羡。"[31] 1954 年公私合营，1955 年泰利和 50 个小型厂并入大隆厂，转为石油机械配件专业制造厂。[32]
1921 年英国制造的四头机床	根据机身上的铸字，制造商为 JOHN CAMERON LTD MANCHESTER。

参 考 文 献

［１］《下塔吉尔宪章》(The Nizhny Tagil Charter for the Industrial Heritage)，北京大学景观设计研究院方婉丽翻译文本，文中其他引用《下塔吉尔宪章》处不赘述。

［２］张仲礼主编：《近代上海城市研究》，上海人民出版社1990年版，第315页。

［３］方显廷：《中国之棉纺织业》，上海商务印书馆，中华民国二十三年，第86~88页。转引自厦门大学吴静博士论文：《近代中国民办企业的技术引进：以荣氏、刘氏、吴氏企业集团为中心（1866—1949）》，2009年，第90页。

［４］上海市工商行政管理局，上海市第一机电工业局机器工业史料组编：《上海民族机器工业》（上册），北京中华书局，1966年，第440页。转引自厦门大学吴静博士论文：《近代中国民办企业的技术引进：以荣氏、刘氏、吴氏企业集团为中心（1866—1949）》，2009年，第91页。

［５］裘争平：《1895年英商道白生公司制清花机的来历》，上海历史博物馆集刊《都会遗踪》，上海书画出版社，2009年4月，第69页。

［６］表3—2：“申新各纱厂历年主要机器设备引进概况”，转引自厦门大学吴静博士论文《近代中国民办企业的技术引进：以荣氏、刘氏、吴氏企业集团为中心（1866—1949）》，2009年，第55页。

［７］同上，第56页。

［８］根据现有材料仅能确定此机器为三新厂旧物。三新厂前身华盛厂的投产时间为1894年，此机器很大可能是在1894年到1913(这年改组为三新厂，但在此前厂名已两度变更)进口国内并投入使用的，但绝无可能是老织布局旧物。

［９］熊月之主编：《上海通史》第四卷《晚清经济》，上海人民出版社，1999年9月，第367、368页。

［10］《上海纺织工业志》编纂委员会编：《上海纺织工业志》，上海社会科学院出版社，1998年，第79页。

［11］上海市历史博物馆馆藏老照片《洋布局旧址组照》。

［12］笔者根据维基百科（英文）相关条目翻译整理。网址：http://en. wikipedia. org/wiki/Dobson_%26_Barlow.

［13］抗战时期“申四福五”迁入内地，期间就开设了宏文造纸厂，利用纺织厂积存的废花、废纱为原料，先后开发出印写纸、书写纸、打印纸、白报纸、道林纸、牛皮纸等十多个品种，畅销西北各地。上海社会科学院经济研究所编：《荣家企业史料》（下册），上海人民出版社1980年，第219~221页。转引自厦门大学吴静博士论文：《近代中国民办企业的技术引进：以荣氏、刘氏、吴氏企业集团为中心（1866—1949）》，2009年，第104页。

［14］笔者依据《上海造纸志.大事记》整理。上海市造纸公司史志编纂委员会编：《上海造纸志》，上海社会科学院出版社，1996年，第7~31页。

［15］在此向该厂方厂长和徐汇区文保所的同志致谢，他们对我们的征集工作给予了极有诚意的支持；向上海历博的同事包丽华、孙西亮，特致谢意，他们在此次征集工作中不辞辛劳多方奔走。

［16］此说法笔者到目前没有找到其他材料予以佐证。

［17］1858年The Baker's Falls铁工厂成立，创办人为Phi Waite先生。公司最开始的产品为水轮，但很快就扩展为造纸厂生产部分替代零件。1882年，公司改名为The Sandy Hill Iron and Brass Works，名字取自纽约的Sandy Hill村庄，19世纪末这个村庄自身改名为Hudson Falls。1934年瑞典的Kamyr和Sandy Hill结盟，这种关系一直持续到1991年。1936年Juckett家族开始入主Sandy Hill，并长达52年之久，期间经历了大萧条、世界大战，于1950年代进入到繁荣期。因为二战期间的贡献，该公司受到海军部的表彰。战后，Sandy Hill开始为全世界范围内的客户生产造纸机械。以上内容为笔者根据网上英文资料翻译整理，网址：http://paperindustryweb. com/history2. htm.

[18] 根据图纸上的标示,该公司的全称是:"ALVIN H. JOHNSON & COMPANY INCORPO-RATED CONSULTING ENGINEERS NEW YORK, N. Y."。图纸上所标的时间并不一样,如有的是 1947 年 5 月 14 日,有的是 1947 年 1 月 16 日。经过笔者在网上查询该公司在纽约的注册信息,在 1947 年该公司的注册名称和图纸上一致,网址为:http://appext9. dos. state. ny. us/corp_public/CORPSEARCH. ENTITY_INFORMATION? p_nameid＝30619&p_cor-pid＝25506&p_entity_name＝RUST&p_name_type＝％25&p_search_type＝PARTIAL&p_srch_results_page＝17.

[19] 《上海纺织志》编纂委员会编:《上海纺织志》,上海社会科学院出版社,1998 年,第 79 页。

[20] 笔者根据维基百科(英文)相关条目翻译整理。网址:http://en. wikipedia. org/wiki/Platt_Brothers.

[21] 详细情形,请参阅笔者 2009 年中国博物馆学会城市博物馆专业委员会第一届学术年会会议论文《机器的城市记忆—以上海历博藏赛诺铸排机为中心》。

[22] 该机器上有完整的铭牌标识,使用者的铭牌内容为"上海市商务印刷厂机器设备记录牌 01－02－01";制造商的铭牌内容为"THOMPSON TYPE MACHINE CO CHICAGO ILL. U. U. A. PATENTS PENDING"。

[23] 《THE THOMPSON TYPECASTER》By Fred Williams,《Type & Press》杂志,1986 年秋季,笔者翻译整理。网址:http://www. apa-letterpress. com/T％20&％20P％20ARTICLES/Typecasting/Thompson％20casster. html.

[24] http://www. bookbindersmuseum. com/index. php? option＝com_content&view＝article&id＝17;krause-back-rounder-cir-1890&catid＝1;equipment&Itemid＝26.

[25] Foundation Karl Krause in Leipzig: First paper cutting machine in 1885. 引自 Krause 公司官网,网址:http://www. krause. de/index. php? id＝288&L＝1％2Fbr％2Fsistem. txt％3F％3F％3F％2Fsnippet. reflect. php％3Freflect_base％3D.

[26] 《HE MIEHLE VERTICLE》By Fred Williams, Editor-Publisher, Type & Press Summer 1982, 笔者翻译整理。网址:http://www. apa-letterpress. com/T％20&％20P％20ARTICLES/Press％20&％20Presswork/Miehle％20Press. html.

[27] 上海通志编纂委员会编:《上海通志》第 3 册,上海人民出版社、上海社会科学院出版社,2005 年,第 2091 页。

[28] 《上海机电工业志》第一篇"机械制造业",第六章"印刷造纸机械行业",第一节"沿革",引自上海地方志办公室网站专业志电子版。网址:http://www. shtong. gov. cn/node2/node2245/node4456/node59265/node59282/node59284/userobject1ai47705. html.

[29] 朱邦兴、胡林阁、徐声合编《上海产业与上海职工》,上海人民出版社 1984 年 6 月,第 552 页。

[30] 《上海工商社团志》第二篇"同业公会",第五章"同业公会会员企业选介",第五节"机器、造船",引自上海市地方志办公室专业志电子版,网址:http://www. shtong. gov. cn/node2/node2245/node4538/node56967/node56981/node56983/userobject1ai45347. html.

[31] 朱邦兴、胡林阁、徐声合编《上海产业与上海职工》,上海人民出版社 1984 年 6 月,第 560、561 页。

[32] 《上海工商社团志》第二篇"同业公会",第五章"同业公会会员企业选介",第五节"机器、造船",引自上海市地方志办公室专业志电子版,网址:http://www. shtong. gov. cn/node2/node2245/node4538/node56967/node56981/node56983/userobject1ai45347. html.

上海，是征集近代历史文物
"取之不竭"的宝藏

张文勇[*]

（上海市历史博物馆，上海 200002）

　　[摘　要]　19 至 20 世纪中叶的百年间，上海人在"五方杂处、华洋共居"的环境里为城市建设作出了贡献，为上海人在国际社会中赢得了声誉，也为上海处处留下以往城市辉煌的文化遗存。如今当上海继续大踏步迈向美好的现代化社会生活时，人们面对马路小巷随现代化城市崛起而彻底变了样的时候，总是会回想起以往的社会风貌。

　　现在的上海，还是征集近代历史文物"取之不尽，用之不竭"的宝藏吗？回答是否定的。对以往的市政、经济、文化、社会生活中将流逝的文化遗产应如何加以保护？城市博物馆应如何发挥近代历史文物在现代文化生活中的作用？为此，本文笔者用近二十年专业征集工作的亲身经历来作一简论。

　　[关键词]　上海近代文物　资源保护　征集利用

Shanghai is an "inexhaustible"
treasure of modern historical heritage

ZHANG Wenyong

Abstract：Over the hundred years from the mid-19th century to the mid-20th century, the Shanghainese contributed to the urban construction of their city, a city which has attracted people from everywhere, and won a worldwide reputation. They left behind outstanding urban cultural relics everywhere.

＊　张文勇，上海市历史博物馆副研究馆员。
　　ZHANG Wenyong，Shanghai History Museum.

Today，when Shanghai continues to march towards a better life，local people，when they look around them at the contemporary city，will always recall the past and its way of life.

Is Shanghai nowadays an inexhaustible treasure of modern historical heritage？ The answer is NO．How to protect the cultural heritage of the old municipality，economy，culture，and social life？ How can historical relics in a modern city museum play a role in modern cultural life？ To this end，I propose a simple theory in my presentation，based on twenty years of professional collecting experience.

Key words：Morden heritage of Shanghai，Resource conservation，Collection and use of

19 至 20 世纪中叶的百年间，上海经历了清代中后期和民国时期，经历了英美公共租界和法租界的建立和华界的形成。外国人在上海从最初(1843 年)居住有 26 人，百年后翻了 5800 倍有 15 万余人，各来自英、美、日、法、德、俄、印度等二十几个国家；1930 年公共租界和华界上海籍人口为 636567 人，而当时统计的非上海籍人口是上海籍人口三倍，各来自江苏、浙江、广东、安徽、山东、福建等国内二十几个省份。

各地移民在"五方杂处、华洋共居"的环境里，从事农业、矿业、工业、商业、银行业、医师、艺术、律师、会计师、新闻界、宗教界、交通运输业、建筑业、手工业、家庭佣工、杂类等行业为上海城市建设作出了贡献，为上海人在国际社会中赢得了声誉。上海历史学家唐振常曾言："谁人皆知上海是个移民城市，无移民不成上海。上海从不排外，上海人来自四面八方，上海人亦从不排斥外国人。各地中国人和外国人都来到上海，各带其文化意识之所长，安然相融，而于与西方人俱来的物质与精神文化，上海能容纳之，吸收之。"

由此可见，当年无论是租界之兴，还是华界奋起，上海人均为市政、经济、文化建设之大成而为上海处处留下以往城市辉煌的文化遗存。如今的上海，还仍然是博物馆征集近代历史文物"取之不竭"的宝藏吗？本文根据笔者在博物馆近二十年专业征集工作中的心得，对老上海市政、经济、社会生活中的文化遗产将随着岁月流逝应如何加以保护，以及城市博物馆在现代陈列展览中应如何发挥近代文物的作用略谈些想法。

一、城市大拆大建，使近代文化资源在不经意中逐渐"丢弃"

按理说近代上海，既是输入西方文化的窗口，又是中国经济中心、贸易中心、金融中心，同时也是文化中心，毋庸置疑为现代城市留下了大量的物质文化和非物质文化遗产，上海应该是近代历史学家和博物馆文物工作者的寻宝之地。然遗憾的是事过境迁，曾是世界著名的近代大城市，拥有取之不尽，用之不竭的近代文化"宝藏"。如今代表老上海的一些历史文化元素正随着现代化城市崛起而在各个社会领域里逐渐消失，上海人脑子里对原先周边环境的印象出现了空白，各种老故事的记忆也被城市大拆大建无情地抹去。

修旧如"旧"，恢复了原貌的蒸汽机火车头

　　1950年代笔者家住在延安西路，法华镇近在咫尺，那时常和邻家小孩在法华浜岸边玩"国民捉强盗"游戏，长大了才知道这条穿镇而过的法华浜（李溆泾）是一条吴淞江的支流，它东接肇家浜、陆家浜而流入黄浦江。据史料记载：唐宋元明时代，李溆泾两岸市集日益兴盛繁荣，后因法华寺闻名，集镇得名"法华"。清嘉庆《上海县志》将法华列为邑西首镇。民国时期法华乡镇划入上海特别市。时至今日，法华镇路原先沿河一带在宋代建造的法华禅寺、观音慈报禅院、明清寺庙和元明清成片古老宅院建筑群及园林遗址，都无一保留下来。法华镇种德桥路上由近代形成的城镇商店格局，如：上街沿条石、地面弹街路、沿街两边酱油店、老酒店、熟肉店、米店、南货店、中药店、杂货店、绸布店、五金店、百货店、裁缝店、棉花店、竹器店、煤球店、剃头店、老虎灶也早已涤荡无剩，取而代之的是高楼林立和宽阔的林荫大道，唯有路边竖立几块写有法华镇历史典故的牌子似乎还在诉说着"老底子"的故事。

　　上海被历史湮没的名镇何止法华镇，年代远一点的有青龙镇、乌泥泾镇等，年代近一点的有引翔港镇、徐家汇镇、老闸镇等等，类似像法华镇老街、老宅、老店在城市建设高速发展中消失的例子举不胜举。1990年后，上海有的地区为带动地方经济发展，开发利用当地历史文化资源掀起旅游热地，如朱家角古镇，七宝古镇。最近两年，闵行区浦江镇召稼楼地区为招商引资，更是大兴土木仿制古镇小桥流水、亭台楼阁，"复原工程"使原有老街失去了厚厚的历史文化韵味和浓浓的乡土气息。

　　20世纪七十年代初，笔者几乎每天在延安西路乘71路（铰链式）公共汽车，到浙江中路东新桥转乘8路有轨电车去杨浦区上班。以前坐上有轨电车听到叮叮当当声音心情总会显得很轻松愉快，但每遇到马路堵车，有轨电车就简直像"死蟹一只"，在铁轨上爬也爬不动。也许这就是老式有轨电车的"致命伤"，跟不上城市发展的节奏，最终造成在上海行驶了66个春秋的有轨电车淘汰了。据资料记载：1908年上海街头英商上海电车公司始行有轨电车，法商华商继后行驶。上海在"1958年时，有轨电车有360辆（其中拖车180辆）；1963年时还有有轨电车260辆（其中拖车130辆）；1974

露天弃置的蒸汽机火车头

年时还尚存有轨电车40辆（其中拖车20辆）。"1975年上海拆除了最后一条在江湾五角场一带的有轨电车路线轨道，彻底完成了由无轨电车和公共汽车来替代有轨电车公交运营的技术改造，然而竟没有一辆当年名噪一时的有轨电车作为典型公交车文物进入博物馆，给上海近代文化遗产保护工作留下了不该有的遗憾。

同样让笔者感到十分遗憾的事，是长宁区中山公园西侧一座有八十多年历史的长宁火车站站屋建筑，在1997年因建高架轨道交通三号线而被拆除。上海始建铁路已有一百多年的历史。无论是1876年建成通车的吴淞铁路车站（时称"上海火轮房"）；还是1898年淞沪铁路通车营业的上海站（位于今闸北区东华路）；还是1909年英国人设计，当时堪称"构筑精美，气势雄伟"的沪宁车站办公大楼（1916年改名上海北站）；还是建于1912年，位于今南市车站前路一带颇为壮观的上海南火车站站屋建筑，当初这几处上海闻名的车站建筑不是被清政府拆除，就是毁于侵华日军的战火。可以这么讲长宁火车站站屋建筑是1949年以后，在上海境内整个铁路站系统中属保存时间最久，建筑样式最经典最完整的近代车站。其始建于民国五年（1916年），占地约400余平方米，因站址位于梵皇渡路（今万航渡路）南侧，建站初期称梵皇渡车站，民国二十四年改称上海西站，1989年改名长宁站。该站主楼外观结构造型八十多年来仍保持初建时风格，作为历史景观，常有境内外电影电视摄制组以此站为剧情场景前往拍摄。现在想想，可惜的是长宁火车站站屋建筑当初为何没移地复原保护，偌大个上海城市竟没有留存它。

二、抓住征集机遇，保护文化遗产，留住城市记忆

九十年代末期，上海有许多企业进行产业调整，不少历史悠久的企业，或脱胎换骨全面更新生产设备，或转变成了新企业，或在调整中消失。由于种种客观上的原因，一些大企业和行业龙头企业在调整时只注重企业资产资金的重新组合，大部分忽略了保存能反映企业和行业历史的珍贵文物，致使一些具有一定文物价值的实物，在企业调整时被随意处置掉了。

例一，2003年，上海杨树浦发电厂一座为远东之最的钢质烟囱被厂家卖给外地废品回收公司而拆除。该烟囱高为345英尺（105米），底部直径为26英尺（7.9米），顶部直径为18英尺（5.5米），内衬泰山牌耐火砖，用防酸水泥砌筑，外包钢板铆接而成，烟囱总重量775吨，能承受时速116英里（186.7千米）最大风力，1941年由美国考瑞特公司（corrit. co）负责施工完成。烟囱之高为当时中国第一，乃至远东之最。它曾是上海标志性建筑之一，被上海新闻文化界嬉称为上海村口的老槐树。

据了解，烟囱拆除前该厂热心老职工曾写信给上级有关部门要求保留老烟囱，遗憾的是毁坏这样有历史价值的"庞然大物"，厂家领导竟然无动于衷。当笔者得知信息赶到现场时，烟囱已被拆得只剩一米多高的底座。汇报博物馆领导后，费了很多周折才从私营企业那里抢救性赎回剩下的（35吨）基座，如今安全地保存在博物馆的库房。

例二，2003年笔者在本博物馆领导的支持下，征集抢修了一辆由美国鲍尔温机车厂制造的蒸汽机火车头。这火车原本为二次世界大战后，联合国救济总署为中国恢复经济而援助的一批救济物质（其中有160辆火车头和煤水车及几千辆货车）。1947年火车海运至上海张华浜码头上岸，配属在上海铁路局下属的淞沪、沪宁、沪杭铁路线上长期运行至1987年退役停用，期间足足运行了四十年之久，安全行车360多万公里，如以围绕地球计算足有九十多圈。

当年这批小巧灵活，能以重油或煤或木材作燃料的美国蒸汽机车，现存世量已所剩无几，确实值得博物馆珍藏。据铁路系统业内人士告知，1989年美国某家公司就想从上海铁路局购买这辆机车，运回美国开发旅游事业，后因故作罢。然而就是这辆蒸汽机火车头，曾因报废弃置在杭州机务段"露天仓库"十几年，日晒雨淋，铁锈腐蚀，破烂不堪。当笔者寻觅到现场时，目睹火车头机身杂草丛生，司炉室里竟然树枝纵横，大为感慨不已。侥幸的是蒸汽机滚动轮和大部分辅机上还未锈蚀的 U.S.A 铸字，让笔者和本馆及上级主管领导认定了征集和"修旧如旧"的整车方案。

例三，20世纪末，黄浦江两岸发展进入了一个历史转折期。由于航运业、制造业的产业升级和空间布局转移，黄浦江在产业经济方面的原有优势逐步弱化，两岸产业结构调整和内港外迁进程逐步加速，两岸功能转换已成必然趋势。笔者在2003年曾为本博物馆搜集文物征集信息，在黄浦江两岸一些著名企业做过有关早期工业遗产的调研。例如，柴油机厂、机床厂、电缆厂、发电厂、煤气厂、自来水厂、造船厂等，笔者在这些企业里发现尽管生产体制面临市场经济带来的"关、停、并、转"局面，但仍可以查找到像英、美、法、德、日、瑞士等国家在近代制造的各种车床、铣床、刨床、镗床、磨床等生产工具，以及风格各异的早期西洋式工业建筑。

十六铺码头原名金利源码头，由美商旗昌洋行于1862年租地建造。曾是远东最大的码头，是上海的水上门户。19八十年代，该码头最多拥有二十多条航线，一天旅客的发送量可多达四万多人。其中客运大楼建筑面积1.5万平方米，分上下层的候船室可容纳6000多人。2004年春，笔者从报上获知十六铺客运总站将在年底实施爆破

上海市历史博物馆陈列展示甬帮"鸿运楼"酒家场景

其航线将全部迁往上海港吴淞口客运码头，原址建设十六铺旅游中心。于是，笔者当即和同事们赶往现场征集了一大批与十六铺码头有关的实物。如早期码头运输电瓶车、早期船票、早期搪瓷标牌等，有一件民国时期的上海市工务局承建"沪南黄埔西岸驳岸"铸铁铭牌更具重要历史文物价值。十六铺客运总站实施爆破，标志着该码头完成历史使命，可惜的是在原地没保留下一段十六铺老码头作为历史纪念坐标，今后十六铺码头的踪影也只有在历史博物馆里重现记忆。

其实，在我们上海这个大城市里忽略保存能反映行业珍贵历史文物的现象，何止仅仅发生在上述单位里。据调查，上海许多百年老厂、老港口、老马路、老园林、老商店、老饭店、老银行、老医院、老学校、老建筑等等都有类似在大拆大建中"自毁丢弃"现象发生；可以这么说已贮藏近二百年的上海近代历史文物"宝藏"还未等到《天方夜谭》里阿里巴巴与四十大盗芝麻开门"，上海许多企事业单位里有文物价值的实物在毫无保护意识之中，使许许多多近代"宝藏"遭到破坏而白白流失。但值得一提不可否认的是上海在近一二十年中保护近代著名老建筑方面是下了很大的功夫的，如锦江小礼堂(原法国总会)、外滩汇丰银行(今浦发银行)、外白渡桥、和平饭店等，当然这与上海历史学家大声疾呼保护和政府的支持是分不开的。

三、近代史陈列展览，要依靠有文物价值的实物"扮演"主角

留住城市记忆追寻百姓故事，最好的方法就是想方设法征集城市生活中熟悉而又将离去具有文物价值的实物，这是打开市民百姓记忆闸门的有效措施。要把近代上海曾拥有过辉煌历史的实物征集展览，需要博物馆文物工作者扩大文化视野，责无旁贷地承担近代文化生态的保护责任，要为努力打造城市历史文化的形象工程而兢兢业业。

《近代上海城市发展史陈列》是上海市历史博物馆在九十年代中期推出的基本陈

列,也是初次尝试运用大量的"老船模、老照片、老档案、老油画、老界碑、老爷车、老机器、老钱币、老邮票、老钟表、老唱片、老字画、老式电话机、老式花轿、老式家具、老式服装、老式餐具、老金字招牌"等展品构筑老上海的专题陈列。该展在陈列筹建刚开始就遇到展品短缺造成陈列策划展览创意受到限制,怎样来解决此项矛盾呢? 简单地说诀窍无非在于分析陈列对象的属性,即

上海杨树浦发电厂 105 米高烟囱的底座

陈列对象在展览中扮演的位置是否属于必须要依靠的主角,如不是就必须找到预想中的陈列对象。所以提高了对陈列展品需求的思想认识,加大对文物征集的力度,就不难发现文物征集保护的 ABCD 在哪里了。

　　举例,1992 年,笔者根据偶尔得来的信息在黄浦区某家冷库单位征集到:清道光末年,上海甬帮菜馆黑字金砂底"鸿运楼"酒家金字招牌。当时就设想如在《近代上海城市发展史陈列》展览中单凭这块店招,很难表现该酒家曾是上海规模最大有"筵席酒家"美称的排场,必须征集更多的相应展品内容。在笔者的策划下取得相关单位领导的支持,召开原"鸿运楼"酒家老职工座谈会,启发老人们回忆"鸿运楼"酒家以往的家底资产状况。笔者最终跨区跨店排查出在卢湾区饮食行业还珍藏着一批早期"鸿运楼"酒家原汁原味的银餐具,器皿上都刻有法租界"鸿运楼"字样,这为老上海饮食文化场景展示效果营造了很大的亮点。

　　又例,原先本馆内珍藏了不少妇女服饰,但大都是清代款式。由于《近代上海城市发展史陈列》展览需要反映民国时期女子时装服饰,笔者就研究三十年代妇女衣着潮流的有关资料,并针对此类服饰有可能珍藏的单位进行排查征集,为本馆征集到不少各种款式的女式旗袍和时装。这些服装款式既满足展览陈列内容的需要,又符合展览形式设计的要求,给到博物馆参观老上海展览的观众带来怀旧的亲切感从而达到展览预期效果。

　　再例,把石库门建筑构建搬进博物馆展厅陈列,是《近代上海城市发展史陈列》展览研究人员在表现早期上海民居的一个大胆创意,这在当时博物馆展示手段上属首例。笔者认为,有了陈列内容上的策划创新,就必定会有形式设计上的配套构想,但策划创新必须符合近代社会生活的事实状况,早期上海石库门民居的特征是什么? 它与上海新式里弄民居的区别在哪里? 这就迫使专业人员研究上海民居历史,为征

集代表上海石库门建筑构建寻找依据。三条石门框、黑漆大门、铜环、天井、长条门窗、厢房、客堂是二三十年代上海典型的石库门符号,具备了这些条件,就不难组织征集到一些有文物价值的石库门实物,形式设计也就有了符合石库门时代特征的依据,于是一个原汁原味的老上海民居就在博物馆形象地出台了。

上述谈论的《近代上海城市发展史陈列》是十五年以前的话题,而今上海市历史博物馆又要建新馆又要开辟新的基本陈列展览,那么如何满足现在观众的文化需求?老实说这很难尤其在馆藏品短缺的今天。然博物馆陈列研究人员懂得这样一个道理:当博物馆陈列研究在深化演绎社会发展变化进程中需要用文物来展示时,博物馆拿不出与陈列内容相适应的馆藏品,就无法让"文物说话",就无法提高博物馆研究的学术水平,更无法让观众领会上述"上海人均为市政、经济、文化建设之大成而为上海处处留下以往城市辉煌的文化遗存"内在意义。

针对目前征集近代历史文物资源趋向匮乏的状况,博物馆专业人员在研究陈列内容与形式展品相匹配问题时,就应该先对如何扩大文化视野加大文物征集力度展开讨论。笔者认为:首先,文物工作者要把自己看成是"取之不尽,用之不竭"宝藏的保护者,培养提高掌握上海史研究水平和文物征集专业素质,重视和理解陈列展品的重要性和迫切性;其次,以政府行为加强文物征集在社会上宣传力度,用典型的征集实例在社会上营造连锁轰动效应,形成社会大众对近代历史文物保护意识的声势波;再则,博物馆文物工作者要随时主动出击文物征集,切勿有先秦《韩非子》所说的"宋人有耕者,田中有株,兔走触株,折颈而死;因释其耒而守株,冀复得兔"的想法,"守株待兔"不是博物馆的作为。义不容辞地抢救近代文物,为馆藏充实大量众多系列有文物价值的近代实物,反之就无法有力地形象展示近代上海能跃登国际都市之林的事实所在。

参 考 文 献

[1] 邹依仁著:《旧上海人口变迁的研究》,上海人民出版社,1980 年版。
[2] 潘君祥主编:《海上风情 1840—1990》,上海人民出版社,1998 年版。
[3] 沙似鹏主编:《上海名镇志》,上海社会科学院出版社,2003 年版。
[4] 中共上海市公共交通总公司委员会:《上海市公共交通企业社会主义时期中共党史大事记》,1996 年内部发行版。
[5] 王兆成主编:《上海铁路志》,上海社会科学院出版社,1999 年版。
[6] 姜梁主编:《长宁区志》,上海社会科学院出版社,1999 年版。
[7] 张芝林主编:《上海杨树浦发电厂志》,中国电力出版社,1999 年版。
[8] 郭锡良等编著:《古代汉语〈韩非子·五蠹〉》,商务印书馆,1999 年版。

挖掘海派中医药文化遗产
促进上海城市医学发展

俞宝英*

（上海中医药博物馆，上海 201203）

　　[摘　要]　上海海派中医是近代中国医学史上独有的文化现象，其学术流派、学术特色、中西汇通等学术影响波及海内外，同时给上海留下丰富的中医药文化遗址、文物文献、中医实践观察方法、知识体系、中药炮制工艺等文化遗产。然而随着上海城市大规模改造，海派中医药文化遗产逐渐流失。本文重点探讨如何抢救保护典型的海派中医药文化遗址，挖掘中医药文化遗产，并合理利用为促进现代上海城市医学发展服务。

　　[关键词]　海派中医药文化遗产　上海城市医学发展

Excavate the Cultural Heritage of Shanghai TCM，
Promote the Development of Urban Medicine of Shanghai

YU Baoying

　　Abstract：TCM is the most systemic traditional medicine which has been inherited for thousands of years. Its medical technology provides urban and rural residents with powerful healthy guarantee in modern Shanghai, it became multivariate and innovative, and derived florid culture of Shanghai TCM, leaved plenty of medical sites, relics and documents, TCM practical and observatory methods, TCM knowledge system, techniques of processing Chinese material medicine, compound theory and other cultural heritage in Shanghai. But in past two decades, with the large-scale municipal transformation of

* 俞宝英，上海中医药博物馆藏品保管部主任，副研究馆员。

　YU Baoying，Shanghai Traditional Chinese Medicine，Director of museum collections storage，Associate Research Librarian.

modern urban, old buildings were removed. At the same time, a large number of sites and constructions with representative cultural identity of Shanghai TCM were demolished one by one without any planning protection. Now in Shanghai city, little sites reflecting Shanghai TCM has kept. This article will discuss how to save and protect the typical cultural heritage of Shanghai TCM, excavate the cultural heritage of Shanghai TCM, rational use and promote the development of urban medicine of modern Shanghai, then promote the healthy and harmonious development of cities all over the world.

Key words: Cultural heritage of Shanghai TCM, Urban medical development of Shanghai

19 世纪中叶上海始有租界,租界的洋人将其在母国的生活方式带到上海,不自觉地给上海带来了于时为先进的物质文化,西方的生活用品、科学技术、风俗习惯逐渐在上海风行起来。上海是个移民城市,其文化丰富多元;其个性"海纳百川、有容乃大";其高明能融会中西,取西之长补中之短,学西医则是其中一例。见贤思齐、择善而从是近代上海中医界开始从理论上比较中西医异同后所得出的结论,认为中西医各有所长,中国医学应该中西兼采冶中医、西医于一炉,于是近代史上具有"开放、兼容、吸纳、创新"特点的"海派中医"在上海形成。

上海海派中医是近代中国医学史上独有的文化现象,她的学术流派、发展要素、学术特色、中西汇通等医学文化思想,在海内外中医药学发展史上占有重要地位;其近一个世纪为之奋斗的事业,给上海这座城市留下大量丰富的海派中医药文化遗产。然而近一二十年来,随着现代城市大规模市政改造旧建筑拆迁,一大批代表海派中医药文化特征的遗址建筑在毫无保护措施的规划下逐一拆除流失。近期笔者对照《上海市行号路图录》按图索骥多次亲临黄埔区、静安区等实地调研,方觉如今确能反映近代上海海派中医药文化的遗址已所存无几,看到这种现象笔者深感要呼吁社会:抢救挖掘保护海派中医药文化遗产已到了刻不容缓的地步。

一、如何看待近代上海海派中医药文化的学术地位

笔者认为,在探讨近代上海海派中医药文化的学术地位话题之前,应先要认清传统中医是怎样演变到"海派中医"的,是什么因素造就了这个演变。不可否认的是从历史学角度来讲早期西医传入对传统中医的影响应该是最直接的因素,当然不排除还有与其相关联的政治、经济、文化等方面的因素。西医传入上海,上海人最初看病也在观望,也有疑忌。再讲当年上海人口结构多为移民,而且相当部分是难民,特别

是太平天国农民战争期间涌入上海的大批难民,贫疾交加,驱使病人不顾世俗对西医的成见,接受西医治疗,正是这样一个特殊性让早期西医有了藉以扩大影响的良机,也让上海人和中医界人士认识了西医的价值,促使传统中医中的有识之士对西医刮目相看。

1. 早期西医入沪扎根,渐显优势

首先,西医医院在上海建立。清道光二十四年(1844年)正月,英国传教士、医师威廉.洛克哈脱(William Lockhart)在上海县城大东门外首设中国医院(The Chinese Hospital,今仁济医院)。至1910年,公济(今市一医院)、同仁、广慈(今瑞金医院)等14所综合医院先后设立,另有西门妇孺医院(今红房子医院)、西人隔离医院(今市六医院)、中国防疫医院、精神病医院等专科医院相继成立,其规模在全国城市中首屈一指。其中仁济医院从设立到1904年前后六十年间免费收治病人,据该院不完整病历记录,从1844—1856年的十三年间就诊病人总数为15万人,其为上海城乡

海上名医墨迹展

儿童种植牛痘产生良好预防效果,影响扩至江浙城镇。

其次,西医使用新药和先进医疗仪器。自 20 世纪初开始西医在临床上广泛使用阿司匹林等化学药品乃至磺胺药和抗生素,在对付急性感染性疾病方面已占相当优势。早期西医在医疗中已使用木听筒、体温计以及刀、剪、钳、镊、钩、电动工具,并不断引进西式医疗器械,如显微镜、X 光机等。

再次,创办西医学校、社团及刊物。西医教育始自教会医院带徒,1896 年始有圣约翰大学医学专科(后转为圣约翰大学医学院)等西医院校;大批海外学医留学生回沪,使西医队伍日渐壮大,西医社团日渐增多;出版翻译西医书籍和西医刊物方面,英国伦敦会传教士合信(Benjamin Hobson)是最早译著西医书籍的上海传教士,其《西医略论》、《内科新说》等五种系统介绍西医的著作于 1851—1859 年出版,影响中国医学半个世纪之久。

2. 传统中医中的有识之士奋起图新

西医的优势,使上海人相信了西医,这如同上海人经过比较、鉴别以后,很快用煤气灯、电灯取代油灯,用自来水取代河水井水,汽车、电车取代轿子、马车一样,那是择善而从的结果。同样,上海一些传统中医中的有识之士在相信西医的同时不脱离中医,并奋起直追吸纳西医的先进之处推进传统中医向"海派中医"的演变。

当年最突出的典型代表人物是李平书,其出身中医之家亦潜心中医,是晚清时期上海绅商、地方自治领袖。他在当时形势下完成了"海派中医"发展史上的几个第一。

上海中医药博物馆陈列展厅

其一,于 1903 年 9 月 26 日,与陈莲舫等同道发起成立近代上海第一个中医团体——上海医学会,会址设于公共租界小花园 7 号(浙江路西、广东路东),旨在"以集同志讨论,然后著医学报,编医学教科书,设医学堂,开养病院,期臻美备"。此后,又于 1906 年、1912 年组织成立上海医务总会、中华医药联合会,从事改良中医活动;1922 年组织成立江苏全省中医联合会,多次开展旨在保障中医权益的请愿活动。

其二,开办医院,改进药剂。1904 年,李平书在黄浦江边三泰码头积谷仓外(今多稼路 1 号)租赁房屋创办"上海医院",1909 年改建成有门诊部、住院处、手术室、设备不逊色于当时租界医院的上海首家中医西结合医院。该院制度规定:"上午中医送诊,下午西医送诊兼赠药"。1921 年,他联合中医药界创办上海第一家现代中药制药企业——上海粹华制药厂,该厂采用当时较先进制药方法,先将各种中药炮制为饮片,再以大锅煎煮、粉碎加工、化学提炼等方法制成中药药液、药粉数百种,另循古方生产出丸散膏丹等传统中成药 300 余种。

其三,李平书和张竹君于 1905 年 11 月创办上海女子中西医学堂,校址在派克路(今黄河路)16 号,这是上海近代由国人自办的第一所中西医汇通女子学校,其"造就女医,为各省倡"。该校学制六年,张竹君任校长。学校设附属女病医院作为实习医院。1909 年,该校迁入上海医院内,1912 年停办。

李平书在近代中医史上的诸多创举,从一个侧面说明当时上海中医界有识之士力图仿效西医先进之处藉以发展中医所付出的努力。以下再例举当时上海新型中医学校中三所著名学校的创办情况,来说明西医学被海派中医各学术流派日渐接纳的事实。

以"昌明绝学,发扬国粹,融合中西"为办学宗旨的上海中医专门学校(后改上海中医学院),由近代中医教育先驱丁甘仁与中医有识之士、教育家夏应堂、谢利恒、费访壶、金百川、殷受田等 14 人发起和创办,1916 年 8 月在白克路(今凤阳路)珊家园人和里 18 号的临时校舍举行开学典礼。1918 年建成南、北广益中医院和沪南石皮弄27 号新校舍(该校办学 32 年中曾六度搬迁)。丁氏认为"昌明中医,莫如设立医学堂",课程设置有西医的生理卫生、解剖等,但中医内容占了百分之九十以上,这与当时绝大部分中医学校相似,反映当时中医界坚持中医为本吸取西医知识的态度,直至1939 年时,该校根据政府要求才将中医课和西医课之比设为 7.5:2.5。

以"培养人才为宗旨,抱改进中医之使命"的上海中国医学院成立于 1928 年 2月,由上海中医专门学校早期毕业生王一仁、秦伯末、许半龙、严苍山、章次公等创办于沪南小西门外黄家阙路。确立"以原有中医药为基础,将吸收西医药长处"的教育方针,聘请当代鸿儒国学大师章太炎为首任院长。建院初期 19 门课程中生理、解剖、物理、西药和产科五门为西医课程,这在当时上海的中医学校中属首创,后开设日语课。该校址或因学校规模扩大、或因战连祸,曾经五度易地。

以"研究中国历代医学技术,融化新知,养成国医专门人才为目的"为教育方针的上海新中国医学院,创建于 1936 年 2 月,是沪上妇科名家朱南山与其子朱小南、朱鹤皋所致力的中医教育事业。新中国医学院立意在"新"字。校舍在爱文义路(今北京西路)王家沙花园 19～25 号,为四幢毗连的英式三层楼房,有篮球场、网球场。在建校同年,又创设了在当时中医教育界独树一帜的研究院。该校聘任的西医人数前后共有 24 人,为当时各中医院校之最。为激发学生奋发有为,特设"朱南山奖学金"。1941—1945 年间,课程共设 40 门,中医课 23 门,西医课 16 门。该院曾开设德语、日语课程。

从例举李平书及上述中医学校的办学特色变化,不难看出近代上海中医界为改良中医走中西医汇通之路是成功的。有个统计数据表明,近代上海的中医界有识之士从 1904 年起到 1947 年所办的各类中西医教育学校有 50 余所;从 1910 年到 1940 年所办的中西医函授教育学校有 17 所。随着近代上海的经济文化发展,上海涌现出一大批著名海派中医教育家;一大批中西医汇通的代表人物;他们不仅组织沪上传统中医各大流派中的佼佼者临证之余带徒授课走向中医的新式教育道路,而且在学校教育的规模下促使他们及其弟子成为海派中医学术形成的主要力量。他们为应对上海地区不断变化的疾病谱提供医疗支持,并为了使中医免遭取缔,引领全国中医界走上中西医结合、中医现代化之路。可以这么说,近代中国著名的中医教育模式在上海;著名的中医学术团体总部在上海;近代中医书籍出版的中心在上海;近代上海已成为海内外中医学的研究中心,在海内外享有较高的学术地位,其文化内涵的影响力甚至辐射到现代国内中医药界学者的学术研究领域。

二、海派中医药文化遗产的保护范畴

海派中医药文化遗产不仅包括与海派中医活动相关的文化遗址、文物、文献等物质文化遗产,且更多容纳海派中医大量的实践观察方法、知识体系、中药炮制工艺、组方理论等非物质文化遗产,两者皆为海派中医药文化遗产的保护范畴。

1. 与海派中医药相关的物质文化遗产

20 世纪的前五十年间,在学术研究方面:上海地区先后创办各类中医学校、中医社团、中医刊物遗留下来的遗址遗物内容丰富、数量众多。其中丁甘仁等创办的上海中医专门学校被载入中外医学史著作;上海发行各种中医药的报刊近 150 种;1934 年由世界书局出版陈存仁编著的《中国药学大辞典》,至 1938 年前已再版 27 版,该书还在巴黎的印刷展览会上得奖。

在临床医疗方面:当时的上海可谓全国名医荟聚之地。据《黄埔区志》记载,19 世纪五十年代后期开始,境内浦西地区是中医集中,名医辈出之地。先后有陆懋修、王士雄、陈莲舫、余伯陶、唐宗海、丁福保、恽铁樵、谢利恒等盛誉卓著的医生,更有孟河丁氏内科、上海张氏内科、南通朱氏妇科等著名流派。其中,中医处方手迹、伤科膏药、外科用具、针灸器具、中医毕业证书、开业执照、诊所匾额存世不少。

在中药行业方面:自1695年上海首家中药店"姜衍泽堂"创建起,先后有童涵春、雷允上、蔡同德、胡庆余四大全国闻名的药号诞生,各药号都拥有各具传统特色的名产品,在海内外享有盛誉。此外。近代上海其他各中药店制作的成药、制药盛药工具及与药店经营等有关的实物也极有传统文化特色。

上海青浦朱家角镇的童天和堂国药号至今保留着旧时的格局,药号的整体建筑、门额、天井、堂内的百药斗、柜台、药罐、各类制药工具等都保存得原汁原味。现在遗址已开放为国家级旅游景点。

2. 与海派中医药相关的非物质文化遗产

海派中医药文化遗产的另一重要部分是海派中医名家的知识体系与临诊实践经验、中药炮制工艺、组方理论、老药工辨识草经验等非物质文化遗产。

海派中医药文化遗产作为非物质文化遗产始于2007年6月,中医正骨疗法(石氏伤科疗法)被确认为上海市第一批非物质文化遗产,2008年6月,又被批准为第二批国家级非物质文化遗产,这一时期被确认为区县级非物质文化遗产的还有雷允上六神丸制作技艺、蔡同德膏药制作工艺、楚氏伤科、群力草药文化、致和堂药号、人寿堂药号、陆氏伤科等11项,从而开启了对于上海地区中医药领域非物质文化的研究保护工作。在有海派中医流派传人的医疗机构,大多成立了名老中医工作室,希望通过师带徒的方式使名老中医的临床技能得以传承。

三、挖掘利用,以促进上海中医药事业发展

目前在上海各专业单位收藏的有关海派中医药实物、文献的规模和数量,对于系统研究和展示海派中医发展史来讲缺乏史料的完整性,而散落在上海各地的海派中医文化遗存以及非物质文化遗产的保护有值得挖掘的广阔空间。

1. 海派中医药文化遗产保护有待拓展之处

经笔者调查,目前上海尚未有一处海派中医药文化遗址被列为保护单位,海派中医药文化遗产有待挖掘拓展,遗憾的是有些已被前期城市改造而彻底流失。

以上海中医专门学校校址为例,该校初创地白克路珊家园(今凤阳路,靠近长沙路牯岭路),当时也是丁甘仁寓所和诊室,现已是37层楼雅居乐国际广场的工地。其第二处办学地南市石皮弄旧址(也是该校附属医院广益中医院所在地)早在十四五年前就被拆除,取而代之的是河南南路398弄 SUN WONDERLAND 高级住宅小区一号楼。对照1939年出版的《上海市行号路图录》,发现当年的石皮弄只保留了今雪松

街56号正对着的约100多米长已拓宽的道路。

当年朱南山等创建的上海新中国医学院遗址(今北京西路605弄30号),至今还有保存。可以设想在那里举办早期上海中医教育陈列室,以供公众参观学习。位于长沙路96号(长沙路、北京路拐角处,现只能从94号进入)的原作为朱南山父子寓所兼诊室的"南山小筑"如今也还存在,遗址房屋、天井、楼梯和扶手还是依旧,可设想恢复朱南山诊所。

近代上海大名鼎鼎的治伤寒名家张聋聱(张骧云)中医寓所兼诊室遗址在今北京西路146号,该址为晚清建筑,北至长沙路149弄,东至北京西路142弄,西至温州路,占地近2000平方米,是张骧云与子孙居住和开业行医最久之地,至今在外墙角还可见"张承裕堂墙界"。房屋建筑二楼回廊铸铁栏杆、木质搁窗及原就医诊所房间基本陈设还在,原有的抽水马桶、浴缸等进口卫生设备使用至今,墙砖地砖保存完好。张氏子孙还专门为故居撰写了回忆文稿,这可为恢复张聋聱中医诊所提供翔实可靠的资料。

李平书创建的上海首家中西医结合医院上海医院(现上海市第二人民医院)遗址,以前的大体建筑依旧存在,建筑构件基本保持原样,沿街的老式消防龙头见证了医院一百多年的发展历史。笔者认为,可考虑在老建筑内开辟一个李平书与海派中医史料陈列室。

关于中医药技术的传承,笔者最近请教了中药三厂退休的钱振尧先生,这位曾参加过新中国首部药典编写工作的"老药工"告诉我,中医中药如果没有严格的师带徒的技艺传承,徒弟是无法掌握精细严密的操作流程的。师徒传承的鲜活、直观和实用性,是书本知识难以比拟的。书本知识只是一小部分,更多的知识来自于那些只可意会而难于言传的经验。如今师承的工作几乎停滞和断代,这影响了中医药的发展。对于中草药的鉴别面临失传的事实,钱先生认为应该是传统和现代技术相结合,而不能一味依赖现代仪器分析。为有利于中药制作技艺代代相传,可设想在童涵春、雷允上、蔡同德、胡庆余四大药号内开辟各具特色的制药工场展示室,弘扬海派中医药的传统制作工艺。

2. 挖掘保护海派中医药文化遗产的措施

关于海派中医药文化遗产的挖掘保护,总的我们可以遵照国务院对于文化遗产保护制定的"保护为主、抢救第一、合理利用、加强管理"的方针,具体可以从以下几方面着手:

第一,在政府相关职能部门领导下,对上海市范围内与海派中医活动有关的遗址遗迹进行全面调查,依法登记、建档,在此基础上,分类制定保护规划。如对遗址进行挂牌,或者修整复原作为纪念性场馆对外开放。以上所举几处遗址,皆是海派中医从事中医活动的见证,可以策划恢复海派中医诊室、医院场景、举办海派中医发展史陈列展览等。

　　第二,对于散落在民间的与海派中医药相关的遗物,可以鼓励市民提供线索,汇集这些零散的收藏举办专题展览或出版相关图录书籍,也可以鼓励市民将这些收藏捐赠给专门研究机构珍藏,或拨出专项经费让专门研究机构开展征集活动。

　　第三,对于海派中医内科、外科、妇科、儿科、伤科、针灸科、推拿科、眼科、喉科、中西医汇通派等各流派的独门绝技,尽可能纳入非遗保护对象;同时也要重视流派之外的民间验方、制药工艺、针推手法等的收集研究和保护,处理好知识产权保护与传承发扬的矛盾。在中药人才的培养方面,充分发挥老药工的作用,也可以以"带徒班"形式进行培养。

　　第四,成立专项基金,支持研究机构或个人开展对海派中医药文化遗产的研究工作,为其举办海派中医专题展览、出版画册、拍摄电视专题篇、开展中外海派中医学术交流创造条件。2007 年《海上名医——张氏中医世家》在上海出版,为我们开展这方面工作提供了很好的思路。该图录研究解读大量张氏中医遗留下的处方手札,对张氏祖传实物、文献、老照片等加以分类编纂,使读者在了解张氏中医学术成就和传承脉络的同时,能真切地领略海派中医文化和老上海的民俗风情。

　　综上所述,海派中医的学术影响波及海内外,它是上海城市医学不可分割的组成部分,有效利用海派中医药文化遗产,有利于上海未来中医药学发展、中医教育发展、市民健康指数提高和城市文化内涵建设的提升。同时,海派中医药文化遗产的挖掘保护是一项系统工程,需要政府职能部门的足够重视并采取切实措施。笔者认为抢

上海中医药博物馆外景

救保护海派中医药文化遗产,有些已到了濒临危机刻不容缓的地步。此外,值得商榷的是在挖掘海派中医药文化遗产的工作中,也应关注挖掘保护早期西医在上海发展留下的足迹,因为如果没有早期西医大规模进入上海,就不会促进近代海派中医的产生,也不会有近代海派中医的诸多成就。

参 考 文 献

［1］ 傅维康主编:《中国医学史》,上海中医药大学出版社,1994 年 12 月版。

［2］ 张文勇主编:《海上名医张氏中医世家》,上海人民美术出版社,2007 年 10 月版。

［3］ 吴鸿洲等主编:《海派中医学术流派精粹》,上海交通大学出版社,2008 年 11 月版。

［4］ 朱潮主编:《中外医学教育史》,上海医科大学出版社,1988 年 5 月版。

［5］ 陈存仁著:《银元时代生活史》,上海人民出版社,2000 年 6 月版。

［6］ 熊月之主编:《上海通史·晚清文化》,上海人民出版社,1999 年 9 月版。

［7］ 马伯英等著:《中外医学文化交流史》,文汇出版社,1993 年 10 月版。

［8］ 上海中医药大学、市中医文献馆编:《名医摇篮——上海中医学院(上海中医专门学校)校史》,上海中医药大学出版社,1998 年 1 月版。

［9］ 上海市中医文献馆编:《上海中国医学院院史》,上海科学技术文献出版社,1991 年 9 月版。

［10］ 上海中医药大学、市中医文献馆编:《杏苑鹤鸣——上海新中国医学院院史》,上海中医药大学出版社,2000 年 1 月版。

［11］ 浙江省中医药研究院文献研究室编著:《中西医汇通研究精华》,上海中医学院出版社,1993 年 12 月版。

［12］ 承载等编:《上海百业指南》,上海社会科学院出版社,2004 年版。

［13］ 周太彤等主编:《黄埔区志》,上海社会科学院出版社,1996 年 4 月版。

［14］ 上海通志编纂委员会编:《上海通志·卫生》,上海人民出版社等,2005 年 4 月版。

未来需要你的参与

——非物质文化遗产保护与城市博物馆的责任

黄宗唏[*]

（深圳博物馆，广东 518026）

[摘　要]　物质文化遗产与非物质文化遗产既有本质区别但又紧密相连。城市博物馆在保护非物质文化遗产方面则是既有优势，也面临挑战。本文通过对非物质文化遗产保护和传承的重要意义的审视，探讨了城市博物馆在全球化、现代化进程中自身功能的重新定义及其在非物质文化遗产保护过程中不可或缺的地位和作用，并就城市博物馆如何迎接挑战，发挥自身优势，抢救、保护、研究、传承非物质文化遗产，促进社会和谐，提出了自己的见解。

[关键词]　城市博物馆　非物质文化遗产　社会和谐

Future Demands Your Participation
—Protection of Intangible Cultural Heritage and
Related Responsibilities of Museums of Cities

HUANG Zongxi

Abstract：Tangible cultural heritage and intangible cultural heritage are so different but so closely related，and museums of cities，having certain advantages in the protection of intangible cultural heritage，are faced with much challenge. The significance of protecting and passing-on the intangible cultural heritage weighed，thus this paper looks into the redefinition of the functions of museums of cities of our times and puts forward some

---

[*]　黄宗唏，英语语言文学学士，法学硕士，曾从事知识产权保护方面的工作，现在深圳博物馆教育推广部工作。
HUANG Zongxi，BA in English language and literature and LLM in civil law. Formerly an intellectual property attorney，and now workig at the education and promotion department of Shenzhen Museum.

understandings of the author as to how museums of cities can take challenges and play their role in the rescue, protection, research and passing on of intangible cultural heritage.

Key words: Museums of cities, Intangible cultural heritage, Social harmony

"非物质文化遗产"的概念在国际上正式提出和明确定义是进入 21 世纪之后的事,保护非物质文化遗产随之为各国所关注。中国对非物质文化遗产的保护与世界同步,但近年来重心似乎局限在"申遗"上,将一定数量的"非遗"项目列入各级"名录"几成非物质文化遗产保护的代名词。而且由于一些历史和制度原因,城市博物馆长期以来在非物质文化遗产保护中仅扮演旁观者的角色。笔者认为,城市博物馆作为物质文化遗产保护的主导者,在非物质文化遗产保护方面也有不可替代的作用。发挥自身优势,将物质文化遗产和非物质文化遗产结合起来给予"有效的保护、传播和延续",城市博物馆责无旁贷。

一、"非物质文化遗产"的定义与保护框架构建

2003 年 10 月,联合国教科文组织第三十二届会议通过了《保护非物质文化遗产公约》(以下简称《公约》)。《公约》将"非物质文化遗产"定义为"被各群体、团体、有时为个人视为其文化遗产的各种实践、表演、表现形式、知识和技能及其有关的工具、实物、工艺品和文化场所。各个群体和团体随着其所处环境、与自然界的相互关系和历史条件的变化,不断使这种代代相传的非物质文化遗产得到创新,同时使他们自己具有一种认同感和历史感,从而促进了文化的多样性和人类的创造性",并将其范畴界定为以下五个方面:

口头传说和表述,包括作为非物质文化遗产媒介的语言;

表演艺术;

社会风俗、礼仪、节庆;

有关自然界和宇宙的知识和实践;

传统的手工艺技能。

我国于 2004 年 8 月 28 日加入《公约》,2005 年即先后出台两个文件——《国务院办公厅关于加强我国非物质文化遗产保护工作的意见》(以下简称《意见》)与《国务院关于加强文化遗产保护的通知》(以下简称《通知》),其中对"非物质文化遗产"的定义可概括为"以非物质形态存在的、与群众生活密切相关、世代传承的各种传统文化表现形式,包括口头传统,传统表演艺术,民俗活动、礼仪与节庆,有关自然界和宇宙的民间传统知识和实践,传统手工艺技能(包括与之相关的器具、实物、手工制品等),以

及与上述表现形式相关的文化空间。"

上述"非物质文化遗产"的概念系相对于"物质文化遗产"的概念而言。根据1972年11月联合国教科文组织第十七届世界遗产大会通过的《保护世界文化和自然遗产公约》，"物质文化遗产"是指从历史、艺术、人类学或科学角度看，具有突出、普遍价值的文物、建筑群和遗址。《通知》中则将物质文化遗产定义为"具有历史、艺术和科学价值的文物，包括古遗址、古墓葬、古建筑、石窟寺、石刻、壁画、近代现代重要史迹及代表性建筑等不可移动文物，历史上各时代的重要实物、艺术品、文献、手稿、图书资料等可移动文物；以及在建筑式样、分布均匀或与环境景色结合方面具有突出普遍价值的历史文化名城（街区、村镇）。"

从上述定义可以看出，物质文化遗产和非物质文化遗产之间有以下区别。

1. 物质文化遗产是以物质形态表现人类创造的静态的文明，不再被发展和创新；非物质文化遗产则是以非物质形态（精神形态）表现人类创造的活态的文明，始终在不断得发展和创新。这是物质文化遗产和非物质文化遗产的最根本区别，也是国际公约要对这二者分别加以规定和保护的本质原因。

2. 物质文化遗产的载体是物，不论是放在博物馆里展览的文物，还是历史遗迹、建筑，都是静止的、不具有能动性的物；非物质文化遗产的载体尽管有时也表现为一些器具、手工艺品、服装等物体，但其主要的载体是具有能动性的人，要通过人的思想、语言、行为、活动才能表现出来。

3. 物质文化遗产具有不可再生性，一旦被损毁，就将不复存在。后人技术再高明，也只能仿造而已。而非物质文化遗产在世代相传的过程中，始终不脱离人们的生产和生活方式，还可以随着时代的发展创造出新的内容，是一个民族历史文化的"活化石"，不论是形式还是内涵都具有持续发展的无限可能性。

尽管有以上重要区别，物质文化遗产和非物质文化遗产之间相互依存、不可分割的关系也得到了广泛承认。它们都是文化遗产的组成部分，是人类文明的瑰宝和人类历史的见证，共同构成国家、民族乃至全人类的文化财富。物质遗产必然蕴含精神内涵，非物质遗产又必然要以物质为载体。它们相互依存，相互作用，成为一个有机整体。非物质文化活动会产生物质文化的成果，而物质文化中又正好承载、记录了人们的非物质文化活动。如民间剪纸艺术，其构思、技巧等是无形的非物质文化，但最后形成的剪纸作品则是有形的物质文化。又如2001年即被联合国教科文组织公布为"非物质文化遗产"的我国的昆曲艺术，其服装、道具等属于物质文化，而唱腔、表演、舞台呈现等等综合在一起，才是作为非物质文化遗产的昆曲艺术。因此，物质文化遗产与非物质文化遗产只有成为一体，才能共同承载人类文明。

基于此，早在《公约》问世以前，博物馆作为文化遗产保护重要机构的，其在保护非物质文化遗产中的角色和作用亦已受到了很大的关注。2002年10月，国际博物馆

展厅

协会（ICOM）在上海召开亚太地区第七次大会，会上通过了以"博物馆、非物质遗产、全球化"为主题的《上海宪章》。《上海宪章》提议将博物馆作为"保护人类非物质遗产建设性合作伙伴关系的推动者"，并就此提出了一系列希望和要求。2004年，国际博物馆协会将当年的"国际博物馆日"主题定为"博物馆及非物质遗产"，并召开了同一主题的世界博物馆大会。这一系列举措所初步搭建的非物质文化遗产保护框架，赋予了博物馆在传承、保护人类文化遗产方面的新使命和新挑战。

二、城市博物馆参与非物质文化遗产保护的优势与面临的挑战

博物馆的传统工作对象是"物"，物质文化遗产曾经是博物馆最主要、甚至是唯一的保护对象。然而前面的分析已经表明，物质文化遗产和非物质文化遗产实际上是互相渗透、不可分割的。因此，当保护非物质文化遗产的大旗在21世纪高高举起的时候，博物馆已然无法回避自己的责任。由于非物质文化遗产有区域性存在的特点，每一个地区、每一个博物馆所处的城市都有许多重要的非物质文化遗产，城市博物馆在收藏本地区的物质文化遗产的同时，还应选择本地特有的非物质文化遗产一并加以保护。

事实上，城市博物馆也完全有能力承担起这种责任。在非物质文化遗产保护工作中，城市博物馆在以下四个方面的优势显而易见。

1. 城市博物馆是遗产保护界唯一的永久性机构。"永久性"是博物馆的本质特征之一，对非物质文化遗产进行科学保护和永久收藏而言，城市博物馆是不可替代的

专门性机构。国际博协认为,博物馆界在保护相对脆弱的非物质文化遗产事业中承担着重要使命。世界博物馆正在把自己的遗产保护伞扩大到非物质文化遗产的广大领域中去。

2. 城市博物馆在保护、保存和收藏遗产方面有科学的设置。保管和收藏是博物馆的重要传统职能。博物馆既有完善的硬件设施,也有懂得相关知识的专业人才。非物质文化遗产需要物质载体,保护非物质文化遗产所涉及的许多录音、录像、摄影、文字记录、工具、道具、工艺品等,都需要保管和收藏。这与城市博物馆固有的物质文化遗产保管收藏工作是并行不悖的。

3. 城市博物馆有专门的人才队伍和科研力量。今日博物馆通常都汇集有人类学、历史学、考古学、民族学、民俗学、计算机学、信息管理学、图书馆学、文学、艺术、宣传、教育等多方面专业人才,不但可在物质文化遗产保护工作中发挥重要作用,对非物质文化遗产的保护和研究也同样不可缺少。以深圳博物馆为例,近百人的队伍当中不但上述专业人才都有,而且在学历上不乏硕士和博士研究生。他们除了担当文物收藏、展示、教育等博物馆传统职能外,对非物质文化遗产的研究和保护工作早已开展。深圳博物馆的基本陈列之一——《深圳民俗文化》,就涉及大量非物质文化遗产的展示展览;从事深圳民俗文化研究的专业小组,在文物征集、民俗活动研究、节庆民俗活动展演等过程中,对深圳的非物质文化遗产也多有研究。

4. 城市博物馆在展示展览和宣传教育方面有成熟的经验和坚实的观众基础。非物质文化遗产的抢救与保护,最终要在向公众的宣传、展示、解读的过程中实现其意义。这项工作交给博物馆去做可谓轻车熟路,能以较小的成本获得较大的社会效益,让保护非物质文化遗产的意识和意义较快地传播到社会的各个层面。

当然,与优势并存的还有挑战。将非物质文化遗产保护纳入博物馆工作的范围,这从理论到实践都仍然是一个新的课题。在中国,由于体制问题,对于由何种机构来保护非物质文化遗产,在较长时期内没有一个明确的界定。在国家的层面上由文化部牵头负责,但到了地方,物质文化遗产和非物质文化遗产往往分别归属文博、群艺、文联甚至民间文艺家协会等不同的部门组织。以深圳为例,2010 年以前,负责非物质文化遗产保护的机构就长期设在市群艺馆。这在客观上造成了"物质"与"非物质"的分离以及经费、人力和资源的分散和浪费。博物馆往往成为非物质文化遗产保护的旁观者。

三、"新博物馆学"语境下城市博物馆保护非物质文化遗产的责任与行动

非物质文化遗产联系着人们的情感,渗透着人们的心灵,满足着人们多种多样的精神、心理需求。在非物质文化遗产的传承中,人们重新寻找自身的文化轨迹,通过

认识过去在当下构筑与他人之间的和谐关系，并且设计自己的未来。保护非物质文化遗产，既是尊重、保护人权的需要，也是推动社会和谐发展，实现历史与现实的对话、人文与自然的协调的需要。

发端于 20 世纪 70 年代、并在八十年代逐步深入的"新博物馆学"，以人为本，强调博物馆的教育作用，关注人类的可持续发展，倡导高科技的传播手段，尊重文化的多样性，注重观众参与，这些均与同时期发展起来的非物质文化遗产保护思想和要求不谋而合。因此，城市博物馆不仅应当顺应历史发展潮流积极参与到非物质文化遗产保护中来，而且也完全能够肩负起非物质文化遗产保护的使命，为建设一个更加美好、和谐的人类社会而发挥重要的作用。

1. 加强理论研究，充分认识非物质文化遗产保护的重要意义和正确途径，处理好"物质"和"非物质"的关系、文化遗产保护的完整性和活态性的关系，将非物质文化遗产的区域性保护、整体性保护与永久性保护有机结合。如何选择本区域内有保护价值的项目，与其载体——物质文化遗产共同加以永久性保护，是城市博物馆在研究非物质文化遗产保护方面应重点考虑的问题。

2. 适应非物质文化遗产保护和传承需要，在博物馆传统职能中不断加入新内容。博物馆的传统职能，如收藏、研究、展示、教育等，原有一套适应物质文化遗产特点的理论和实践经验。在加入非物质文化遗产这个保护对象之后，理应根据非物质文化遗产的特点而有所改变和发展。"新博物馆学"的理念是鼓励普通观众参与，体

展厅

现公众趣味和草根性的文化认同,以平等的态度对待从前被忽略的文化群体和文化资源。这对非物质文化遗产同样意义重大。活态的非物质文化遗产,只有在活态的弘扬与传承当中,才能真正实现其保护目的。因此单纯的展示是远远不够的,博物馆不但有责任帮助观众了解自己身处的社会有什么样的非物质文化遗产,而且应当鼓励人们将自身融入其中,成为非物质文化遗产自觉的宣传者、实践者和传承者。

　　3. 重视信息化技术应用,构建非物质文化遗产馆藏体系,对非物质文化遗产实现全方位、多层次保护。数字化建设在许多现代博物馆中都是重要工作,其对于非物质文化遗产保护也具有重大意义。信息化技术在影像资料的记录和保存,历史场景的模拟和复原,面向观众的展示、教育、交流和沟通方面,都有无与伦比的优势。尤其是利用网络技术和电子出版物向观众提供更加多元的、交互式多媒体体验,进行资源共享和信息传播,能极大地增强非物质文化遗产保护与宣传的效果。随着科学技术的不断发展,相信未来还会有更先进的技术手段可供利用。

　　2010 年初,深圳市非物质文化遗产保护中心正式脱离市群艺馆而与深圳博物馆合为一个机构。也许可以认为,中国的城市博物馆正在从非物质文化遗产保护的旁观者转而成为非物质文化遗产保护的主导者,并必将在未来的非物质文化遗产保护事业中发挥更大的作用。

参 考 文 献

[1] 文化部民族民间文艺发展中心:《中国非物质文化遗产保护研究》,北师大出版社,2007 年。
[2] 尹彤云:《博物馆视野中的非物质文化遗产保护》,《民族艺术》2006 年第 4 期。
[3] 赵冬菊:《博物馆与非物质文化遗产的互动》,《广西民族研究》2006 年第 2 期。
[4] 关　昕:《非物质文化遗产保护与博物馆发展新趋向-》,《博物馆研究》2007 年第 3 期。
[5] 郑柳青,陈兴中:《物质文化遗产的非物质性与非物质文化遗产的物质性认同》,《东南文化》2009 年第 1 期。

探寻非物质文化遗产的生命家园

——城市博物馆保护非物质文化遗产初探

丁佳荣*

（上海市历史博物馆，上海 200002）

［摘　要］　任何一种非物质文化遗产，其创生与传承都与特定的人文环境休戚相关，这个环境构成了非物质文化遗产赖以生存的生命家园。目前对非物质文化遗产事项申报、保护及传承举措不断加强，但对其成长及传承到创新的人文环境关注不够，而这正是非物质文化遗产发生的首要条件，也是开展非物质文化遗产保护的前奏。因此对非物质文化遗产的保护也应该对形成地特有的人文的整体性场景做深入研究。城市博物馆综合反映该城市历史文化脉络这一特点，恰恰为该地区非物质文化遗产提供了文化意义上的论证，也只有将该区域非物质文化遗产纳入到地区整个文化历史的大环境中去，才能真正体现对其保护的原真性、完整性原则。

［关键词］　城市历史博物馆　非物质文化遗产保护　原真性　完整性

The Exploration of the Living Environment of Intangible Cultural Heritage
—Primary Exploration of Intangible Cultural Heritage Protection by Shanghai History Museum

DING Jiarong

Abstract：The creation and inheritance of any intangible culture heritage are vitally interrelated with specific humanistic environment. This environment，being a combination of nature and humanity，economics and culture，as well as public sentiment and customs，

---

*　丁佳荣，上海市历史博物馆助理馆员。重点研究非物质文化遗产领域。

DING Jiarong，research department of Shanghai History Museum.

thus constitutes the environment for intangible cultural heritage on which it lives. Currently, measures have been taken to constantly strengthen the declaration and inheritance of intangible cultural heritage. However, not enough attention has been paid to the historical and cultural environment of its growth, succession and innovation. The environment is the prime importance to the creation of intangible cultural heritage and the prelude to carry out intangible cultural heritage protection as well. Therefore, in-depth research about integrity circumstances of the heritage's particular local nature and humanity should also be included in the intangible cultural heritage protection. City Museum comprehensively reflects the feature of one city's history and culture venation which exactly provides demonstration on cultural sense for local intangible cultural heritage. Only when local intangible cultural heritage is brought into the historical and cultural environment of the region, do it truly embodies the principle of authenticity and integrity for non-material cultural heritage protection.

Key words：City history museum；Intangible，Cultural heritage protection，Authenticity，Integrity

时下，一场非物质文化遗产保护工作正在我国各地蓬勃展开。其规模之大，涉及面之广，学者专家参与的自觉性之高，在我国文化建设史上实属罕见。作为综合反映城市历史文化脉络的城市博物馆，将如何发挥自身的特殊功能，参与城市的非物质文化遗产保护，就是本文所要探讨的。

一、城市历史博物馆与非物质文化遗产保护的关系

城市是一个区域社会政治、经济、文化的中心，经过历史积淀，它不仅有物质文化的遗存，还会有非物质文化的遗存，比如保留在这个城市中的传统戏剧、手工技艺、民情风俗等。虽然一直活态传承，但往往零星分散在民间，难见其全貌。而拥有综合反映城市历史文化脉络功能的城市博物馆，可以为人们了解这个全貌提供一个展示平台。

对于保护非物质文化遗产（也译作"无形文化遗产"），国际博协早在 1997 年墨尔本大会期间已开始予以关注；国际博协博物馆学委员会于 2000 年在慕尼黑召开了主题为"博物馆学与无形遗产"的学术会议，就博物馆与无形遗产的关系展开理论上的探讨；2002 年的《伊斯坦布尔宣言》号召世界各国对非物质文化遗产进行有效的保护；同年，中国率先发起并签署了国际第一个保护非物质文化遗产的地区性博物馆公约《上海宪章》。《上海宪章》的产生宣告了亚太地区保护无形文化遗产国际联合行动

的开始,标志着亚太地区博物馆保护无形遗产的历史使命进入了崭新的阶段。

什么是非物质文化遗产？根据联合国教科文组织《保护非物质文化遗产国际公约》的定义,是指"被各群体、团体、有时为个人视为其文化遗产的各种实践、表演、表现形式、知识和技能及其有关的工具、实物、工艺品和文化场所。"

非物质文化遗产具体表现为[1]:(a)口头传说和表述,包括作为非物质文化遗产媒介的语言;(b)表演艺术;(c)社会风俗、礼仪、节庆;(d)有关自然界和宇宙的知识和实践;(e)传统的手工艺技能。

非物质文化遗产的特点是:一方面,其内容为"各种实践、表演、表现形式、知识和技能"等比较"虚"的东西,即所谓"非物质"的性质;另一方面,这些"非物质"的内容又通常需要依托物质形态,即"有关的工具、实物、工艺品和文化场所"而存在。

这就决定了非物质文化遗产保护是一项系统文化工程,且其中研究、保存、保护、宣扬、弘扬等措施都与博物馆的工作特性相吻合。《保护非物质文化遗产国际公约》强调这类文化形态的保护和发展是为了促进文化的多样性和人类的创造力,实际上也是对文化全球化趋势的一种应对。从一个民族或文化族群的角度来说,文化多样性是与文化生态、文化国力和文化尊严相关的问题。从一个城市的都市文化建设来讲,认同感、历史感和文化多样性是城市的精神凝聚力、精神生态的核心。

如果说要保护一项文化遗产的话,田野考查、清点,对非物质文化遗产的确认、评定,通过建立数据库方法对非物质文化遗产立档、保存,对其文化内涵、审美价值的探索、研究,对传承人的扶植与保护,对非物质文化遗产的宣传、弘扬等等,都应该先基于对其有充分的了解,否则不明就里粗率地保护俨然成为另一种破坏。因此,要了解一种文化就是要从了解它的历史开始,它是文化遗产发生的首要条件,也是开展文化遗产保护的前奏。任何文化遗产都是有根的,其中也包括非物质文化遗产,它有它自己的文化基因。如果要是脱离了基础,脱离了历史和传统,它也就发展不起来了。因此,历史和传统就是我们文化遗产赖以延续下去的生命家园。

二、城市历史博物馆与保护非物质文化遗产的原真性原则

原真性又称本真性(Authenticity),英文本意是表示真实而非虚假的、原本的而非复制的、忠实的而非虚伪的、神圣的而非亵渎的含义。也就是说,要保护原生的、本来的、真实的历史原物,保护它所遗存的全部历史文化信息。[2] 1994 年在日本通过关于本真性的《奈良文件》肯定了原真性是定义、评估、保护和监控文化遗产的一项基本原则。

如果将一项非物质文化遗产还原到历史中去我们会发现:非物质文化遗产的原真性应该包含其形成时的主体与环境的真实状况。现以上海市历史博物馆对于世界

级非物质文化遗产"昆剧"代表作的考察研究为例。

1. 主体考察:昆剧形成时的原真状态

具体体现在当时的表演技艺这种无形文化与其载体包括剧本、服装、砌末、乐器上。

当下我们所能在舞台上看到的昆剧,基本上沿袭了乾隆、嘉庆以来的规范,其最大特点是搬演全本戏的寥寥可数,却留下了一大堆折子戏。而昆剧艺术的精华,大都荟萃在折子戏中。如果说我们能够追本溯源看到过去的昆剧的表演,对于现今昆剧的保护、传承、发展是大有裨益的。上海市历史博物馆珍藏的清末豫园书画善会会长杨逸题款《昆剧人物册页》即是一件反映昆剧演出史的重要佐证。此册共十二页,每页绘有一齣折子戏人物。

这里有必要先讲一下折子戏。折子戏的"折"原是"场"的意思,又称"摘锦"。是指从全本戏中拆下来单独上演的剧目,但它并非是从原本传奇中摘选出来的单齣那么简单。按照昆剧史家陆萼庭先生对折子戏的定义,它必须具备三个条件:一、源于传奇,是全本戏的有机组成部分,与全本戏一似整体同部分的关系;二、必须是舞台艺术演变的自然结果,并不是人为地从全本戏中摘选出来;三、折子在长期的实践中逐渐完善,舞台化的特点分外鲜明,逐渐取得了独立性。三个条件缺一不可。[3]

折子戏的形成过程错综复杂,最早的折子戏雏形是出现于旨在娱宾的厅堂。明代华亭宋懋澄写过一篇《顺天府宴状元记》,叙万历三十五年(1607 年)春三月十八日,顺天府公宴新科三鼎甲,"献酬之仪"有七个层次,其中第二个节目为:

传奇《如是观·交印》清张大复著(上海市历史博物馆藏 张毅摄)

《交印》演宗泽闻报金兵破宋,无限痛心,将帅印交付岳飞,高呼"渡河杀贼",呕血而亡。

老外主戏。全剧为《精忠记》翻案之作,谓岳飞成功,秦桧受戮,应作如是观。

时剧《双下山·下山》（上海市历史博物馆藏 张毅摄）

出于《目连救母劝善戏文》第15齣《和尚下山》，又名《双下山》、《僧尼会》。小和尚本无自幼入空门，受尽凄凉。趁师父和师兄下山抄化，偷偷逃离，巧遇小尼姑，两人有心结为夫妻，约定夕阳西下时相会。昆剧"五毒戏"之一。形体模仿蛤蟆，唱白重，身段多，并杂有转佛珠、甩靴子等特技，是有名的累工戏。

"二献，则上弦索调，唱'喜得功名遂'，乃《吕圣攻破窑记》末齣也。唱者之意，岂欲讽状元毋以温饱为事耶？"[4]

其中"弦索调"是指明代嘉隆年间，以张野塘为中坚人物组成了规模完整的丝竹乐队，用工尺谱演奏，由昆曲班社、堂名鼓手兼奏的时调，是江南丝竹的前身。二献节目是摘唱衍吕蒙正故事的《破窑记》末齣。

折子戏真正出现是在明末清初。其搬演形式活泼灵便，最适于应付特殊场合，再加之全本戏家喻户晓，新的创作又跟不上，于是从几本名剧中各精选若干齣组成一台戏，往往能满足观众艺术欣赏的要求。清中叶以后，昆剧舞台已是折子戏的天下。

就册页所绘内容来看它们分别是：

南戏《荆钗记·见娘》、《琵琶记·拐儿》；

传奇《连环记·问探》、《浣纱记·养马》、《金雀记·乔醋》、《红梨记·醉皂》、《千钟禄·惨睹》、《白罗衫·贺喜》、《如是观·交印》、《雷峰塔·断桥》；

时剧《双下山·下山》、《张三借靴·借靴》；

从四大南戏之首的《荆钗记》，到有昆班"戏祖"之称的《琵琶记》，再到传奇直至时剧，原作者所绘剧目正好展现了昆剧剧目演变历史阶段所出现的典型剧目类型。因为从明代起,上海所演剧目是以昆腔演唱的南戏、杂剧、传奇这些全本"正路戏",而时剧的产生却是在150年之后的乾嘉年间。其中《金雀记·乔醋》"传"字辈新乐府、仙霓社时期不断有演出,尤以朱传茗的《乔醋》为"得意之作",受到好评。曲友彩串,以沪上名医殷震贤最出色,对笑声的运用很具特色,故有"殷乔醋"之称。俞振飞先生嫡传弟子蔡正仁先生对此又有继承和发展。又如《双下山·下山》一折本无的勾脸,从此册页看是画连腮胡子妆,吊死眉。而现在改俊扮,但在两眼之间仍用白粉勾一小木鱼。《浣纱记·养马》、《白罗衫·贺喜》、《如是观·交印》已稀见于当今昆剧舞台。《白罗衫·贺喜》画面上是马大在路上碰见李二约往徐能家贺喜一折。其中马大左足着靴,右足拖鞋皮,而李二正与其相反,二人行走时要显示伸进缩出的

清吴嘉猷《豫园宴乐图》
(上海市历史博物馆藏　张毅摄)

鞋皮功夫,其舞台艺术均已失传。总之,从这件文物我们可以看到乾嘉时期昆剧舞台上的情形,同时它不仅对昆剧剧目、表演,乃至对服装、化妆、砌末来说都是一份珍贵生动的历史教材。

不少昆剧剧作现在已不能全本演出,靠其中流传下来的一两出折子戏,后人才能大致见其当初的场上风貌。由此来说,我们从这件文物得以管窥"乾嘉传统",再来反省、审视当今昆剧舞台,这对昆剧艺术的传承发展无疑起到莫大作用。

2. 环境考察:昆剧发展过程中各阶段人文环境的真实性

具体体现在昆剧与各阶段社会与人的关系。

从明代隆万年间至清代乾嘉时期,发源于苏州昆山的昆剧在中国人的戏曲娱乐生活中占据主角。苏州中秋虎丘曲会算得上最为壮观。张岱曾这样描述:"土著流寓、士夫眷属、女乐声伎、曲中名伎戏婆、民间少妇好女、崽子娈童及游冶恶少、清客帮闲、傒僮走空之辈,无不鳞集。"[5]"上自王公士夫、下至走卒皆酷嗜之"[6]通过史料的记载,可见昆剧在此阶段与市民生活的密切关系。

但自1860年太平军攻克苏州之后,昆剧活动中心慢慢移至上海。之所以上海能

成为昆剧活动中心,有一定历史基础。上海与苏州接壤,社会风俗相通;清乾隆四十八年(1783),上海已有昆剧梨园行会组织——上海局;[7] 到了近代,其中很重要的原因是上海租界有专门演昆剧的戏园——三雅园,是当时全国唯一长期专门上演昆剧的戏园;战乱使得晚清姑苏四大昆班大章、大雅、鸿福、全福扎根申城,至民国"传字辈"也主要活动于上海。除此之外,上海作为文化中心城市的崛起,开埠的繁荣,江浙商贾群体与高水平的文化群移民的迁入,使得昆剧成为社交生活的重要内容和社交礼仪的一部分。

上海市历史博物馆藏《豫园宴乐图》是著名海派画家吴友如在光绪庚辰三年三月(西历为1880年4月中旬)所作,它便是很好的佐证。是以当时上海道台刘瑞芬宴请德国皇孙"普鲁斯理"亲王创作内容的一幅新闻纪实性质的画。

上海道刘瑞芬在豫园仰山堂设宴款待。桌子用方桌九张,拼成大席。堂前中央场地设一堂名。堂名出现在明末清初,亦称清音班、小清音。主要产生在江南地区,通常用于婚寿喜事的各类堂会演出,它是坐唱昆剧的职业戏班。从此画可见在晚清上海昆剧又被赋予社交礼仪功能,在官场接待上司及外国元首时献演,以示敬重。画中的堂名有供自己演出的乐舆,其中设有桌椅,供参加演出的八人围坐。何为"乐舆"? 如《海上花列传》第五回:"莲生乃命转轿到东合兴里,在轿中望见'张蕙贞寓'四个字,泥金黑漆,高揭门楣。及下轿进门,见天井里一班小堂名,搭着一座小小唱台,金碧丹青,五光十色。"这座"小小唱台"便是堂名的乐舆。它的形制从画中可见,四根雕花立柱撑起一个华丽精工之顶篷,篷由镂雕花板围合,四檐飞角高挑,周边再缀有琉璃灯笼装饰,以便于晚上亮灯表演。故此又称"灯担堂名"。堂名的乐舆通常拆散装在箱内,运输时用肩来挑,故堂名常以"担"为单位,一个堂名班子可称为一担堂名。在乡村,堂名班子没有乐舆,表演时通常围着一张八仙桌而坐,类似于如今上海松江地区国家级非物质文化遗产"泗泾十锦细锣鼓"项目。如果将视野聚焦到堂名成员构成交替和演艺风格传承方面观察,堂名班显然又与明清家乐班成员具有不可割裂的流向关联。从画中可见堂名的演员多在十五六岁,民间对这些表演者称"小堂名"。许多昆曲演员在年少时都曾参加过堂名班,如晚清昆曲名小生沈月泉、"传"字辈的演员朱传茗、赵传钧都是小堂名出身。堂名的表演形式是由八位演员分工角色,在乐器的伴奏下进行演唱。这些演员一专多能,既能唱曲,又会吹奏乐器。所以,堂名的表演,其唱曲和伴奏没有明确的分工。根据王廷信先生的研究表明,堂名演出一般按"四戏一锣鼓"的程序进行:每一排(场)先演奏一套十番锣鼓,再坐唱四出昆曲折子戏。一般先唱一折同场戏,如《上寿》、《赐福》、《仙聚》等,然后再分角色唱老生戏、官生戏、大面戏、旦角戏等,要求唱曲念白、角色搭配、锣鼓伴奏一应俱全,只是不妆扮而已。

清中叶以后,由于"私家蓄乐"现象渐趋微弱,堂名活动趁势活跃起来,终而取代了过去常见的家乐班清唱剧曲形式,在清末民初时期进入发展的高峰。不得不承认,堂名这类组织均是建立在人们对昆剧的爱好前提下的,为昆剧培养了大量的观众和演员,是昆剧发展史上的积极力量。

三、城市历史博物馆与保护非物质文化遗产的整体性原则

整体性又称完整性(Integrity),来源于拉丁词根,表示尚未被人扰动过的原初状态。整体性就是要保护文化遗产所拥有的全部内容和形式,也包括传承人的和生态环境。[8]"对具体文化事象的保护,要尊重其内在的丰富性和生命特点。不但要保护非物质文化遗产的自身及其有形外观,更要注意它们所依赖、所因应的构造性环境。"[9]

对非物质文化遗产保护的整体性含义,从时间向度来看,非物质文化遗产在发展演变过程中所拥有的全部内容和形式是要保证其完整性;从空间向度来看,与其伴生的人文环境也要连同加以整体保护。现以上海市历史博物馆对于国家级非物质文化遗产"石库门里弄建筑营造技艺"项目的考察研究为例。

1. 时间向度考察

即考察"石库门里弄建筑营造技艺"的发展历程,厘清脉络,明晰"石库门里弄建筑营造技艺"发展中的活态变化。

石库门里弄在相当长一段历史中曾是上海民居的主要建筑形态,被人比作这个城市的"毛细血管",标志着上海平民生活的地方特征,常常与北京的"四合院"并提。在上海走向"国际大都会"的进程中,弄堂作为民居主导地位被"新村"、"小区"所取代,逐渐趋于没落,成为一种正在消逝的遗迹。其起源是由于 1853 年上海爆发小刀会起义,清政府大肆镇压,城中房屋被毁过半,居民纷纷逃入租界,寻求较安全的住地。随后太平天国战事蔓延,江浙一带及外省地主及商人也大量涌入租界,外商乘机大量建造简陋的木屋出租牟利。这种木板房一般采用联排式总体布局,并取某某"里"为其名称,这就是上海里弄住宅的雏形。[10]到 1860 年,这种"里"为名的房屋已达8740 幢。[11]1870 年以后,这种简易木屋因易燃不安全而被租界当局取缔,取而代之的是被称作"老式石库门"。"老式石库门"里弄总体还是采用联排式布局,但单元平面却采用了中国传统的三合院或四合院的形式,结构采取中国传统的砖木立帖式。这种住宅还基本保持了中国传统住宅建筑对外较为封闭的特征,虽身居闹市,但关起门来却可以自成一统。之所以称为石库门,它的重要外部特征就是门。上海市历史博物馆藏有早期石库门建筑的门框条石、乌漆厚木大门、多种门环、界碑石及堂号匾额,根据馆藏相关街道、里弄老照片也可以清楚了解其外形特征:建筑立面为三根条石作为门框,无复杂门头装饰,内装乌漆厚木大门,山墙为马头墙或观音兜,墙面多为

石灰粉刷。形式留有较强的江南民居的影响,改前院为天井,形成了三间两厢及变体的格局,主屋正中为堂屋,左右为次间与厢房,客堂后面为横向的楼梯,再后面为长方形天井,最后是单层灶间。石库门前部为双层,后部为单层,围墙较高。大户人家多在建筑墙角砌筑界碑石划定自己的住宅范围,如建于 1910 年清末上海名医张骧云的住宅,其界碑上写"张承裕堂墙界墙外滴水六寸"。有的室内装修还注意突出主人职业特点,如张骧云的住宅,装修还是采用中国传统样式,格扇门窗均用芝草纹,二楼走廊栏杆为木制亚字纹中间嵌海棠形灵芝,暗寓其悬壶生涯。

20 世纪 10 年代,上海石库门里弄有了新的变化。住宅平面多为单开间或双开间,里弄规模比以前增大。结构以砖承重墙代替原有的立帖式,不再采用马头墙等中国传统装饰,墙面多以清水砖墙而很少用石灰粉刷,门框也不再采用三条石而代之以斩假石等人工材料。石库门门头采用半圆形或三角形,后又采用长方形山花装饰。石库门内部通风采光有所改进,增加了后厢房,缩小了后天井,围墙高度降低到二层窗台。在栏杆、门窗、屏门等装饰方面开始采用西式建筑细部处理方法。栏杆开始用铸铁或熟铁做西式花纹。上海市历史博物馆藏有原位于嵩山路振平里一号的民国"荣社"彩色刻花玻璃木质屏门。所谓屏门是置放于堂屋(上海人称之为"客堂间")门前,客堂是神圣庄严的场所,是家庭生活中重要活动地方。在传统住宅的作法上,在客堂正前方的空间一定要有遮蔽物,家人进出时才不致于遭冲,同时也是对祖先及神明的一份尊敬;其次,祖先及神明都是属于鬼神的一类,所以不宜直接对着外头。此屏门高 268 厘米,每扇宽 55 厘米,共 6 扇。最富特色的是整个屏门以彩色刻花玻璃代替传统木质雕镂花板。彩绘玻璃为西方建筑装饰品,随开埠进入上海教堂,后装饰于上海石库门住宅。此屏门上半部以红蓝两色玻璃为主体材料,下半部仍为传统木质雕花门板。上部每扇分别镌刻一画一诗,中间以传统纹样刻花工艺于彩色玻璃上,用木框架间隔固定。诗画均出自名家之手,深具海派绘画韵味,于红蓝玻璃之上铁划银钩,中西结合,工艺精湛,是研究上海近现代石库门建筑技艺不可多得的文物。

2. 空间向度考察

即考察石库门里弄与其人文环境之间的依存关系。这个环境包括经济、文化、习俗等。

很多非物质文化遗产对人文环境有很高的依存度。这种环境的缺失,是非物质文化遗产项目保护所遇到的棘手问题。连同石库门里弄一起消逝的还有它所培育的富有上海地域特色的社群生活形态,在考察上海石库门里弄建筑空间同时,重要的是要对其人文环境的研究:石库门是如何慢慢演变为让上海人至今难以忘怀的文化情结。

作为市井商业空间,石库门里弄经济紧贴着日常起居生活。"薏米杏仁莲心粥!玫瑰白糖伦教糕!虾肉馄饨面!五香茶叶蛋"这是鲁迅先生在《且介亭杂文二集》中

民国上海荣社屏门（上海市历史博物馆藏　张毅摄）

的《弄堂生意古今谈》中怀念他 20 年代初到上海时闸北一带里弄内外叫卖零食的声音。他认为那些口号漂亮又有感染力，使人"一听到就有馋涎欲滴之慨"。同样让上海人感到无比亲切的"笃！笃！笃！卖糖粥……"熟悉的弄堂歌谣响起，于是赤豆糖粥、小馄饨、梨膏糖这些打着浓厚"上海"烙印的市井美味也渐次勾连起。小食摊、修鞋匠、理发师傅、算命先生，以及穿街走巷的各种露天职业者，都来里弄谋求营生。他们中大多是川流不息的各地移民。此外上门修理棕棚、洋伞、补皮鞋、修锁、钉碗之类，卖栀子花、白兰花等，各行业有各自的呼唤声调，在弄堂里不用看一听便知道是什么行业的人来了。而现今这些曾经回荡在石库门里弄带有各地口音的小商贩的叫卖，以及勾起上海人往昔回忆的名物大多已不复存在。

收集"城市记忆"的上海市历史博物馆多年来对于现代民俗文物的征集也多有用心，通过对记录 20 世纪 40 年代的铜匠担、骆驼担、裁缝摊、烟纸店杂货、以及对各行业的叫卖声还原了解当时弄堂经济状态。

作为市井文化空间，石库门里弄不仅是中国红色革命的摇篮，而且孕育了无数在中国近现代史上具有重要影响的文学和艺术成就。石库门民居的后厢房，俗称亭子间，而"亭子间文学"则是上海的特色。1927 年鲁迅从广州来沪，就住在这里。而且同样住过亭子间的作家还有蔡元培、郭沫若、叶圣陶、夏衍、沈雁冰、周建人、巴金、沈尹默、丰子恺、施蛰存、关露、萧军、萧红等大半部中国现代文学史的精华浓缩在这里。他们的作品中也大量涉及亭子间和石库门的生活,周天籁的成名作便是《亭子间嫂嫂》,作家周立波干脆写的书名就叫《亭子间里》,而张爱玲的小说则常以里弄作为故事的背景。他们与这个城市在精神上是疏离的,但在身体上又有着千丝万缕的联系,特别是上海的媒体,各种报纸副刊、同人杂志和大小书局,既是他们谋生之地,又是从事文化与政治批判的公共领域。

在还原石库门里弄文化环境时,上海市历史博物馆利用旧时"亭子间文人"使用的书柜、书桌、文具、沙发等生活用具,辅之以当年文学期刊、报纸可再现当时状况。

作为市井风俗空间,石库门里弄也是城市平民婚丧寿诞与游戏的空间。从诞生、成年、结婚、寿辰到最后死亡,人生必经过的这几个驿站也伴随着各种礼仪习俗。婚礼是一生中重要的时刻,于是上海人对操办婚事有一整套的流程。上海地区男女结婚前由命相家"合八字"大吉后,男家才能行聘。结婚那天,新郎必须亲自率鼓乐来女家迎娶新娘,俗话说"用花轿抬来是正娶"。

珍藏于上海市历史博物馆的百子大礼轿正是最好反映旧上海市井风俗的文物。它原为南市物华号贳器铺在二十世纪 30 年代的旧物。该轿以宁波花轿造型作为原形进行设计,高 3 米,上下共分 7 层,每层都镂刻民间传说典故、传统吉祥纹样、中国戏曲故事,由 10 名工匠运用朱金木雕工艺,耗金箔几十两,总共花费 10 年心血方才完工。整个花轿飞金流丹,丝绣帐幔,堪称民间国宝。作为花轿本身朱金木雕制作工艺为国家级非物质文化遗产项目不说,就其所蕴含及延伸开的上海地区风俗文化意义就不容小觑。另外,石库门里弄的游戏玩具诸如打弹子、滚圈子、造房子、扯羚子、顶核子、跳筋子、抽陀子、掼结子、刮片子这些简单的不需要多少费用的民间弄堂游戏,同样体现了市民文化的智慧。文化需要亲历,上海市历史博物馆在展示老上海石库门里弄风情时,这些"九子游戏"是能够很好与观众互动的项目。石库门里弄建筑是上海的特产,它记载了上海的故事,反映了上海人的文化、生活方式与心态。

四、小　结

将区域非物质文化遗产有机地纳入该区域的历史文化长河中去审视考察,是缘于当下非物质文化遗产保护重结果轻过程、缺乏原真性、整体性考虑,使得非物质文化遗产主体变异而提出,其目的在于:人与非物质文化因素进入城市博物馆中物质性实体之壳,使物质文化遗产更具生命力,而非物质文化遗产回归原真性环境,体现出其真正的价值主体,所有文化因素都将在历史长河中而具有原真的意义,都将在历史长河中展现整体的意义。同时,将区域非物质文化遗产有机地纳入该区域的历史文化长河中去审视考察,是为了保护完整意义上的区域文化遗产,无形或有形都是祖先留下的宝贵财富,是同源共生,休戚与共的文化整体,对我们了解传统文化有至关重要的意义。

城市历史博物馆作为展示遗产的重要场所,它属于遗产展示的特殊空间,它以失温情的冷静,邀请人们重返"往昔"的现场。在讲述城市历史文化发展的过程中,可较全面的反映该区域非物质文化遗产的创生、成长及创新这一过程,为保护传承给予文化意义上的论证。

文化遗产缺失了历史记忆将失去文化含量。历史记忆的遗失,不仅是过去的缺损,更是文化未来的坍塌。历史记忆将成为文化持续发展的力量源泉。

参 考 文 献

[1] 王文章主编:《非物质文化遗产概论》,文化艺术出版社 2006 年 10 月第 1 版,第 10 页。
[2] 同[1],第 323 页。
[3] 陆萼庭著:《昆剧演出史稿》,上海教育出版社,2006 年第 1 版,第 168 页。
[4] 宋懋澄著:《九籥集》,中国社会科学出版社,1984 年 3 月版,卷一。
[5] (明)张岱:《陶庵梦忆》卷五,江苏古籍出版社,2000 年 8 月第 1 版,第 83 页。
[6] 《戏剧之变迁》,载陈伯熙编著《上海轶事大观》,上海书店出版社,2000 年第 1 版,第 456 页。
[7] 《翼宿神祠碑记》载《江苏省明清以来碑刻资料选集》,生活、读书、新知三联书店出版,1959 年第 1 版,第 287 页。
[8] 同[1],第 327 页。
[9] 刘魁立:《论非物质文化遗产保护的整体性原则》,载张庆善主编《中国少数民族艺术遗产保护及当代艺术发展国际学术研讨会文集》,文化艺术出版社,2004 年版。
[10] 郑祖安著:《上海地名小志》,上海社会科学院出版社,1988 年第一版,第 12 页。
[11] 王绍周编著:《上海近代城市建筑》,江苏科学技术出版社,1989 年第一版,第 75 页。

临时展览在博物馆社会职能中的作用

——以重庆中国三峡博物馆为例

李晓松*

（重庆中国三峡博物馆，重庆 400015）

[摘　要]　临时展览以灵活、小型的特点，对基本陈列起到了十分好的辅助作用，并在加强馆与馆之间的文化交流和业务往来，增强博物馆对观众的吸引力，更好地实现其社会教育职能具有重要的意义。临时展览具有较强的时效性，结合当下时事，举办临展或特展，增强博物馆的时代感和历史责任感。灵活的办展方式，时常引进国内外优秀的文物艺术品展览，在用文化艺术扮美城市，提高城市的文化素养等方面起了十分重要的作用。

[关键词]　临时展览　特征　作用

The importance of temporaryexhibitions in the social function of museums: a case study of Chongqing Museum

LI Xiaosong

Abstract：The temporary exhibition well complements basic exhibitions by reasons of its small scale and flexibility. Furthermore, it is of importance in reinforcing communication and collaboration between different museums, attracting visitors and improving the museum's quality of public education. Time effectiveness, which stands for hosting the exhibition in accordance with current circumstances, is premier to a temporary exhibition. The flexibility of the temporary exhibition makes it possible that exquisite

＊　李晓松：毕业于上海复旦大学文博学院。中国古陶瓷学会会员、中国汉画学会会员。

LI Xiaosong, Chongqing Museum.

exhibitions from outside can be introduced into a museum's own system，which greatly helps to decorate the city with the atmosphere of culture and art and enhance the cultural qualities of the city.

Key　words：The temporary exhibition，Feature，Effect

博物馆是一个城市的名片，是一个城市文明程度的标志。恩格斯说："博物馆是城市的眼睛"。博物馆同时也是沟通文化的桥梁，同时，博物馆对社会有着很强的教育功能。这种功能体现在历史的再现、文化的传承、艺术的欣赏等诸多方面。博物馆的教育功能还具有广泛性，它影响到人们生活的各个方面，不同程度地影响和延伸到社会生活实践和文化形态的不同领域，从而构成教育实践的必要环节，构成社会发展与文化进步的内在动力。

基本陈列是博物馆的灵魂。这些陈列汇集了一个馆多年的研究成果，大多采用高科技的陈列手法和精良的制作。既为基本陈列，就不易更改，观众看过一、两次以后，便易失去兴趣。相对于基本陈列而言，临时展览的陈列内容和陈列手法比较灵活，内容专一、小型多样，展期短容易更换，很好的补充和辅助了基本陈列。时常举办一些优秀的临时展览，引进有地域特色、文化特色、民族特色的文物专题展览，这样不仅能吸引人气，还可以加强馆与馆之间的文化交流和业务往来，增强博物馆对观众的吸引力，更好地发挥博物馆在社会精神文明建设中的重要作用，体现其社会教育职能等方面有着重要的意义。

临时展览的特点主要体现在以下几点。

1. 临时展览具有较强的时效性，结合当下时事，举办临展或特展，增强博物馆的时代感和历史责任感。

作为有着特殊使命的公共服务性机构，博物馆正向多元化、社会化方向发展，需要不断进行文化产品的再生产，增加展览数量，扩大展览信息，及时捕捉不同时期观众的的参观要求，打造具有时代精神和社会感召力的展览。临时展览在这方面显出了其优越性，并成为博物馆一项重要的业务活动。

2008 年，由中央纪委、监察部、文化部联合举办，中共重庆市纪律检查委员会、重庆市监察局等部门联合承办的全国廉政文化大型绘画书法展览在重庆中国三峡博物馆展出，用艺术的形式，反腐倡廉、宏扬正气，赞美中华民族崇廉尚廉的优良传统，颂扬新时代英模人物的先进事迹，展示改革开放 30 年来党风廉政建设的丰硕成果。五天的展览共接待了五万多观众，气氛之热烈前所未有。

2009 年，是五四运动 90 周年纪念，重庆中国三峡博物馆和共青团重庆市委联合举办了《五四运动与重庆青年文物特展》，第一次集中展示了重庆中国三峡博物馆收藏的一批国内罕见的五四时期珍贵文物和图片资料,展现了90年前那场波澜壮阔的爱国运动,重温了青年学生的爱国情怀,再现了那段激情燃烧的岁月。是年,全国上下举行了多种多样的纪念五四运动90周年的活动,但举办文物特展仅我馆一家。展览展出了聂荣臻旅欧留时的家书,重庆青年、重庆商学会联合抵制日货斗争等等,使观众更真切地解了五四运动的历史,了解了重庆青年在五四运动中起到的先锋模范作用,取得了十分良好的社会效果,受到各界群众的欢迎,多个新闻媒体做了多次报道,报道及转载新闻约3000多条。共青团中央副书记、共青团重庆市委书记等领导专程来馆参观此展览。

2. 灵活的办展方式,时常引进国内外优秀的文物艺术品展览,对用文化艺术扮美城市,提高城市的文化素养,起了十分重要的作用。

在社会高速发展的今天,博物馆的重心已不再是传统博物馆所一向奉为准则的典藏建档、保存、陈列等功能,关注社会、关注时代需求应成为博物馆工作的指导思想。艺术世界奥妙无穷,用艺术丰富人们的生活,生活就能多姿多彩。艺术使人类的天才和智慧得到充分的发挥和施展,一个没有艺术的民族和社会是不可思议的。艺术不仅能表达感情,更能提高人们的洞察力、理解力、表现力和解决实际问题的能力。在艺术世界,人们可以学到在其他学科领域学不到的东西。博物馆是培养审美情趣,提高市民文化品位的重要场所。一个城市整体的文化素质是城市形象的体现。文化素质除了思想道德素质、人文素质以外,审美情趣、文化品味也是主要标志。而审美情趣、文化品味的形成不是短时间便可一蹴而就的,它需要高雅文化、精品文化长时期的熏陶,有一个潜移默化的过程。培养人们审美情趣的途径是多方面的,而博物馆在这方面具有不可推卸的责任。

重庆地处西南,较北京、上海等文化发达地区的文化消费相对落后,文化理念也相对淡薄,这就需要博物馆从多方面开展活动,引导市民的文化活动。不定期的引进国内外优秀的文物艺术类展览,丰富市民的精神文化生活,提高人们的艺术欣赏水平,是博物馆社会职能之所在。2008年,重庆中国三峡博物馆引进了国家博物馆大型文物展《国家宝藏——中国国家博物馆馆藏精品展》,这是重庆中国三峡博物馆实行免费开放后引进的第一个大型文物展,也是重庆引进的最高级别的文物展览。此次展览的社

"五·四"运动与重庆青年特展

会效益远远超出博物馆以前的任何一个临时展览，观众对展品关注的热度也是前所未有的。今年，重庆中国三峡博物馆引进了辽宁省博物馆《齐白石书画精品展》，该展览以齐白石的艺术历程为线索，分为早期、中期、盛期和晚期四部分，几乎囊括了齐白石从艺生涯中每一年的作品，包括一些罕见的人物画、山水画和巨幅长卷，完整全面地展现了齐白石的艺术生涯。展览受到了重庆各界人士的广泛关注和热烈欢迎。每天，都有许多手持相机的观众，将一幅幅画作拍摄下来，更有带着画板精心地临摹、用笔记下每一段精采的文字。许多书画收藏爱好者更是对每一幅作品作细致的观摩和研究。办展之初，工作人员对展品进行了精心的挑选，既要完整的展现大师

国家宝藏在重庆

成长的艺术之路，又要给观众一个活生生的、有个性的职业画家的风格。当观众看到"送礼者不报答，减画价者不必再来"等字样的门条时，无不为大师幽默风趣的文字、刚直的性格所打动，对这些门条给予极高的关注。这便是我们要观众了解的齐白石——风趣而有个性，亲近自然而高于自然的画家。观众能更深入的理解白石老人的画作，了解他的艺术之路。有选择地引进一些高质量高水平的展览，可以从文化和艺术的角度带给人们美的享受，提高人们的艺术欣赏水平，让这座城市充溢着浓浓的艺术氛围。

　　3. **充分发掘本馆藏品的潜力，举办风格各异的专题展览，适应不同观众学习、欣赏的需求，同时活跃博物馆的各项工作。**

　　博物馆的基础是藏品，藏品的数量和质量决定了一个博物馆在社会中的地位。如何正确的利用藏品，办好博物馆的陈列，这是每个博物馆的首要任务。藏品只有展示出来，为社会服务，才能真正体现出他的历史价值和社会价值，最大程度的发挥其社会职能。如果只收藏不展示，不能使博物馆在一个城市的文化发展中站占据重要位置。充分利用馆藏优势，制作出不同风格、不同形式的专题展，作为基本陈列的补充，更是馆际交流所必备的。因此，在引进一些优秀展览的同时，博物馆应该挖掘本馆藏品的，充分利用藏品特点，制作出形式多样、风格各异的专题展览，并以这些展览

为基础，加入其他元素，组合成新的内容，使临时展览丰富多彩，适应不同观众学习、欣赏的需求，同时对活跃博物馆的各项工作有良好的作用。应该提出，当前博物馆展览的制作形式，仍停留在简单的将物品展示出来，写上极简单的文字说明，便完成了一个展览的制作。在制作这些展览之前，有没有想过，我们想通过这个展览达到什么样的目地，给观众传达什么样的思想。文物对于一般观众而言，是神秘而高深的，许多观众对文物没有太多的了解，只知道博物馆展出的一定是珍贵的物品，但为什么珍贵，珍贵在哪里，便不胜了了。我认为，我们在制作展览时，应改变以往简单的办展模式，要从历史和艺术的角度挖掘深层次的内容，将历史与文化、历史与艺术有机地结合起来，一个时代有一个时代的艺术特点，这些艺术特点的背后所蕴含的时代文化、风土人情，都会在文物上体现出来，我们只将这些元素完整地介绍出来，才能让观众从展品中真正了解我们悠久的历史和精深的文化内涵，才能真正达到展览的目地。

4. 临时展览是博物馆走向世界、了解世界的桥梁。

增强与世界各地博物馆的交流，让中国了解世界，让世界了解中国，使博物馆教育多样化、国际化，临时展览是博物馆走向世界、了解世界的桥梁。作为"2006年中印友好年"重要文化交流项目，由中国国家文物局和印度考古局主办，中国文物交流中心、首都博物馆、河南博物院、重庆中国三峡博物馆、西汉南越王博物馆共同承办的《西天诸神——古代印度瑰宝展》，是迄今为止在中国举办的级别最高，规模最大的印度文物展览。由中国文化部、俄罗斯联邦文化电影署主办，三峡博物馆、俄罗斯国家博物展览中心"罗西佐"共同实施的《太阳城——社会主义现实主义的辉煌》俄罗斯20世纪30年代至50年代艺术展、日本驻华领事馆主办的《日本偶人展》等一系列对外国文物艺术展的引进，向我们展示了不同国度的文化艺术和风俗，让我们从不同角、以不同方式了解世界。引进来、走出去，这才是交流的主题。

博物馆是一所对所有求知的人敞开大门的学校，具有巨大的文化影响力，是培养城市文化的气质、提升城市文化品位和塑造城市文化魂魄的重要推力。博物馆应依托自己丰富的馆藏资源、学术资源和展览场地，积极发挥博物馆在国际交往中的独特作用，推动并促进跨国间的文化交流。

城市因为有了文化底蕴而生动、浪漫、厚重，充满活力。城市因有了育满活力的博物馆而美丽。

日本偶人展

四、城市博物馆的自身发展

郑州城市博物馆发展现状与未来展望

张 巍[*]

（郑州市博物馆，河南 450006）

[摘 要] 博物馆是城市的名片，是城市历史文明的重要载体，在促进城市发展与社会和谐中有着不可替代的独特作用。依托丰富的历史文化资源和现代文明成果，郑州初步建成了以郑州博物馆为主的城市博物馆群。这些博物馆在保护城市历史文化遗产、城市教育等方面取得了显著成效。未来一段时期，将更加注重完善博物馆的社会功能、突出城市特色、整合文博资源，充分发挥博物馆在城市建设中的重要作用。

[关键词] 博物馆 城市 现状 展望

The present situation and future prospects of Zhengzhou City Museum

ZHANG Wei

Abstract：Museum is the city's business card, the urban context and the important carrier of memory of the city. It plays an unique and irreplaceable role in the promotion of urban development and social harmony. Relying on the rich historical and cultural resources and achievements of modern civilization, Zhengzhou has initially built a city museum complex based on Zhengzhou Museum. They have achieved remarkable results in the protection of urban historical and cultural heritage, education etc. In the coming period, Zhengzhou will be more emphasis on improving the museum's social functions, stressing its features, integrating museology resources to play a more important role in the city development.

Key words：Museum，City，Current，Prospects

---

* 张巍，郑州市博物馆馆长，研究馆员。

ZHANG Wei，Director，Professor at Zhengzhou Museum.

博物馆是社会公共文化服务体系的重要组成部分,通过对文物藏品的收藏保护、研究展示、宣传教育,使人类社会文明成果不断传承弘扬,促进了社会的和谐与城市的发展。充分发挥博物馆在现代文明和城市建设中的作用,是文博工作者的重要职责。下面笔者要结合郑州的实际谈一些城市博物馆的发展思路,不当之处,敬请各位专家学者指正。

一、城市博物馆存在的价值和意义

城市博物馆作为城市历史和文化的重要载体,具有文物收藏、科学研究、陈列展览和宣传教育等独特功能,在保存城市记忆、延续城市文脉、塑造城市形象、丰富市民精神文化生活方面具有不可替代的地位和作用。

1. 博物馆是城市记忆的重要载体

博物馆拥有的丰富藏品,是城市历史发展的真实佐证,是城市记忆的重要载体,是城市文明的象征和标志。

每个城市都有各自的发展轨迹,有着丰富多彩的历史积淀和不同的文化内涵。郑州地处黄河之滨、中原之腹,是中国八大古都之一,国家级历史文化名城。悠久的历史和古老的文化留下了丰厚的历史文化资源。郑州现有登记在册的不可移动文物七千余处,各类馆藏文物三十余万件。这些珍贵的文化遗产,是祖先留给我们的宝贵财富,它们不仅仅属于郑州,更属于整个中华民族,属于全人类。保护和传承好这份特殊的遗产是历史赋予我们的神圣使命,是我们义不容辞的职责。我们的城市博物馆,更有责任把这些人类优秀的文化遗产整理和展示出来,为促进社会和谐与城市发展发挥更大作用。

2. 博物馆是展示城市形象的重要窗口

博物馆是展示一个城市历史、现状甚至未来的重要窗口,是城市综合实力和整体形象的集中体现。

博物馆以其深厚的人文积淀、独具特色的文化象征,赋予城市以精神灵性、文化气韵,就像卢浮宫之于巴黎,大英博物馆之于伦敦,故宫之于北京,博物馆已经成为了这些城市不可或缺的地标和象征。城市发展了博物馆,博物馆也成就了城市。作为一种独特的文化符号,博物馆是城市进程的见证者,是一座城市独特的文化标志。人们常说,想要了解一个城市,最好的捷径是考察这座城市的博物馆。

3. 博物馆是城市民众的精神家园

博物馆是一个城市和地区的文化符号,记录着人类社会和自然界的演进历程,标志着社会进步和文明的发展水平,是了解民族历史、传播科学知识、弘扬文化传统的重要阵地。其藏品涉及历史、科学、艺术、宗教、文化、经济、社会等许多方面,具有真

《古都郑州》"商都赋——王者之都"展厅场景

实性和形象性的特点,是一部立体的"百科全书"。作为重要的社会教育机构,博物馆既是学校教育的有效补充,也是广大市民的终身课堂,不仅在传播科学文化知识、提高全民素质方面发挥着越来越重要的作用,而且在增强市民对城市的认同感和归属感方面也有着独特的功能。

二、郑州城市博物馆发展现状

城市是人类历史发展到一定阶段的产物,是人类文明的集中体现。每一座城市都应该有自己的博物馆,它收藏着城市的历史和记忆。多年来,依托丰富的历史文化资源和现代建设成果,郑州市努力打造自己的城市博物馆,在促进城市建设、社会和谐方面取得了显著成效。

1. 注重城市核心博物馆的建设

城市博物馆是城市文化遗产最重要的守护者、研究者和宣传者。在城市博物馆的发展思路上,郑州市采取了"以点带面"的发展策略,郑州最早的城市博物馆——郑州博物馆成立于1957年。早期的郑州博物馆集考古发掘、文物收藏、保护展示和社会教育于一体,并逐渐带动了一批专题博物馆的建设和发展。20世纪九十年代末期,郑州博物馆新馆立项和建设的过程中,社会上也曾有过争论,即省会城市在已有省博物馆的情况下,是否有必要新建市博物馆。最终,郑州博物馆新馆还是在郑州市政府和社会各界的支持下建了起来。此后,郑州市以及其他省会城市的实践都证明,建设城市博物馆的决策是正确的,能够集中而综合地展示历史文化和现代建设成就的,唯有城市博物馆。郑州市政府不但较早投资建设了以"商都郑州"为特色的郑州

郑州博物馆为中小学校开辟的第二课堂

博物馆新馆,2008 年还对郑州博物馆进行了功能提升和基本陈列改造,极大地支持了郑州城市博物馆的发展。

2. 建成了有郑州城市特色的博物馆群

经过几十年的建设和发展,郑州市已经形成了以历史类博物馆为主体,以科技、地质、水利、档案、民俗和私人博物馆为补充的博物馆群。郑州城市博物馆群,主要是依托当地考古发掘成果或重大历史事件、重要的自然和人文资源而建成,极具城市和地方特色。如郑州市大河村遗址博物馆,就是一处包含有仰韶、龙山和夏商四种不同时期考古学文化大型古代聚落的遗址类博物馆,以仰韶文化"木骨泥墙"房基和丰富的彩陶为主要特色。郑州古荥冶铁遗址博物馆也是以汉代的大型冶铁遗址为基础建成的遗址类博物馆。郑州二七纪念馆是为了纪念 1923 年京汉铁路大罢工和牺牲的先烈而修建一座纪念类博物馆。此外,还有综合展示郑州科技发展成就的郑州科学技术馆,也有综合展示黄河治理成就的黄河博物馆等。这些博物馆,都是展示郑州城市建设的某项成就或某个方面,它们与综合性的郑州博物馆共同组成了具有郑州城市特色的博物馆群。

3. 博物馆在郑州城市建设中发挥了积极作用

郑州的城市博物馆,不仅有效地保存了郑州的历史和记忆,而且利用各自的场馆、人才和资源优势,在保护城市历史文化遗产、城市教育、城市规划、增强城市认同感等方面都发挥了积极作用,并产生了深远影响。比如早期的郑州博物馆不仅承担着历史文物的收藏和展示功能,而且还先后完成了全市文物古迹的调查和流散文物的征集与保管,特别是主持了几十处文化遗址的考古发掘和抢救工作,并先后建成了多家遗址类的博物馆。近年来,郑州博物馆又率先在全省范围内实行免费开放,以方便广大市民特别是青少年学生参观;树立牢固精品意识,着力提升博物馆的陈列展示水平;持续开展优秀展览进校园进社区和博物馆志愿者系列社会活动;成功举办"中国古琴艺术展"、"河南民间工艺美术展"和"郑州城市规划展"等多个贴近百姓生活和城市建设的优秀展览,为郑州城市发展与和谐社会建设作出了积极贡献,获得了社会多方面的广泛认同。

当然,郑州城市博物馆也存在着结构不平衡、功能不够完善、社会影响力整体不强的问题,这需要我们在以后的工作中积极探索和不断完善。

三、郑州城市博物馆未来展望

根据郑州城市博物馆的现状和存在的问题,结合郑州城市发展特点和历史文化资源状况,今后我们将努力做好以下几方面的工作,充分发挥博物馆在城市建设中的重要作用。

一是立足实际,突出特色。特色是博物馆生存和发展的基础。原有博物馆、新建博物馆,都要努力结合各自不同的区域特点、行业特点、文化特点,形成自己的馆藏特色、展览特色和服务特色,避免出现千馆一面、千展一色的现象,避免重复投资和重复建设。郑州博物馆作为郑州唯一的城市博物馆,要结合郑州的城市建设,展示郑州的

郑州博物馆展馆

历史文化和城市特色,要以其特殊的方式打造郑州的文化品牌、助推郑州文化产业的发展,使博物馆成为综合展示郑州城市形象的窗口和阵地。

二是转变观念,充实馆藏。面对快速发展的城市化浪潮和现代科学技术的双重冲击,许多重要的近现代文物和非物质文化遗产也在加速走向消亡,城市记忆有瞬间断裂的危险。因此,随着城市的快速发展和社会的急剧变革,过于偏重收藏和展示历史文物的状况也应当有所转变,城市博物馆需要加强对近现代文物的征集、收藏以及对非物质文化遗产的关注和保护,这既是博物馆拓展藏品来源和积极参与文化遗产抢救、保护的两全之策,也是博物馆在保存城市记忆方面发挥主导作用的重要途径。

三是整合资源,形成合力。目前,制约和困扰博物馆发展的一个重要因素是不同区域和不同收藏单位之间文物分散,独自使用,难以形成整体优势。国家、地方文物管理部门,要加强收藏单位之间的协调、配合,不同区域、不同类型的博物馆之间,博物馆与考古发掘单位、地方博物馆与国内外博物馆、研究所之间,都要根据实际需要,开展藏品、人员、技术、设施等方面的合作与交流。只有这样,才能让有限的资源发挥最大的作用。

四是拓展功能,服务社会。《国际博物馆协会章程》强调,博物馆要"为社会及社会发展服务"。城市博物馆要结合城市发展,不断拓展自身服务功能,积极参与城市文化、教育、旅游、外宣、外事接待等方面的工作,充分发挥博物馆的桥梁和纽带作用,使当地民众和外来游客都能更好地了解城市的丰富内涵。博物馆在城市生活中有更加强大的影响力,博物馆事业也才会有更加美好的未来。

在城市建设和城市文化的发展中,博物馆作为城市的名片和城市记忆的重要载体,是人类精神的家园和人民大众的终身学校。我们将努力突出博物馆的地方特色和城市特色,使其在未来城市发展、社会和谐乃至人类和平事业中发挥更加重要的作用。

郑州商城遗址

博物馆免费开放对和谐社会的贡献
和带来的新情况

孔正一 *

（西安博物馆，陕西 710068）

[摘　要]　一博物馆免费开放后，我们将面临众多新情况，要积极应对诸如基础设施完善提升的问题、突然增涨的游人接待问题、以及提高综合服务能力与水平的新问题。博物馆免费开放是更大限度地惠及广大参观者的文化需求，这是对社会的一个贡献，是我国推进公益性文化建设为全社会服务的举措。博物馆免费开放会使更多阶层的人得到边界的服务和实惠，并同时受到潜移默化的教育，这无疑对我们构建和谐社会具有不可估量的贡献。

[关键词]　免费开放　和谐社会　开拓思路

The contribution of the opened free museum to the harmonious society

KONG Zhengyi

Abstract：After the museum open free, we will face many new situations, and we need to respond the public actively, upgrading our infrastructure; solve reception problems due to the increased visitors; enhance overall service capabilities, etc. The museum open free will benefit the cultural needs of visitors, and this is a contribution to society, promoting the public welfare in China and servicing the whole society. The museum open free will make more classes of people to get over the border services and benefits, and also learn some culture and history knowledge, that will help to build a harmonious society.

Key　words：Free exhibition，The harmonious society，Explore new ideas

---

* 孔正一，西安博物馆副馆长，副研究馆员。中国文物学会、中国民俗学会理事。
　KONG Zhengyi，Deputy Director，Xi'an Museum，Associate Researcher Librarian.

一、博物馆免费开放历程

2008 年 1 月 23 日,中宣部、财政部、文化部、国家文物局联合下发了《关于全国博物馆、纪念馆免费开放的通知》。根据《通知》要求,全国各级文化、文物部门归口管理的公共博物馆、纪念馆、全国爱国主义教育示范基地将全部实行免费开放。2010 年 3 月 31 日,西安博物院等七家西安市属博物馆、纪念馆再批实行免费开放。至此陕西免费开放博物馆达 48 家,全国已有 2000 余家。

短短几年时间里,期待多年的"博物馆走向大众"步伐如此之快,实在出人意料,从中也可以清楚地看到国家对满足大众基本文化权益的一贯需求的力度。博物馆的免费开放,是政府充分发挥公益性文化机构的辐射功能,提高公共文化服务水平的务实举措,必将为公众带来亲近,感受历史文化的良好契机。

二、博物馆免费开放的意义和对打造和谐社会的贡献

免费开放博物馆等公共文化设施,是政府建设以人为本、和谐社会的承诺之一,其目的在于增强文化艺术在我国人民生活中的地位与作用,提升国民特别是青少年的文化素养和爱国情操。

公益性博物馆的免费开放,是保障社会公众的基本文化权利,不断满足人民群众日益增长的文化需求的重要举措,是体现以人为本、构建和谐社会、创造精神文化的重要途径,也是大众多年来的殷切期盼,充分反映了十七大提出的"坚持把发展公益性文化事业作为保障人民基本文化权益的主要途径"之精神。在一个国家的文化体系中,博物馆历来是十分重要的链环。一个重视教育的国家除了加强对在校学生的教育外,还应该对全民教育予以大力投入,通过社会教育造就更多高素质的现代公民。因此,一个日益重视公众文化权益的社会,其文化设施理应尽可能消除各种门槛,真正面向普通大众。

免费开放博物馆,可以让尘封多年的历史被更多目光激活,让文化的因子穿越岁月,在潜移默化中渗入我们时代的血脉之中,成为激发中华民族的原动力;也将有利于完善我国现代国民教育体系,加强优秀文化的交流、宣传和推广,促进博物馆管理体制的创新和转变,发挥博物馆作为公益性文化机构的社会价值。博物馆社会价值的更好实现,社会教育功能的更好履行,将对提高全民族乃至整个国家的整体素质起到重要作用。当博物馆彻底放下门槛,人人都可以走进博物馆的文化殿堂时,就会有更多人有机会面对鲜活的历史,而当他们为那些巧夺天工、甚至迄今无法复制的展品惊叹时,爱国主义和民族自豪感必然会不知不觉地犹然生成,并牢牢烙刻在心中。

西安博物馆外景

　　历史文化遗产是属于全社会的,自然也需要全社会共同参与到保护中来。而要让大众具有自觉保护的意识,就应该先让公众对遗产有亲近感,让他们意识到遗产就在自己身边,就在我们的生活中,使保护成为每个人的自觉意识和行动。作为陈列、展示、宣传人类文化和自然遗存的机构,大众享受遗产保护成果的场所,博物馆在这方面的作用是不可替代的。让更多人了解遗产、认识遗产、享受到遗产带来的成果,共同保护才不会成为一句空话和仅仅是政府的责任。

　　公益性文化设施是进行国民教育的重要资源,博物馆是重要的展示窗口。一座展品丰富、内涵深厚的博物馆,往往浓缩了一个城市、一个地区、一个国家的历史文化精髓,就像是一本教科书。要认识、了解一个地方的历史文化,最简捷、最好的办法就是先走进博物馆。博物馆的免费开放,使更多人走近博物馆、走近历史、走近文化,在参观中穿越时空界限,了解历史的风雨沧桑,升华思想、净化灵魂、接受熏陶、陶冶情操,同时留住了历史、文化的古老根脉,它带来的社会教益是不可估量的。

　　相关理论研究表明:当社会经济发展繁荣到一定阶段,就需要以文化为内源力来支撑进一步的发展,这时,文化软实力就突显其重要性了。和很多国家相比,我国的博物馆无论在总量上还是人均拥有量上都相对偏少。实行免费开放,也就相当于间接增加了博物馆的数量,拓展了博物馆这一公共文化设施的服务空间和有效利用率,也增加了自身的吸引力,扩大了优秀文化的渗透力和影响力,通过公共文化服务来完成社会文化精神的完善和文化人格的养成,为社会的发展添砖加瓦。

　　博物馆是非盈利性的公共文化机构,是为社会全体公民服务的,这一点勿庸质疑。博物馆的社会公益属性决定了发展的方向。公益性就在于不以经济利益为主要目的,而更注重社会效益——也就是我们常说的"社会效益第一"。在当前情况下,以政府投入为主,社会赞助为辅,大力推行博物馆、纪念馆的免费开放,尽最大努力满足越来越多的公众对文化的形形色色的需求,应该是比较合适的办馆途径。

博物馆建设与发展的目的在于产生最大的社会效益(以及一定的经济效益),免费开放只是一项具体措施或仅是一种形式。把博物馆办成高雅的艺术殿堂和普及文化的精神家园,使其在陶冶人的情操、提高民族文化素质、促进对外文化交流等方面发挥更大作用,特别是在青少年传统道德教育和传统文化传承发展上起到重要作用,才是其根本目的所在。

三、博物馆免费开放带来的问题和对策

免费政策使得原本喜欢参观博物馆的人不必再支付高额票价,使他们成为博物馆的常客。每逢特展、临时展览,追随博物馆者便如约而至,只需支付特展费用就可以欣赏到多彩的展览内容,同时吸引了不少原本对博物馆没有了解的人。但实际上,博物馆的追逐者通常是对历史文化知识本来就有着浓厚兴趣、人文素质较高的人。对他们而言,免费的参观机会当然是"福音",博物馆也更愿意这些人前来。参观博物馆与欣赏歌剧、交响乐一样,本是一种高雅的文化行为。但是,免费开放后,博物馆面对的更多的则是素质良莠不齐的观众。一些参观者会有一些不文明的行为:譬如因为长时间排队,一些观众情绪激动,互相推挤甚至打架,与工作人员发生争执,还有一些人翻墙而入;有些观众随地吐痰、乱丢垃圾、人为损坏文物;有些乞丐也混迹其中进行乞讨、夏季天气炎热时大量闲杂人员进去避暑……更有甚者,在福建省博物馆免费开放初期还发生过挤碎展柜玻璃,损坏展品的严重事故。这些现象都需要我们在实践中积极的加以科学应对。

欧美许多博物馆的门票收入只是总收入的一小部分,它们有大量资金来自政府拨款以及社会捐助。国内许多博物馆的门票收入则是其维护设备、更新展览的重要资金来源。免费开放之后,虽然政府许诺根据以往门票收入进行全额补贴,然而从立项、报批进行政府采购,周期较长。此外,如果观众少了,人力和物力成本就都会有所下降,于是,免费后许多博物馆显得很怕人来,有新展览也不积极进行,钱用起来也没有过去灵活快捷了。比如要办一个展览,其费用都需要用于宣传推广。有业内人士甚至担忧,免费会不会让博物馆重回大锅饭时代,员工缺乏工作积极性,服务质量降低,博物馆管理水平无法适应增加的客流量,形成恶性循环。

那么应该如何应对免费开放带来的诸多问题?不妨可以实行"三免三不免"。一是免费不免票,通过发放门票来控制参观人数,确保观众与藏品的安全和参观的舒适

度,西安博物馆现已实行。还考虑象征性收费,稍微提高门槛过滤掉一些非真正观众(例:可收取 2 至 5 元门票,并赠送等值本馆纪念品,实质还是全免。二是免费不免责。必须坚持权利与义务对等的原则,强调公民既有享受文化成果的权利,也有保护文化遗产的义务。对于种种不文明的行为要及时劝阻,造成严重后果的要予以处罚直至承担法律责任。三是免税不免质。虽然免掉的门票收入国家会给予相应的财政补贴,但也应通过对博物馆盈利性项目实行适度减免税收,使博物馆能够有条件增强服务能力、改善服务设施,提高服务质量。

博物馆免费开放后,与旅行社的合作也成为一个难题。为更好地为社会和社会发展服务,博物馆可主动地与旅游部门联系,探索开通一条让外地游客到博物馆,尤其是地标性博物馆的绿色通道。要以博物馆的优质服务(包括软硬件)来拉动旅游业的有效提升。

四、美国对博物馆的认识和我们的一些创新思路

对博物馆来说费开放是一个难得的契机。它使博物馆更加融入社会,更加贴近群众、贴近生活、贴近实际,对博物馆本身的发展、博物馆整体事业的发展也具有特殊意义,是推动博物馆自身改革,特别是体制机制改革的良好时机。为此,博物馆的运作模式及教育模式也要有所改变。如何吸引更多的青少年走进博物馆并爱上博物馆,如何建构博物馆中的教育方案及课程,如何针对不同的人群形成教育策略,如何使博物馆与学校、社区携手,拓展其教育意涵等,这些都是博物馆未来改革中需要考虑的问题。

1880 年,美国学者詹金斯在其《博物馆之功能》一书中明确指出,博物馆应成为普通人的教育场所;1906 年,美国博物馆协会成立时就宣言"博物馆应成为民众的大学";1990 年,美国博物馆协会在解释博物馆的定义时,将"教育"与"为公众服务"并列视为博物馆的核心要素。美国博物馆协会的总经理和首席执行官小爱德华·埃博认为:"博物馆第一重要的是教育,事实上教育已经成为博物馆服务的基石。""博物馆更需要关注的不是有多少人来看,而是每一位参观者能否体验到展品所带来的更多信息和快乐。"

三彩腾空骑马俑

由于美国长期以来十分重视艺术教育,绝大部分博物馆和美术馆都有着力量强大的教育部门。这些教育部门除了拥有固定的、有着高学历的教育及艺术史论背景的教育人员,同时还拥有一支庞大的义工团队。教育部门的导览员会针对不同的人群和对象,运用不同的阐释作品及解说方法。除此之外,博物馆和美术馆还积极与学校、社区合作,构建一些美术教育课程,提供相应的体验场所和学习空间。

由于对儿童的重视,美国博物馆被视为"儿童最重要的教育资源之一和最值得信赖的器物信息资源之一"。纽约大都会博物馆和在纽约的几座专题博物馆都将课堂搬进了博物馆,馆方专门为不同年龄段的孩童提供了与之相应的美术、文化教育课程,甚至学校当中的部分课程也可直接在博物馆中进行,馆员与教师之间不仅形成了非常紧密和和谐的关系,互通有无,而且共同为孩子的成长和发展搭建了良好的平台。美国印第安纳波利斯少儿博物馆就设置了多门类和多种形式的儿童能动手参与的设计课程,寓教于乐,生动活泼。他们还定期举办走进世界文明古国历史人文复原展览,甚至将一些国家的实物都搬进了博物馆,很有新意,吸引了大量少儿以及成人参观。

美国博物馆对儿童的重视获得了丰硕的回报,不仅在一定程度上改变了国民的教育思想,从小培养了国民的创新识,而且许多博物馆的捐赠者都是从小经常去博物馆并对博物馆拥有美好回忆的人。

借鉴美国博物馆的成功经验,我们计划通过西安市教育部门和广大的中小学校合作,将部分历史课搬到博物馆来上,使孩子们从小热爱博物馆,热爱西安,热爱祖国。可能因热爱博物馆而改变人生观念和做人的准则。

加强文化创意工作力度,结合西安博物馆庭院园林面积大的特点,举办民族节庆系列活动;依托西安博物馆资源开发中高端文化纪念收藏产品,开展高端文物收藏鉴赏交流活动,这一点多向上海博物馆学习。在这方面我们要有所作为,否则民营机构将捷足先登,我们的资源也将被抢占去。

博物馆、纪念馆免费开放既是难得的机遇,也是严峻的挑战,必须重视免费开放过程中出现的种种问题,积极应对,创新思路,主动出击,获得良好的社会效益的同时获得良好的经济回报。

正如国家文物局张柏副局长所说,博物馆免费开放后可以使博物馆更加融入社会,更加贴近群众、贴近生活、贴近实际,对博物馆本身的发展、博物馆整体事业的发展非常有意义;其次,这可以提高博物馆的社会贡献率;再次,可以借此机会推动博物馆本身的改革,特别是体制机制改革提升。这是贯彻十七大精神、落实科学发展观、以人为本,建设和谐社会,实实在在的一项文化惠民政策。

寻找精神家园　建设美好城市

——谈一个新兴城市博物馆的作用

辛礼学*

（蚌埠市博物馆，安徽 233000）

[摘　要]　安徽省蚌埠市 100 年前还是一个渔村古渡，1911 年津浦铁路的建成通车，和雄踞淮河航道要冲的交通区位优势叠加，使得这座城市迅速发展成为一座人口近百万的现代化城市。蚌埠长期被人认为是"火车拉来的城市"和缺乏"历史记忆"的城市。为了唤醒历史的记忆、激活市民的认同感和自豪感。蚌埠市博物馆通过一系列的考古发掘和历史文物展示等工作，不断发掘展现蚌埠这块古老土地上的先民曾经创造出的辉煌文化，改变了市民对这个城市的历史认知和现实感受，使其找到了最深层次的精神家园，其精神追求和行为准则也随之受到了一定影响，城市博物馆为促进社会和谐与城市发展作出了贡献。本文以此为例，探讨一个新兴城市博物馆的作用。

[关键词]　城市博物馆　城市历史　城市文化

Bengbu and the seach for a spiritual home in constructing a better city：the positive effect of a museum on the growing city of Benbu

XIN Lixue

Abstract：Bengbu used to be a fishing village and an ancient ferry place 100 years ago. It was once regarded as "a city pulled in by train" and "a city lacks of history reminiscences". Along with Bengbu was majestically located at the junction field of Huai River transportation，after the Jin-Pu Railroad was completed and opened tothe traffic in

---

* 辛礼学，蚌埠市博物馆副馆长。

XIN Lixue，Deputy Director of Bengbu Museum

1911, this city rapidly expanded into a large modern city which now has a population of nearly one million. In order to awaken the people's memory of history, and activate their identification and senses of pride. The Bengbu Museum did a series of archaeology work including discovery and demonstration of historical relics, unfolding the traditional magnificent culture that was once created on this land, changed the people's historical identification and the real life feeling about this city. In this way they find the deepest spiritual home. Their spiritual pursuit and behavior rule also come under certain influence by it. In a word, the museum have made the contribution for the promotion of the harmonious society and development. This article will take Bengbu Museum as an example, to discuss its functions in an immerging city.

Key words: City museum city history, Urban Culture

蚌埠,位于安徽省东北部,中游,京沪、交点。因盛产珍珠而得名,又称"珠城"。蚌埠原是一个偏僻的小渔村,清末诗人胡士星在《蚌埠道中》描绘这里情景时说:"树里两三家,疏篱带落花;园林新雨后,麦秀渐抽芽。"

1908年动工兴建的津浦铁路(天津至南京浦口),途经蚌埠并设站。随着蚌埠段和淮河铁路大桥相继开工,使这个平静的小渔村骤然喧闹繁荣起来,人口增多,商贾纷至沓来,1911年津浦铁路通车后,随着隆隆的车轮声,一座新兴的城市悄然成长起来。1913年,军阀倪嗣冲在此建立了"安徽督军公署";1926年,军阀张宗昌在此亦成立"安徽省政府",蚌埠一度成为全省政治、军事和经济中心。当时可谓华盖云集,车水马龙,各种消费性商业也应运而生,人口激增,房屋增多;道路拓宽,迫使这座城市日日在发展、在壮大。1947年1月1日,蚌埠正式设市,直属安徽省,为安徽省第一个设市的城市。1949年1月20日蚌埠解放后城市发展更为迅速。

蚌埠现有面积5952平方公里(辖怀远、固镇、五河三县),其中市区面积601.5平方公里;人口360多万,其中城市人口90多万,是"千里淮河第一大港",皖北中心城市。

蚌埠作为一个新兴城市,其城市居民来自四面八方,不同的人群带来了形色各异的文化,加上交通便捷的优势,大家对新生事物接受得特别快。20世纪蚌埠被称为小上海,上海等前卫地区流行的东西很快就会出现在蚌埠。但是说起蚌埠的历史,大家都会说:"蚌埠是现代文明——火车拉来的城市!"市民对于蚌埠这块土地上1911年以前的历史就不甚了解了。因为在古代这里不是一个独立的行政区域,关于蚌埠历史的记载稀少零散。对于蚌埠古代历史的发掘整理工作只能主要依靠考古工作者来完成。

1974 年蚌埠市成立了博物馆，建馆之处蚌埠市博物馆就致力于对蚌埠古代历史文化的探索发掘研究和展示。1985 年进行的文物普查工作，基本摸清了全市的文物资源概况，经过选择，确定将市郊的一处双墩新时期时代遗址作为突破口，经过 1986年、1991 年、1992 年三次考古发掘，出土了一批珍贵文物，经碳 14 测定该遗址距今约7300 年。双墩遗址出土的文化遗物丰富多彩，极具地域特色，填补了淮河中游地区新石器时代中期史前文化的空白，为中国新石器时代文化谱系和中国文字起源的研究注入了新的内容，现已被命名为一种新的考古学文化——"双墩文化"。双墩文化作为淮河文化的代表，她的发现改变了长期以来人们对淮河流域无始创文化的认识，使人们认识到淮河流域也是中华文明的发祥地，淮河和黄河长江一样也是中国的母亲河。

为了深入发掘双墩文化的内涵和价值，2005 年召开了"淮河流域古代文明研讨会"，2009 年召开了"蚌埠双墩遗址刻划符号暨早期文明起源国际学术研讨会"。两次会议的召开在社会上引起了轰动效应，博物馆里举办的专题展览人流络绎不绝，很多学校组织全体师生前来参观。

1998 年五河西尤发现了一处至今淮北平原地区唯一的一处旧石器时代遗址，出土了 8 件旧石器，同时出土了迄今最完整的一具古菱齿象化石。

2006 至 2008 年发掘的蚌埠双墩春秋钟离君"柏"墓，形制独特，遗迹现象复杂，是我国墓葬考古史上的重大新发现。从出土铜器铭文显示，该墓葬的主人是春秋中期一位名叫"柏"的钟离国君，从而揭开了钟离古国的神秘面纱，填补了有关钟离国历史和考古学文化的空白。该考古项目入选了"2008 年全国十大考古新发现"。

2007 年开始的禹会村遗址考古发掘项目至今已经进行了四个年头，取得了很大的考古成果。禹会村遗址位于蚌埠市禹会区，俗称禹墟，是传说中"禹会诸侯之地"。该项目是"中国古代文明探源工程"的子项目。可能是揭开中国古代文明关键时期谜底的重要遗址之一。

蚌埠城北 40 公里处的固镇濠城垓下遗址，是楚汉"垓下之战"的战场中心，2000多年前，这里曾经上演过十面埋伏、四面楚歌、霸王别姬的好戏。遗址经过钻探发掘，发现保存较好、始筑于距今 5100 年大汶口文化晚期以及汉代增筑的城墙，出土各类文化遗物 400 多件。填补了淮河流域无史前城址的空白，被誉为"淮河流域史前第一城"。该考古项目入选了"2009 年全国十大考古新发现"。

以上所罗列的是近年来蚌埠境内的重要考古发掘项目，这些考古发掘项目，出土了大量能够代表本地文化特色的文物，博物馆将这些资源通过陈列展览的形式，广泛吸引公众的注意，走进民众生活。经过精心打造，我们先后举办了《蚌埠馆藏文物陈列》、《蚌埠古代文明陈列》、《汤和史迹陈列》、《双墩遗址出土文物标本陈列》、《双墩遗址出土刻划符号展览》、《蚌埠历代文物陈列》等十多个展览。其中《蚌埠古代文明陈列》、《蚌埠历代文物陈列》等通史性展览作为博物馆的基本陈列,进行长期展示。

博物馆作为"第二课堂",通过实物欣赏和接触、倾听讲解等途径,使市民逐渐了解到,蚌埠虽然是一个新兴城市,但是这块古老土地上的先民们曾经创造了灿烂的文明。蚌埠历史悠久,发展从未中断,历代留下了很多历史痕迹和珍贵的历史遗物。蚌埠的历史发展也是中国历史发展的一部分。这些发现震撼了市民的心灵,转变了大家对本地历史的认识。我们博物馆展厅的工作人员经常会接待深入咨询探讨本地历史文化的参观者,后来我们在展厅设立了咨询台,专门接待前来咨询的人士。有位老年市民参观展览后说的一句话,代表了很多市民的心声,他说:"看了展览我才知道蚌埠原来有这么悠久的历史,这么灿烂的文化,先人的聪明才智超乎我的想象,我感觉到非常自豪!我们现在这么好的条件,难道不应该干得更好吗?"由此可见博物馆的这些展览能够从精神上促进人们发愤图强,用心用力,创造出属于我们自己时代的现代文明。

激动人心的考古新发现、平实科学的展览和讲解,使更多的市民走进了博物馆。2008年3月26日国家实施博物馆免费开放以后,我们馆参观人数激增了两至三倍。从参观者的留言里可以看到很多惊诧、惊叹和惊奇。最难能可贵的是留言里有很多好的建议和要求,我们都认真地收集整理,并不断地充实改进,获得了观众的欢迎。

在此期间我们注意抓住机会向前来参观的领导和专家着重介绍,让他们认识到这些资源的巨大价值,争取他们的支持。在他们的大力支持下,我们的工作做得越来越好。

从最近几年的工作成果来看,我们的努力没有白费,蚌埠的市民都知道7000年前我们的先人就创造了灿烂辉煌的淮河文化;4000年前大禹在这里会朝天下诸侯;2600年前钟离国君柏把这里作为最后的归宿;2000年前的垓下之战奠定了大汉王朝四百年的基业;1800年前的桓氏家族,出现了"三代御先生"(桓荣等祖孙三代做过东汉五位皇帝的老师),威震汉晋;600年前大明开国功臣,著名抗倭英雄汤和敕葬曹山;60年前群英汇聚蚌埠孙家圩子,剑指江南,定下了渡江战役作战方略……这片钟灵毓秀的土地上,积淀了深厚的文化底蕴,形成了绵延不绝、薪火相传的文脉。由此改变了市民对这个城市的历史认知和现实感受,使其找到了最深层次的精神家园,产生了强烈的自豪感和归属感,其精神追求和行为准则也随之受到了一定影响。从小处说,博物馆不再有衣帽不整、大声喧哗、乱丢垃圾的参观者,博物馆的工作人员越来越受到社会的尊重;从大处说,我们的社会越来越文明、越来越和谐了。这当然不全是我们的功劳,但是我们认为自己在其中担当了重要的角色。

博物馆是一个国家、城市与文化的独特性与优越性的标示,为城市的文化、经济发展带来重要的提升力量。从某种角度上说,了解一个地方的过去和现在是从博物馆开始的。正如国家文物局局长单霁翔说的那样,进入21世纪,中国的城市化加速,而城市文化的传承、发展和繁荣却面临着沉重的压力。博物馆在现代城市文化塑造方面的功能已经越来越受到政府、民众等各方面的重视和青睐，并确实在打造现代城市文化，引领城市文化发展，树立城市形象等方面发挥着极重要的作用。在增强区域吸引力(软实力)方面，通过对文物的收藏、保护和展示，博物馆作为现代城市文化功能区和"地标"，在提升公众的文化素质和修养的同时，在现代城市中传承和培育着城市的历史文化内涵，民众对城市的亲切感、认同感、满意度、亲和力以及凝聚力等要素随着城市新文化(或者区域文化)的形成而得到强化，当文化在渐进的演变中形成特色鲜明的城市文化特色后，这种文化的演变将会促进城市在制度方面的创新，并促进城市经济(或者区域经济)的发展，最终将影响城市的综合实力和竞争力。因此，博物馆作为现代城市的象征或者地标，在作为文物收藏中心的同时，亦要承担起城市文化中心、教育中心、学术中心、休闲中心和娱乐中心等多项博物馆的新职能，只有这样其在城市发展中的潜能才能得以发挥。

蚌埠新的城市文化正在形成之中，这种文化应该是与古代文明一脉相承的，具有独特地域特点。这也鞭策着我们努力发掘展示更多、更丰富的文化，以便城市进一步发展从中汲取更多的营养。

鉴于蚌埠市博物馆现有展览场地不足，条件简陋的现状，在各方的努力下，一座新的现代化博物馆将于今年底前动工兴建，我们即将拥有一个更大的平台，市民们期待着我们做得更好，我们也会更加努力，争取让我们的博物馆在和谐社会的建设中发挥更大的作用。

The interaction of museums and universities in an urban environment

GULCHACHAK NAZIPOVA *

Abstract：Today Kazan, a university city and traditionally one of the major scientific and cultural centres of the country, is one of the fastest developing cities in Russia. Kazan City Museum was founded in 1895 and is now the largest museum in regional Russia with the status of National Museum of the Republic of Tatarstan. The University of Kazan is one of the most distinguished universities in Russia. Today, it operates a network of museums with unique collections.

There is one problem, which is common to university collections everywhere：they are not sufficiently accessible to visitors, though they have great potential to represent the city as an important scientific centre, containing unique zoological, mineralogical and many other collections of world significance.

The interaction between the Museum and the University has created a very special climate in the city. It has created the basis for close co-operation between the University and other museums of the city and between the Museum and other educational institutions. Thanks to this interaction Kazan has new museums and is developing as a major museum centre.

Inevitably, problems remain. For example, the museums still have to devote their attention to the museum visitor and help promote tourism. Then there is the challenge of attracting university students to the museums.

The museums, in collaboration with higher education specialists, should address critical issues such as competing with other attractions in the city. In this regard, these specialists can help-with information technologies, marketing, fundraising, etc. in order to allow museums not only to continue to be research institutions, but to be a natural component of a citizen's leisure activities.

＊ *Gulchachak Nazipova* , Director General, National Museum of the Republic of Tatarstan, Kazan, Russia.

城市环境中大学与博物馆的互动

古尔恰恰克·娜淄波娃*

[摘　要]　今天的喀山，是一座大学城，也是这个国家传统科学和文化中心之一，是俄罗斯发展最快的城市之一。喀山市博物馆，即鞑靼斯坦共和国博物馆，成立于 1895 年，现在是俄罗斯地区最大博物馆。喀山大学是俄罗斯最杰出的大学之一。喀山大学管理着几个博物馆，这些博物馆拥有独特的藏品。

有一个问题是世界各地大学收藏机构都面临的：藏有独特的动物、矿物和许多其他具有世界影响的收藏品，有很大潜力可以展示这个作为重要科学中心的城市，可是学校博物馆乏人问津，门可罗雀。

博物馆和大学之间的互动创造了一个非常特殊的城市氛围。它为大学和其他城市的博物馆以及博物馆和其他教育机构之间紧密的合作奠定了基础。因为这种互动，喀山有了许多新博物馆，并正在发展成为一个主要的博物馆聚集地。

当然，问题仍然存在。例如，博物馆还不得不注重来博物馆参观的游客、帮助发展旅游业。还有一个挑战是：如何把大学生吸引到博物馆来参观。

博物馆应该与高等教育专家们合作，解决诸如与城市其他景点竞争的问题。在这方面，这些专家们可以提供帮助。为了发挥博物馆作为研究机构和公民休闲活动中心的双重功效，高校专家们可以在信息技术，市场营销，筹款等方面提供帮助。

---

*　古尔恰恰克·娜淄波娃，俄罗斯鞑靼斯坦共和国国立博物馆馆长。

Towards a better city:
a stadtmuseum by citizens for citizens

SUZANNE ANNA *

Abstract: The ethos of museum management in the Stadmuseum is inspired by an artist who studied and taught in Düsseldorf: Joseph Beuys. He believed in the ability of each citizen to participate in the design and creation of his own life and his own city. By opening up its artefacts to everyone, the museum encourages visitors to take on an active role as designers and architects of city life and history. In the STADTMUSEUM we call these new visitors Key-Workers.

By so doing, our museum is transformed into a new space structure. There are project spaces in the permanent collection and in temporary exhibition areas, in the library and in the offices of our curators. Citizens come here to work on their own projects and to engage in research, exhibitions, symposiums, workshops and discussions. Their local and global city projects are realized in collaboration with the museum's curators, city council officers, planners, architects and artists, and also with their neighbours in the locality.

The "Key-Work-Academy" offers opportunities in project and IT management for our newcomers, and in addition gives them the chance to take part in philosophical and cultural seminars. The Academy's head has an office in the museum, and joins in museum team meetings. He manages the Key-Workers' projects in collaboration with the curator and his colleagues at the department, which we refer to as the "Stadttheoretisches Forum".

The Stadmuseum functions as a self organized (Humberto Maturana) learning museum (Helmut Geiselhart). It offers a permanent workshop for architects, city planners and citizens, and in so doing it represents Beuys's "Permanent Conference". The projects are created and worked on by diverse teams representing different age groups, genders and cultures. All projects are discussed not only in the museum, but in the city at large and on the social networks of the web.

The Stadmuseum is a social project about a better city for everybody. Admission of course is free.

---

* *Suzanne Anna*, Director of the Stadtmuseum, Dusseldorf, Germany.

为了更美好的城市：
一个由市民建立并为市民服务的城市博物馆

苏珊·安娜[*]

[摘　要]　德国杜塞尔多夫市博物馆的管理借鉴了杜塞尔多夫市学习和教书的一个艺术家——约瑟夫博伊斯的理论。约瑟夫博伊斯教授相信每一个公民都有能力设计和创造他自己的生活、他自己的城市。通过将文物开放给大家，博物馆鼓励参观者发挥作为城市生活和城市历史的设计者和建筑者的重要作用。在杜塞尔多夫市博物馆，我们将这些新参观者称为"关键人员"。

这样，我们的博物馆转变为一个新的空间结构。在常设展览区和临时展览区，在图书馆和在我们的策展办公室，都有"项目处"。市民们来到博物馆，在他们各自的"项目处"活动，进行研究、展览、研讨会、讲习班和讨论。在"关键人员"和博物馆策展人、市议会官员、规划师、建筑师和艺术家、以及当地的邻居共同努力下，他们的许多城市项目得以实现。

"关键工作学会"除了让他们参与哲学和文化研讨会，还为他们提供参与展览项目及IT 管理的机会。这个组织的负责人在博物馆里有一个办公室，并参加博物馆团队的工作会议。他与博物馆的管理人员和我们称之为"Stadttheoretisches 论坛"的部门中的同事合作，管理"关键人项目"。

城市博物馆是一个自我组织的学习型博物馆。它为建筑师、城市规划者和公民提供了一个永久的工作场所。这样，它成为代表博伊斯的"常设会议"。这些项目是由不同年龄、不同性别和和不同文化的团队创建和实施的。所有项目都进行了讨论，不仅在博物馆里，而且尽量在城市里、在网络的社交空间中讨论。

城市博物馆是让每个人都参与、使城市更加美好的一个社会项目，是一个免费的公益活动。

＊　苏珊·安娜，德国杜塞尔多夫城市博物馆馆长。

城市博物馆中的乡土元素展现

——以上海历史陈列为例

顾音海*

（上海市历史博物馆，上海 200002）

[摘　要]　城市历史博物馆，作为地志性博物馆，必须展示本地历史风物、城市形成与发展特点，激发观众共鸣，营建思乡氛围，思考城市未来发展之路。

上海本地历史展览，要通过文物，让市民认识上海，了解上海的文化特性，融入上海的建设。因此，乡土元素在博物馆展览中有着重要意义。

强调乡土元素，会对整个城市历史博物馆的展览体系有所更动。在展览的叙述方式上，不是单纯的"记事本末体"或"编年体"，而是通过每组有内在联系的文物"展项"，来立体展现城市人群、建筑、生产、生活、管理；同时，还要有许多面向观众的互动设计，使观众有真切的体验。

[关键词]　城市史　上海史　乡土教育　陈列设计　展项

Local elements display in city museum：
A case study of Shanghai History exhibition

GU Yinhai

Abstract：As a local history museum，city history museum should display scenery and folkways，and reveal the urban formation and development features，which inspire the audience's cultural resonances，to establish nostalgic atmosphere，and to think over the future development of the city.

The exhibition of Shanghai local history should，through culture relics，let the public

---

* 顾音海，上海市历史博物馆研究部主任，研究馆员。

GU Yinhai，Professor，Head of the research department，Shanghai History Museum.

to know and understand Shanghai, and then to be involved in the construction of Shanghai. Therefore, local elements are essential in the exhibition.

Emphasis on local elements of the city museum's exhibition will be subject to change system. The way described in the exhibition is not simply notebook cart before the horse body or chronological, but intrinsically linked through each of the relics (show items) to display three-dimensional urban, including population, construction, manufacturing, life and management; meanwhile, these interactive items should be designed for the audience, and bring them with real experiences.

Key　words: City history, Shanghai history, Local education, Display design, The composition exhibited

城市历史博物馆作为地志性博物馆,其主要功能之一是展示本土历史风物,揭示城市形成、发展的特点,激发观众共鸣,营建思乡氛围,思考城市未来发展之路。

地志性博物馆,就是以实物来解说、展现本地的"家谱"与"世系"。要认识上海,就要解读上海历史,了解上海的文化特性。上海的历史博物馆,是以上海行政区域为主,兼盖历史地理、风土人物的立体的典籍,乡土元素在其中有着重要位置与意义。

什么是乡土? 乡土,是人们生长、居住之所,或是与个人发生强烈情感并被充分认同之地,涵盖所有的自然与社会人文背景及历史文化,是对个人具有高度生活意义、情感归属及使命感的地方与观念。

为什么说乡土元素重要? 因为乡土元素是了解社会、融入社会的钥匙,这样,就使之成为重要的教育内容。要了解社会,最好从身边的一草一木,一砖一瓦,一个规矩,一分理念做起。从乡土元素来说,没有一样东西(物质的或抽象的)是没有来历的。美国教育家杜威认为:在对儿童的教育中,传统课程最明显的弊病就是与儿童的个人生活经验相分离,若要建立儿童在学习知识上的兴趣,必须消除他们的实际生活与课程之间的脱节。于是,他在自己创办的芝加哥实验学校中,历史教育就是从社区、乡土历史开始。可见,乡土教育,就是要使人们能够亲身感受到身边的自然、人文现状与历史。

既然乡土教育是教育的一项内容,那么,作为社会文化资源之一的城市历史博物馆,也就成为乡土教育的资源。博物馆有着珍贵的历史遗物,有着种种展现手段,应该能够比课堂更加生动而具体地让观众了解乡土内涵,与前人、与旧物作心里的感应交流。博物馆应是校园以外,包括社区在内的重要的学习场所之一。

乡土教育在我国具有一定紧迫性。从我国当前课堂教育,以及各地博物馆教育、社会效益的总体发展状况看,中小学校对博物馆、纪念馆、历史遗址、纪念地等历史教学的资源利用还很不够。在有的地方，虽然已经编制了乡土教材，但作为非主课的历史教育在其他应试课程的排挤下，已经到了只是从表面应对的地步，更不用说积极开展课外的乡土教学。另一方面，博物馆陈列与观众的实际生活联系也很不够，市民自觉到博物馆参观的习惯、风气也有待增强。

例如，上海市教育委员会就编有中学课本《上海乡土历史》（上海教育出版社，2003 年 6 月第 1 版），根据市《历史课程标准》要求编写，经市中小学教材审查委员会审定后出版并在校使用。其《前言》说，开设本课程的目的是欲通过"学习家乡的历史，了解上海的昨天和今天，也就是学习我们身边的历史"，"希望你投身乡土社会调查，勇于探究"，"通过本课程的学习，相信你会更加了解我们这个城市，为未来的学习和生活做好必要的准备"。本教材图文并茂，设置了"训练与探索"、"史海拾贝"等栏目，帮助、引导学生掌握搜集信息、分析资料、解决问题的能力。该教材经过上海市历史博物馆授权，采用了博物馆所编《20 世纪初的中国印象》一书中的部分图片资料。应该说，教材本身对于乡土教育作出了比较努力的探索。但是，在实际使用方面，由于这是配合历史教材所编撰的补充教材，并且需要大量课外实践来达到教学效果，这在忙于作主课应试，并以升学率为考核学校教学质量指标的状况下，很难实现预定教学目标。因此，其实际使用率并不高。这样，纯粹的单一乡土课本只能是索引性质的作用，作为其他主课（比如语文）的素材。当然，另一方面，博物馆也有责任做好社会教育，起到推广、衔接的作用。

博物馆中的乡土元素，从内容上看，具体地说，主要包括地理环境与人文环境（民性、民俗）。

地理环境，如同乡土志中的地理内容（自然地理与部分人文地理），例如李维清编、上海易著堂 1927 年印行的《上海乡土地理志》，其目录为：沿革、位置、形势、海、黄浦、吴淞口、市乡、南市、闸北、闵行、蒲淞、法华、徐家汇、龙华、户口、方言、物产、工厂、交通、古迹等。在博物馆陈列中，有关上海历史有导论性设计，以视觉手段展现上海成陆、地名来源、地理范围、政区变迁、人群特征等内容，具体有上海市标（视觉设计），将市标图案——沙船、螺旋、白玉兰分解展示，点出上海城市特色：以智慧求发展，以创新开先河。上海环境（视觉设计），从历史、地理看上海自然人文特征。上海遗产（互动设计），包括上海爱国主义教育基地（国家级 8 处，市级 41 处，区县级 161 处）、上海优秀建筑历史风貌区（12 处）、上海优秀近现代保护建筑（623 处 2138 幢）、名人故居以及民族文化、民俗文化、民间文化展项。上海之"最"（互动设计），介绍上海的诸多"第一"，体现上海的进取精神（遴选 100 个主题，多媒体设计，与观众互动）。

人文环境，主要是民性、民俗。民性，是社会心理，是特定区域内人群的思维行为方式所体现的精神面貌、价值观念、理想信念、性格特征的总和。是为人处世的生活态度。是意识深处的心理状态，是积淀在文化中的深层内容，对区域文化特征有着重大影响。上海是移民城市，市民的构成多样性决定了民性的复杂性。正面评说者，称开放务实、兼容并蓄、慕新求变、开拓进取、追求时尚、优雅闲适等特点而反面分析之，也有故步自封、猖狂叛逆、市侩狡诈、庸俗肤浅的一面这虽然是个见仁见智的问题，莫衷一是，但集合各方面点滴评述，多少能反映出事实的侧面。要反映社会的种种复杂现状，有许多的实际例子可以做成展项。民俗，往往和民族、民间有紧密联系，通过节日吉庆、上海非物质文化遗产等的展现，可以了解上海"三民"的特征。

那么，上述乡土元素怎样进入博物馆，又怎样发挥乡土教育的作用呢？从表面看，有的地城市博物馆陈列了本地的出土文物，甚至也有了风俗展览，应该算展出了本地风土历史，具备了乡土元素，但这并不等于体现了地区历史文化的底蕴，与博物馆融入本地居民的生活尚有距离，因此，城市历史博物馆也就没有成为校园以外重要的教育场所。

城市历史博物馆中，体现乡土元素，从总体上说，是要框架上有合理的布局，效果上有实际的感受。

在架构上，有些城市历史博物馆常用的展览体系，与城市历史通史图书相当，从政治、经济、文化三大块面讲起，看展览犹如读书，有条理分明、目录清晰的优点。但博物馆的陈列，与文字为主的通史写法有所不同，她要以文物为主，眼见为实，运用展览语言，设计特定展项、展线，是综合历史、考古、文物、视觉艺术、现代多媒体技术等内容与手段的产物。因此，她的陈列体系，她的乡土内容，是全息而立体的，效果是图书所无法比拟的。

具体地说，上海乡土展现，可以用"水"元素引领，江南水文化，水网纵横下，有漕运，有商贸，也引来西方列强的利炮坚船，洋泾浜外语，躲避水灾的难民，沿河而起的高楼，赛龙舟、码头号子等"非遗"、"三民"展项等。

上海乡土陈列，也可以从"人"的角度展开铺陈。城市的主体是人，人的活动决定城市的面貌与内涵。上海自开埠以来，经历了典型的近代社会转化，以一般人的思想，由封建时代的"小康"、"治世"理想，转为强国理想，学习西方进而实现儒家的政治理想。那么，作为宗法制度的社会制度，与作为文化制度的礼乐制度，都曾经想在维持秩序、调解矛盾中发挥作用，在乡土因素中的礼仪、岁时节令、行业习俗、信仰习俗等，就有了特别的内容与形式。封建制度下，中央集权，国家专政，君主独裁，理想是政通人和、国泰民安，寄希望于开明圣君，然而，近代局势证明此路不通。相反，租界里的房屋严整、活动有序，使得康有为、孙中山们"始知西人治国有术"，有了慕西学之心，以及变法、革命之想。上海在形形色色的"人"的社会活动中，是座巨大的舞台。可以嵌入的乡土情结，是对这座城市求新、求变、五光十色的回味。

博物馆能否让观众真正感受到触摸到了历史，是否具备了乡土元素，不仅在于将本地文物、风俗展出与否，其主要社会宣传效果，应由观众来检验，要看观众是否有了对居住地的身份认同,有认同才能有思想、感情上的共鸣。以上海历史来说,上海是个移民城市,人口八成以上来自全国各地,另外还有许多外国侨民。人口多元,民族多元,宗教多元,势必使得语言多元,习俗多元,衣食住行、婚丧喜事、节日吉庆、娱乐方式等都呈现出多样的风格。可以说,上海近代社会的多样性,在古今中外城市中是非常罕见而独特的。那么,"上海人"本身,就是个集合体,是融合的代名词。真正本土籍贯的上海人为数不多,那么,无论是祖籍江浙还是其他,是从祖辈起移居上海、本人出生在上海的"老上海人",还是本人由内地来上海学习、发展的"新上海人",都在"上海人"的范围之内。要使所有这些上海人认同自己的上海人身份,对上海产生乡土情结,融入上海的发展中,乡土教育、乡土信息起着至关重要的催化作用,至少是潜移默化的作用。在博物馆陈列中,要让上海人知道上海人的来历,上海特征的形成,要使新上海人变成老上海人,融入并改变上海,就要在主题展项的设立,文物之间的"顾盼有情"而体现的内在有机联系等方面,都要从观众接受效果来设想,贴近生活,贴近现实。

　　博物馆对于乡土元素的展现,最要紧是勾起人们的思乡、爱家情结,这就要根据乡土的特点来实现。乡土元素有空间感,因年龄、生活经验、情境而异。乡土的范围,随人们年龄、生活经验的不同而不断扩大。乡土内涵,有地形、地质、气候、水文、动植物、土壤等生存必须物质。其人文要素,有形的建设、交通、聚落、经济活动外,还有无形的文化、风俗习惯、语言、歌谣。乡土情感,有意识空间、生活空间、主体空间。因此,乡土对于个人来说,可能还是多元的,可以称为原乡、故乡、家乡、他乡,这在上海显得尤其重要而突出。增进对乡土文化的了解,自然就能培养热爱乡土的情怀,爱护生活环境的情操,服务社会的热诚,以及对各族群文化的尊重,增进社会族群间的和谐。

　　因此,身份认同的标志是:全身心地真正喜爱本土历史展览,参与历史展览。为达到这样的效果,博物馆的管理人员,应化被动为主动,设计长期性的活动,使静态展示和动态活动相互结合,吸引居民,特别是吸引学生,使其有那样的精神需求,有那样的了解冲动,渴望知道自己是怎么来的,自己将走向何方,从而主动走入博物馆。

　　另外,博物馆中乡土元素作为教学资源,必须是活泼的,互动的,讲求实效,形成体验的震撼。若是条件允许,应设法使学生成为博物馆收藏、研究、展示和教育的参与者,促进博物馆与社区生活的互动,通过学生的力量改善博物馆的功用,凝聚人气,创造活力,并在互动过程中提升学生的文化素养。在互动展项方面,可以有上海历史风俗与中原历史风俗的比较,让大家有所参照。

　　博物馆展览凸现乡土元素,要注意两点,一是注意突显本地有创新特色的文化积淀。比如,在有关黄道婆的展项中,注意展现其对于棉花栽培技术上的成就,原来她在海南岛,气候比较炎热,棉花可以多年生,年年收获,而上海气候比海南寒冷,棉花只能一年生，因此在栽种上有技术革新。又如旗袍的设计，变腐朽为神奇，把宽大不便的服装改为紧身而实用、美观的女装，是审美上的创新。再如，上海在晚清以来，随着中西文化交流，西学东渐，社会知识结构有了很大变化，作为得风气之先的地方，有许多新奇的现象，展项《一堂素描课》，可以表现第一次大胆用人体模特的情景。新旧思想斗争的一面，要全盘否定中医，拆毁第一条铁轨等。另一点，是要注意乡土教育所欲达到的境界，并非一地一处的封闭、自满、自夸、排外，而是全球"地球村"的境界，世界大同的和谐境界。只有充分了解自己，才能与别人交流，爱自己，才会爱别人。了解上海，是要知道上海的路，是怎样从兼容中一步步走来，外地人怎样融入上海，成为建设上海的主人，把小上海做成大上海。规划上海，也可以认识上海发展中的许多曲折，比如"一城九镇"在原先规划中的不足等。

　　总之，强调乡土元素，会对整个城市历史博物馆的展览体系有所更动，不是单纯的"记事本末体"、"编年体"，而是有内在联系的城市人群、建筑、生产、生活、管理的立体展示，以及全面的推广、普及、互动设计。

如何认识与发挥"中介人"
在博物馆展现城市形象中的重要作用

尚海波*

（济南市博物馆，山东 250014）

［摘　要］　博物馆担负着展示现代城市形象的职能。要扮演好这种角色，除了加强博物馆自身的建设外，还必须充分发挥"中介人"的作用，使博物馆更好的参与到城市文化建设中来。讲解员、宣传人员及其他服务人员在展示博物馆与城市形象中起着至关重要的作用，是架起城市文化与外界沟通的桥梁，是责无旁贷的"中介人"。在实际工作中，为了使观众更好的认同博物馆或接受其传播的城市文化，"中介人"应掌握一定的心理学理论，了解观众的心理需求，从而为他们提供更加人文化的服务。本文给出了博物馆"中介人"的定义、重要性及其应该担负的责任，并试从心理学的角度，结合济南市博物馆近年来的工作实践，分析"中介人"在工作中如何才能更好的发挥其桥梁作用。

［关键词］　中介人　城市形象　沟通和传播

Understanding and developing the important role of museums as intermediaries in displaying the image of the modern city

SHANG Haibo

Abstract：Museums are responsible for the function to display the image of a modern city. In order to better participate in the construction of urban culture, museums must bring intermediary into full play in addition to strengthening self-construction. Guides,

---

* 尚海波，济南市博物馆陈列宣传部助理馆员，中国博物馆学会会员，山东省博物馆学会会员。
SHANG Haibo，Jinan City Museum.

propagators and other service personnel play vital roles in displaying the image of museum and city. They are the bridge connecting urban culture with the outside world and are the duty-bound intermediary. In practical work，for the sake of giving the audience a better recognition of the museum or accepting the urban culture transmitted by the museum，intermediary should have a certain amount of psychological theory to understand the psychological needs of the audience，thus providing them with a more humanized service. In this paper，we give the definition and importance of intermediary，and the responsibility they should bear. From a psychological view，we attempt to combine with the practice of Jinan Museum in recent years to analyze how intermediary can better play its role as a bridge.

Key words：Intermediary，Display the modern city image，Communicate and disseminate

如果谈论起一座城市，我们最关注的莫过于它有何种特色，而其特色自然是通过人们对它的印象和感受表现出来的。文化因此在表现形式上更加多元化，也更容易与民众产生互动，从而更能体现一座城市的风采。著名建筑师萨里宁曾经说过："看看你的城市，我就知道你那里的居民在文化上的追求。"文化在展示城市形象中的重要性由此可见一斑。作为历史延续产物的城市，其历史文化传统更是占有举足轻重的地位。

对历史文化的传承作用是博物馆的一项重要职能。博物馆作为爱国主义革命传统教育的基地，对于弘扬民族文化，构建和谐社会发挥着重要作用。博物馆是城市文化底蕴的载体，是现代城市的文化名片，其城市形象的职能日益在现代城市建设中凸显出来。

实现社会教育功能，扮演好现代城市形象的角色，无疑是博物馆作为重要文化机构义不容辞的责任，也是博物馆一系列业务活动的落脚点和最终目的。而观众则是博物馆社会教育功能的接受者，是博物馆形象展示的直接受众，因而博物馆的主要业务活动是针对观众进行的。要完成好这项历史使命，除了加强博物馆自身建设，如环境的提升、藏品的丰富、服务及管理的提高等，博物馆形象的展示更重要的是依靠人的因素。人们常将博物馆比作架起文化沟通的桥梁，博物馆与社会公众的联系，表面上看主要是以陈列展览为媒介的，博物馆与外部的交流对话，亦是以陈列展览的形式进行的。然而，对于绝大多数观众及潜在观众来说，由于博物馆的专业性及其展览的变动性，要实现这种对话，还是需要一定的媒介，即信息的传播者。

从公共关系学的角度来看，传播是一种信息交流活动，它是一个社会组织影响公众心理最有效的方法,也是公众藉此对组织形成印象和评价的最主要的途径。公共关系传播者的任务,就是在组织与外部公众之间充当"中介人"的角色。因为他的存在,使二者建立起双向交流关系。

具体到博物馆来说,讲解员、宣传人员以及其他服务人员在展示博物馆与城市形象中起着至关重要的作用,是架起城市文化与外界沟通的桥梁,是责无旁贷的"中介人"。一般说来,博物馆"中介人"要做的事情有:接待观众;同观众建立良好的关系;保证信息的畅通,消除隔阂和误解等。要做好这些,博物馆的"中介人"应当具备以下几个方面的条件:掌握尽可能多的知识和信息,以便在工作中能做到应对自如,使观众得到满意及最准确的知识与信息;掌握一定的沟通技巧,与观众及媒体等建立良好的关系,避免隔阂与误解的产生;掌握一定的心理学知识,深入了解不同类型观众的心理特征,了解他们的愿望和要求,以便做到有的放矢,为观众提供更好的服务。

在实际工作中,为了使观众更好的认同博物馆或接受其传播的城市文化,"中介人"应了解观众的心理需求,不仅应注意到他们在认知、情感和意志等方面存在的共性,如利用观众感觉要素、注意知觉的选择性现象来布置展览厅及通过观众的外部表现了解其情感变化等;也要观察他们的个体差异,从而了解其不同的参观动机、兴趣指向及不同需要等,以便提供更加个性化的服务,亦能使潜在的对象变为有利于博物馆发展的现实的行动群体。现代化的博物馆要研究观众的不同需求及特点,从而提供有针对性的的服务,博物馆才更能吸引公众。

当然,上述只是些简单的心理学知识。博物馆"中介人"也应掌握一定的心理学理论,从而为观众提供更加人文化的服务。下面我们通过两个心理学中常见的理论,分析"中介人"在工作中如何才能更好的发挥其桥梁作用。

一、霍尔的人际距离学理论

美国学者霍尔认为,人际交往中双方所保持的空间距离是人际关系的表现。我们可以通过分析参观的观众及潜在观众与博物馆的人际距离,来探讨"中介人"应如何作为才能提高博物馆的社会效益。

1. 观众参观时与博物馆的人际距离:观众参观时,个人空间常需与其他人际空间进行交流和接触,这时就需对人际间的距离感通盘考虑。人际接触实际上根据不同的接触对象和在不同的场合,在距离上各有差异。不仅在展览环境的设计上要表现出与参观者的亲密感,博物馆的讲解员及其他服务人员也要努力营造出一种融洽的心理氛围,不仅使博物馆成为一个接受教育的地方,而且能让观众在这里充分的享受休闲娱乐。同时,对于文物本身而言,则可创造出相对的远距趋势,这是由博物馆的专业性所决定的。这需要融入设计者巧妙的心思,而更重要的则是服务人员的引导作用。同时，对于不同民族、宗教信仰、性别、职业和文化程度等因素，"中介人"在提供服务时应考虑的人际距离也会有所不同。

2. 博物馆与潜在观众（包括参观次数少的观众）的人际距离：目前，国内博物馆存在观众较少的现象，主要原因之一即为博物馆营造的参观环境与观众的需求距离过大，从而使人们形成了对博物馆的刻板印象：博物馆是"宝库"，很多人不敢靠近，甚至自嘲"自己没文化，博物馆是文化人去的地方"；展览内容艰涩难懂，参观后感觉没有收获。要改变观众的这种印象，拉近博物馆与观众的心理距离，可以从如下方式入手：一是根据观众的需求丰富陈列的内容与形式，这不仅需要博物馆的服务人员利用访谈和观察捕捉观众参观时表出的信息，也需要利用调查法获取观众参观后信息的反馈及未来参观的原因。二是加大宣传，让观众了解博物馆。当观众对博物馆的教育、娱乐功能获得认同后，观众与博物馆的空间距离自然拉近，就会有越来越多的观众走入博物馆。同时这也是人际交往中的交互现象，体现了博物馆与观众之间的互相尊重，互相支持。

以近几年济南市博物馆开展的问卷调查活动为例。我们共分发了 800 份问卷，实际回收 709 份，占 88.6%。从调查数据看，观众对博物馆与自己日常生活之间的关系，还是认为比较密切的，认识到是自己生活当中不可或缺的精神食粮，这个比例占了 74.6%。对参观动机这一点，52.5% 的观众是渴望在博物馆里能得到更多、更广泛的历史文化知识。但从来博物馆参观的频率上看，有 47.5% 的观众从未参观过，占了近半数的比例。这说明人们有参观博物馆的需求，但出于展览的单调、文物介绍简单、展览环境不够温馨等原因让人们对博物馆望而却步。对一般观众而言，来博物馆参观除了休闲外，只能是猎奇，他们也渴望能看懂，博物馆应注意到这种现象，创设一种贴近普通市民的参观环境。

二、行为预测理论

美国心理学家朱利安·罗特认为，一种行为被选择的可能性，取决于行为者认为它所能够带来的回报（即强化）多少，以及他认为实施该行为能带来该回报的可能性（即有多大的成功率）。由此看来，改变观众的参观行为无非就是从两个方面入手：个体的强化效价和行为预期。

1. 强化的效价指行为者认为某种行为所带来的强化结果或强化物的相对价值的大小，它表示的是某一物品或结果对于某个特定的个体所具有的心理价值。

（1）对于博物馆而言，不能一味的按传统模式去建设，根据观众的心理需求提高自己的参观价值显得至关重要。除上述提到的心理现象之外，服务人员利用访谈法或者展开问卷调查了解观众的需求也是比较有效的方法。在上述我们进行的问卷调查活动中,近半数的热心观众给我们提出了中肯的建议或意见,集中起来归类为31项,其中最集中、反映最多的为:① 要加大宣传力度,扩大博物馆在社会上的影响力,问卷比例占了8%。② 希望我们的展览内容及种类尽量地丰富详实,问卷比例占了11.6%。③ 多举办科学普及知识的展览,以适应形势的需要,问卷比例占了41.2%。④ 结合形势多举办专题展、主题展(如近现代史展、爱国主义教育展、书画展、济南民俗展、泉水展等),比例占了5.8%。⑤ 观看展览非常需要讲解服务,问卷比例占了47.5%。其他的还有,诸如博物馆的硬件设施要跟上形势,要现代化;举办文物知识讲座等等,也占了不小的比例。这对博物馆的建设提供了一个非常有益的发展方向。济南市博物馆根据这些意见,提供了诸如免费讲解、免费鉴宝等服务,并同多家报社、电视台、网络等媒体建立了良好的合作关系,还举办了不少考古发掘成果展、济南老建筑展等有地方特色的展览,以及航空航天展、昆虫展等科普展览,这些措施使得这座具有50年历史之久的博物馆生动、鲜活起来。

(2) 同时,现代博物馆除了有传统博物馆的各种功能外,还应当是为大众提供高雅文化交流的场所。陶冶情操,求知启智,其终极目的是休闲娱乐。在硬件上改变博物馆连续且乏味的展览路线,根据需要和能力适当提供图书馆、电影院、商店和教育设施等当然是必不可少的。更重要的是,博物馆"中介人"应与公众建立良好融洽的关系,为观众在博物馆内外提供互动、交流的机会,从而为博物馆的人文关怀理念提供有力的保障。以此作为现代博物馆的功能定位,才能增加博物馆与社会大众的亲和力,符合社会发展的趋势。

2. 预期是指人们在主观上认为自己会得到某种结果的可能性。提高观众的参观预期,除了以上按照他们的心理需求提高参观价值外,博物馆与公众打交道的"中介人"担负着更为重要的作用。

(1) 观众在随同讲解员的参观过程中,要不断地接受来自博物馆的信息刺激,其心理在发生不断的变化。在这种互动过程中,观众的参观热情可能增加,但也有可能是淡化、消失,甚至产生反感情绪。这不仅在于博物馆的专业性,而且也与观众参观时心理上的自由度有很大关系。这就需要讲解员动用各种讲解技巧,把观众的注意力集中到陈列展览的内容上来。这一过程中,讲解员个人良好素质的展现是抓住观众注意力的关键。除专业知识、讲解技巧的提高外,"因人施讲"也是讲解员所必须做到的。利用互动的讲解方式,在了解观众的年龄、职业、文化程度、参观目的等基本情况后,再采取适当的讲解方式。

(2) 市场经济下的博物馆,不能仅靠坐等观众的到来,还应该采取多样化的形式展开自我宣传。除利用电视、网络、报刊等媒体正面宣传报道外,还可通过举办与观众互动的活动进行宣传。如设立陶吧等手工作坊,举行采风、征文等活动,与旅游部门等联合进行宣传。开发各地有特色的旅游产品也是近些年来的普遍做法,这对宣传当地特有的文化起到了不错的效果。各地也可以制作反映当地历史发展脉络,宣传文物保护的专题节目,中央电视台播出的《走进中国博物馆》、山东电视台制作的《天下收藏》等,都受到了广大观众的好评,产生了不错的社会效益。另外,宣传人员还应积极深入社会,人群聚集的广场、社区及学校等,都是宣传的有利场所。济南市博物馆近些年来坚持免费送展进社区、学校、部队等,得到了广大市民的好评,收到了良好的社会效益。通过宣传,改变人们对博物馆的刻板印象,使需要某方面展览知识的人及时得到信息,使参观频率少甚至没来过的人们提高参观预期,乐于走入博物馆。

毋庸置疑,博物馆在展示现代城市形象中起着不可替代的作用。做好博物馆事业,让观众在休闲娱乐中陶冶心灵,让博物馆敢于在城市文化建设中居于领导地位。这都离不开博物馆"中介人"的创新意识和不懈努力。观众是博物馆发展的生命线,而"中介人"则是架起博物馆文化与观众沟通的桥梁。博物馆"中介人"应注意了解观众的心理特点,创造性地设计并运用更科学、更贴近观众需求、更具实效性的方法,在环境、服务和宣传等诸多方面熔铸我们对观众的人文关怀。使他们在看到一个好展览的同时产生舒适感和美感,为博物馆塑造良好的社会形象,使参观博物馆成为人们日常生活中不可或缺的组成部分。

以平等交流的方式彰显
博物馆在城市教育中的作用

冯　建*

（洛阳博物馆，河南 471000）

[摘　要]　在城市教育中，一座城市的博物馆正担负着日益重要的责任。博物馆自诞生而发展到今天，人们已经逐步达成共识；一个国家或地区的博物馆不仅是收藏和学术中心，还是文化、教育中心和休闲中心，甚至应该是本地区文化成就和精神价值的象征系统。博物馆以其在城市文化属性中的独特地位，正在成为影响社会公众的生活方式之一。文章认为，为了彰显博物馆在城市教育中的作用，应该从博物馆自身内涵的广博性出发，以创新思维，用平等交流的理念，全面提升观众的认知度和参与度，更有效地培育观众浓厚的博物馆情结，使博物馆文化深入人心，促进博物馆在城市教育中迈向新境界。博物馆教育观念的更新，决定着博物馆在城市教育中的地位和影响。以平等交流的方式，搭建起与公众沟通的有效平台，已经成为全体博物馆人的共同职责。

[关键词]　博物馆　教育功能　平等交流

The Museum's Education Role in Rural
Areas through Equal Communication

FENG Jian

Abstract：In the education of rural areas，museums is playing a more and more important role. Since the first museum was established，people have began to reach a consensus that the museum in a country or a region is not only the center of gathering and

---

*　冯健：洛阳博物馆副研究馆员。

FENG Jian，associate research fellow，Luoyang City Museum.

academy, but also a center of culture, education and recreation, and even should be the region's symbol of cultural achievement and spiritual value. The museum's particular position in the city's culture is becoming one of the lifestyles that influence the public. In the author's point of view, in order to show the museum's role in rural areas, from its perspectives of profoundness and creativity, we should increase its cognition and public participation comprehensively to arouse the great interest of the audience. Only in this way can everyone have a deep understanding of the museum culture and the museum education in rural areas can reach a greater stage. The renewal of ideas in museum education determines the museum's position and influence in education in rural areas. The construction of platform and public communication in an equal way of communication has been the common responsibility of the people engaged in museum.

Key　words：Museum，Educational，Function

　　当城市教育受到人们普遍关注时，一座城市的博物馆正担负起日益重要的责任。从博物馆发展史看，博物馆与生俱来的气质注定了它在城市教育中有重要的地位。自 17 世纪以来，博物馆的起源很大程度是来自于西方宫廷贵族和教会把藏品面向公众开放，这种开放的真正背景是平等主义。到了 18 世纪法国大革命期间，卢浮宫对外开放的背景也是平等主义、民主思潮和启蒙运动演化的教育功能。平等主义和教育职能称得上是博物馆最具人气和活力的因素，由此派生的社会性和公共性，又为博物馆的发展开辟了广阔的空间。现在，博物馆教育职能越来越多地与城市教育密切相连，以平等交流的方式彰显博物馆在城市教育中的作用，就显得必要和迫切。人们已经逐步达成共识：一个国家或地区的博物馆不仅是收藏和学术中心，也是文化、教育中心和休闲中心，甚至应该是本地区文化成就和精神价值的象征系统。因此，为了更好地实现博物馆的社会价值，彰显博物馆在城市教育和文化属性中的作用，我们应该从博物馆自身内涵的广博性和社会性出发，以创新思维，用平等和交流的理念，更有效地培育观众浓厚的博物馆情结，使博物馆文化深入人心，促进博物馆在城市教育中迈向新境界。

　　世界各国对博物馆教育职能的认识，已经有二百多年的历史，而将其教育职能与城市教育进行有效衔接，树立人本主义理念，则是当今人们热议的话题。过去很长一段时间，我们一直把博物馆当做是"殿堂"，观众到博物馆参观以接受教育为主，居高临下的"教育"限制了观众参观博物馆的热情，也制约了博物馆工作人员的自主创新能力。

　　在实践工作中，我们不难看到这样的景象，一方面，城市博物馆掌控着人类精神家园的庞大资产,应该说是社会公众的认同和喜爱之地,但它却以高高在上的姿态,阻碍了大众走进博物馆的脚步;另一方面,博物馆只注重在自身的教育范畴做文章,不能放眼于城市教育的大背景之下,去适应迅速发展的城市变化和城市公众的实际需求,曲解了博物馆的真正内涵,从而造成了博物馆、城市和观众的隔阂。就国内而言,自 20 世纪 80 年代以后,伴随着中国经济的高速发展,我国的博物馆事业呈现出跨越式的蓬勃发展势头,一大批硬件、设施一流的大型博物馆相继建成开放。但这批新型博物馆"开门"之后,上述需要我们经常面对的遗留问题,并没有因为新馆的建成而全部迎刃而解。怎样才能让博物馆既"办得起"又"叫得响",渐进地促使他们融入社会、贴近公众,实现长远和可持续地健康发展,成为我们必须要做出的应答。现实中,关于这项系统工程的全面探索,一直都在积极推进之中。现今,最有影响力的举措就是,国家强力在一些重点博物馆推行免费开放和博物馆自身体制改革等举措,目的在于增强文化艺术在国民生活中的地位与作用,以提高博物馆的社会贡献率。免费开放在社会上得到公众的热烈响应,一时间,博物馆门前人潮涌动,热闹非凡,广大观众热切地需要到博物馆了解本地历史、现实和未来的强烈愿望得以集中释放。与此同时,为了更好地为公众服务,发挥博物馆城市教育职能,全面转变工作思路的呼声,在博物馆学界也越来越高。应该说,免费开放冲击着人们固有的观念,促使我们重新审视博物馆教育的内涵和外延。毋庸讳言,目前,国内博物馆能够彰显城市教育职能的例子还不是很多。主要问题在于,一些博物馆藏品的地域性和单一性问题比较突出,藏品以本地区历史文物类居多,而兼容社会历史、自然科学、东西方艺术品以及近现代文物的综合性博物馆并不多,收藏局限性的瓶颈,造成博物馆包容性和广博性大打折扣。

其次,博物馆教育的视野狭窄,忽视博物馆的社会性,缺乏与城市教育链接的契合点,即便有相应的一些教育活动,也大多只能停留在导赏讲解层面,博物馆与学校、小区等社会各层面尚未形成一定的合作及交流机制,多层次的教育活动一直在举步维艰中徘徊。

第三,在反映城市发展变化的展示上,不重视对城市发展现状和未来前瞻性的展示和研究,没有充分考虑传统和现代的结合,展览脉络往往是虎头蛇尾,不能唤起现代观众的参观欲望。鉴于这些客观存在的问题,我们就不难看到,一些博物馆在免费开放前后,先后经历了从门可罗雀到门庭若市,又重新回归门可罗雀的尴尬境地。破解这些难题的方式很多,其中,改变博物馆教育模式,将狭义的博物馆教育向更广阔的城市教育方面拓展和迈进,以提升博物馆自身的形象和吸引力,不失为有效的解决办法之一。我们欣喜地看到,一些博物馆正在努力探索新的路径。例如,他们积极围绕"城市和人"、"环境和发展"的主题,拓宽博物馆的藏品征集范围,激活博物馆现有藏品,用不同类别的展品吸引更多公众走进博物馆并爱上博物馆,潜移默化地培养各类观众的博物馆情结;针对城市中的不同人群,建构博物馆教育方案及课程,用一些生动活泼的交流方式,促使博物馆与学校、小区等社会机构携手,形成长期有效的教育策略等。人们已经意识到,广义的博物馆教育有无限的发展空间,它不是博物馆"说教",而应该是建立在城市发展的广阔平台之上,与城市公众进行平等基础上的广泛交流。可以设想,当人们徜徉于一座藏品丰富,艺术氛围浓厚,陈列精良的博物馆之中,置身在人类积累于此的灿烂文明,他所受到的教育是来自于全身心的熏陶和浸润,这种潜移默化的影响是任何生硬说教所无法比拟的。

彰显博物馆在城市教育中的作用,关键在于要切实做到以平等交流的方式。只有这样,才能不断实现博物馆在城市教育的终极目标,建设城市市民共同的精神家园,提升人们的幸福指数。一个明显的预期是,伴随着城市的迅猛发展,城市文化的多样性和城市新移民的大量涌入,希望到博物馆中寻找精神诉求的观众会不断增多,这主要是因为博物馆是城市文化的记录者和展示窗口,肩负着城市文明进程的传播使命,所以,激发他们建设自己城市的创造力,增强城市市民的凝聚力和归属感,建立与观众心灵沟通的有效桥梁,已成为博物馆人责无旁贷的职责。为了更好地履行自己的职责,博物馆要痛下决心,自觉将"俯视"公众的教育方式转化为与他们进行平等的交流,实现合作共赢。因为现代先进教育理念也越来越多地强调,知识的传播不再是教育者向受教育者的单向传递,而应该是双向交流,互动影响。博物馆教育只是社

免费开放后洛阳博物馆游人如织

会教育的一个组成部分，不是正规的学校教育，它的教育的方式更不应该只在于"教"，而要用"平等交流"代替"居高临下"，从单向传输的"教"，到强调双向共赢的交流学习过程迈进，要在帮助观众如何"学"和建立与观众交流的机制上多下功夫。反之，如果我们还"坚守"着以自我为中心的说教式教育方式，把观众当成被动的"听众"，忽视观众的所思所想和多元化的文化背景，将自己的主观意志强加予他们，那么，就不利于激发观众的兴趣和调动他们思考的积极性，无疑会增强他们对博物馆的抵触。

平等交流的基本理念，有利于我们牢固树立发展博物馆必须面向城市发展和公众需求的思想作风，将博物馆教育的视野自然延展于城市发展的大背景之下。可以说，一座游离于城市发展之外、墨守成规的博物馆，不可能正视广大观众的诉求和需要，也不可能以平等和交流的方式，去彰显博物馆在城市教育中的影响和作用，以激发城市市民的主人翁意识和创造热情。与此形成对应的是，一座与时俱进的博物馆，应该直面城市发展和社会急剧转型的现实，以平等和交流的作风去关注城市市民了解自己所居住地区过去、现状和未来的意愿；倾听他们对博物馆的具体需求，努力使博物馆成为市民生活的组成部分，凸显博物馆在城市发展和城市教育中的影响。在这些新思维的指导下，我们会主动去打破博物馆各业务职能部门之间的条块分割，选择具有本地区特色的文物藏品，深挖展品内涵。在设计展览时，会站在观众的角度考

面向公众开展文物鉴赏活动

虑问题,在展览中恰如其分地加入教育活动内容,用以提高公众学习的兴趣,实现与观众的沟通交流。同时,还会认真倾听市民多元化的文化需求,捕捉城市发展中热点问题,找准陈列展览的切入点和特色,避免博物馆陈列落入"千馆一面"的俗套,使我们的展览常展常新。我们要勇于改变自己在公众心目中惯有的沉闷印象,把被动的闭门造车,转化为主动的海纳百川,还原博物馆诞生的真实含义,营造出一种浓郁的博物馆文化氛围。

以平等和交流的方式彰显博物馆在城市教育中的作用,在世界许多博物馆中,没有流于形式,都有不少成功的范例。据报载,日本九州博物馆的藏品仅有 2000 多件,但其参观人次却位居日本各大博物馆前列。究其原因,主要是该馆紧紧抓住了观众心理,一切展示活动都以观众为中心,他们甚至在实际工作中可以做到,如果一个展品连续六天观众的停留时间都很短暂,那么就要考虑撤掉。在展览中,他们还增加了许多观众参与互动的环节,将仓库、实验室及博物馆研究人员的工作场景展示给公众。观众在馆中心情愉悦地学习知识,感悟博物馆独有的文化氛围,得到身心的放松和精神的享受。

又例如美国最大的国立博物馆群——史密森研究院,各博物馆都会积极主动地利用其丰富的收藏品举办各种不同主题的展览,每个展览都以吸引观众的多少作为衡量成功与否的第一标准,几乎见不到多年一成不变的的展览。在工作中,他们很清楚并非所有的观众都是相关课题的专家,因此,"因人施教"得到很好地贯彻。对一些有特别兴趣和较强专业知识的人,博物馆研究馆员会配合某一展览或相关展品进行专题讲座,在现场讲述布置展览的背景、目的和意义,有关文物或标本的意义和价值,并现场回答他们的提问。这些讲座的计划提前都通过电子邮件和出版物向公众公布,以方便他们及时掌握信息,与博物馆研究人员做交流和互动。对于一般性的观众和爱好者,为满足他们的休闲娱乐要求,史密森研究院还要经常举办一些表演活动,内容涉及专场电影、音乐会、一些工艺技术的表演以及博物馆之夜等,目的在于丰富广大公众的文化、艺术生活,使每一位到博物馆参观的人,都有合适的活动方式可供选择。而对于博物馆重要的参观群体——青少年,他们重视研究这一群体的心理、生理和文化特质等方面的差异,设计出符合孩子需求的产品,让活动内容新鲜有趣、引人入胜,共同为青少年的健康成长和发展搭建良好的平台。对青少年进行循序渐进的教育结果,是在长期熏陶中培养了"小"国民的创新意识和博物馆情结,许多后来的捐赠者都是从小经常去博物馆并对博物馆拥有美好回忆的人。除此之外,通过对不同身份观众的研究和分析,设立公众接待日等方式,更加明晰了服务的对象和方法,加强了博物馆与社会和公众的联系。因此,许多人都说,当代美国的博物馆已经成为"新的城市广场",从爵士音乐会到学术研讨会等丰富多彩的活动都有存在的合理性,没有任何别的场所能像今天的博物馆一样把各种不同的人聚集到一起,游览博物馆成为当地居民的一大休闲习惯,人们自豪地说:"爱上博物馆,就是一种时尚的生活方式。"

　　的确,博物馆教育和城市教育的融合和衔接,使得现代博物馆正在成为公众的一种生活方式。这种方式,象征着城市的公众美德,对公众性格、志向和价值取向都有着潜移默化的影响。当一座座博物馆拔地而起的同时,我们必须重新审视博物馆的社会定位,提升观众对博物馆的认知度和参与度,最终实现博物馆成为市民生活方式的理想目标。在诸多可供借鉴的方案中,以平等和交流的理念促进博物馆事业迈向真正的公共性,避免博物馆陷入孤芳自赏的边缘化境地,应该是行之有效的途径之一。新近进行的专项调查表明,96.6%的被调查者认为博物馆是为普通大众服务的,而 95.7%的被调查者认为博物馆应该重视社会效益。在这种背景下,以平等和交流的博物馆教育为先导,推进博物馆事业进入全新的发展轨道,已经成为我们的共同责任。

洛阳博物馆专家向城市市民开设文物知识讲座

生产历史：城市博物馆与城市记忆

——以深圳博物馆为例

李　飞　李婷娴[*]

（深圳博物馆，广东 518026）

[摘　要]　依照当代人类学理论，历史不过是一种记忆，历史的载体除了传统的语言和文字，实物也是传递记忆的重要媒介。从后现代的观点来看，博物馆正是提供记忆的重要场所。和中学的历史教育类似，博物馆利用实物、影像等多种资料，可以建构有关某一群体的共同记忆。城市博物馆亦是如此。对城市过去历史的构建，城市博物馆生产的共同记忆，正是激发该城市市民对城市产生归属感的重要源泉。在对深圳博物馆的陈列和不同类型参观者的感受进行分析之后，我们有理由相信，作为城市共同记忆的重要生产者——城市博物馆，更应该担负起生产历史的使命，为市民提供归属感和荣誉感，给城市发展提供强劲的精神动力。

[关键词]　历史　共同记忆　城市博物馆　市民

Producing history：City museums and city memory：Shenzhen Museum

LI Fei　LI Tingxian

Abstract：According to the theory of modern anthropology, history is a kind of memory. Except for traditional language and lettering, relic is an important media to pass the memory. Looking at the ideas of post-modernism, museum is exactly the place where can provide memory. Similar to education on history in the high school, Museum can build the common memory of one group by using multiple sources such as relic and video. So

---

* 李飞，深圳博物馆馆员。李婷娴，深圳博物馆馆员。

LI Fei and *LI Tingxian*，Shenzhen Museum

does City Museum. History and common memory built by City Museum is the important source to inspire the belongingness of citizens. We truly believe that as the important producer of common memory, City Museum should take responsibility to provide the sense of belongingness and honor to all the citizens, in the meanwhile, to provide the intellectual impetus to the development of the city.

Key words：History, Common Memory, City Museum, Citizen

一

在当下社会学和社会心理学的研究中，"集体记忆"已是一个常用范畴。"集体记忆"理论的开创者，法国学者 Maurice Halbwachs 在 20 世纪三十年代首次提出了"集体记忆"的概念，由此打开了关于记忆研究的社会学视角。就国际情况而言，及至 20 世纪八十年代，愈来愈多的学科对"集体记忆"理论表示了关注，这当中包括"口述历史及一般史学理论、民俗学、博物馆学、历史地理、社会学等等"[1]；反观国内，借助"集体记忆"进行的研究，尚仅局限于民族学、历史学（主要是当代史）和一些影视评论当中。如一篇综述性论文中所总结的，大陆关于集体记忆的研究，存在的问题第一是"研究领域的偏颇"，"当前的社会记忆研究大多局限在某一个层面或取向上，关注集体记忆的内容、建构和权力关系，忽视了记忆的连贯性和建立基础"，第二是"研究方法的单一"，"集体记忆的类型包括口述和文本"，当前的研究"应该关注口述史的资料的收集和整理"[2]。值得指出，这篇综述虽然指出了当下大陆关于"集体记忆"研究的不足，同时也暴露了综述者对"集体记忆"的认知仍然有可以商榷的地方。正如徐贲在《博物馆和民族国家》中早以指出的那样，"一般而言，博物馆代表的是一种由国家权力所认可的主流文化或主流秩序观"，"博物馆收藏品所体现的也是一种由国家权力认可（或至少不反对）的集体记忆"[3]。可见，集体记忆的创造与传递并不限于口述和文本两种形式，博物馆也是创造和传递集体记忆的重要媒介。若自人类学角度考察，大可将历史看作一种记忆，文献（文本）所保存的历史记忆，"经常只是一种正统的、典范观点的历史记忆"[4]。记忆既然是可以创造和构建的，那么作为记录和传递记忆的历史典籍乃至构建于典籍和文字之上的传统史学，便有了动摇的危险。于是人类学中的这种理论便和后现代的史学理论有了合拍之处，强调我们时刻要对文献材料保持警惕。不同于经典文献的记载，以陈列实物为主的博物馆中，文字材料并不占据主流。依照前述徐贲的观点，博物馆也是建构集体记忆的场所，博物馆建构的集体记忆，既有可能是政治权力的介入而对整个社会记忆的一种规训[5]，也有可能是基于事实产生的纯粹的客观的知识[6]。概括来说，当博物馆成为生产和传递集体记忆的场所，那么"生产历史"也便相应成为博物馆职能之一。

有别于普通博物馆，城市博物馆因为地处某个具体城市当中，其中的陈列设计和展览内容自然带有浓郁的地方色彩，这是城市博物馆的重要特征。在中国城市化进程进一步加快的今天，苏海东发现当城市建设与城市历史遗产保护每每发生冲突而形成对抗性关系的时候，"大量收藏历史遗产的博物馆却与城市建设相得益彰，和谐发展"[7]，他推测原因可能是"因为城市博物馆诞生于城市，它之所以诞生于城市并在城市中发展起来是因为城市需要它"，"城市需要保存自己的记忆，保存自己的文化之根，于是城市博物馆就应运而生了。城市需要博物馆，博物馆是保存与发扬城市文化最理想的文化形式"[8]。而在《城市博物馆，社会与冲突贝尔法斯特体验》一书中，城市博物馆则被比之为"记忆的剧场"、"沟通分歧的桥梁"、"史实的货仓"[9]，有人总结道"城市博物馆则是一座物化的城市发展史，对城市的文化遗存、自然遗存的保护、研究和传承起到无可替代的作用，它是维系过去、现在与未来的纽带，是人们精神溯源的家园"[10]，城市博物馆之所以能和城市发展互为一体，"城市记忆"大概为重要因素。那么何谓"城市记忆"呢？据一份名为《城市记忆研究》的硕士学位论文称"目前，城市记忆（City Memory）尚未形成明确、固定的表述，它经常与城市的记忆（the Memory of the City）、城市的历史记忆（The Historic Memory of the City）交互使用，而且在使用中它既可以指物，又可以指人，甚至指过去的人"[11]，最终作者对城市记忆定义为"城市记忆即是对城市空间环境的意义及其形成过程的整体性历史认识"。按照集体记忆的理论，记忆首先是一种集体行为，人们从社会中得到记忆，也从社会中拾回、重组这些记忆；不同的群体有与其相对应的集体记忆，以维持该群体的凝聚和延续；集体记忆需要媒介来保存、强化或重温，这当中的媒介包括实质实物、图像、文献或各种集体活动（仪式）[12]，比照这一观点，可以认为城市记忆就本质而言，依然还是一种集体记忆，不同于按照民族、族群等划分的标准，城市记忆常常以城市作为记忆客体，不同城市有各自独特的城市记忆。城市记忆作为城市市民的集体记忆，从功能上来讲，可以源源不断地为市民提供对城市的认同感。从这个意义上来说，城市博物馆生产的历史从精神上鼓舞了市民的创造力，间接为城市发展作出了独特并且不易被取代的作用，使市民对城市保持相当程度的认同感，为归属于这个城市而感到荣耀。一般而言，年轻的新兴城市因为传统较为薄弱，市民来自不同地域，因而市民对城市的认同感可能较生活在历史悠久的省市中的市民对所在城市的认同感要弱。深圳，作为一座迅速崛起的新兴城市，拥有一千多万人口的现代化都会，市民来自五湖四海，在这种情况下，城市更加需要凝聚力和市民的归属感。集体记忆理论认为只有在共享一段记忆的基础上，任何人之间才能产生亲切感，群体的关系也随之更加牢固。深圳的"城市记忆"，作为深圳市市民的集体记忆，它的产生和传递，便需要城市博物馆——深圳博物馆来完成。深圳博物馆作为公共文化机构，也确实负担起了构建和传承城市集体记忆的使命。

<h1 style="text-align:center">二</h1>

深圳博物馆新馆(历史馆)设置了四大基本陈列：古代深圳、近代深圳、深圳民俗文化和深圳改革开始史。古代深圳(史前—1840)、近代深圳(1840—1949)、深圳改革开放史(1978—2009)三大基本陈列从时间上保持了深圳博物馆对深圳城市记忆的连贯性,深圳民俗文化则将深圳市民划分为广府、客家两大地域文化族群,兼以顾及沿海的渔民和疍户,以及本地的区域民俗,分别为起源广府、客家、本地、沿海的四大族群提供了群体记忆。下文着重采用集体记忆的理论,来分析深圳博物馆四大基本陈列所承载的城市记忆。

1. 古代深圳[13]

古代深圳展览面积 730 平方米,展出了 500 多件(组)文物,分为"先民足迹"、"城市开端"、"海洋经济"、"海防重镇"、"古代移民"五大部分。"先民足迹"以深圳咸头岭遗址为开端,揭示了早在距今 7000 年前的新石器时代,深圳就有了人类活动。自新石器到夏商周三代,深圳人类活动的历史几乎从未断绝。风格与中原大不相同的文物,展示出深圳在上古时期独特的文化传统,即越人的文化谱系。秦汉之后,深圳在政治上逐渐融入帝国的大版图,东晋咸和六年,朝廷于今天的深圳地区设置东官郡和宝安县,实际上凸现出深圳的起步并非只是在 20 世纪后三十年一鸣惊人。展览中陈列的南朝时期的青瓷等文物,以及铁仔山南朝墓的模型,说明了在南北朝时期,深圳的发展并没有落后于同时期的中原、江东等地。作为沿海地区,深圳在古代还有着不同于内陆城市的特色。深圳发展出自己的海洋经济,制盐、捕鱼、采珠、养蚝、植香等行业,有些一直延续至今。"海防重镇"记录了明清以来中央王朝在深圳海防事业的经营,包括修建卫所,设置炮台等。"古代移民"则突出强调了深圳历史上的三次移民潮,分别是秦汉之际中原衣冠的南迁、宋元之际北方民众躲避战乱的南下和清初"迁海""复界"造成大批客家人徙居中原的历史。展览用大量的实物和文献材料,试图证明深圳有着悠久的古代历史,并非一夜崛起的新兴城市,并且深圳在历史上有过数次移民潮,历次徙居深圳地区的移民与原住民相互融合,为深圳的早期开发作出了重要历史贡献。

2. 近代深圳[14]

近代深圳展览面积 1294 平方米,展出了 500 多件(组)文物,主要分为"百年抗争"和"经济社会"两大部分。"百年抗争"凭借模型、实物、场景复原和文献资料叙述了 1840 年以来深圳地区对英国殖民活动的抵抗,以及英国逐步对中国香港地区的割占导致了香港和大陆长期的政治、经济与文化的疏离。继而孙中山领导的反清运动在深圳开展。辛亥革命后深圳光复,在大革命时期掀起了轰轰烈烈的工农运动,有力支援了像省港大罢工这种具有一定国际影响力的政治活动。在抗战期间,深圳地区活跃着抗日武装,他们打击日伪,在中国共产党的领导下,还参与解救护送了自香港逃亡到安全区域的文化精英。解放战争之后深圳成立了新政权,从此进入了新的发展阶段,表现了人民群众对强权、外敌英勇不屈的"百年抗争史"。"经济社会"则依靠档案、地契、照片、实物、模型和复原的场景叙述了自清末以来深圳地区人口和行政区划的变化,深圳出现新的留洋运动,华工出国,洋教在深圳广泛传播,海关、铁路、现代工商业在深圳纷纷出现,一街两制、中西兼备等景观在深圳也并非什么新鲜事物。近代深圳作为一座拥有古老传统的城市,在中西文化剧烈交汇的近代,面向海洋,勇于接受新鲜事物,坚持维护主权,勇于抗争强权,表现出了鲜明的城市特色。

3. **深圳改革开放史**[15]

深圳改革开放史展览面积 3200 平方米,包括文物展品 1644 件(组)。"深圳改革开放史陈列,是全国唯一以改革开放为核心内容、从史的角度展示深圳改革开放历程的永久性陈列,开创了博物馆征集、收藏、研究、展示改革开放史文物的先河"。对于深圳而言,目前影响深圳最为深刻的历史事件莫过于改革开放,"改革开放是中国的第二次革命"[16]。以时间为序,深圳改革开放史陈列分为经济特区开创阶段(1978—1992)、增创新优势阶段(1993—2002)、实践科学发展观阶段(2003—)。经济特区开创阶段展示了深圳经济特区在改革初期如何大胆突破新体制、实行外引内联、发展外向型经济的过程。增创新优势阶段则从体制改革、对外开放程度、深圳城市现代化建设和产业升级、政治文明建设等几部分体现 1993—2002 近十年间深圳突飞猛进的变化。实践科学发展观阶段则强调随着胡锦涛等新的领导集体对深圳战略指导后,深圳继续推进体制改革和对外开放,全面推进深港合作、大力推进文化建设和社会建设,建设国家创新型城市,面向全国,服务全国。改革开放史陈列是深圳博物馆四大陈列中展览面积最大、展出文物最多的陈列,展出文物当中具有很多极具标志意义的实物,如深圳引进的第一家"三来一补"企业合同、土地使用权拍卖的"第一槌"、新中国发行的第一张股票、全国第一家证券交易所开市钟、邓小平视察深圳时乘坐过的汽车和在仙湖植物园植树的工具等。改革开放史陈列展现了改革开放这一宏大历史事件对深圳的深刻影响。虽然深圳(宝安)有着 1600 多年的建置历史,改革开放前,与一河之隔的香港不论是在城市面貌还是经济发展水平上都有巨大的反差。随着改革开放事业的逐步深入,深圳迎来了又一次历史变革,在短短三十年内迅速崛起,吸引了全国各地的优秀人才云集于此。改革开放对于深圳而言,有着无比重要的意义,作为改革开放事业试验田的深圳,改革开放早已内化成城市精神和城市记忆的重要部分。

4. **深圳民俗文化**[17]

深圳民俗文化展览面积 2300 平方米,包括文物展品 1000 余件(组)。民俗文化陈列分为区域民俗、广府民俗、客家民俗、海洋文化习俗和馆藏文物精华五大部分。其中区域民俗、广府民俗、客家民俗和海洋文化习俗事实上对应了深圳人口结构中的几大族群：分布在深圳西部源于广府的广府民系、分布于深圳东部源于客家的客家民系、大鹏所城明代军户的后裔大鹏人、沿海的水上居民"疍户"和"鹤佬"。之所以会有族群上的区别，这大概缘于各种复杂的历史原因。不同族群会使用不同的语言、尊奉不同的生活风俗习惯，然而他们共同的生活地点却在深圳，这便需要深圳为来自不同族群的市民提供认同感。认同感往往源于历史，来自传统，就本质而言，就是本家庭、家族以及族群与深圳息息相关的血脉联系。深圳民俗文化陈列复原出广府人的宗祠、学堂、舞狮等场景，为客家人提供了客家围、客家山歌等实物、多媒体陈列，为疍民等海洋人群提供了天后庙前"辞沙祭"、鱼灯等仪式或实物的复原，这往往能够唤起市民对自身族群关系的追忆，用一种集体记忆激活个人回忆，加强市民对城市的归属感和认同感。

三

通过对深圳博物馆四大基本陈列的介绍，下面将以观众留言簿为分析对象，结合第一部分有关城市记忆的理论，来分析在深圳博物馆中建造和保存的深圳城市记忆会对参观者起到怎样的作用。有一点需要指出，限于参观者的文化水平和年龄大小等个体因素，从社会学的规范性上讲，在留言簿上留言的观众未必会在社会各个阶层平均分布，这需要长期统计留言者的性别、年龄、职业、受教育程度等情况才能作出符合实际的结论。留言簿上的留言看似是观众随机书写，实际上亦带有一定的必然因素，当然这非本文的重点讨论内容。本文关心的最大问题在于，博物馆生产和传递的城市记忆，能否传递给观众，呼唤起参观者自身的记忆呢？按照 Maurice Halbwachs 的观点，个人往往并不倾向于回忆过去，只有"人们聚在一块儿，共同回忆长期分离的群体成员的事迹和成就时，这种记忆才能间接的激发出来。所以说，过去是由社会机制存储和解释的"[18]，若这个观点成立，那么我们便可将城市博物馆看作是存储和传递，抑或是创造城市记忆的场所，作为一种社会机制的城市博物馆，它的职能也许远远大于常规的对博物馆所谓 3E（Education、Entertainment、Enrich）功能的定义。

通览深圳博物馆新馆开馆以来的观众留言簿（自 2008 年 12 月份开馆截至 2010 年 3 月份），大致可将观众留言分为三类，具体如下：

第一类：

参观者通常具有自觉的外来者意识，但又不会对深圳产生排斥感。这是因为深圳博物馆向参观者传递的城市记忆当中，不断强调深圳的移民城市特色所致。深圳是一座南方的滨海城市，有着开阔的胸怀和眼界，可以接纳来自五湖四海操着不同方言的人,之所以深圳能给予市民这样的印象,深圳博物馆作为城市记忆的创建和提供者,发挥了很大作用,从观众留言中我们可以一窥其貌。

1. 签名为"李蕾"的参观者在 2009 年 9 月 26 日写道"深圳博物馆让我们来自异乡的人,感受着深圳近百多年历史,使我们更加热爱这座年轻的城市"。

2. 签名为"异乡游子"的参观者在 2009 年 10 月 2 日写道"我来自美丽的彩云之乡云南,在深圳打拼三年,第一次参展(原文如此)博物馆,很感动,古代深圳很深刻,近代深圳很成功,深圳我更了解你也更爱你"。

3. 签名为"刘大海"的参观者在 2009 年 10 月 1 日写道"我是刘大海,1994 年大学毕业后来深,现已安家落户,我是深圳人,我为深圳人感到骄傲"。

4. 一位没有签名的参观者在 2010 年 2 月 15 日写道"作为湖北人,为楚文化的灿烂辉煌骄傲,为祖国五千年文明骄傲。作为深圳人,为特区繁荣发达骄傲"。

第二类:

参观者作为深圳市市民,为生活在深圳这样一座既具有历史传统,亦能在现代社会奋力拼搏的城市而感到自豪和骄傲,充满自信;同时深圳博物馆保存的城市记忆还能改变外地参观者对深圳以往的记忆,比如让参观者放弃"深圳是一座没有文化的城市"的判断。

1. 签名为"深圳人"的参观者在 2009 年 11 月 18 日写道"第一次来深博,感受是:希望没来过的深圳人都来看看,我有种身临其境的感觉,这种感觉是很久都没有的,又是似曾相识的,即亲近,又很远,是时空的交错和对话……"

2. 签名为"韩马"的参观者在 2010 年 1 月 1 日写道"今天是 2010 年的第一天,来此见证了深圳的发展,对自己是一名深圳人感到无比自豪! 希望深圳明天会更好,也希望我自己心想事成,祝全市人民新年快乐!!!"

3. 签名为"Cauu"的参观者在 2009 年 10 月 25 日写道"原来一直对深圳这块发展导致了一些社会问题感到忧心与误解。今天看到展馆中呈现深圳的一些历史经历,才能深深体会到这座深圳的变化。愿深圳越来越美,呈现自己独有的文化气质"。

4. 署名为"杜冰华"的参观者在 2009 年 10 月写道"原来以为深圳不就是一个小村庄嘛,现在觉得这么个小小村庄也不是省油的灯啊"。

第三类:

参观者在参观完博物馆后,深深地激发起爱国、爱乡之情,他们以热情的语言和词藻,讴歌赞美深圳,为深圳祝福,为中国祝福,表现出极大的热忱。

1、签名为"深圳桑达实业公司李建东、陈翠英"在 2010 年 4 月 18 日写道"我为我们美丽、可爱的城市感到自豪! 愿美丽的深圳更加辉煌灿烂"。

2、签名为"谢治功"的参观者在 2009 年 4 月 17 日写道"改革开放三十年,深圳带给我们许多奇迹,希冀未来深圳能胸怀祖国,放眼世界。祝福深圳,祝福中国"。

条列了选取的相关留言信息，我们可以发现通过参观深圳博物馆，原本不甚了解或者对深圳历史文化怀有误解心理的观众改变了自己的想法，他们认为在深圳博物馆中学到了大量的知识，或许了很多有关深圳的历史文化信息。从记忆的角度讲，这正是城市记忆对个人发生作用的显著例子。正因为有城市记忆的存在，城市历史才有了社会机制的保障，深圳的历史文化传统方能源源不断的注入参观者的认知框架。接受了有关深圳具有深厚历史文化传统的记忆后，参观者会加强自己对深圳的归属感，不管是本地原生居民或是外来移民，都能从深圳的传统当中找寻到符合自己现状的对深圳的认同，最终激发起生活在深圳的荣誉感，充满信心，赞美和讴歌深圳的美好，祝愿深圳有一个灿烂的未来。

四

回到本文所要探讨的主题，即城市博物馆和城市的关系，在结束对深圳博物馆观众留言簿的分析后，我们可以获知城市博物馆和城市发生关系的又一途径——城市记忆。就本质而言，历史其实也属于记忆，作为本体的历史发生在过去，我们无法触摸和感官，只能通过当事者或后人的记述、以及相关档案、文献获知本体意义上的历史。然而大多数文献几乎都是作者事后回忆所产生，不管是正统的历史典籍，还是野史笔记、私家日记，几乎都无法脱离当事者或者作者记忆的影响，这正是后现代史学的一大启示。城市博物馆利用和城市相关的文物，复原模拟出逝去的历史场景，使得参观者"有种身临其境的感觉"，对于参观者而言"这种感觉是很久都没有的，又是似曾相识的，即亲近，又很远，是时空的交错和对话"，这正是城市博物馆创造生产城市记忆的过程，城市博物馆生产了城市记忆。从前述的理论出发，可以说城市博物馆生产出了城市的历史，这种作为集体记忆的城市历史，因为源自本城市光荣悠久的历史文化传统，而往往能给参观者带来一种自豪和荣耀，这种自豪和荣耀同时可以影响到参观者对城市的认同，自豪感越大，市民的归属感通常也就越强。深圳博物馆作为一座特别城市中的城市博物馆，它所传递和表达的集体记忆，通常还能起到消解外来市民对深圳的陌生感和不认同感。通过以上的分析，我们有理由认为，城市博物馆作为博物馆中的一大支派，在当今城市化进程愈加迅速的中国，不应当仅仅担负传统的收藏、研究和教育使命。城市博物馆是生成和贮藏城市记忆的场所，从作用上来讲，除了 3E(Education、Entertainment、Enrich)之外，城市博物馆还应担负 Encourage 的责任，以生产历史为手段，为市民提供归属感和荣誉感，给城市发展提供强劲的精神动力。

参 考 文 献

[1] 王明珂：《华夏边缘——历史记忆与族群认同》，允晨文化实业股份有限公司，1997年，第51页。

[2] 李兴军：《集体记忆研究文献综述》，《上海教育科研》，2009年第4期。

[3] 徐贲：《通往尊严的公共生活：全球正义和公民认同》，新星出版社，2009年3月，第323页。

[4] 王明珂：《华夏边缘——历史记忆与族群认同》，允晨文化实业股份有限公司，1997年，第421页。

[5] 如Tony Bennett在The Birth of the Museum：History，Theory，Politics(Routledge，London，1995)中所言。

[6] 徐宝敏：《论近代型博物馆的合法性》，2006年浙江大学硕士学位论文，未刊。

[7] 苏海东：《城市、城市文化遗产及城市博物馆关系的研究》，《中国博物馆》，2007年第3期。

[8] 同前。

[9] 转自李玫：《城市博物馆的空间拓展》，《中国博物馆》，2008年第3期。

[10] 李玫：《城市博物馆的空间拓展》，《中国博物馆》，2008年第3期。

[11] 于波：《城市记忆研究》，2004年华中科技大学硕士学位论文，未刊。

[12] 据王明珂在《华夏边缘》一书中的总结。

[13] 资料源于《深圳博物馆基本陈列：古代深圳》，深圳博物馆编，文物出版社，2010年3月。

[14] 资料源于《深圳博物馆基本陈列：近代深圳》，深圳博物馆编，文物出版社，2010年3月。

[15] 资料源于《深圳博物馆基本陈列：深圳改革开放史》，深圳博物馆编，文物出版社，2010年3月。

[16] 杨耀林：《永久的丰碑》，见《深圳博物馆基本陈列：深圳改革开放史》，深圳博物馆编，文物出版社，2010年3月。

[17] 资料源于《深圳博物馆基本陈列：深圳民俗文化》，深圳博物馆编，文物出版社，2010年3月。

[18] 莫里斯·哈布瓦赫(Maurice Halbwachs)：《论集体记忆》(郭金华等译)，上海人民出版社，2002年，第43页。

我们与城市携手向前

——浅议洛阳博物馆随洛阳共发展

白　雪*

（洛阳博物馆，河南 471000）

［摘　要］　古都洛阳是帝王建都的理想场所。历史的沧桑巨变让我们只能从先民们留下那无数的历史遗迹和精美绝伦的文物中去领略这座千年帝都昔日的辉煌。洛阳博物馆作为洛阳市唯一的一座综合性的历史博物馆、国家一级博物馆，集中收藏了洛阳地区出土的上起远古、下至明清时期的各类文物四十多万件。洛阳博物馆收藏每一件凝聚着古代先民聪明智慧的文物，引领着每一位观众穿越了漫长的时空，追寻着人类活动的足迹。文博工作者不仅仅在于实现了自身的价值，更重要的是让观众感受到了河洛文化的博大精深。

［关键词］　洛阳　历史　城市

Luoyang city museum: going forward with the city

BAI Xue

Abstract：Luoyang is famous for its long history of ancient culture and modern industry. It was the capital of more than a dozen ancient dynasties. With its rich collection of relics and high quality service，Luoyang Museum attracts people all around the world every year. The exhibits from different dynasties displayed in the museum reflect rich history of the affluent city. Luoyang Museum would try every effort to serve you better，making your tour here an awesome experience.

Key words：Luoyang，History，City

---

*　白雪，洛阳博物馆宣教部馆员。中国传媒大学美术传播研究所客座教授。

　　BAI Xue，Luoyang City Museum.

假如您翻阅中国史书去了解中国古代历史，"洛阳"会成为频繁出现于您眼前的地名，正是这座驰名中外的历史文化名城在漫长的历史长河中一度成为历代兵家必争之地，更是帝王建都的理想场所。在这里上演的一幕幕人间喜怒悲欢、政治风云变幻、社会兴衰更迭，足可以使您清晰中华五千年文明史的发展脉络。追溯以往，远古的炎、黄二帝曾在此留下活动的足迹，自夏以后，商、西周、东周、东汉、曹魏、西晋、北魏、隋、唐、后梁、后唐、后晋十三个朝代都以洛阳为都城，历时一千五百多年，有一百多位帝王居于洛阳。正如著名史学家司马光所称咏的那样"若问古今兴废事，请君只看洛阳城"。

悠久的历史留给这座古都丰厚的文化遗存，作为十三朝古都的重要宣传窗口，洛阳博物馆立足于自身发展，服务于社会、服务于大众，在爱国主义教育、弘扬历史文化、促进我市文化旅游发展、对外开放等方面作出了积极的尝试和探索。本文仅摘取展示了洛阳博物馆在宣传教育工作中的点滴，体现博物馆为城市发展所作出的努力。

一、"千年帝都，牡丹花城"——洛阳全貌

从地理上解读：洛阳横跨于黄河中游两岸，因位居洛河之北而得名。这片富饶的土地拥有着优越的地理位置和自然条件。这里四季分明，气候宜人，境内河渠密布，山川丘陵交错，素有"四面环山六水并流、八关都邑、十省通衢"之称，是人类生存繁衍的理想之地，也是这里蕴藏无数文物瑰宝的重要因素。

从历史上分析：洛阳自古为"天下之中"，是本来意义的中国。沿洛河两岸、东西不足 50 公里的范围内，保留着著名的五大都城遗址二里头遗址、偃师商城遗址、东周王城遗址、汉魏洛阳城遗址、隋唐东都城遗址。经过岁月的冲刷洗礼，当年的高墙深宫大多已成残垣断壁，但它们仍然向世人展示着千年帝都的沧桑与厚重。数千年来洛阳在不断上演着威武雄壮的历史大剧：儒学奠基于洛阳、道学渊源于洛阳、佛学首传于洛阳，洛阳成为"三教祖庭"；这里是丝绸之路的东方起点之一；这里是大运河的中心；从某种意义上来说是中国古代历史的缩影。新中国成立使洛阳成为古老厚重又富有时代气息的魅力之城。雍容华贵的牡丹、独具风味的洛阳水席、内涵丰富的文化遗存、精美绝伦的文物精品无不吸引着海内外无数的游人流连忘返。

二、洛阳博物馆及陈列展览概况

洛阳博物馆创建于 1959 年，一步一个坚实的脚印已走过五十多个春秋。1974 年 10 月迁址于市中心，成为繁华喧闹的商业街区中最为重要的文化符号。洛阳博物馆作为洛阳市唯一的一座综合性的历史博物馆、国家一级博物馆，集中收藏了洛阳地区

出土的上起远古、下至明清时期的各类文物四十多万件。她占地面积35亩,陈展大楼是一座琉璃瓦装嵌的民族形式建筑,展厅面积约2800平方米。多年来我馆依托丰富的藏品,充分发挥藏品优势,经营筹办形式多样的综合或专题性的文物展览。2009年洛阳博物馆新馆落成,她正好处于洛阳城中轴线上,外观如同一口大鼎,浑厚大气,寓意"鼎立天下"。洛阳博物馆新馆是洛阳投资规模最大、建筑面积最大的公益性文化工程。新馆占地约300亩,建筑面积4.2万平方米,总投资约3.5亿元。新馆交付使用后可常设展品1.5万件,气势恢宏、功能完善的洛阳博物馆新馆将会成为洛阳的标志性建筑。

洛阳博物馆现有基本陈列为《永恒的文明·洛阳文物精品陈列》,展览面积达1100多平方米,以河洛文化为主体展示文物珍品近千件。由史前时期、夏商时期、两周时期、汉魏时期和隋唐时期五大部分组成,展览采用以实物为主,夏代的华夏第一爵——乳钉纹铜爵;商代酒器——母鼓方罍;西周食器——兽面纹铜方鼎;东汉时期各类彩绘陶器;唐代釉彩鲜亮的唐三彩等,展品种类丰富,富有地域特色。展柜中每一群不同的器物都代表着一种不同的生活方式,而每一种已经逝去的文化,都代表着人类生活的一种可能性,它们共同铸就了人类辉煌,生存的顽强不息的能力。同时,陈展中辅以沙盘模型、照片、图片、图表、文字说明等多种形式,结合运用多种现代表现手法,赋予展品以新的生命力。展柜中每一件展品都消融了古代与现代之间的界限,使我们的思绪可以跃回千年前先民们生活的氛围。展览气势雄浑大方,风格精巧典雅,再现了千年帝都特殊的历史地位,从不同的侧面呈现洛阳在中国古代历史长河

洛阳博物馆新馆外景

中所经历的沉浮。专家的肯定,同行的好评、观众的认可使展览荣获国家文物局"1999 年度全国十大陈列展览精品奖"。洛阳博物馆还陈列有《宫廷文物珍宝展》、《新获北魏文物展》两个专题陈列展览。洛阳博物馆以其精美的文物藏品,丰富的展示内容,新颖的陈列设计和优质的服务意识,吸引着众多的中外宾客。

三、洛阳博物馆发展中的探索

洛阳博物馆收藏每一件凝聚着古代先民聪明智慧的文物,引领着每一位观众穿越了漫长的时空,追寻着人类活动的足迹。无论春夏秋冬,总有那么多的人,川流不息地走进博物馆,然后又带着满意,陶醉的神情离开,这些足以说明博物馆实现了自身的价值,丰富了人们的精神文化生活,成为洛阳"亮丽的文化名片"。为提升洛阳城市品牌知名度和美誉度,洛阳博物馆和众多旅游景点一起积极的尝试和探索,努力贡献着自己的力量。

1. 合理认知文物、观众、洛阳博物馆、洛阳之间的关系。

文物是无言的历史,它是最有价值、最为真实的历史资料。如今当观众面对这一件件珍贵无比的文物时,就更为迫切地希望了解文物自身的价值以及文物背后的历史文化知识。在工作中时常会听到这样的提问,如"这件文物在当时是干什么用的?""在那些文献中有关于它们的记载?""古人的生活应该是个什么样子的呢?"等等。这一系列的问题都紧紧围绕着展柜中的文物展开,实际上却表达观众更愿意走进古人的生活的这种意愿。洛阳博物馆所有的陈列展览通过文物的名称、质地、形象和用途等方面的研究,深入浅出的讲述文物自身的故事,从而为观众再现千百年前古人生活的方方面面。文物是人民智慧的结晶,这笔巨大的财富成为教育的实物教材。洛阳博物馆成为学校的第二课堂、观众的终身学校、文化的窗口、旅游的热点。观众在这里扩大知识领域,满足审美享受,培养生活情趣,陶冶身心。免费开放期间丰富多样的活动吸引更多的观众走进博物馆,了解洛阳历史增强城市认同感、民族自豪感。

2. 洛阳博物馆与城市的共赢

洛阳博物馆充分发挥并积极拓展宣传教育职能,做到博物馆的发展为城市的发展服务,与城市的发展相协调,肩负社会责任,大力弘扬爱国主义精神,促进文化旅游事业发展,创造最大化社会效益和经济效益价值。

(1)面向中小学生:普及文物知识,对青少年进行爱国主义教育,我馆成为省内、市内众多学校的爱国主义教育基地和素质教育基地。近年来我馆宣教部组织讲解员编写重点文物讲词、携带文物图版经常深入到学校校园宣讲文物精品,受到学校师生的欢迎。儿童节期间,还与洛阳美术家协会、洛阳美林画室联合举办了"庆 6.1——'辟邪杯'儿童写生作品展",邀请美林画室的 30 多名儿童,走进博物馆参观写生,由博物馆工作人员现场讲解和美术老师绘画辅导，活动结束后洛阳博物馆评选出优秀作品永久收藏。为了丰富我市中小学生的暑假生活，我馆推出了"快乐假期——走进洛阳博物馆"有奖征文大赛，让中小学生从自己的角度欣赏文物，抒发情感，激发爱我祖国、爱我家乡的热情。丰富多彩，新颖的活动形式让学生、家长、老师、学校都积极参与，收到了良好的社会效益。洛阳博物馆也成为河南省委宣传部、省教委等六部委公布的第一批"全省爱国主义教育示范基地"。

（2）面向在校大学生：在我馆建立志愿者服务园地。持续不断有针对性组织高校学生在我馆开展志愿者义务劳动，社会实践活动。如招募志愿者进行培训，为观众提供免费讲解服务；引导疏散游客；馆区内外环境保洁等。

（3）面向观众：我馆除调换基本陈列展品外，还在机动展厅不定期推出各类临时性展览，内涵丰厚的基本陈列与丰富多彩的临时展览相结合，从不同角度宣传洛阳古都历史和传播各类文化艺术，成为观众品位不同文化的重要园地。我馆先后举办了"魅力洛阳——河洛地区文物考古成果精华展"、"日本书画家友好交流展"、"洛阳重大文物建设图片展"、"珍稀动物的保护珍品展"等临时展览。

以我馆临时陈列展览为例，连续三年成功举办民间收藏展大大丰富我馆陈列内容，吸引了众多观众参与洛阳博物馆建设，关注洛阳城市发展。藏宝于民，民间收藏成为近年来收藏的主力军。我馆充分利用我市民间藏品丰富的资源，于 2008 年举办临时展览《收藏天下——首届洛阳民间收藏展》，为上百位收藏爱好者搭建了展示的平台，集中展出青铜类、陶瓷类、玉石类民间文物珍品一百多件套。在 2009 年我馆又举办了《古都洛阳与丝绸之路——2009 第二届洛阳民间收藏展》。2010 年在洛阳博物馆新馆举办了《第三届洛阳民间精品文物收藏展》。同时为延续展览的生命力，每次配合展览都会出版图册《洛阳民间收藏精品集》，在展览举办期间分期举办以收藏、鉴赏为主题的讲座，让观众参与民间收藏鉴定，提高鉴赏、收藏水平。可以说通过这些展览、活动，培养了市民鉴宝、赏宝能力，大力宣传文物知识，合理引导民间收藏，还提高我馆业务人员鉴定水平。做到了既促进了传统文化的保护，更利于提高洛阳城市的文化品位，有利于构建和谐洛阳。

尤为值得一提的是，近年来文物保护意识已逐步深入人心，收藏爱好者以捐赠文物体现其社会价值，捐赠者有知识分子、军人、收藏家、艺术家，商人等。如：1996 年郑文翰将军为我馆捐赠字画，并举办"郑文翰将军捐赠名人墨宝展"。2005 年我馆接收张文敏先生捐赠的北魏杨机墓文物多达 118 件，举办"新获北魏文物展"。2009 年收藏爱好者向我馆捐赠各类文物 20 余件。各类珍贵文物在洛阳博物馆安家落户，不仅使观众有机会欣赏到更丰富的展品，更使捐赠者在城市中找到归属感。

（4）面向社会：充分发挥洛阳博物馆的社会影响力，积极参与省、市精神文明建设活动，并配合举办各种宣传展览，如："全国打击盗掘、走私文物犯罪成果展"、"河南省禁毒成果巡回展"、"洛阳市改革开放成果展"等。在"5·12汶川大地震"后紧跟时事举办"灾难中托起生命之舟——洛阳市公安消防部队赴川抗震救灾纪实影展"。特别是在馆长王绣女士的提议下，全馆迅速行动起来协助组织举办的"团结起来，抗震救灾——洛阳知名画家作品特展义卖捐款"活动，将筹集的30余万元善款全部由洛阳红十字会捐往地震灾区，奉献了洛阳人民对灾区人民的一片爱心，不仅得到了观众的认可，更得到社会各界的好评。

（5）面向国际：馆藏精品文物成为对外文化交流的使者还走出国门，先后赴美国、法国、意大利、日本、韩国、比利时等国家举办文物展览，将古都洛阳灿烂的古代文化推向世界。洛阳博物馆成为"洛阳走向世界，世界了解洛阳"的又一平台。在扩大洛阳知名度的同时增进人民之间、各博物馆之间，城市之间、国家之间的友谊。洛阳就先后与日本冈山市、韩国扶余郡缔结为友好城市，我馆也与两国多家文化机构建立了长期的文化学术交流和业务培训关系。毫无疑问洛阳博物馆成为扩大洛阳影响的重要窗口之一。

目前全市强力实施"文化强市、旅游强市"的方针策略，使旅游业蓬勃发展起来带动经济持续增长。近年来洛阳相继摘取了"倾国倾城——中国十大魅力城市"、"中国优秀旅游城市"、"最值得向世界介绍的中国名城"等桂冠。不积跬步，无以成千里。洛阳博物馆今后会不断的提高各项业务水平，以适应观众的需要，在不断探索、学习中适应社会发展的需要，为建设特色突出的文化强市，构建和谐洛阳做出新的贡献。

洛阳博物馆老馆外景

浅谈城市博物馆中的自然资源因素

张　波*

（深圳博物馆，广东 518026）

[摘　要]　自然资源泛指存在于自然界、能为人类利用的自然条件，通常包括矿物资源、土地资源、水资源、气候资源与生物资源，是城市发展的物质与文化基础。自然资源的有效供给及合理开发利用关乎城市的可持续发展。以促进社会和谐与城市发展为己任的城市博物馆，如何充分利用自身的优势来最大限度地发挥其对城市自然资源进行收藏、研究、展示和宣传教育的功能。这应该是每位城市博物馆人所关注的问题。本文将就此问题进行初步的探讨，期待起到抛砖引玉的作用。

[关键词]　城市博物馆　自然资源　保护和利用

The natural resources of the city museum

ZHANG Bo

Abstract：Natural resources including ores，land，water，air and biotic resources are the material and cultural basis for the city development，which occur naturally within environments and are utilized by mankind. Effective supply and rational exploitation/utilization of natural resources relate to the sustainable development of the city. There is a tissue that city museums devoting to the city development and social harmony, how to take their own advantages to giving full play to their functions of natural resources collection，scientific research，exhibition，propaganda and education. The aim of this article is to attract extensive attention of the society.

Key　words：City museum natural resources，Protection and utilizing

---

* 张波，深圳博物馆古代艺术研究部。

ZHANG Bo，student at the Department of Ancient Art Research，Shenzhen Museum.

前　言

　　自然资源泛指存在于自然界、能为人类利用的自然条件(自然环境要素)。联合国环境规划署定义为：在一定的时间、地点条件下，能够产生经济价值，以提高人类当前和未来福利的自然环境因素和条件[1]。通常包括矿物资源、土地资源、水资源、气候资源与生物资源等。它同人类社会有着密切联系：既是人类赖以生存的重要基础，又是社会生产的原、燃料来源和生产布局的必要条件与场所。城市——人口的集聚地和商品交换的场所——是自然资源利用最为集中的区域，自然资源的有效供给及合理开发利用影响着城市的可持续发展。以促进社会和谐与城市发展为己任的城市博物馆，如何充分发挥自身优势来对城市自然资源进行收藏、研究、展示和宣传教育？本文将就此问题进行初步的探讨，期待起到抛砖引玉的作用。

一、自然资源因素在城市发展中的作用

　　自然资源是城市发展的物质与文化基础。一方面，从物质层面来说，城市的发展其实就是城市中社会财富的产生与积累。而自然资源则是产生那些构成社会财富的力量物质来源，正如恩格斯所指出"政治经济学家说：劳动是一切财富的源泉，其实劳动和自然资源一起才是一切财富的源泉，自然资源为劳动提供材料，劳动把材料变为财富"[2]。劳动，将土地资源转变成高楼大厦，将矿产资源转变成五花八门的原材料，

博物馆展示人类猎杀动物的情景

将生物资源变成了人类餐桌上美味佳肴……正是在这些自然资源的有效供给下,城市获得源源不断的劳动材料,保障了城市的可持续发展。另一方面,从文化层面来说,城市的发展就是城市中特色文化的形成与积淀。而一座城市的文化特色和文化底蕴是由城市本身所拥有的自然资源所决定的。水资源丰富的城市造就了水乡文化,土地资源缺乏的海岛形成了鲜明的岛屿文化,生物资源丰富的城市造就了环境优美、人与自然和谐的文化……正是不同的自然资源造就了不同的城市特色文化。而在全球一体化的今天,城市特色文化恰恰就是城市可持续发展的关键所在[3]。

二、自然资源因素在城市博物馆中的缺失

既然自然资源在城市发展过程中发挥着如此举足轻重的作用,那么在以促进社会和谐与城市发展为己任的各城市博物馆中,自然资源因素理应占有一席之地。然而,综观国内各城市博物馆,自然资源因素的重要性似乎并没有得到很好体现的。一方面,文化艺术类和社会历史类博物馆在介绍城市相关人文历史及重要历史事件时,往往都忽略了自然资源因素在其中的作用。比如在介绍城市文人墨客时,一般都是仅介绍其人生历程及其相关作品对城市发展的影响,但对其所处的自然环境的作用却鲜有提及。很多博物馆都对唐代著名诗人张继及其作品《枫桥夜泊》对寒山寺名扬天下、成为千古游览胜地所发挥的作用给予了高度评价,但却忽略了姑苏城外自然因素所发挥的作用[4]。试问,如果没有姑苏城外"落月"、"啼乌"、"满天霜"和"江枫"这些江南水乡秋夜幽美的自然景色,那来千古名篇《枫桥夜泊》呢?另一方面,自然科学类博物馆虽然介绍了自然资源,但大多都仅限于纯自然知识的介绍,很少涉及自然资源的开发利用及其对城市发展所产生的影响。比如,在自然博物馆中,观众可以看到大量的动植物标本及其分类特征的介绍,但有关这些动植物资源开发利用及其对该城市发展所产生的积极或消极作用却难觅踪影。

三、城市博物馆对自然资源因素的收藏

自然资源的特殊性决定了城市博物馆对自然资源因素的收藏必须注重前瞻性和时效性。首先,自然资源的数量是有限的。许多自然资源可能今天随处可见、唾手可得,但在人类持续开发利用的情况下,有些自然资源将会变得日益稀少,甚至不知不觉的从城市里消失。当初,城市里到处山清水秀、鸟语花香,但随着城市化进程对自然资源毫无节制的开发利用,这一切都已被高楼大厦、车水马龙所替代,各种自然资源已渐渐的远离城市而去。其次,自然资源的使用价值是有时效的。相同自然资源的开发利用价值经常会随着人类的认识水平发生不同的变化。如北宋的沈括在

博物馆展示日益减少的湿地及其中的野生动物

《梦溪笔谈》中就谈到了石油的存在,并且将石油燃烧时产生的黑烟制作成墨汁[5];工业革命后,石油摇身一变成为了动力内燃机的主要能源;如今,石油的开发利用已成为重要的现代支柱产业,被誉为"化工产业之母"。由此可见,博物馆对自然资源因素的收藏必须注重时效性,否则后续的研究、展示及宣传教育活动的意义将大打折扣。

四、城市博物馆对自然资源因素的研究

城市博物馆对自然资源因素的研究应该围绕藏品展开并服务于城市的发展。城市的发展其实是人类对自然资源进行干涉的过程[6]。为了让城市的绿化变得高效整洁,人们移植生长速度快、表观好的树种替代原生树种;为了增加城市电力的供应,人们筑坝截流建设水力发电站;为了增加交通的便捷性,人们挖山填海修建公路和地铁……虽然对这些自然资源开发利用的动机都是好的,出发点都是为了城市更好的发展,但由于人们对自然资源认识的局限性,有些自然资源开发利用的结果往往适得其反,反而阻碍了城市的发展。然而,无论是带动还是阻碍城市的发展,所有这些行为和结果都会以藏品的形式保存在城市博物馆中。研究人员通过对这些藏品的研究,可以从中总结出自然资源开发利用的成功经验或失败教训,为将来城市自然资源的开发利用提供借鉴;同时,研究人员也可从自然资源的藏品研究中纵向比较各种自然资源数量与质量的变化情况,着重分析重点自然资源减少的原因,以便及时调整城市相关行业的发展,避免相关自然资源的枯竭,为保障城市可持续发展出谋划策。

五、城市博物馆对自然资源因素的展示

　　城市博物馆对自然资源因素的展示需要与时俱进。一方面,展示内容需要与时俱进。跟普通商品的展览不同,博物馆的展示并不是一次简单的物品展示,而是对藏品研究成果的集中展示。不同时期会有不同的解读,研究出来的成果也不一样,那么展示的内容也会不一样。以自然资源因素为例,过去,城市博物馆对自然资源因素的展示,往往都过度强调人类的主观能动性,忽略自然资源本身所具有的客观性,许多博物馆内"人定胜天"的相关展示就是最好的例证[7]。然而,随着人类对自然资源认识的不断深入,人们开始重新审视人类与自然界的关系,提倡尊重自然规律,回归古人所遵循的"天人合一"理念。那么博物馆的相关展示内容也应得到及时的更新。另一方面,展示手段也需要与时俱进。随着大众鉴赏能力和审美要求的提高,博物馆历来沿用"通柜、实物加说明牌"的陈列展览手段显然已无法满足观众需求,迫切需要将各种先进展示方法及高科技手段综合运用到自然资源的展示中。国内有不少博物馆已开始作一些尝试并取得了良好的社会反响,比如中国湿地博物馆在说明湿地生态系统功能中的净化水质功能时,运用多媒体设计了一段动画来展示湿地对污水的净化过程,使原来枯燥的概念变为生动的画面,给予观众耳目一新的展示效果,启发观众的好奇心和探索欲,达到了很好的知识传播效果[8]。

六、城市博物馆对自然资源因素的宣传教育

　　城市博物馆对自然资源因素的宣传教育应该重视社会教育。一方面,城市博物馆对自然资源因素的宣传教育应从娃娃抓起,积极开展中小学生第二课堂的辅助性教育。由于学科的特殊性,现行学校教育体系对自然资源因素的重视程度已难以满足社会发展的需要,急需城市博物馆开展第二课堂来加强相关辅助性教育。如今,许多日新月异的高新生物技术已广泛应用到我们的日常生活中来,但学校的教科书却还停留在早已过时的知识体系上。在此情况下,城市博物馆可以充分利用自身的灵活优势来开展这些高新技术的相关辅助教育,让其成为学校正规教育的有益补充。另一方面,城市博物馆在开展社会教育的过程中应由被动服务变为主动服务[9]。过去很长一段时间里,城市博物馆是上层贵族人士的活动场所,宣教人员仅需在博物馆内活动即可。如今,尽管城市博物馆已变成社会公益事业机构,但不少市民对其仍然保持敬而远之的心态,不敢轻易踏入。因此,宣教人员应该转变观念,主动走到社会中进行宣教,联合工会、社团及旅行社等社会力量来组织市民走进城市博物馆,进而主动接受自然资源因素的终身教育。

组织市民走进博物馆参观学习

结　语

　　随着社会的发展,城市博物馆在社会中的作用越来越受到大众、媒体甚至政府的关注,这不仅因其拥有丰富的藏品成为社会文化传承的载体,而且充分发掘这些藏品的内涵,对一个国家或地区的政治、经济、科研、文化及大众休闲都有很大的作用。因此可以说,城市博物馆不仅是城市发展的历史见证者,同时也是城市未来发展的领航者。在全球提倡低碳生活的今天,城市博物馆如能充分发挥自身优势,对自然资源因素进行有效地收藏、研究、展示及宣传教育,必能推动城市对自然资源进行合理地开发利用,从而引领城市走向可持续发展之路。

参 考 文 献

[1] 杨　敏:《论我国资源节约与环境友好型经济发展模式的构建》,《企业经济》,2008,5:107
　　—109。

[2] 郝　毅:《论城市可持续发展的文化基础》,《大同医学专科学校学报》,2005,1:42—43。

[3] 恩格斯:《劳动在从人到猿转变过程中的作用》,北京:人民出版社,1952。

[4] 黄　伟:《寒山寺与〈枫桥夜泊〉诗碑》,《中国地名》,2009,6:42—53。

[5] 王仰之:《沈括对石油事业的贡献》,《石油大学学报》(社会科学版),1988,3:66—69。

[6] 金东海,秦文利:《论城市化发展的自然资源基础》,《人文地理》,2004,4:64—67。

[7] 李迎化．生态化:《我国自然博物现代陈列设计特征》,《中国博物馆》,2002,3:74—79。

[8] 夏贵荣,李忠,钱婕靓:《中国湿地博物馆多媒体技术的应用》,《中国文物报》,2010:3—24。

[9] 刘惠琳:《中国博物馆社会教育工作发展趋势初探》,《中国博物馆》,2002,1:27—30。

塑造城市个性　推进社会和谐

——全球化语境下城市博物馆的历史使命

黄阳兴[*]

（深圳博物馆，广东 518026）

[摘　要]　"和谐"是全世界都致力于建设的一种理想社会状态，是"以和为贵"又"和而不同"的一种现代文明。城市博物馆重在与城市历史和文化特色相融合，是承载城市文化内涵和精髓的殿堂，通过展示藏品价值，钩沉历史，陶冶精神，构建独特的城市文化个性。随着全球化的深入推进，城市往来空前繁荣，城市博物馆在促进自身文化遗产传承、搭建多元文化交流平台和增进城市文明相互理解等方面扮演着越来越重要的角色。本文将致力于阐述全球化背景下城市博物馆应突破传统理念和服务模式的束缚，积极发挥研究、保护、传播和教育功能，吸纳社会各界人士参与建设，扩大和深化馆际交流与合作，主动承担起文化交通的桥梁和纽带作用，共同应对国际化的挑战和难题。每一座城市都应该有属于自己的博物馆，城市博物馆重在与城市历史和文化特色相融合，一座城市博物馆就是一部物化的城市发展史，是承载城市文化内涵和精髓的殿堂，通过展示藏品的历史、艺术和科学价值，钩沉悠远历史，陶冶市民精神，构建独特的区域文化个性。"和谐"是全世界都致力于建设的一种理想社会状态，是"以和为贵"又"和而不同"的一种多元化现代文明，城市博物馆对建设和谐社会起着重要的推动和促进作用。

[关键词]　城市博物馆　城市个性　社会和谐

---

*　黄阳兴，深圳博物馆馆员。深圳博物馆古代艺术研究部负责人，专攻中国古代艺术史研究。

Shaping the Characteristics of the City and Promoting Social Harmony On the Historical Tasks of the City Museum in a Global Context

HUANG Yangxing *

Abstract：As a modern civilization dedicated to the proposition that both harmony and diversity should be valued，harmony is the ideal for the whole world. A city museum with its aim at the integration of the city's history and culture should maintain the cultural essence of the city and construct the city's unique characteristics through the demonstration of the value of its collections，deep studies of history and the cultivation of spirit of the public. With further advance of globalization and the prosperity of inter-city communications，city museum is playing an increasingly important role in promoting the city's cultural heritage，multi-cultural dialogue and mutual understanding between different urban civilizations. This paper argues that in an era of globalization a city museum should reform its conventional tenets and service mode，play an active part in research，preservation，communication and education，encourage the participation of the general public，expand and deepen the cooperation between different museum and communication between different cultures to jointly address the problems and challenges in globalization

Key　words：City museum，The Characteristics of City，Social harmony

全球化是当今世界最显著的特征，它深刻地影响了世界政治格局、经济模式和文化发展。自 1971 年后，国际博物馆协会（ICOM）的世界性大会讨论多以全球性的博物馆文化思考为主题。2002 年国际博物馆日的主题是"博物馆与全球化"，博物馆应如何面对全球化的挑战，越来越成为国际关注焦点。毫无疑问，随着全球经济一体化的深入推进，城市博物馆在促进自身文化遗产传承、搭建多元文化交流平台和增进城市文明相互理解等方面扮演着越来越重要的角色。[1]

---

* *HUANG Yangxing*，PhD in literature，Director of the Classical Arts Department，Shenzhen Museum

一、塑造城市个性 推动创新与和谐

全球范围内经济的一体化影响了政治乃至文化上的一体化,新的世界秩序深刻影响了各个国家的发展。随着全球化的不断深入,不同文化之间的交流和碰撞不可避免地冲击着传统观念和行为,强势文化急剧扩张,一些民族、地区特有的文化遭到削弱甚至逐渐消亡,从而对多元文化的共存和文化多样性的保护构成严峻的挑战。[2]文化的趋同现象引起了社会各界的担忧,在这种形势下,文化遗产的保护,尤其是本土文化多样性和特殊性的保护是全球化语境下城市博物馆的当务之急。[3]

首先,城市博物馆展示自身独具特色的文明和历史,是为城市文明服务并体现城市发展的文化教育机构,它是城市核心竞争力和文化魅力的重要构成要素。博物馆是现代城市文化的品牌形象之一,2010 年上海世博会期间国际博物馆协会以"博物馆,城市之心"为主题,它形象地反映了博物馆在城市文化中的核心地位。构建城市文明发展的共同记忆是城市博物馆的文化职责,正如美国圣玛丽学院徐贲所说:"在全世界范围内,博物馆普遍起到的主要作用是构筑对特定民族国家群体有意义的生活世界秩序和集体身份。"[4]意大利著名哲学家、历史学家克罗齐说"一切历史都是当代史",那么城市博物馆所展示的历史和艺术正是根据当前形势的需要,为这座城市发展提供的一种借鉴,这也符合中国"以史明智,以史察今"的传统观念。上海博物馆馆长陈燮君在接受媒体采访时指出:"博物馆应该是城市文化的积极参与者和推动者,其作用不仅仅表现在文物收藏、文物研究和文物陈列,还表现在为引领城市文化、弘扬城市精神、搭建多元文化交流平台等起着特有的作用。"这不啻为城市博物馆现代意义的完整阐释。

随着科学信息技术的不断进步,全球经济一体化进程加速,世界联系更加紧密,美国知名经济学者弗里德曼因此提出"世界是平的"的理论。在科技日新月异的今天,人文教育也凸显出重要的意义。正如佛里德曼所说,带来技术创新的灵感不非总是源自科技知识本身,"美国之所以在产品和服务方面始终保持领先地位,一个原因就是因为我们的社会总是既重视科技又重视人文。"[5]人文教育重视横向思维,强调历史、艺术、政治和科学之间的内在联系。目前,中国许多城市纷纷高举"文化立市"的旗帜,所谓"文化搭台,经济唱戏",而实际上往往蒙着商业操纵文化的浮躁面纱,带着强烈的功利性,一定程度上扭曲和甚至破坏了真正的文化遗产。弗里德曼也对中国目前急功近利的教育环境表示了担忧:"当你跟印度和中国的商人甚至是教育家谈话的时候,很多人公开表示担忧,认为艺术、文学、音乐和人学学科受到了忽视。当他们的国家进入下一个阶段的全球竞争时,这将会带来巨大的障碍。"[6]这番言论可谓切中印中教育之弊。科技主义盛行,人文关怀缺失,这是时下中印教育的普遍问题。

事实上，城市博物馆在人文教育体系中扮演重要的角色，博物馆是一座集人类学、历史、地理、文学和艺术等于一身的综合型知识宝库，蕴藏着丰厚的教育资源，通过展示城市历史和文明，保护和传承文化遗产，塑造市民文化个性，激发灵感，为城市的创新和竞争提供有益的借鉴[7]，推进多元文化共同发展的知识型、创新型和服务型的和谐社会。

中国所倡导的"以人为本"的和谐社会与法兰克福学派批判科技主义、重视人类生活艺术本身的哲学理念颇相吻合。法兰克福学派代表人物马尔库塞继承和发展了韦伯、霍克海默和阿道尔诺对工具理性的批判，指出现代科技发达的工业社会导致的最大弊病就是使人成为"单向度的人"，即只有认同与顺从现实社会这一向度，而丧失了自由、创造力以及对现存社会进行否定与批判这个第二向度，这无疑是对人性的摧残。[8]怀特海还设想科学、哲学与艺术的完美结合的"人道化的技术"是拯救当前科技意识形态化的唯一出路[9]。从这一层面上来看，保存和传承多元文化的城市博物馆一定程度上可以弥补和超越科技崇拜带来的单向度思维的缺陷，为创造性思想的产生提供强有力的文化支持。

二、转变模式　　服务社区

城市博物馆是城市文化传承和发展的重要载体，转变服务观念和社区主义是现代化社会发展的必然要求。面对全球化和资讯化的时代，城市博物馆势必在管理和展示模式上有所变革。

城市博物馆应从更多方面积极介入当代城市生活，引领城市文化。国际博协章程界定博物馆的总目标是"为社会及其发展服务"，要言之，"服务"是博物馆的核心理念。正如北京大学宋向光所说："当代城市博物馆的工作取向是为城市的和谐发展服务，是为广大市民有更切实的发展机会和发展能力服务。"[10]因此城市博物馆要从传统的"对物的关照"转移到"对人的关怀"上来，建立合理的沟通模式是当务之急，充分发挥博物馆的立体教育功能，实现其社会效益和文化价值。

现代化博物馆展览强调"以人为本"的理念，多样化的互动体验展示模式值得借鉴，现代科技也为博物馆展示的多样性提供了强有力的技术支持。作为一个开放性的公共文化服务机构，城市博物馆可以探索由市民献计献策甚至亲自参与展览设计的服务模式。要言之，城市博物馆包含了历史、艺术和科学等诸多内容，展览需由传统摆放说明牌的教科书般的方式转为更多互动体验的新型模式，其内容可跨到人类学、社会学、历史学、哲学、美学和文学等多元化学科，应用"后现代博物馆"思维的沟通模式，展现城市所包容的人文意涵。

随着社会经济的不断发展，博物馆的展览观念发生了革命性转变，社区博物馆成为世界博物馆发展的新潮流,这也是城市博物馆的一种表达方式。社区博物馆运动兴起于20世纪八十年代,它是对传统博物馆的一个革命性的反动,由此引发博物馆本质、目的以及发展前景的激烈讨论,由此形成一股全世界范围的"新博物馆学"思潮。[11]社区博物馆依靠社会力量共同建设,重新界定了博物馆的社会责任,突破了大型国家博物馆的发展模式,物的人文环境得到充分的尊重,观众可身临其境地感受本土的传统文化和历史民俗,这被形象地称为"活的博物馆"。如美国纽约市下东区"廉租公寓博物馆"就是一个非常著名的例子。

中国今后城市博物馆的发展应积极考虑社区博物馆的建设。"社会化"是今后城市博物馆发展的思路之一,依靠政府和社会的联合力量,与地方族群共同建设属于本社区共同认知文化的博物馆,形成没有围墙的博物馆,它可以极大地扩张博物馆的功能和社会参与度,真正使博物馆具有广泛而深入的社会影响,为创建和谐社会作出更大的贡献。作为现代移民城市的深圳市拟创办"城中村博物馆"也希望通过这样一种模式来完成。

三、创建信息化时代的数字博物馆

信息化和经济全球化是21世纪的两大主要潮流。全球化科技的日新月异既给城市博物馆带来挑战也为其发展创造机遇,尤其是信息传播技术的突飞猛进,使得数字博物馆成为世界各国博物馆开拓的重要新领域。[12]

社会转型往往与技术革命有着密切的关系,正如古登堡发明现代活字印刷机标志着欧洲"黑暗时代"的终结,瓦特发明蒸汽机引发了世界范围的工业革命。今天,信息技术的飞速发展同样颠覆了传统人类文明发展模式,它冲破了各个国家和城市之间的地理的种种屏障,思想和民众的交流更为自由,世界联为一体,社会因此正经历着翻天覆地的重大变革。城市博物馆也由单纯关注城市自身的传统模式向全球视野下捍卫本土文化、沟通外界文明和促进城市和谐等多方面转型。利用网络和虚拟现实技术形成交互式动态博物馆将是21世纪城市博物馆发展的主流方向。数字化博物馆既可以提升城市文化的全球影响力,也可以满足世界各地民众了解异域文明、观照自身文化的需要,网上博物馆也成为与观众沟通的重要媒介和桥梁。因此,如何利用先进的网络科技加大城市文化传播力度,发挥最大社会效益,是城市博物馆建设中亟需解决的首要课题。

城市博物馆被证明在促进保护文化多样性和增加社会的文化资本方面发挥了切实的作用。加拿大著名传播学家麦克卢汉首创"地球村"(global village)一词,把信息时代全球化生存状态作了新的诠释。笔者以为,博物馆应该处在这个"地球村"的中心位置,它帮助民众了解文化差异,增进不同地区和不同文化背景的人民之间的相互理解、合作与和平共处，有助构建和谐发展的"地球村"。

四、扩大和深化交流、合作与对话

在当今全球化的历史背景下，"人类文明的共享与弘扬"同样值得重视，这就需要城市博物馆之间加强互动与合作，彼此尊重，平等交流，增进了解。美国著名国际政治学者亨廷顿指出，未来人类冲突的主要根源不再是意识形态或经济因素，而是文化的差异即"文明的冲突"。宋向光指出："全球化条件下的博物馆要坚持'维护民族文化特性'和'促进文化交流与沟通'的基本工作方向。"因此，充分理解和尊重各自的文明就显得尤为重要，而城市博物馆在文明交流、理解与合作中扮演着举足轻重的角色。

城市博物馆是城市文化记忆、传承与创新的重要阵地，是本土族群代表性文化的汇聚，在传承文明、维护文化多样性方面发挥着极其重要的作用。普洛斯勒认为"博物馆在全球性的思想和形象传播中扮演了重要的角色"，从某种角度上说，近距离了解一个地方的历史和文明是从博物馆开始的。全球化趋势下，城市博物馆是沟通不同国家、不同城市文明之间的桥梁和纽带，具有不可替代的独特作用，承担着交流与合作、创新与发展、竞争与和平等多项文化功能。各个国家以及各城市博物馆之间应加强广泛而深入的交流、合作与对话，发展兼容并包的多元文化，做到"思想全球化，行为本土化"，积极推动城市文明之间的互助互信，共创和谐世界。

城市博物馆的发展成为衡量一座城市文明的重要指标。人类历史进入 21 世纪，科学技术迅猛发展，各种高新技术不断涌现，文化需求不断提高，这也为现代城市博物馆的建设提供了巨大的发展空间。早在 20 世纪八十年代，美国著名学者奈斯比特就在《2000 年大趋势》一书中就断言："终生教育将成为第二次文艺复兴，而博物馆将成为第二次文艺复兴的重地。"因此，在全球化历史背景下，城市博物馆理应突破传统理念和服务模式的束缚，积极发挥研究、保护、传播和教育功能，吸纳社会各界人士参与建设，扩大和深化馆际交流与合作，主动承担起文化交通的桥梁和纽带作用，共同应对国际化的挑战和难题。"路漫漫其修远兮，吾将上下而求索"，全球化语境下的现代城市博物馆的发展模式和理念仍需深入探索和研究。

参考文献

[1] 近年来，全球化视野下的博物馆研究较为兴盛，国内外学者关注颇多。可参考 Martin Prosler，Museum and Globalization. In Sharon Macdonald and Gordon Fyfe，eds.，Theorizing Museums. Oxford：Blackwell，1996；李文儒 主编《全球化下的中国博物馆》，文物出版社，2002 年版。

[2] 参考云德：《全球化语境中的文化选择》，人民文学出版社，2008 年版。

［3］参见苏东海:《博物馆的全球化和本土化》,载《博物馆的沉思》(苏东海论文选卷二),第230~231页。

［4］参见徐贲:《全球化、博物馆和民族国家》(上),《文艺研究》2005年第5期。

［5］[美]弗里德曼(Thomas L.Friedman):《世界是平的》(The World Is Flat : A Brief History of the Twenty-first Century),何帆 译,湖南科技出版社,2006年版,第252页。

［6］前揭《世界是平的》,第253页。

［7］城市博物馆是激发城市创意的灵感源之一。正如北京大学文化产业研究所周城雄所说:"博物馆是创意城市的象征,也是理想生活的特征,它对历史和珍品的保持力,是创意城市的最大价值之一。"德国历史博物馆副馆长汉斯·马丁·辛次所说:"一个城市的博物馆,在塑造文明社会方面扮演着极重要的角色。一个城市如果没有博物馆,它将会是一个贫穷的城市。"参考向勇,陈城雄《中国创意城市:创意城市发展研究》(上),新世界出版社,2008年版,第186页。

［8］参见 [美]马尔库塞(Herbert Marcuse):《单向度的人——发达工业社会意识形态研究》(One-Dimensional Man:Studies in the Ideology of Advanced Industrial Society),上海译文出版社,1989年。

［9］Erich Fromm,The revolution of hope:Toward a humanized technology, New York&Row,1968. p32－33.

［10］宋向光:《物与识:当代中国博物馆理论与实践辨析》,科学出版社,2009年版,第79页。

［11］参考杨玲、潘守永主编:《当代西方博物馆发展态势研究》,学苑出版社,2005年版。

［12］陈宏京:《数字化博物馆的原理与方法》,复旦大学出版社,2002年版。

图书在版编(CIP)数据

迈向更美好的城市:第 22 届国际博物馆协会大会城市博物馆专业委员会论文集 / 上海市历史博物馆编. —上海:学林出版社,2010.11

ISBN 978-7-5486-0092-3

Ⅰ. ①迈… Ⅱ. ①上… Ⅲ. ①博物馆学—文集 Ⅳ. ①G260-53

中国版本图书馆 CIP 数据核字(2010)第 203823 号

A BETTER CITY:
THE CONTRIBUTION OF THE CITY MUSEUM
TO THE IMPROVEMENT OF THE URBAN CONDITON
PROCEEDINGS OF CAMOC CONFERENCE '2010 SHANGHAI

迈向更美好的城市
——第 22 届国际博物馆协会大会城市博物馆专业委员会论文集

编　　者 / 上海市历史博物馆
责任编辑 / 吴伦仲
特约编辑 / 张国伟　钱梦妮　方　平
装帧设计 / 福山设计工作室
封面设计 / 任　重　林　莱
出　　版 / 上海世纪出版股份有限公司

　　　　　学林出版社(上海钦州南路 81 号 3 楼)
　　　　　电话：64515005　传真：64515005
发　　行 / 上海世纪出版股份有限公司发行中心
　　　　　(上海福建中路 193 号　www.ewen.cc)
印　　刷 / 上海财经大学出版社印刷厂
开　　本 / 787×1092　1/16
印　　张 / 22
字　　数 / 42 万
版　　次 / 2010 年 11 月第 1 版
　　　　　2010 年 11 月第 1 次印刷
书　　号 / ISBN 978-7-5486-0092-3/C·5
定　　价 / 98.00 元